CB139401

ANDERS DE

THE C

[RUÍDO]

LA MOTTE
GAME

VOLUME 2

10:34:56:16
10:34:56:16
10:34:56:16
10:34:56:16
10:34:56:16
10:34:56:16
10:34:56:16
10:34:56:16
10:34:56:16
10:34:56:16
10:34:56:16
10:34:56:16
10:34:56:16
10:34:56:16
10:34:56:16
10:34:56:16
10:34:56:16
10:34:56:16

10:34:56:16
10:34:56:16
10:34:56:16
10:34:56:16
10:34:56:16
10:34:56:16
10:34:56:16
10:34:56:16
10:34:56:16
10:34:56:16
10:34:56:16
10:34:56:16
10:34:56:16
10:34:56:16
10:34:56:16
10:34:56:16
10:34:56:16
10:34:56:16

Copyright © Anders de La Motte, 2011

Tradução para a língua portuguesa
© Alexandre Matias
© Mariana Moreira Matias

Tradução do sueco
© Neil Smith 2013

Cover layout design
© HarperCollins*Publishers* Ltd 2013

Cover design © blacksheep-uk.com

Cover photographs © Silas Manhood (mulher);
LOOK Die Bildagentur der FotografenGmbH/
Alamy (skyline)

Published by agreement with
Salomonsson Agency

Todos os direitos reservados.
Os personagens e as situações desta obra
são reais apenas no universo da ficção;
não se referem a pessoas e fatos concretos,
e não emitem opinião sobre eles.

Diretor Editorial
Christiano Menezes

Diretor Comercial
Chico de Assis

Editor Assistente
Bruno Dorigatti

Design
Retina 78

Designer Assistente
Pauline Qui

Revisão
Felipe Pontes
Retina Conteúdo

Impressão e acabamento
RR Donnelley

DADOS INTERNACIONAIS DE CATALOGAÇÃO NA PUBLICAÇÃO (CIP)
Angélica Ilacqua CRB-8/7057

De la Motte, Anders
Ruído / Anders De la Motte ; tradução de Alexandre Matias,
Mariana Moreira Matias. --
Rio de Janeiro : DarkSide Books, 2015.
320 p. (Trilogia: The game, v.2)

ISBN: 978-85-66636-62-8
Título original: *[buzz]*

1. Literaturas nórdicas 2. Ficção policial 4. Jogos de internet -
Ficção I. Título II. Matias, Alexandre III. Matias, Mariana Moreira

15-0710 CDD 839.5

Índices para catálogo sistemático:

1. Literaturas nórdicas - Ficção

DarkSide® *Entretenimento LTDA.*
Rua do Russel, 450/501 - 22210-010
Glória - Rio de Janeiro - RJ - Brasil
www.darksidebooks.com

TRILOGIA

THE GAME

ANDERS DE LA MOTTE

VOLUME 2

Traduzido do inglês por

MARIANA MOREIRA MATIAS

ALEXANDRE MATIAS

DARKSIDE

Para Anette

Ruído [ru.í.do]

[Do lat. *rugitu*, que no lat. vulg. tomou o sentido de 'estrondo'.]
Substantivo masculino.

1. Barulho provocado pela queda de um corpo.
2. Qualquer estrondo; barulho, estrépito, fragor.
3. Rumor contínuo e prolongado; bulício.
4. Fig. V. boato.
5. Fig. Alvoroço, barulho, escândalo, escarcéu.
6. Fig. Aparato, fausto, ostentação, pompa.
7. Eletrôn. Em um circuito, correntes ou tensões indesejáveis, usualmente não muito intensas, resultantes de causas incontroláveis, como, p. ex., movimento aleatório de elétrons num condutor, emissão ao acaso do catodo de uma válvula etc.
8. Teor. Com. Toda fonte de erro, distúrbio ou deformação de fidelidade na transmissão de uma mensagem visual, escrita, sonora etc.; sinal indesejável que não pertence à mensagem intencionalmente transmitida.
9. Fís. Som constituído por grande número de vibrações acústicas com relações de amplitude e fase distribuídas ao acaso.
10. Med. Som[1] (2), normal ou patológico, percebido pela ausculta. [Cf. *roído*, part. de *roer* e adj.]

Dicionário Aurélio

Buzz [b^z]

Deixar, abandonar sua situação atual.
Algo que cria empolgação, *hype* ou excitação!
Um ímpeto ou sentimento de energia, entusiasmo, estímulo ou leve embriaguez.
Verbo usado quando se posta algo on-line (principalmente no Google buzz).
Juntar, cortar, raspar, remover, aparar.
Uma maneira de se conseguir atenção imediata.
Ser excessivo e desnecessariamente agressivo.
Um ruído contínuo, como o das abelhas; um murmúrio confuso, como uma conversa em tom baixo.
Um sussuro; um rumor ou relatório espalhado secretamente ou com cautela.
Fazer uma chamada/ligação.

www.wiktionary.org
www.dictionary.com
www.urbandictionary.com

"A velocidade da comunicação é maravilhosa de se ver.
Também é verdade que a velocidade pode multiplicar
a distribuição de informação que sabemos ser falsa."
Edward R. Morrow

"Nada viaja mais rápido que a luz, com a possível exceção
de uma má notícia, que segue suas próprias regras."
Douglas Adams

De: *Serviço de Entrega de E-mails*
Para: *Badboy.128@hotmail.com*
Assunto: *Notificação de Status de Entrega*
Data: *26 de julho, 23:44*

Falha; 6.2.12.12 (redirecionado)

Mensagem original
De: badboy.128@hotmail.com
Para: destinatários não revelados
Assunto: o Jogo
Data: 26 de julho, 23:43

Cara redação/estação de TV/blog

Há cerca de quatro semanas atrás eu encontrei um telefone celular no trem. Era bom, brilhante - de aço escovado com tela de vidro sensível ao toque. Ele me levou a uma série de eventos que terminaram em Torshamnsgatan alguns dias atrás, e eu gostaria de falar sobre isso com vocês.

Meu nome é Henrik Pettersson, HP para os amigos, e eu tenho 31 anos. (Eu realmente não entendo o que a minha idade tem a ver com qualquer coisa, mas vocês parecem muito obcecados com a idade das pessoas, então lá vai.)
A menção a Torshamnsgatan deve ter soado alguns alarmes, já que foi lá onde a bomba explodiu. A bomba que na verdade era destinada a alguém completamente diferente. (Eu não vou escrever seu nome, vocês sabem a quem me refiro e nunca

se sabe que tipo de filtro de vigilância pode interceptar este e-mail...)

De volta ao telefone celular no trem:
O aparelho me convidou para jogar um Jogo de Realidade Alternativa, onde os limites entre a fantasia e a realidade eram confusos. Pequenas tarefas que você tinha que realizar, e filmá-las com o telefone ao mesmo tempo. E essas tarefas lhe davam pontos, uma classificação em um ranking de pontuação, onde seu desempenho poderia ser julgado por pessoas assistindo on-line. E você ganhava dinheiro, se fosse bem.
Tudo parecia legal, então me inscrevi rapidamente.
Mas este Jogo em particular acabou por se tornar mais real do que eu tinha imaginado.
E muito mais perigoso...
Tente pesquisar toda merda estranha que aconteceu nas últimas semanas!
Aquele carro da polícia que bateu em Lindhagensplan, uma casa abandonada em chamas em Fjärdhundra, para não citar o que aconteceu com a procissão real em Kungsträdgården...
Está tudo ligado ao Jogo.
E agora vocês estão se perguntando como eu sei disso...
Fácil - eu fui responsável por tudo.
Eu me deixei levar pela vibração, a sensação de que eu tinha um público de admiradores no espaço cibernético. Que me respeitava por todas as coisas que eu estava fazendo. E como o pobre viciado em aprovação que sou, me deixei ser arrastado sem protestar. Mudei tanto o limite do que eu pensava que era aceitável que eu não podia mais enxergá-lo. E ainda consegui prejudicar as pessoas mais próximas a mim...

Patético, não é? Como diabos alguém poderia fazer algo assim, só para conseguir um pouco de reconhecimento público? Mas olhem para si mesmos. Quantos de vocês estão com o Facebook, Twitter ou Instagram abertos em outra janela enquanto estão lendo este e-mail? Executando-os como aplicativos em seus celulares e verificando compulsivamente desde o momento em que acordam até caírem no sono? Meu palpite é: todos vocês.

A porra de cada um de vocês.
Então vocês não estão exatamente em posição de me julgar!

Tenho certeza de que vocês farão o seu trabalho corretamente, então eu posso muito bem dizer agora: eu tenho uma irmã, Rebecca Normén, ela é uma guarda-costas na Polícia de Segurança. Sim, AQUELA Rebecca Normén... Vocês provavelmente escreveram muito sobre ela nos últimos dias. Ainda mais com a medalha e tal. Becca é boa em seu trabalho, ela é uma boa guarda-costas. Boa para caralho, na verdade. O que não é de todo surpreendente, já que ela treinou a vida toda, desde que éramos pequenos. Ela sempre cuidou de mim. Exceto uma vez em que eu me intrometi e salvei sua vida. Levei uma bala por ela.
Mas isso foi há muito tempo, nós não falamos sobre isso...

De alguma forma, o Mestre do Jogo conseguiu tirar proveito do nosso relacionamento fodido, e me fez sujeitar Becca a coisas que eu prefiro esquecer.
Ela não está envolvida no Jogo, pelo menos não do jeito que eu estou. Na verdade, ela até duvida que o Jogo realmente exista. Mas, como Verbal Kint diz em *Os Suspeitos*:

O maior truque já realizado pelo diabo foi convencer o mundo de que ele não existe.

De qualquer forma, eu já falei o suficiente, então comecem a cavar.
Descubram quem realmente é o dono da pilha de ruínas em Torshamnsgatan. Serviços de Telecom ACME Ltda. é apenas uma fachada. As instalações de lá eram usadas para controlar o Jogo. Coletar informações, enviar as tarefas, e deixar outras pessoas apostarem no resultado.
Comecem por descobrir o que aconteceu com Erman, o gênio de TI que instalou os servidores. Não é uma história bonita...
Mas uma vez que você tenha sido arrastado para dentro, não tem como sair.

Você está sempre jogando o jogo!

Falem com o meu velho melhor amigo,
Magnus Sandström, que quase teve sua loja
de informática incendiada (mas chamem ele de Farook
ou ele vai ficar bravo). Depois, adicionem todas
as coisas estranhas que continuam acontecendo.
Sistemas de computação que simplesmente desligam,
sabotagem, furtos inexplicáveis. Pessoas
desaparecendo – ou sendo mortas...
Juntem as peças do quebra-cabeça, pensem grande!
Depois ainda maior!
Vocês têm um monte de trabalho pela frente,
mas quando chegarem ao fundo de tudo isso vocês
não vão acreditar em seus olhos.
Eles estão jogando há anos, o pobre Erman me disse.
E tenho certeza que isso é verdade.
Tenham cuidado – o Mestre do Jogo tem olhos
e ouvidos em todos os lugares, e fará tudo que puder
para impedi-los.
Cavem fundo, liguem os pontos e – mais importante
de tudo – não confiem em ninguém!

/HP

PS. Não percam tempo tentando me encontrar.
Já estou bem longe agora. Em um lugar em que ninguém
nunca vai me achar.
Nem mesmo o Mestre do Jogo.

Esta mensagem não chegou a seus destinatários.
Ela foi desviada e removida pelo administrador em 26 de julho às 23:43

Ela estava acordada há apenas alguns segundos quando percebeu que o homem estava atrás dela. Algo lhe dizia que ele estava parado ali há um longo tempo sob o sol escaldante, enquanto esperava que ela voltasse a si.

Ela tinha sonhado com um al-ghourab – um corvo magricela do deserto com penas brilhantes, tingidas de azul, que estava sentado não muito longe dela na areia. O pássaro tinha inclinado a cabeça e olhado para ela com curiosidade, com seus olhos de pimenta, quase como se quisesse saber o que ela estava fazendo ali completamente sozinha.

Ela realmente não sabia se tinha imaginado ou se um corvo de verdade tinha escolhido dar uma olhada mais de perto em seu corpo inerte.

Mas, real ou não, o pássaro tinha ido embora agora – possivelmente assustado com a presença silenciosa do homem.

O retorno do homem só podia significar uma coisa.

De repente, ela estava bem acordada – seu pulso batia contra seus tímpanos.

Ela respirou fundo antes de virar lentamente a cabeça para olhar na direção do homem.

O sol refletia o objeto na mão dele, cegando-a e fazendo com que ela instintivamente levantasse um braço até sua testa queimada de sol.

E naquele momento ela percebeu que o Jogo tinha acabado.

Terras do Nunca 1

Ele chegou até ela em dois passos rápidos.

Ela nem sequer teve tempo de reagir antes que ele a arrastasse de sua cadeira. As costas dela contra a parede, uma das mãos dele estrangulando o pescoço dela com firmeza – com tanta força que as pontas dos dedos dos pés dela começaram a levantar do tapete macio – enquanto ele tateava a mesa à procura do objeto com a outra.

Gritos de horror dos outros clientes, um barulho de porcelana quebrando – mas ele não se importou. O salão ficava no sexto andar e levaria pelo menos três minutos até que a equipe de segurança chegasse aqui. Três minutos eram mais do que suficientes para ele fazer o que precisava.

Ela balbuciava, tentando desesperadamente soltar as mãos dele, mas ele apertou ainda mais e sentiu a resistência dela se esvair. Em questão de segundos, a cor do rosto imaculadamente maquiado dela mudou de vermelho brilhante para branco giz, combinando de repente com seu terninho claro.

Executiva loira – o caralho!

Ele soltou a mão o suficiente para deixar uma pequena quantidade de sangue chegar ao cérebro dela. Um repentino chute torto na virilha dele o fez tremer, mas ela perdeu o sapato e sem a ajuda do Jimmy Choo o chute não foi forte o suficiente para fazê-lo afrouxar a pressão. Ele apertou novamente e pressionou o rosto junto ao dela. O terror nos olhos dela era estranhamente gratificante.

"Como vocês me encontraram?", ele sussurrou, segurando o celular na frente dos olhos dela. Um objeto prateado, brilhante, com uma tela de vidro sensível ao toque.

De repente, o telefone ganhou vida. Por reflexo, ele o segurou ainda mais longe de si, e para sua surpresa, viu seu próprio rosto refletido na tela. Olhos fixos, esbugalhados, o rosto suado, vermelho-vivo. O celular devia ter uma câmera do outro lado, porque quando ele moveu a mão, o rosto pálido e aterrorizado dela entrou em cena. A bela e a maldita fera, num podcast!

Que loucura do caralho!

Que porra ele realmente estava fazendo?

Ele deveria ser um super-herói, um salvador de mundos – mas isso? Atacar uma mulher? Ele tinha realmente descido a um nível tão baixo?

Seus olhares se encontraram novamente, mas desta vez o medo nos olhos dela apenas o fez se sentir vazio.

Ele não era ele mesmo.

Ele não era...

"Sr. Andersen?

"Hmm?!" HP voltou a si em um sobressalto.

Um homem baixo vestindo uniforme estava em pé ao lado de sua mesa, sua voz suave numa altura suficiente para abafar o soporífero ruído de fundo do salão.

"Desculpe incomodá-lo, senhor. Seu novo quarto está pronto."

O homem estendeu um pequeno envelope com um cartão magnético.

"Quarto número 931, sr. Andersen: nós o colocamos num quarto melhor, uma suíte júnior. Sua bagagem está subindo. Espero que o senhor continue a ter uma estadia agradável conosco, e eu só posso pedir desculpas pela confusão a respeito da mudança de quarto."

O homem curvou-se levemente e colocou gentilmente o envelope na mesa.

"Posso lhe oferecer algo mais, senhor?"

"Não, obrigado", murmurou HP, lançando um olhar avermelhado para a mesa na janela. Sim, a mulher ainda estava lá, e ao lado de sua xícara ele ainda conseguia ver o pequeno retângulo prateado que tinha feito a sua imaginação enlouquecer.

Ele fechou os olhos novamente, beliscou o dorso do nariz e respirou fundo várias vezes.

Além do fato de o telefone celular lhe parecer familiar, que provas haviam ali que sugerissem que eles podiam tê-lo encontrado?

Ele estava usando seu enésimo passaporte falso, e nenhum deles tinha a menor ligação com os anteriores. E ele tinha ganhado alguns quilos, um bronzeado profundo e uma barba longa, bem hippie, que combinava com seu cabelo ainda mais comprido. Ele não falava sueco há pelo menos um ano, desde que deixara a Tailândia. Em outras palavras, o risco de qualquer um poder identificá-lo era pequeno pra caralho, para não dizer microscópico. Além dele, não havia uma única alma no mundo todo que soubesse onde ele estava.

Sua conclusão, portanto, Sherlock?

O celular tinha que ser uma coincidência. Quase todos os smartphones à venda eram bastante semelhantes, a maioria provavelmente era feita nas mesmas fábricas chinesas. Além disso, esta não era a primeira vez que ele imaginava ter sido encontrado...

Ele havia perdido a conta do número de vezes que tinha entrado em pânico e escapado por portas dos fundos e descido escadas de incêndio para fugir de perseguidores imaginários.

Mesmo que já tivessem se passado alguns meses desde sua última viagem psicodélica, seu cérebro superaquecido ainda fazia brincadeiras com ele em uma frequência bastante regular, apresentando fantasmas em plena luz do dia, cortesia dos homenzinhos cinzas no departamento de saques.

Sua falta de sono também não estava ajudando.

Ele tinha acabado de conseguir um quarto mais confortável, mais longe dos elevadores.

Mas ele já sabia que isso não ia ajudar...

A mulher dona do telefone não mostrou nenhum sinal de que iria pegá-lo.

Em vez disso, tomava seu café calmamente, olhando para o mar, e nem parecia tê-lo notado. Ela era bem elegante, quarenta e poucos anos, cabelo Chanel. Jaqueta, calça e salto baixo. Agora que olhava com mais atenção, ele podia ver que ela estava com os tornozelos cruzados, e tinha tirado o calcanhar de um de seus sapatos presumivelmente extremamente caros, e o balançava distraidamente com os dedos do pé.

Por alguma razão esse gesto casual o fez se sentir um pouco mais calmo.

Ele respirou fundo pelo nariz e deixou o ar sair lentamente pela boca.

A sua onírica existência tinha, quase imperceptivelmente, mudado sua personalidade e o tornado alguém completamente diferente.

Catorze longos meses no exílio. Quatro a mais do que ele ficou preso por matar o violento namorado de sua irmã e, obviamente, em muitos aspectos, muito mais agradáveis. Mesmo assim, a sensação de inquietude era quase a mesma agora, o que lhe parecia muito estranho.

As noites eram piores. Cabanas de palha, albergues da juventude, hotéis de aeroporto ou palácios de platina como este – realmente não fazia muita diferença. Sua insônia não parecia se preocupar com a densidade da trama dos lençóis.

No início de sua jornada, fez questão de sempre ter alguma companhia. Ele ficou com várias mochileiras despreocupadas que encontrava em rodas em volta de fogueiras, a fim de festejar a noite toda.

Depois, mais tarde, quando se cansou das conversas insignificantes na cama e das versões praianas de "Oooh baby, it's a wild world", ele se limitou às mulheres de bares de hotel.

Mas agora já fazia um longo tempo desde que ele tinha tido qualquer intimidade humana de verdade.

Em vez disso, batia punheta chapado vendo algum filme pornô idiota que seu desejo sexual cada vez mais dessensibilizado exigia. Depois, uma gororoba morna do serviço de quarto enquanto surfava pelas promoções tailandesas de filmes blockbusters até que caísse em um estado que pelo menos lembrava o sono. Uma neblina cinzenta onde sua imaginação corria selvagem, explorando lugares que ele logo esqueceria.

Ele só tinha que aceitar que sua vida de sonho estava lentamente indo para o...

Inferno!

Apesar de ela ter visto as armas automáticas antes do cortejo parar, o cheiro que a atingiu assim que saiu do carro foi tão avassalador que Rebecca quase esqueceu delas por alguns segundos.

Era um odor doce, doentio, uma mistura de corpos bem apertados uns aos outros, lixo, esgoto e decadência. Ela devia ter notado o mau cheiro no dia anterior, quando verificaram a rota, mas hoje estava consideravelmente mais cheio e quente, e o calor parecia ter deixado o cheiro exponencialmente mais forte.

A multidão rapidamente fez um círculo ao redor de seu ponto de parada, enquanto centenas de pessoas agitadas pressionavam contra o cordão de isolamento que tinha sido colocado para mantê-las afastadas.

Os soldados trocavam olhares nervosos. Suas mãos seguravam os canos das armas enquanto eles arrastavam os pés com ansiedade na terra vermelha.

Havia seis rifles de assalto e o mesmo número de soldados em uniformes camuflados, mal ajustados, manchados de suor, e com botas imundas. Seu líder, um oficial consideravelmente melhor vestido, com óculos espelhados, acenou a ela para encorajá-la a liberar sua protegida. A arma dele ainda estava no coldre apertado de sua coxa direita, o que significava sete armas no total, sem contar as suas próprias.

Os gestos do oficial tornavam-se mais impacientes enquanto ela hesitava, mas Rebecca o ignorou. Ela permaneceu de pé, com a porta do carro aberta, enquanto Karolina Modin, sua motorista, esperava ao volante com o motor ligado.

Ela ouviu as portas do carro de trás abrirem e lançou um olhar rápido sobre o ombro. Göransson e Malmén vinham atrás dela. Nenhum dos homens disse nada, mas as expressões em seus rostos atrás dos óculos escuros mostravam o que eles achavam da situação.

A multidão estava ficando mais barulhenta. Os postes de plástico que seguravam a fita do cordão de isolamento começaram a ceder com a pressão. Rebecca conseguia entender algumas palavras aleatórias em inglês.

Ajude-nos. Sem comida, sem médico.

O soldado que estava mais próximo a ela lambeu os lábios nervosamente enquanto liberou o dispositivo de segurança de seu rifle.

Clique, clique.

Travado, destravado.

Sem perigo, perigoso.

Uma gota de suor correu lentamente pela espinha dela.

Em seguida, outra.

"Bem, o que estamos esperando, Normén?"

Gladh, o desidratado conselheiro da embaixada, tinha evidentemente saído sozinho pelo outro lado do carro e vindo atrás dela.

"A imprensa está esperando, é hora de ir. Já estamos atrasados."

Ele estendeu a mão para a maçaneta da porta traseira do carro para deixar a ministra para o Desenvolvimento Internacional sair, mas Rebecca foi mais rápida.

"Não toque nessa porta!", ela rosnou enquanto batia na janela da porta com a palma da mão direita.

O conselheiro da embaixada continuou segurando a maçaneta, e por alguns segundos ficaram ali trocando olhares hostis. Então Gladh soltou, endireitou-se e, insultado, ajustou o nó da gravata.

"Quanto tempo você está pensando em nos deixar aqui fora no calor, Normén?", ele resmungou, um pouco alto demais, para que a ministra pudesse ouvi-lo através do vidro fumê.

"Você não percebe que essas pessoas estão ficando mais agitadas enquanto hesitamos? Eles estão esperando por nós – pela ministra, você não entende isso?"

Ah, sim, ela entendia muito bem, mas havia algo sobre toda a situação que não parecia certo.

Quando eles fizeram o reconhecimento do local no dia anterior, puderam dirigir até o escritório do campo de refugiados, onde a reunião iria acontecer. Mas hoje a estrada estava bloqueada a duzentos metros do edifício, apesar de que ela conseguisse ver vários veículos lá.

Andar com a ministra duzentos metros no meio da multidão com seis soldados nervosos do governo como escolta não parecia uma ideia particularmente boa.

De qualquer forma, por que tão poucos?

No dia anterior, o lugar estava cheio de soldados, veículos blindados e até um helicóptero sobrevoando. Os refugiados tinham ficado em sua maioria dentro de suas frágeis tendas, mal ousando sair.

Mas hoje a situação era repentinamente o completo inverso.

"Vamos, vamos lá! Está tudo bem, está tudo bem...", gritou o oficial, os óculos de sol brilhando, acenando ansiosamente para que eles fossem até ele, enquanto alguns de seus soldados faziam uma fraca tentativa de segurar os integrantes mais impacientes da multidão que empurrava o cordão.

Mas Rebecca ainda hesitava. O som da multidão foi ficando mais alto, mas ela ainda imaginava que podia ouvir o som metálico da trava de segurança dos soldados.

Quase como uma contagem regressiva de segunda-mão.

Clique...

Clique...

Clique...

Inconscientemente, ela moveu a mão direita para a pistola no coldre em sua cintura.

"Precisamos ir agora", resmungou Gladh, e ela notou o súbito medo em sua voz.

Göransson e Malmén trocaram olhares pelo teto do carro.

"Como você quer fazer isso, Normén?"

Seu subordinado estava certo. Ela tinha que tomar uma decisão.

Era perigoso?

Não era perigoso?

Tome uma decisão, Normén!

Obviamente ela deveria abrir a porta e deixar a ministra sair. Mas ela ainda não conseguia afastar a sensação de que algo não estava certo – algo mais do que apenas uma multidão agitada, uma estrada bloqueada e um conselheiro de embaixada que precisava ir ao banheiro.

O cabo de borracha de sua pistola parecia úmido contra a palma da sua mão.

Clique...

Clique...

Então, de repente ela o viu. Um homem no meio da multidão à sua direita. Ele estava vestido como todos os negros que gritavam ao seu redor. Uma camisa longa branca, calças orientais escuras e um pedaço de pano cobrindo a cabeça. Mas ainda assim ele se destacava, algo nele...

Para começar, ele estava calmo. Não gritava, não agitava os punhos ou tentava chamar sua atenção.

Em vez disso, ele se movia para a frente, deslizando calmamente entre seus agitados irmãos de desgraça, chegando cada vez mais perto.

O homem segurava algo na mão e ela levou alguns segundos para ver o que era.

Um saco plástico, e, a julgar pela cor amarelo brilhante uniforme, ainda era algo muito novo para ter sido branqueado pelo sol e vincado como todo o resto que havia no campo.

O que fazia algo tão novo e limpo como aquilo no meio de toda aquela impressionante miséria?

Ela protegeu os olhos com a mão esquerda e tentou focar o olhar. O saco continuava a se mover para dentro e para fora de seu campo de visão, escondido pela multidão apenas para reaparecer pouco depois em um pequeno espaço. Amarelo brilhante, liso e definitivamente fora de lugar.

Por um momento ela pensou que podia ver um objeto escuro no fundo dele.

E subitamente sua decisão estava tomada.

"Voltem para dentro!", ela gritou, olhando rapidamente para seus dois colegas para se certificar de que tinham entendido sua ordem.

"Entre logo, estamos cancelando!", ela gritou para Malmén, que parecia não ter ouvido por causa do barulho da multidão.

De início, seu subordinado não reagiu, então ele balançou a cabeça e sinalizou com a mão para o motorista do terceiro carro para que desse ré e abrisse caminho.

"O que diabos você está fazendo, Normén?!", o conselheiro da embaixada gritou, agarrando seu braço direito.

Ela se soltou facilmente.

"Para dentro do carro, Gladh, a menos que queira ficar para trás!", ela respondeu enquanto fazia um gesto para sua motorista se preparar para sair.

Gladh continuou gritando em seu ouvido, mas ela não estava escutando.

O homem com o saco plástico havia desaparecido, mas ela tinha certeza que ele estava em algum lugar no meio da multidão - e que ainda estava indo em direção a eles.

O Landcruiser atrás deles recuou alguns metros, e, sem tirar os olhos da multidão, ela bateu no teto do carro para sinalizar a Modin que fizesse o mesmo.

Lentamente, o carro começou a andar para trás sobre a superfície irregular da estrada.

A porta do passageiro ainda estava escancarada, esperando que ela entrasse.

No mesmo momento em que o cortejo começou a sua retirada, o barulho da multidão levantou-se em um rugido furioso e o frágil cordão que a segurava cedeu.

O soldado mais próximo a eles nem sequer teve tempo de levantar a arma antes de ser engolido pela multidão.

Em apenas alguns segundos, o carro estava cercado. Mãos batendo no capô e no para-brisa - segurando a roupa dela, tentando puxá-la para longe da porta aberta.

Ela tropeçou e por um momento de pânico pensou que fosse cair.

Seu pulso se acelerava enquanto ela lutava para se libertar, mas estava sendo atacada por todos os lados.

Mãos se moviam sobre seu cinto, em direção à pistola presa com firmeza na mão direita. Ela socou a mão esquerda no rosto de alguém, deu uma joelhada na virilha de outro homem e jogou a cabeça para trás em direção a uma voz que gritava em seu ouvido, mas seus agressores eram muito numerosos e ela provavelmente iria cair a qualquer momento, e então tudo estaria acabado.

De repente, o carro sacudiu e a pesada porta se moveu para trás, tirando do caminho um número suficiente de agressores para Rebecca conseguir libertar o braço direito e sacar sua pistola.

Cano no ar, aperte o gatilho!

A arma estremeceu na sua mão – uma vez, depois várias vezes, e de repente o barulho mudou de fúria para medo e pânico. E de repente ela estava livre. As pessoas mais próximas a ela tentavam fugir e colidiam com os outros que ainda empurravam para a frente. Gritos misturados ao som dos corpos se batendo. Ela ouviu tiros vindos diretamente da sua frente. Curtas rajadas de fogo de um rifle automático, provavelmente apontado diretamente para a multidão. Uma bala passou zunindo ao lado de sua cabeça como uma abelha com raiva, mas ela mal percebeu. Modin ligou o motor e as rodas giraram vomitando nuvens de poeira, que rapidamente preencheram todo o seu campo de visão com uma névoa vermelha.

O carro começou a pegar velocidade. Ela tropeçou, mas finalmente conseguiu agarrar a porta que balançava. Seus dedos ainda seguravam o gatilho, o cano apontando para o céu.

O homem saiu diretamente da nuvem de poeira. Bem na frente do capô, talvez a seis, oito metros de distância. Ele saltou agilmente sobre os corpos prostrados e andou em ziguezague pela multidão em fuga, em direção ao carro. Puxava uma das mãos de dentro do saco plástico. O objeto estava claramente visível agora.

Rebecca baixou o braço que segurava a pistola, tentando mirar nas pernas dele, mas era impossível segurar firme a arma. O carro estava acelerando, levantando ainda mais poeira vermelha, e bateu na frente do veículo que ia de ré atrás deles. A parada súbita fez a porta abrir e acertar Rebecca no queixo, e mais uma vez ela quase caiu. Por alguns segundos, tudo o que ela conseguia ver eram estrelas e névoa vermelha.

Quando sua visão clareou, o revólver estava apontando diretamente para ela.

Ela estava montada nele como num cervo selvagem.

Seus seios de silicone perfeitos pulavam em sincronia enquanto ela batia sua virilha sem pelos contra o osso pélvico dele. Ela estava com uma mão na armação da cama e a outra apertando o longo cabelo dele com tanta força que ele conseguia ouvir as raízes gemerem enquanto ela o puxava em sua direção. Os saltos dos sapatos dela cavavam sulcos dolorosos nas coxas dele.

Mas ele realmente não dava a mínima, porque a executiva estava lhe dando a cavalgada de sua vida.

Ele com certeza não era um piloto inexperiente no quarto – muito pelo contrário! Na verdade, ele sempre se considerou como uma espécie de Top Gun nessa área.

Mas por Deus, ela sabia trepar!

Vencedora do Gonzo deste ano no Prêmio Adulto, com uma dupla nomeação para *Performance Feminina do Ano*. A experiência era tão intensa que ele tinha que ficar se lembrando de respirar.

Sua virilha começou a se contorcer – a tensão se transmitia para o resto do seu corpo enquanto ele tentava, em vão, pensar em algo para acalmá-lo. Mas era impossível.

"Estou gozando", ele balbuciou avisando, mas ela não fez nenhuma tentativa de sair. Em vez disso, soltou a cabeceira da cama, moveu a mão pelas costas em direção à virilha dele, e, assim que ele começou a gozar, ela cravou as unhas em seu saco. Ele pensou que estava morrendo! Seu orgasmo foi tão intenso que ele arqueou as costas o máximo que conseguiu, e, a julgar pelos gritos dela, ela estava usando os movimentos dele para seu próprio prazer.

Ele levou vários minutos para recobrar os sentidos novamente. Nesse meio tempo, ela rolou para longe dele e acendeu um cigarro.

"Este não é um quarto para não-fumantes?", foi a primeira coisa que ele conseguiu dizer quando recuperou o poder da fala.

"Quem é você – a polícia do cigarro?", ela sorriu, soprando uma longa coluna de fumaça em direção ao teto.

Certo. Quem se importava? Que completo imbecil ele era às vezes!

"Como... como você se chama?", ele gaguejou, na falta de coisa melhor para dizer.

"Anna – Anna Argos."

Ela apagou o cigarro em um dos copos na mesa de cabeceira, e deslizou para a cama.

"Er... prazer em conhecer você, Anna."

Mas ela não respondeu. Sua boca já estava totalmente ocupada tentando acordar o morto.

A arma estava apontada diretamente para ela, mas Rebecca ainda não conseguia se mexer.

Seus braços estavam pendurados sobre a porta do carro enquanto seus pés se arrastavam no chão que corria por debaixo dela. Ela ainda estava segurando a pistola na mão direita, mas porque toda a sua massa corporal estava apoiada em seus braços, não conseguia se mover mais do que cerca de um centímetro. Tentou apoiar os pés, para que pudesse redistribuir seu peso e liberar o braço da pistola.

Mas o homem que corria já tinha levantado a sua própria arma e ela percebeu que não tinha tempo. A poeira voava das rodas do carro, girando em volta dela e estreitando seu campo de visão para um túnel vermelho, até que tudo o que ela conseguia ver era o cano do revólver brilhante no fim dele. Esperou o tiro.

Mas ele não veio.

O carro de repente deu uma guinada forte para a direita, e a força da curva foi tão grande que jogou metade de seu corpo para dentro do veículo. Ela se agarrou ao banco, conseguiu prender uma perna contra a coluna da porta e se puxou para dentro. O carro continuou a girar, a porta se fechou atrás dela e subitamente eles tinham feito uma volta de 180 graus e estavam indo para a frente novamente, descendo a estrada pela qual tinham chegado.

A poeira das rodas do Landcruiser levantou ao redor deles, e Modin teve que ligar os limpadores de para-brisas para conseguir enxergar.

Rebecca se virou para tentar ver o homem com o revólver pela janela traseira. Ela apoiou o braço na parte de trás do assento, pronta para disparar. Seu olho estava grudado na direção do cano da arma, o dedo no gatilho...

Mas tudo o que conseguia ver atrás deles era uma nuvem de poeira vermelha que parecia cobrir o mundo inteiro.

O campo de refugiados, a multidão, o homem com o revólver – tudo simplesmente desapareceu. Depois de apenas alguns segundos, era como se nunca tivessem existido...

Modin estava gritando alguma coisa, e de muito longe ela ouviu o crepitar do rádio, mas seu pulso batia tão forte contra seus tímpanos que ela não conseguia entender uma palavra.

Tudo ao seu redor parecia estar acontecendo em câmera lenta. Ela conseguia perceber os mínimos detalhes: o cheiro dos bancos de couro, as pessoas encolhidas no banco de trás, os movimentos bruscos de Modin enquanto lutava para manter o carro na estrada.

Suas mãos seguravam a pistola com tanta força que seus dedos estavam começando a ficar com cãibra.

A poeira ainda subia por causa do fluxo de ar atrás do carro, formando longas espirais hipnóticas que capturavam sua atenção e tornavam impossível desviar o olhar.

Então Modin deve ter batido em um buraco, porque por alguns momentos parecia que eles estavam voando, flutuando livremente, quase como em um sonho.

Alguns milissegundos de ausência de peso – depois o carro caiu no chão novamente. As costas de Rebecca bateram em um dos bancos, a sensação de sonho desapareceu e ela foi trazida de volta à realidade novamente.

"Responda o rádio!", Modin estava gritando, e no mesmo momento Rebecca percebeu que seu fone de ouvido tinha caído e estava pendurado em seu ombro direito. Ela rapidamente empurrou-o de volta para o ouvido, abaixou a arma e afundou novamente no banco do passageiro.

"Está todo mundo bem, Normén, câmbio?"

A voz de Malmén parecia preocupada.

Ela se virou para olhar seus companheiros de viagem.

A ministra e Gladh estavam encolhidos, um em cada lado do banco de trás.

"Você estão bem aí atrás?"

Nenhuma resposta, mas dois rostos brancos como giz olharam lentamente para ela.

"Você está bem, Ann-Christin?"

Rebecca se inclinou para trás em um ângulo e cutucou um dos joelhos da ministra, o que foi o suficiente para pelo menos motivar um olhar cristalino em resposta.

"A ministra está bem, estamos voltando para a casa de campo", disse ela com toda a calma que podia para o microfone, mas o rádio de alguma forma pareceu reforçar o tremor em sua voz.

"Entendido", respondeu Malmén, secamente.

Rebecca de repente percebeu que ainda estava segurando a pistola com a mão direita.

Ela afrouxou o aperto, colocou a arma de volta no coldre, e puxou lentamente o cinto de segurança.

Seu pulso começou a desacelerar, a carga de adrenalina se foi e ela sentiu uma vaga sensação de náusea em seu lugar.

"Essa foi por muito pouco..."

Sem tirar os olhos da estrada, Modin assentiu em resposta.

"Eu pensei que era o fim por um momento, não sei por que ele não atirou."

Modin lançou um rápido olhar de soslaio.

"Ele provavelmente não teve tempo de sacar o rifle antes que fossem para cima dele."

Demorou alguns segundos até Rebecca entender.

"Não, não, não o soldado – eu quero dizer o homem com o revólver."

"Quem?", disse Modin, lançando um olhar de interrogação.

Antes que tivesse tempo de responder, Gladh inclinou-se e falou em seu ouvido esquerdo.

"Que merda você acha que está fazendo, Normén?", ele sussurrou.

ANDERS DE LA MOTTE THE GAME

2 Flashback

"Alô?"

"Boa noite, meu amigo. Já é noite aí, não é...? É uma hora ruim para ligar?"

"Não, não, não mesmo, eu estava esperando você entrar em contato. Estou em posição – está tudo... pronto?"

"Está tudo pronto."

"E o...?"

"Como eu disse – está tudo pronto. A única questão é: você está? A tarefa é arriscada, então eu compreendo que você possa estar indeciso... Mas o fato é que não podemos fazer isso sem a sua ajuda."

"Estou pronto – sem problemas!"

"Excelente!"

"Então quando nós vamos?"

"Logo, meu amigo – logo..."

"Darfur?"

"Hmmm..."

"Quanto tempo?"

"Cerca de uma semana para o reconhecimento, quatro dias com a ministra, depois dois dias para finalizar. Duas semanas no total, eu acho, dependendo se eu voltar para casa no avião do governo ou se tiver que pegar um voo comum."

Ele balançou a cabeça e baixou os olhos para o jornal aberto a sua frente.

"É o meu trabalho, Micke. Você sabe disso."

"Eu sei", ele murmurou sem olhar para cima. "Mas isso não significa que tenho que aplaudir cada vez que você vai para um novo lugar perigoso, especialmente quando existem outras opções. Então o que é que vai ser da próxima vez, Bagdá?"

Está mais para Cabul, ela quase disse, mas parou antes que as palavras se formassem. Ela estava planejando guardar essa surpresinha especial até que tivesse certeza de que era sua equipe que iria.

"Olhe", disse ela, e esperou até ele olhar para cima. "Eu sou realmente capaz de cuidar de mim mesma, e além disso, gosto do meu trabalho. Nós já falamos sobre toda essa ideia de eu fazer outra coisa, como trabalhar para você, então você sabe como me sinto. Que tal mostrar um pouco de apoio em vez dessa rotina ranzinza todas as manhãs?"

Ela sustentou seu olhar por alguns segundos, até que, como de costume, ele recuou.

"Claro, desculpe, eu não quero parecer uma velha..."

Ele dobrou o jornal e colocou sua mão sobre a dela.

"Desculpe, Becca, é claro que você precisa ir. Certo? A última coisa que você precisa é de problemas em casa antes de uma viagem como essa. É que eu estou tendo dificuldade para dormir, muita coisa para fazer no trabalho, você sabe..."

Ele olhou para ela com um olhar de cachorrinho e ela sorriu de volta obedientemente.

"Claro", ela murmurou. "Sem problemas."

A mudança brusca de atitude dele deveria ter deixado ela mais alegre, mas em vez disso ela apenas se sentiu decepcionada.

Micke era um cara maravilhoso, que nunca causou qualquer problema, e que sempre recuou quando tinham opiniões diferentes. Um bom emprego, bons conhecimentos gerais, senso de humor, tudo aquilo... O príncipe dos sonhos, realmente, especialmente em comparação com seus companheiros anteriores.

Mas, ainda assim ela se pegou lamentando não ter jogado a viagem ao Afeganistão na cara dele, enquanto teve a chance. Derramado um pouco de gasolina nas chamas, só para ver o que iria acontecer. Mas boas meninas não fazem esse tipo de coisa...

Além disso, não havia um bom motivo.

Ele poderia ficar emburrado por mais um minuto, mas o resultado final teria sido o mesmo.

Olhos grandes e tristes, como um cachorrinho, e "Desculpa, Becca".

Por alguma razão toda aquela rotina estava começando a fazer sua pele arrepiar e a ideia de trabalhar para a mesma empresa que ele não tinha nenhum encanto, mesmo que o salário que eles estavam oferecendo fosse quase o *dobro* do que ela ganhava agora.

Às vezes ela tinha saudade dos dias em que eles só se encontravam para um pouco de sexo sem exigências. Ele era mais divertido naquela época, mais empolgante de alguma maneira...

Ela pegou uma parte do jornal e começou a folheá-lo sem muito interesse. Ele fez o mesmo por alguns instantes, e ela ficou em paz com seus pensamentos.

Ela tinha tudo o que poderia desejar – e ainda não estava feliz.

O que havia de errado com ela?

Havia dois milhões de dólares, mais ou menos alguns trocados, na conta do Jogo quando ele fez a limpa.

É certo que era um pouco menos do que ele esperava no início, mas ainda mais do que o suficiente para viver uma vida confortável.

Um pouco de dinheiro tinha ido para certas pessoas nos bancos que o ajudaram a limpar qualquer vestígio, e mais um pouco para o advogado que tinha arrumado as coisas para ele em casa. Pagar a hipoteca de seu apartamento, criar um fundo fiduciário para cuidar das contas recorrentes, e outro para dar ao pobre policial que ele quase conseguiu matar em Lindhagensplan um pouco de dinheiro para compensar suas dores e sofrimentos. A recém-criada Fundação de Polícia Especial tinha oferecido ao inspetor Hans Kruse uma doação livre de impostos de um milhão de coroas por bravura no cumprimento do dever, e, pela mesma razão, sua colega Rebecca Normén tinha recebido uma quantia quase idêntica à que ela devia ao Handelsbanken por sua hipoteca.

Graças ao advogado, toda a documentação era 100% legal, então nenhum dos beneficiários tinha pensado em questionar sua condecoração. Ele também sabia que seus velhos amigos Gustav "o Bode" Boch e Farook "Manga" Al-Hassan haviam cada um recebido um envelope recheado em suas caixas de correio, cujo conteúdo mais do que compensava o custo de duas mobiletes destruídas e uma loja danificada pelo fogo.

Depois de todos os seus arranjos e de separar uma quantia para cobrir seu custo de vida, cerca de metade do dinheiro ainda sobrava.

Um lindo milhão de dólares, escondido bem longe de vista, em algum lugar que só ele podia encontrá-lo. Não era mal...

Quatro pessoas na equipe dela – três homens e uma mulher.

Realmente deveria ser mais, mas a oferta de guarda-costas no momento não chegava nem perto do suficiente para atender à demanda.

Mas de qualquer maneira...

Quatro guarda-costas bem treinados e experientes que haviam trabalhado juntos por um longo tempo e que sabiam exatamente como as coisas eram feitas. Mesmo assim, um novo chefe quase sempre trazia uma nota de incerteza, e tudo era ainda mais complicado porque eles se conheciam há algum tempo. Não importa o que alguém possa dizer quando perguntado, a maioria das pessoas não gosta de mudanças. O problema com o seu grupo era que eles tinham ficado sem um chefe por vários meses, e o representante do grupo, David Malmén, esperava ser nomeado como novo chefe.

Os outros três o escutavam, e teriam problemas em aceitar qualquer outra pessoa no comando que não ele. Grupos com líderes não oficiais nunca funcionavam no longo prazo. Ela tinha visto isso em primeira mão quando estava em treinamento, assim como mais tarde em sua carreira.

Seria preciso sensibilidade e uma mão firme se ela quisesse ter sucesso. A margem de erro era praticamente inexistente.

O voo tinha sido cansativo, três escalas antes que eles finalmente chegassem a Cartum.

Algumas noites em um hotel e um monte de reuniões para resolver as formalidades.

As autoridades sudanesas queriam inspecionar tudo – suas armas, equipamentos de comunicação e coletes à prova de bala. E todos os seus documentos tiveram de ser verificados, carimbados, verificados mais uma vez e carimbados novamente antes que eles pudessem pegar seus veículos e, finalmente, partir.

Quanto mais ao sul eles chegavam, mais árida a paisagem se tornava. Terra vermelha seca se espalhava em volta deles, agitando-se sob os seus veículos e encontrando espaço entre todos os vãos, de modo que suas roupas e equipamentos acabaram cobertos por uma fina camada crocante e cor-de-rosa.

Apesar de ser inverno, o calor era insuportável às vezes. Karolina Modin cuidou da condução, enquanto ela se sentava ao seu lado, no banco do chefe.

Bengt Esbjörnsson dirigia o grande veículo que os seguia, com seu intérprete como passageiro.

Malmén e Göransson chegariam em dois dias com a ministra no avião do governo. Enquanto isso, ela e os outros dois deveriam verificar os lugares que iriam visitar.

Ela tinha pensado muito no planejamento. Ela e Peter Göransson treinaram juntos, e tinham trabalhado juntos antes, então ela ficava bastante confortável com ele.

Malmén e Esbjörnsson se davam bem, então, separando-os e esperando conseguir algum tempo para falar com Modin também, ela teria a chance de refinar a nova hierarquia com o grupo. Mas ela tinha que admitir que seu plano não tinha funcionado muito bem até agora...

Sua decisão de manter Malmén como seu vice não foi recebida com a aclamação que ela esperava. Mas talvez isso não fosse tão estranho. Ela não tinha tido realmente muita escolha.

E a jornada até lá não tinha exatamente corrido bem.

Esbjörnsson era um homem taciturno, do extremo norte da Suécia, que não falava mais do que o necessário, e Karolina Modin ficava na sua, sem ser desagradável ou particularmente hostil.

Na verdade, o grupo deveria ter tido tempo para trabalhar junto em casa antes de ser enviado para fora em uma situação como esta, mas seu chefe não estava disposto a ouvir qualquer coisa desse tipo.

O superintendente Runeberg a interrompeu com um olhar que a fez se sentir como uma criança chorona. "Você queria ser colocada no comando, Normén, então você vai ter que ser forte e seguir em frente", ele disse a ela.

Eles tinham pego Gladh, o conselheiro da embaixada, em Cartum, junto com seu assistente e seu intérprete. Ela só tinha precisado de alguns segundos para sacar qual era a deste homem particularmente arrogante, e, infelizmente, seus receios foram comprovados quase que imediatamente. O velho inútil deve ter começado a trabalhar no Ministério das Relações Exteriores antes de ela nascer. Ela nunca o tinha visto vestido com nada além de um terno risca de giz, gravata e um lenço dobrado no bolso superior. A roupa só o fazia parecer ainda mais alto e magro, quase uma caricatura de si mesmo, e nas poucas ocasiões em que ele se dignou a falar com eles, seu reverberante sotaque aristocrático do sul da Suécia tornava difícil não rir.

Gladh passara a maior parte da viagem de volta ao telefone, fazendo reclamações a seus colegas no Ministério das Relações Exteriores sobre como sua equipe poderia ter feito todos os acordos de segurança com o governo sudanês, em vez de eles terem se dado ao trabalho de trazer agentes inexperientes da polícia sueca sem nenhum conhecimento do país ou de sua cultura. Também descobriu-se que Gladh tinha um sobrinho na polícia, e ele declarou que "sabia algumas coisas sobre a força", que, a julgar pelo seu tom de voz e pelo olhar em seu rosto, claramente não era para ser tomado como algo positivo.

A única coisa boa sobre a viagem foi que Karolina Modin parecia partilhar a opinião de Rebecca sobre o conselheiro da embaixada, e conforme a excursão seguia, elas trocavam olhares irônicos sobre algumas das coisas que saíam da boca dele.

Infelizmente Gladh não era idiota o suficiente para não perceber os olhares em seus rostos, e a atmosfera dentro do carro tinha chegado praticamente ao ponto de congelamento quando eles chegaram.

Em um contraste marcante, o assistente de Gladh, Håkan Berglund, era um homem agradável, com aproximadamente a mesma idade que ela, e fez algumas tentativas de suavizar alguns dos piores comportamentos de seu chefe.

"O Sixten é meio das antigas", disse ele em tom de desculpa na primeira vez que saíram para beber juntos depois do trabalho. "Na verdade, ele não é uma pessoa má, e eu aprendi um bocado trabalhando com ele."

Rebecca deu de ombros.

"Ele pode se comportar como quiser, contanto que você deixe claro para ele que sou eu quem decide aonde a ministra vai e aonde ela não vai, não o protocolo do Ministério das Relações Exteriores, ok?"

Berglund a saudou com seu copo.

"Entendido, inspetora. Aliás, já falei que vou voltar a morar em Estocolmo em duas semanas...?" Ele sorriu calorosamente, e foi mais ou menos no mesmo instante em que percebeu o quanto gostava de seu sorriso que ela se lembrou de ter esquecido de ligar pra casa.

Sua vida como fugitivo tinha começado bem pra caralho.

Primeira parada: o apartamento de férias de seu velho amigo Jesus, na Tailândia, onde ele descansou sob as palmeiras. Reviveu memórias felizes de como havia vencido o Jogo e sumido com todo o seu dinheiro.

Mas depois de quase um mês ele começou a se sentir inquieto.

Deitar em uma rede ouvindo as ondas quebrando parecia muito foda quando se falava sobre isso – mas para o resto da vida?

De jeito nenhum!

Assim como Chang Caine, a lenda do filme *Kung Fu*, ele não era do tipo que se acomodava.

Então, ele alugou uma moto e passou duas semanas viajando sem destino antes de se cansar do cheiro da fumaça do escapamento, da bunda assada e dos insetos entre seus dentes.

Depois, passou pelas Filipinas, Singapura e Bali antes de chegar à Austrália.

Ele preencheu seus dias com aventuras turísticas – safaris de crocodilo, saltos de bungee jump de pontes, nadando com tubarões.

Mas as *experiências compradas não contavam* – principalmente não depois de tudo o que ele tinha passado, então ele se cansou de aventuras pré-empacotadas e começou a se sentir inquieto novamente, e decidiu seguir em frente.

Ele tinha pensado em partir em direção ao leste, talvez até chegar aos Estados Unidos, mas não estava confiante de que sua identidade falsa passaria na Imigração.

O passaporte era uma coisa, mas as impressões digitais eram mais difíceis de falsificar e o Mestre do Jogo deveria ter apagado suas informações de todos os bancos de dados imagináveis.

A ideia de passar um tempo como uma puta de prisão no estado do Alabama era aterrorizante o suficiente para fazê-lo estacionar o sonho dos EUA no estacionamento de longa duração.

Além disso, todas as divagações estavam começando a deixá-lo irritado.

A inquietação dentro dele parecia crescer exponencialmente, junto com sua insônia.

Mais ou menos conscientemente, ele aos poucos começou a ir para o norte. Parou na Índia, passou várias semanas chapado na praia em Goa, antes de finalmente terminar ali – na porra da Terra do Nunca.

Dubai é muito legal, você vai amar, meu chapa – mais bien sûr!

Aviso para mim mesmo – nunca ouvir conselhos de viagem de bichas francesas com cartões AmEx pretos, não importa quanta Maria Joana eles ofereçam...

Ele já tinha tido mais do que podia após overdosar nas atrações turísticas do hemisfério oriental combinadas, e todo este país de faz de conta era praticamente tão genuíno quanto seu nome no último passaporte.

Uma fachada, uma porra de superfície sem alma, sem o menor indício de qualquer conexão com sua história – ou com a realidade, se formos pensar...

Seu novo amigo Vincent tinha prometido encontrá-lo, mas até agora não tinha ouvido um pio dele. Provavelmente o francês e sua legião ainda estavam perdidos em uma nuvem de fumaça na praia de Goa, enquanto ele próprio estava definhando nesta ilha artificial como uma espécie de náufrago de luxo. Tudo o que ele precisava era de um amigo de faz de conta e estaria em casa e seco.

Será que a Armani faz bolas de vôlei...?

Porra, este lugar poderia facilmente lutar doze rounds contra Vegas pelo título dos pesos pesados em mau gosto.

Poucos dias antes, ele tinha ouvido uma família queimada de sol com mãe, pai e duas crianças falando sueco a algumas mesas de distância, e de repente ele se sentiu quase explodindo em lágrimas sobre seu ovo de café da manhã. Levou alguns minutos para perceber por quê.

Porra, ele estava com saudades!

Da Suécia, Estocolmo, Södermalm, sua irmã, Manga, o Bode, cantar ao ar livre em Skansen, "oito vagões para Ropsten", *de tudo*!

Mas, provavelmente, mais do que tudo – de si mesmo.

Porque mesmo que ele tivesse praticamente tudo o que o sueco médio poderia querer – dinheiro, liberdade, e o mínimo de responsabilidade – a amarga verdade é que a única coisa que realmente queria era a que ele não podia ter.

Ser HP novamente – *correção, o novo e melhorado HP* – de volta em sua própria lagoa de patos minúscula.

A ideia de que ele estava condenado a viajar à deriva por todos os hotéis turísticos da Ásia pelo resto de sua vida, até que já não conseguisse se lembrar de seu nome, foi o suficiente para fazê-lo ficar seriamente deprimido.

Ele precisava de algo, qualquer coisa, que o lembrasse de quem ele realmente era, para fazê-lo sentir-se mesmo que somente um pouco vivo novamente.

Nem mesmo a própria lenda do Kung Fu tinha sido capaz de lidar com o estilo de vida nômade a longo prazo, e terminou como uma drag queen decadente em um armário de hotel, com uma corda feita de cortina como sua gravata de despedida.

E quem poderia culpá-lo?

O avião do governo pousou exatamente de acordo com o cronograma no pequeno aeroporto de El-Fasher, os dois motores a jato chicoteando nuvens de poeira em direção aos veículos que esperavam.

Além de seu próprio grupo, o representante local da ONU também estava lá para recepcionar o avião, e Rebecca tinha trocado algumas palavras com a sua equipe de segurança.

A porta do avião se abriu e Malmén olhou para fora. Rebecca acenou que estava tudo bem e ele balançou a cabeça em resposta.

A ministra para o Desenvolvimento Internacional sorriu para ela em reconhecimento enquanto descia as escadas do avião.

"Bem-vinda a...", Rebecca começou, mas Gladh já tinha se colocado entre elas.

"Bem-vinda à África, ministra, espero que a viagem tenha sido boa! Permita-me apresentar o representante local da Organização das Nações Unidas, sr. Moon, e sua vice, sra. Awaga. Nossa primeira parada, como você sem dúvida já está ciente, ministra, será o campo de refugiados de Dali, onde vamos encontrar o ministro do Interior do Sudão e o governador de Darfur. Depois disso vamos para o abrigo de crianças em Kaguro..."

Rebecca deu um passo para o lado e abriu a porta do carro para a ministra, que obedientemente tomou seu lugar. Gladh deu a volta no carro e esperou, mas Rebecca o ignorou. A ministra era sua protegida, Gladh poderia cuidar de si mesmo. Certamente o velho idiota conseguiria abrir uma porta de carro sozinho.

Alguns minutos depois, eles estavam prontos para sair. A ministra e Gladh estavam no carro atrás do primeiro jipe militar junto com Rebecca e Karolina Modin. Esbjörnsson, Malmén e Göransson estavam logo atrás deles, no Landcruiser, e o resto do grupo ia em um terceiro carro, dirigido por um motorista local. Depois vinham os três veículos da ONU e, finalmente, um outro jipe do exército sudanês. Tudo inteiramente de acordo com o plano.

O celular dela emitiu um ruído.

Estavam no meio do caminho para o campo de refugiados, nada além da savana deserta ao lado das estradas de terra esburacadas, por isso ela não viu nenhuma razão para não verificar sua caixa de entrada. Na verdade, era muito incrível que houvesse qualquer sinal aqui no meio do nada – mas a África era, aparentemente, a mais recente mina de ouro para os fabricantes de telefones celulares.

`Cuide-se bem, Becca – te vejo quando voltar pra casa?`

Ela sorriu e virou a cabeça. No banco de trás, a ministra e Gladh ainda estavam envolvidos em uma discussão que ela tinha parado de ouvir vários minutos antes.

Através da janela traseira ela podia distinguir os veículos atrás deles, e as silhuetas escuras de seus passageiros. Dessa distância era impossível dizer qual sombra era de quem.

`Vamos ver...`

Assim que apertou enviar, notou que Modin olhava para ela.

"De casa", disse ela rapidamente, e Modin murmurou algo em resposta.

Ela verificou as horas.

"Dez minutos até lá", disse ela no microfone sem fio em seu pulso. Ela recebeu um duplo clique no seu fone de ouvido para indicar que Malmén tinha entendido o que ela havia dito e não tinha nada a acrescentar.

Bom.

Mas, na verdade, ela não precisava de sua aprovação. Ela tinha que se acostumar com o fato de que esta era a sua equipe agora, seu quatro mais um.

A multidão de pessoas era visível à distância.

O jipe militar em frente tinha parado ao lado e um braço acenou para que passassem, mas ao contrário do dia anterior a estrada que levava aos prédios estava bloqueada.

"Não parece que vamos chegar mais longe", ela disse, e Modin assentiu.

"Mudança de planos", disse ela ao microfone em seu pulso. "A estrada está bloqueada, por isso nós evidentemente teremos que andar o último pedaço. Esbjörnsson e Modin, esperem com os carros a menos que recebam outra ordem. Entendido, câmbio?"

"Você não acha que todos podemos ser necessários, parece haver uma confusão lá na frente, câmbio?"

A voz de Malmén no rádio era cortada e abrupta, e ela notou Modin imperceptivelmente levantar a cabeça, como se esperasse sua resposta.

Rebecca respirou fundo.

Quatro mais um ou quatro contra um? Tudo dependia da forma como ela respondesse.

Malmén era um guarda-costas experiente e ele certamente tinha levantado um bom ponto, mas se ela recuasse agora ficaria claro para todos quem era o verdadeiro chefe deste grupo.

Mas se ela lhe rechaçasse com muita força poderia parecer que tinha se sentido ameaçada e que não iria ouvir suas ideias no futuro por princípio, não importando quão sensatas fossem. Esse tipo de liderança não só era pobre, mas poderia até colocar em risco a segurança do grupo.

Rebecca levou a mão esquerda à boca, respirou fundo e apertou o botão de transmissão.

"Eu entendo o que você está pensando, Malmén, mas agora eu preferia estar pronta para ir embora. Esbjörnsson e Modin, permaneçam nos veículos por enquanto. Eu vou fazer uma nova avaliação antes de desembarcar. Câmbio e desligo."

As três últimas palavras marcavam um fim definitivo para a troca. Rebecca olhou para Modin, mas ela estava sentada completamente imóvel, sua expressão inalterada.

Eles foram até a pequena rotatória e ela abriu a porta do carro.

A primeira rodada parecia ter sido ganha por ela, mas por algum motivo ela tinha a sensação de que o jogo estava apenas começando.

3 Preliminares

Fórum dos Pilares da Sociedade
Publicado em: 6 de novembro, 20:04
Por: **MayBey**

A única verdade é que todos mentem...

Este post tem 20 comentários

Ele deveria estar dormindo como um cadáver. Mas nem mesmo um embate daquele calibre entre os lençóis foi suficiente para fazê-lo dormir.

Paciência. Ele já estava bem habituado a ficar deitado acordado a essa altura.

A mulher a seu lado mexeu-se enquanto dormia e ele moveu a cabeça para observá-la.

Ela estava de costas para ele e já havia se livrado das cobertas o suficiente para revelar seu corpo bronzeado.

Pois então, Anna Argos – presumivelmente de uma das partes mais elegantes de Londres, a julgar por seu inglês de classe alta.

Ele a havia visto na piscina.

Ele estava lá deitado admirando seu minúsculo biquíni e imaginando se ele se incomodaria em dar em cima dela quando ela acenou para ele. No momento seguinte ele estaria passando óleo em sua tatuagem nas costas e dez minutos depois, praticamente sem nenhum diálogo, ela estaria cavalgando seus quadris.

Não é proibido fumar aqui?

Jesus, ele era um idiota completo...

Ele levantou sua cabeça do travesseiro para ver melhor a srta. Argos. O que ele conseguia ver é que seu rosto era macio como a bunda de um bebê e provavelmente tão natural quanto seus peitos. Ela havia amarrado seu cabelo loiro por trás da orelha, e quando ela se inclinou, ele pode vislumbrar a pequena cicatriz branca atrás de seu lóbulo que confirmou suas suspeitas.

Ele percorreu lentamente seu dedo por sua nuca, continuou pelos ombros e pela parte de trás do braço e de repente parou sobre um pequeno machucado escuro que não havia percebido anteriormente. Curioso, passou o dedo ao seu redor e continuou descendo pelo braço.

Seu toque havia feito aparecer outras marcas semelhantes de forma branda.

Ele virou a própria mão. Havia vestígios evidentes do creme de cor da pele na ponta do dedo.

Cuidadosamente, e sentindo-se um tanto desconfortável, ele inclinou-se para a frente para ver a parte de dentro de seu bíceps.

"Você ainda está aqui?"

Anna estava olhando para ele com um ar de poucos amigos.

"Er... sim", ele conseguiu falar, e sentou-se.

"Então pode ir caindo fora, porque eu não lembro de ter pedido pra você ficar - pedi?"

"Er... não..."

Merda - aquele não era seu dia de ter o dom da palavra.

Tá bom, ela não queria dormir encaixadinha pela manhã - tudo bem pra ele. Ele deslizou para fora da cama e começou a procurar suas roupas, mas sem muita pressa.

"Você não me ouviu? Dá - o - fora - daqui, porra!"

Ela conseguiu chutá-lo para fora com um forte golpe na bunda.

"Tá bom, tá bom - sossega!", resmungou enquanto pulava em uma perna e tentava vestir a sunga.

Putamerda, que vaca!

Qual é o problema com ela?

Mas ele já havia começado a pensar numa teoria...

De volta à embaixada, o ar estava tenso depois que Rebecca abortou a missão da visita da ministra devido ao problema dos refugiados do Sudão. A velha mansão era grande, tinha pelo menos seiscentos metros quadrados se contássemos os dois andares - mas a atmosfera parecia claustrofóbica.

Ela preferiria evacuar de uma vez só, colocando tudo e todos num avião do governo e saindo dali imediatamente. Mas o avião havia acabado de pousar e seus pilotos haviam gasto todo seu tempo de voo. Eles precisariam de pelo menos oito horas de descanso antes de poder viajar novamente, o que significava que eles teriam que esperar até o início da manhã seguinte. Isso, claro, levando em conta que as autoridades permitissem que eles fossem...

Ela estava falando no telefone com seu contato sudanês oficial a cada dez minutos e com Runeberg a cada hora. O contato oficial estava tentando convencê-los a ficar, dizendo que a desordem era um "incidente lamentável", provocado por arruaceiros que tentavam abalar as relações entre o Sudão e a Suécia, e que o governo sudanês poderia "garantir sua segurança".

Mas ele não estava preparado para aceitar que havia um assassino.

E ele dificilmente estava sozinho naquilo...

No andar de cima, Gladh estava furioso, rugindo com seu assistente, Håkan Berglund, e com o telefone, gritando tão alto que os guardas no portão poderiam ouvi-lo.

A ministra, por sua vez, não estava falando muito. Ela havia se trancado em seu quarto e deixava sua assessora de imprensa lidar com tudo.

"Ann-Christin não está se sentindo bem, ela estava enjoada por causa do voo, e depois com essa..."

A assessora de imprensa acenou apontando em direção a Rebecca, e ela pôde sentir os outros seguranças a olhando.

"...tentativa de ataque...", Rebecca completou com a voz mais firme que conseguiu dizer. "Um assaltante desconhecido armado com um revólver aproximou-se do carro com a intenção de dispará-lo. Felizmente ele não conseguiu e escapamos. Meu trabalho aqui é fazer que todos voltem inteiros para casa, o quanto antes."

A assessora de imprensa concordou de forma benevolente.

"E todos nós a agradecemos por isso, Rebecca, de verdade."

A mulher olhou para Gladh.

"É que uma retirada poderia mandar... bem... sinais errados, se você entende o que eu quero dizer..."

"Não, não entendo", Rebecca respondeu secamente.

Gladh ergueu-se de sua cadeira.

"Temos uma agenda, reuniões – pessoas importantes que viemos trabalhando duro para conseguir nos encontrar. O embaixador arriscou toda sua reputação ao organizar essa visita e de repente vamos cancelar tudo só por causa de um pequeno... distúrbio?"

O rosto de Gladh estava pálido e ele disparava pequenas gotas de saliva.

"Pelo que entendi, tudo isso começou quando você, Normén, decidiu que deveríamos ir embora. Ninguém mais concorda comigo?"

Ele olhou ao redor da sala, mas ninguém disse nada.

Rebecca tentou encontrar o olhar de Malmén, mas ele estava olhando para baixo, bem como os integrantes de sua equipe, e Håkan Berglund obedientemente tinha seus olhos em seu mestre. Ela respirou fundo e tentou manter-se calma.

"Tomei a decisão de bater em retirada porque a situação era muito arriscada. As coisas tornaram-se radicalmente diferentes comparadas com o dia anterior e meu julgamento dizia que não poderíamos continuar de forma segura. Além do distúrbio generalizado, certamente a presença de um agressor provou que eu estava certa, não?"

Ela olhou mais uma vez para todos, mas ninguém olhou para ela de volta – à exceção de Gladh.

"Você quer dizer o agressor que só você viu, Normén? Não é estranho que ninguém mais o tenha visto, nem seus colegas nem nenhum de nós que estávamos dentro dos veículos? Isso não lhe parece um tanto peculiar?"

Ele sacudiu sua cabeça para um lado, para enfatizar seu tom paternalista.

"Tudo aconteceu muito rápido, havia muita gente e a poeira tornava difícil de visualizar...", ela começou, mas logo foi interrompida por Gladh.

"Mas certamente sua motorista o viu, não? Qual era o nome dela mesmo? Modig?"

Karolina Modin ergueu seu olhar do chão.

"Modin", disse quase em silêncio.

"Sim, isso... Bem, Modin, você viu esse agressor que Normén descreve como vindo em direção ao carro com uma arma apontada diretamente para nós?"

Modin olhou por um bom tempo para Rebecca e depois para Malmén, antes de responder.

"Não, não vi."

"Você não viu, mas sua chefe, que estava bem ao seu lado, disse que o viu claramente. Por que você acha que as histórias não batem?"

Modin contorceu-se e deu outro longo olhar em direção a Malmén.

"Eu estava olhando para trás, concentrada no que acontecia atrás, então não pude observar o que estava à frente do carro. Havia pessoas passando em todas as direções..."

"Mas um agressor de verdade com um grande revólver, certamente você veria algo desse tipo, não? Ou você não aprendeu isso quando foi treinada para ser guarda-costas?"

Seu tom paternalista era o bastante para que Rebecca quisesse esganar aquele puto miserável, mas ela se conteve. Não importava o que Gladh achava que ia conseguir com aquela discussão, a palavra final ainda era dela. Ela iria vencer, a única dúvida era sobre como Gladh iria reagir.

Modin resmungou algo como resposta e Gladh mudou sua atenção para o agente líder do grupo.

"E você, Malmén, é esse seu nome, certo?"

"Correto."

"Você viu algum agressor?"

"Não, não vi, mas como Modin e minha própria motorista, eu estava concentrada no que estava acontecendo do outro lado. Eu tentava fazer que o veículo que vinha atrás da gente saísse do caminho, o que não estava sendo particularmente fácil..."

Gladh confirmou com a cabeça e voltou-se para Rebecca.

"Como disse, o que parece que temos aqui é um tumulto que começou a partir de seu toque de retirada sem planejamento e um suposto agressor que apenas você viu, Normén. O assunto está bem claro para mim. Não há porque encerrar esta viagem e o embaixador concorda comigo. O ministro do Interior nos prometeu uma escolta armada, e continuaremos seguindo os planos amanhã pela manhã."

Ele olhou ao redor para o grupo com satisfação, como se o assunto estivesse encerrado.

"Não, não vamos", Rebecca disse com firmeza. "Você parece estar confuso em relação ao meu papel e à minha autoridade aqui, Gladh. Eu sou a responsável definitiva pela ministra e equipe – não você nem o embaixador. Minha decisão é que devemos voltar para a casa assim que pudermos. Se você não gosta disso, está livre para fazer sua reclamação para meu chefe, o superintendente Runeberg."

Ela levantou-se e foi em direção à cozinha.

Câmbio e desligo, seu arrogante burocrata magricelo!

Quatro mais um.

Era como aquelas marcas eram descritas na investigação da cena do crime.

Quatro dedos nas costas de um braço e um polegar à frente. Ele já havia visto aquilo antes, na Vida Real...

Ele deu um trago profundo no baseado e segurou o fôlego por uns segundos antes de expirar uma coluna de fumaça pegajosa de sua cama em direção ao detector de fumaça no teto.

Anna Argos estava realmente nervosa quando acordou, mas por alguma razão ele tinha a sensação de que aquele chilique matinal tinha mais a ver com a descoberta dos machucados do que o fato de que ele ainda estava na cama.

Ele puxou outro trago de fumaça e assoprou outra nuvem de alcaçuz em direção ao detector de fumaça.

Como sempre, não havia nenhuma resposta do dispositivo em forma de disco grudado no teto, o que não era nada estranho, a começar pelo fato de que, como muitas outras vezes, ele havia cuidadosamente embrulhado o pequeno estraga-prazeres com a tampa de xampu cortesia que havia encontrado no banheiro.

Ele não podia negar que Anna havia atiçado sua curiosidade – tanto que ele quase havia esquecido sua viagem para a emolândia.

Mas além dos machucados, havia mais alguma coisa que parecia estranha.

Anna era obviamente uma executiva, e pessoas desse tipo sempre deixam seus celulares ao alcance do braço.

Ele procurou por seu celular enquanto estava em sua suíte. Buscou em cada superfície plana, tanto quando ela o arrastou para a cama quanto mais tarde, quando ela o expulsou. Mas ele não o havia visto em canto algum.

É claro que poderia ser uma grande coincidência – mas em retrospecto ele não conseguia se livrar da ideia de que ela havia escondido seu telefone de propósito.

"Malmén!"

Ele parou no corredor e ela acenou para que ele viesse à sua sala.

Ao mesmo tempo, ela interrompeu a ligação que estava fazendo e fez um gesto para que ele se sentasse, mas ele permaneceu de pé.

"Certifique-se de que tudo esteja preparado. O Swedeforce 24 teve permissão para decolar às sete, por isso vamos sair daqui às cinco e quarenta e cinco."

Ele concordou secamente. "E os carros?"

"Os deixaremos no aeroporto. Por mim Gladh e Berglund podem dirigi-los de volta para Cartum se eles não quiserem voltar para a Suécia conosco."

Malmén deu um sorriso torto e encolheu os ombros.

"Bem, é uma decisão sua..."

"O que diabos isso quer dizer?"

A raiva que ela conseguia manter sob controle de repente estava fervendo.

"Nada, calma!"

"Eu estou calma!", vociferou. "Só quero saber o que você quis dizer quando disse que era *minha decisão*. Você não compartilha comigo a conclusão de que precisamos bater em retirada? Você também acha que não havia um agressor?"

"Eu estava falando dos carros, Normén, tá?"

Ela o observou firmemente por alguns segundos até se acalmar.

"Tá bom..."

Foi preciso que ele saísse da sala para que ela percebesse que Malmén não havia respondido à sua pergunta.

O som do telefone chamando fez que ele derrubasse o beque.

Ele havia cochilado e passou alguns segundos confusos procurando no chão antes que o cigarro queimasse um buraco no carpete.

"Alô...?"

"Olá, Thomas, aqui é o Vincent falando, como você está, meu amigo?"

Foram precisos alguns segundos para que seu cérebro chapado fizesse as conexões certas.

Thomas era seu pseudônimo recente – Thomas Andersen, de Trondheim, Noruega. Ele havia sido preso com um traficante pequeno de Bergen e poderia grunhir um dialeto norueguês incompreensível para fazer esse papel, mesmo que eles estivessem celebrando seu dia nacional.

"Bonjour, Vincent, como vai?"

"Bem, bem. Desculpa não ter ligado antes, tive um atraso em Goa. Problemas com autoridades, se entende o que quero dizer..."

"Hmmmm..."

Ele soprou o baseado para que ele queimasse melhor.

"Escuta Tommy, estamos pensando em ir para o deserto amanhã à noite. Dirigir um pouco na terra, fazer um churrasco, fumar um narguilé com os beduínos. Quer vir com a gente?"

Ele deu um longo trago.

"Vamo!"

"Ótimo, te pegamos umas cinco. Temos muito espaço nos carros, por isso se quiser trazer alguém, não tem problema. *À tout à l'heure*!"

HP desligou e sorriu para o teto.

Uma mulher misteriosa, atividades noturnas no deserto.

Segredos esperando para serem desvendados...

Pela primeira vez em eras ele quase se sentia vivo de novo.

Vambora!

Amuleto de má sorte 4

Fórum dos Pilares da Sociedade
Publicado em: 7 de novembro, 15:09
Por: **MayBey**

Às vezes você tem de tirar o melhor das situações...

Este post tem 26 comentários

O enorme veículo deu um salto no topo da duna de areia, pairando no ar por um instante antes de começar a escorregar de lado pela ladeira a seguir. Nuvens de areia passaram pelas janelas e por um momento o carro ficou completamente às escuras. E então o 4x4 chacoalhou na outra direção, a areia saiu de cima e a vista estava às claras. A manobra fez quase todos os passageiros, menos HP, gritarem como se estivessem em uma montanha-russa.

Vinte minutos de rali sobre as dunas e ele já sentia-se como se fosse vomitar.

Haxixe e cerveja não tinham sido um bom aquecimento para um safári no deserto. Puta merda, ele estava passando mal!

Para piorar as coisas, Vincent o havia espremido no banco de trás, perto das malas, onde tanto a visibilidade quanto o sacolejo ficavam pior. O francês havia ficado próximo de Anna A., que naturalmente falava um francês perfeito. Os dois e o outro francês no carro vinham falando como suricatos fritos de ácido durante todo o trajeto, deixando HP sentindo-se seriamente excluído.

Mas ele havia ao menos conseguido pegar um pouco daquilo.

Era evidente que a srta. Argos não era nada senhorita e sim uma senhora, visto que Vincent e o outro francês se referiam a ela como madame.

Ele apostava que ela era divorciada e não viúva, especialmente a partir de sua atitude escrota.

E a madame certamente parecia ter muito dinheiro, a julgar por sua exagerada suíte no hotel, com vista para o Golfo, e suas roupas que pareciam ser absurdamente caras. O traje delícia com que ela apareceu vestida para o safári exatamente às cinco em ponto era bem marcante.

Vincent imediatamente lançou mão de seus encantos, à toda. Beijou sua mão e sacou rapidamente o isqueiro dourado quando ela virou-se com um cigarro em sua direção.

Toda aquela bajulação já havia deixado HP incomodado, mesmo antes de ele ter sido socado no compartimento das bagagens – e não melhorava as coisas o fato de que a madame parecia estar ignorando-o.

O carro da frente mergulhou em outro vale, e em poucos segundos o carro deles foi atrás. O estômago de HP deu outra cambalhota, e de repente ele sentiu uma sensação familiar tomando conta de seu corpo.

"Me dá o saco", ele resmungou, e lhe passaram rindo o saco de plástico que já havia sido motivo de apostas.

Mil dirhams. HP teve tempo de pensar antes de encher o saco com o conteúdo de seu estômago.

Que vômito caro pra caralho!

Eles pararam e ele caiu pela porta, cambaleando para longe para forçar mais para fora. Quando seu estômago parou de doer, minutos depois, e ele virou-se de volta para o carro, envergonhado e sujo de vômito, a gargalhada jocosa de Anna Argos dizia que seu vômito havia lhe custado consideravelmente mais do que a aposta.

"Vamos direto para o acampamento dos beduínos – e dessa vez dirigindo sem emoção, ok?"

O motorista olhou para a cara cor de giz de HP pelo retrovisor e apenas concordou. Todas as janelas foram abertas, o ar-condicionado estava ligado mas ainda era impossível escapar do cheiro ácido que emanava de suas roupas e barba.

Anna inclinou-se e murmurou algo no ouvido de Vincent. HP podia ver seus lábios quase encostando no lóbulo da orelha do francês e então os dois explodiram em outra gargalhada conspiratória.

Ninguém ganha prêmio se acertar de quem eles estavam tirando sarro...

Ele preferiu ignorá-los e olhar para fora da janela lateral. O sol aos poucos se tornava uma bola vermelha no horizonte, e as sombras entre as dunas estavam se tornando mais compridas. À distância, algumas aves escuras voavam lentamente em círculos, girando ao redor do mesmo ponto na areia do deserto.

Aquele movimento era particularmente tranquilizador – quase hipnótico – e por um breve momento o fez esquecer dos movimentos bruscos do carro.

Ele não sabia mesmo o que esperar de um acampamento de beduínos. Talvez algumas tendas de lona e alguns camelos nojentos e fedidos? Uma boa dose de pobreza rotineira da vida no deserto para agradar aos turistas? Ele devia ter desconfiado. Afinal, aquela era uma terra de excessos.

O acampamento ficava numa pequena ravina e tinha uns doze pavilhões, todos ao redor de um círculo, limitados por uma cerca alta e intrincada, feita de um material que parecia uma espécie de palha e provavelmente segurava as tempestades de areia. Uma série de postes de telégrafo com holofotes amarrados saíam da própria cerca, e uma fileira de lâmpadas e bandeiras coloridas ficava pendurada entre eles. Na frente daquele conjunto, a cerca era substituída por um muro alto com duas torres de sentinela e um portão aberto.

Tudo tinha sido feito para parecer medieval, mas a julgar pelas cores e condições das edificações no acampamento, aquilo tudo era uma construção relativamente recente.

Eles estacionaram os carros do lado de fora e andaram em direção ao portão enquanto ouviam o som do pop árabe crescendo ao redor. Na área central do acampamento havia um enorme piso de madeira coberto com tapetes árabes e sobre estes havia várias mesas baixas com colchões para se sentar, ocupando um espaço que daria para uns cem convidados. Os prédios que conseguiam ver quando se aproximavam não tinham uma quarta parede e ficavam abertos em direção ao centro do acampamento. Eles continham ainda mais espaço para quem quisesse se sentar e também cozinhas, uma loja de lembranças e um pavilhão com água encanada.

Para colocar de forma mais branda, tudo aquilo no meio do deserto parecia um absurdo, quase como uma miragem.

"Salaam-aleikum, sejam bem-vindos, meus amigos!", exclamou um baixinho gordo vestido de beduíno que corria para recebê-los.

"Vocês chegaram cedo, o jantar deve sair em uma hora, mas dá para passar o tempo comprando lembranças, andando de quadriciclos, surfando na areia, cavalgando camelos ou fumando shisha. Se nada disso lhes atrai, então é claro que o bar estará aberto para os que não forem muçulmanos."

O homem sorriu e esperou o suficiente até que as gargalhadas parassem.

"E se quiserem se refrescar, os banheiros são logo ali."

Ele gesticulou em direção a uma construção em forma de tenda no final do acampamento e em seguida virou-se para HP com um olhar severo.

"Os shows de dança do ventre começam às dez, espero vê-los de novo e aproveitem sua estada conosco!"

Mesmo que HP preferisse deitar-se num colchão com um cachimbo de fumo, ele relutantemente optou por seguir o conselho do sujeito e foi limpar-se.

Com a sorte que tinha, o banheiro era uma mangueira com um chuveiro na ponta, e depois de muitas manobras acrobáticas e de lavar bastante as mãos, ele conseguiu limpar-se de forma razoável.

Ele jogou fora sua camisa na lixeira mais próxima. Ela era artesanal e feita de seda tailandesa, mas ele estava feliz em sacrificá-la ao saber que assim poderia reaver algumas migalhas de sua autoestima. Na loja de suvenires ele pegou uma camiseta rosa com um padrão árabe psicodélico na estampa, e depois abdicou de toda a responsabilidade ao pedir ao vendedor que completasse seu visual enrolando uma toalha em sua cabeça.

Quando tudo estava pronto ele foi sentar-se nos colchões próximos às mesas baixas, pediu uma cerveja enquanto esperava os outros acabarem de brincar na areia.

Vincent e Anna não voltaram até quase escurecer. Eles estavam andando bem próximos um do outro, seus corpos se esbarrando e se acotovelando enquanto eles trocavam confidências em francês.

Ele nem devia ligar. Não era como se ele estivesse apaixonado por ela – não mesmo. Mas ainda haviam algumas regras. Anna era sua convidada, foi ele quem a trouxe na viagem.

Ele mal conseguia evitar os olhares dos outros no grupo. Mas suas opções eram limitadas. Ele estava ali preso no deserto e mesmo que o incômodo sentimento de humilhação aos poucos estivesse virando uma fúria quente e cega, ele não podia fazer muita coisa. Vincent tinha mais ou menos a mesma altura que ele, mas era consideravelmente mais forte e parecia que sabia tomar conta de si caso precisasse. Além disso, o francês tinha o apoio de toda sua turma, por isso convidá-lo para fazer parte do velho clube da luta não parecia ser uma boa ideia.

E mesmo assim ele se via mais como um amante do que um lutador...

Não, tudo que lhe restava era fingir que não ligava, tentar ficar bêbado e/ou chapado o mais rápido possível e tentar pegar uma carona na primeira caravana de camelos que estivesse saindo dali.

Ele decidiu dedicar toda sua energia a esta tarefa, mas em vez disso foi arrastado para a pista de dança por uma das francesas, que era bem bonita para se deixar passar, e logo se encontrou esfregando-se com cerca de uns setenta turistas na dança do ventre.

Mesmo que estivesse bêbado, ele se sentia incrivelmente idiota. Com uma toalha na cabeça, uma camisa de turista e um sorriso falso, dançando a dança do homem branco num acampamento de mentira num país de mentira. Ele provavelmente parecia mais ridículo do que se sentia, se é que isso era possível.

Anna e Vincent estavam se esfregando a alguns metros de distância. A coxa dele estava presa no meio das dela e suas mãos encontravam-se atrás de sua nuca, enquanto seus quadris rebolavam no ritmo da música pop árabe.

A francesa bonitinha – para quem ele estava obviamente muito doido, muito bêbado ou muito ridículo para ter qualquer chance – dançava com seus amigos. Foi quando ele decidiu voltar à mesa para lubrificar sua autopiedade com mais uma cerveja.

A mesa estava vazia, todos pareciam estar na pista de dança, mas no meio dos copos e pratos ele avisou algo dourado.

Era o isqueiro ostensivo de Vincent.

Que beleza!

Ele olhou ao redor, fingiu buscar uma outra lata de cerveja e rapidamente fisgou o tesouro. Ele pareceu frio e pesado em sua mão, consideravelmente mais sólido que seu velho e fiel Zippo.

Tinha que ser de ouro puro, e com a mesma certeza o descuidado comedor de sapos estava para perder sua bugiganga dourada.

Talvez fosse uma relíquia de família herdada de seu avô, algo do tipo?

Com um sorriso, ele colocou o isqueiro no bolso da calça e saiu em direção ao prédio dos banheiros.

A vingança é uma merda, seu filhadaputa!

A viagem de volta para casa foi indolor e eles chegaram em Bromma antes das quatro.

Eles se encontraram com outra equipe de segurança, que assumiu a responsabilidade pela ministra do Desenvolvimento Internacional, e logo depois um micro-ônibus chegou para buscar seu grupo. Ludvig Runeberg estava sentado no banco do passageiro à frente.

"Bom vê-los de volta inteiros", disse. "Peguem suas coisas rapidamente, pois vamos voltar ao Quartel-General para que entreguem seus equipamentos e façam seus relatórios. O doutor Anderberg está esperando..."

Havia uma abertura na cerca da parte de trás do acampamento, e HP parou por um instante na base da escada de concreto que levava aos banheiros, olhando curiosamente para a escuridão.

Era enervante fazer aquela comparação...

Do lado de cá havia um acampamento iluminado com luzes piscando, música, comida, bebida e excessos. No outro lado – a apenas alguns metros – a escuridão se espalhava para além dele. Quilômetro atrás de quilômetro de areia e deserto.

Quanto tempo eles dirigiram até chegar ali?

Era difícil dizer, porque o motorista não fez um caminho direto, mas ele chutou que levaram umas duas horas. Quantas horas seriam a pé? Seis, oito? Isso se você fosse para o lado certo, claro. Com um calor de cinquenta graus e tendo apenas cobras e escorpiões como companhia, devia ser fácil se enganar. Ele imaginou como deveria ser a sensação de ser abandonado ali.

Ele não conseguiu resistir a dar alguns passos em direção à escuridão.

O acampamento ficava num vale, mas as luzes de todas as lâmpadas iluminavam o suficiente para que ele conseguisse chegar ao topo de alguma duna à sua frente. Ele pôde ver a sombra solitária, que deveria ser de um poste telegráfico, e após segundos de hesitação foi em sua direção.

Ao chegar perto, viu que havia um pássaro no topo do poste - provavelmente uma daquelas aves pretas que ele avistou mais cedo naquele dia. A ave estava sentada, completamente parada, e não parecia estar nada incomodada com sua presença. Parecia um corvo grande e magrelo, mas, diferente de seus primos europeus, o forte bico da ave era levemente curvo - quase como uma cimitarra.

Enquanto HP se aproximava, a ave moveu a cabeça em sua direção e olhou-o diretamente.

Havia algo no olhar daqueles olhos de grão de pimenta que lhe fizeram sentir-se desconfortável, e ele parou a um metro e pouco de seu alvo.

O pássaro seguiu o observando em silêncio e por algum motivo HP não conseguia desgrudar seus olhos dele. Ele estava segurando o próprio fôlego.

De repente o bico grosseiro abriu um centímetro e pouco, e por um instante HP pensou que a ave estivesse querendo falar algo com ele.

Ele podia sentir os pelos de seus braços ficarem eriçados.

"Ghourab Al-Bain!"

HP pulou.

Era Emir, o motorista, que havia aparecido logo atrás dele.

Puta merda, ele o havia feito cagar nas calças!

"Q-quê?"

"Ghourab Al-Bain." E apontou para o pássaro.

"Corvo do deserto. Trazem má sorte, coisas ruins, entende?"

E então o corvo guinchou - um som grave e ondulante que ressoou no tórax de HP.

Então ele moveu sua cabeça e deu uma última olhada em HP, antes de sair de seu ponto de sentinela com duas pesadas batidas de asa.

Segundos depois, a ave havia sido engolida pela noite no deserto.

"Você não devia sair por aí assim, chefe. É fácil se perder por aí. Fácil de sumir, sabe?"

Sim, claro, HP tinha plena certeza de que havia entendido.

"Coisas ruins", murmurou, olhando rumo à escuridão.

Coisas ruins 5

Fórum dos Pilares da Sociedade
Publicado em: 7 de novembro, 21:28
Por: MayBey

A pior coisa que um oficial de polícia pode sentir é não poder confiar em seus colegas...

Este post tem 29 comentários

Quando ele saiu dos banheiros, quase correu direto para Anna Argos.

Ela estava de costas para ele, e ele achou que ela estivesse esperando alguém.

Provavelmente Frankie Comedor-de-Sapos...

Foi quando ele viu o celular lustroso em sua orelha e foi como um choque elétrico de reconhecimento. As chamas de ressentimento que haviam quase morrido de repente se acenderam de novo, e ele deu alguns passos bravos em sua direção.

"Não, ninguém me seguiu, está tudo bem. Eu estou do outro lado do mundo", ele a viu falando rapidamente em inglês antes que ele segurasse seu braço.

O olhar nos olhos dela estava tão apavorado quanto em sua imaginação no saguão do hotel e, assim como em sua fantasia, toda a raiva foi embora em um instante.

Não importa quem Anna Argos era ou como ela era cool e experiente, ainda havia algo – ou mais precisamente alguém – que a fazia cagar-se de medo, mesmo do outro lado do mundo. Ela desligou a ligação.

Levou apenas um segundo para que ela se recompusesse e se livrasse com raiva de sua mão – mas ele ainda teve tempo de perceber como aquele medo era intenso.

"Me deixa, você ainda está cheirando mal!"

"Desculpe", ele balbuciou, dando alguns passos incertos para trás enquanto erguia suas mãos à frente.

"Acho que já é demais... Paz!"

Ela lhe deu um olhar raivoso e depois virou as costas para ele, ignorando-o.

"Sabe, minha irmã também saía com esses caras que... batem em mulher", acrescentou.

Ela virou a cabeça e olhou para ele de modo suspeito. Quando ela abriu a boca para falar, alguns segundos depois, seu tom não era tão hostil.

"E...?"

"Eu matei o filho da puta", sorriu e depois saiu andando sem firmeza em direção ao acampamento.

Eles penduraram seus rádios e os coletes à prova de balas, trancaram suas armas no compartimento específico e vestiram roupas civis. Anderberg havia reservado uma sala de reuniões para conduzir os interrogatórios obrigatórios, e agora todos estavam esperando impacientes para terminar tudo.

Levaria pelo menos uma hora para contar toda a cadeia de eventos e em seguida mais uma hora para que todos fossem liberados para ir para a casa com suas famílias.

Mas mesmo que ela estivesse tão cansada quanto os outros, ela não tinha tanta pressa pra chegar em casa.

"Estamos esperando Runeberg", disse Anderberg ao perceber o quanto todos estavam impacientes.

"Ah, lá vem ele."

"Mudança de planos", ele disse abruptamente. "Normén, você passará pelo interrogatório sozinha, depois que os outros tiverem terminado. Enquanto isso você pode escrever seu relatório dizendo o que aconteceu."

Ela estremeceu e abriu a boca para protestar. Esse não era o procedimento padrão, e ela não tinha a menor vontade de ser forçada para fora dali na frente de sua própria equipe.

Mas antes que ela tivesse a oportunidade de dizer qualquer coisa, Runeberg a cortou.

"Vá, Normén. O quanto antes você terminar isso, mais cedo vamos todos para casa..."

Segundos depois, a porta da sala de reuniões fechou-se às suas costas.

Finalmente!

Ele estava deitado entre os colchões de seda no pavilhão shisha, inspirando profundos tragos relaxantes de fumaça. O narguilé à sua frente borbulhava tranquilamente enquanto a úmida e refrescante fumaça descia por sua garganta, embrenhando-se nas vias respiratórias até chegar a seus pulmões insaciáveis.

Que beleza!

Um dos franceses – ele não lembrava qual deles – tinha preparado a mistura. Um pouco de maconha no fundo e a quantidade exata de tabaco por cima, antes do papel alumínio e do carvão em brasa. Não importa quem era, ele sabia exatamente o que fazia. A viagem estava perfeitamente equilibrada.

Meus cumprimentos ao chef!

Ele sentia-se mais calmo, consideravelmente mais relaxado.

Ele não pôde deixar de notar a própria camiseta de turista e de repente explodiu em gargalhada.

Porra, aquilo era ridículo, e ele estava ridículo vestindo aquilo, bem como ao comprar uma daquelas toalhas de mesa para enrolar na cabeça.

Ele estava rindo bem e seu astral parecia ter se espalhado para os outros pelo pavilhão.

"Ei Thomas, o que é tão engraçado?"

"Nada demais, cara, nada demais", riu, sem conseguir parar. "É a porra desse país, sabe? Tudo é muito *fake*, né?"

Ele deu mais um profundo trago na fumaça que borbulhava, prendeu por alguns segundos e depois deixou-se cair entre os colchões.

"A gente sabe como é, Tommy...", resmungou um outro francês. "Tudo é *fake*, nada é de verdade, *d'accord*?"

Ele disse algo em francês e todos começaram a rir.

"Isso", HP resmungou para o teto enquanto o agente secreto da Stasi[1] 007 Sono finalmente apareceu, relaxando os músculos ao redor de suas pálpebras e lentamente fechando as persianas.

"Nada é de verdade, é tudo..."

"Um *Jogo*?"

Ele abriu seus olhos. O sussurro veio da sua direita, perto da entrada, mas naquela luz fraca sua visão nublada só conseguia distinguir silhuetas.

"Quê? Q-quem falou alguma coisa sobre...?"

Nenhuma resposta, só risadas. Ele ouviu errado ou seria só o coral dos jovens rapazes na área de saída brincando com ele?

Ele piscou os olhos algumas vezes e tentou clarear a própria visão, mas o manto da perda de memória provocada pela maconha em sua

1 Como era conhecido o Ministério para a Segurança do Estado, principal organização de polícia secreta e inteligência da República Democrática Alemã (RDA). Criada em 1950 e reconhecida como um dos serviços de inteligência mais efetivos do mundo, foi extinta em 1989 com a queda do Muro de Berlim. [As notas são do Editor.]

cabeça não ia passar. Talvez a mistura do narguilê tivesse sido forte, no fim das contas...

"Você já fez alguma coisa de verdade na vida, Thomas?"

Dessa vez era o francês que estava ao seu lado.

"O que quer dizer com isso", gaguejou HP, coçando a nuca.

"Algo que faça você se sentir por inteiro, de corpo e alma, que te faça sentir-se absolutamente presente no momento? Como se o mundo inteiro parasse só para te ver?"

Mais risadas, dele inclusive, mesmo que ele não tivesse muita certeza do que estavam rindo.

Parte de seu cérebro suspeitava que o francês estivesse rindo dele - que eles estivessem tirando sarro dele, mas ele ainda não conseguia entender do quê.

"Você não faz ideia, cara", resmungou, para em seguida perceber que estava falando sueco.

Ele repetiu o que havia acabado de dizer em inglês. Se esses caras soubessem com quem eles estavam dividindo o cachimbo... Uma lenda foda-ça, era o que ele era!

As finas cortinas da entrada do pavilhão estavam balançando gentilmente pra lá e pra cá na gentil brisa do deserto.

Pra láááá...

...eeeee...

...pra cá.

"Pois o que você fez, Tom? Conta pra gente!"

Dessa vez foi uma das garotas. Talvez a bonitinha com quem ele tinha dançado?

Ele balançou a cabeça lentamente e levou um tempo até perceber que ninguém poderia perceber aqueles movimentos tristes.

"Não - eu nunca falo com ninguém sobre isso. Sempre obedeço a regra número..."

"*Um!*"

Dessa vez não era sua imaginação, ele tinha certeza. O mesmo sussurro grave pela direita, e ele sentou-se sem equilíbrio. O mundo estava girando e ele estava com problemas para manter o foco.

"Como você está se sentindo, Tommy, velho amigo? Está tudo bem?"

Aquela voz era familiar - era Vincent. Mas que diabos ele estava fazendo ali? Por que ele não estava lá junto aos carros, praticando estacionamento de precisão com Anna Argos?

O francês atirou-se nos colchões de uma vez só e colocou o braço ao seu redor.

"Olha, meu amigo, toma mais um pouco e você vai se sentir melhor..."

Ele passou o bocal do cachimbo para HP, que pegou depois de hesitar um momento.

O som borbulhante do narguilé ajudou-o a manter-se calmo, enquanto lentamente deixava a fumaça sair pelo nariz.

Ele ouviu Vincent dizer algo, seguido de mais risadas, mas quando as mãos do homem gentilmente o deitaram no colchão, HP já estava rapidamente adomercido.

A sombra aproximava-se rapidamente e ela soube quase imediatamente quem era. Ela colocou sua mão no cinto, mas em seu sonho não havia arma, e ela sentiu o pânico crescer. E então o homem apareceu atravessando uma nuvem de poeira.

Seu braço vinha esticado e o revólver prateado estava apontado diretamente para ela.

A arma era ainda maior do que ela podia lembrar - o cano lhe lembrava um profundo poço escuro como piche.

Ela apertou os olhos com força, tensionou todo corpo e esperou pelo tiro.

Mas nada acontecia.

Por que ele não atirava?

Quando ela abriu os olhos de novo, tudo havia mudado.

Era como se a nuvem de poeira, o homem e a arma nunca tivessem existido.

Um sonho dentro de um sonho...

Em vez disso, ela estava no meio de um deserto.

Não importava para qual direção ela olhasse, dunas de areias idênticas se esticavam por todo o horizonte.

À distância, alguns pássaros pretos estavam voando em círculos. Girando ao redor do mesmo ponto na areia do deserto.

Quando ela acordou com os lençóis grudados no corpo, a imagem daqueles pássaros pretos ainda estavam impregnadas em suas retinas.

"Maus presságios", balbuciou para si mesma sem saber por quê.

O pavilhão estava vazio. Ele estava lá deitado nos colchões, o narguilé havia sumido.

Lá fora, todo o acampamento estava banhado de luz branca.

Os enormes holofotes foram ligados e ele podia ver as pessoas correndo no espaço aberto. A música havia parado e ele podia ouvir gritos em diferentes idiomas, mas estava muito grogue para entender o que estava sendo dito.

E então ele ouviu uma espécie de motor chegando perto - um ruído abafado e pulsante. Soava como um helicóptero, talvez mais de um? Sua cabeça pesava como um bloco de concreto, sua língua estava grudada no céu da boca, e quando ele tentou levantar-se, percebeu que seu corpo não queria obedecê-lo.

O som do motor foi ficando cada vez mais alto e uma súbita rajada de vento fez as cortinas ao seu redor balançarem violentamente. Ele afastou os tecidos da frente e conseguiu dar alguns passos vacilantes em direção à entrada.

Naquele momento ele percebeu, para sua surpresa, que sua roupa de turista tinha sumido, e que ele mais uma vez vestia a blusa de seda tailandesa – que estava molhada.

Por alguns segundos ele começou a suspeitar que tudo que havia acontecido no acampamento havia sido sua imaginação.

Que a dança, a ave agourenta, a voz que sussurrava e tudo o mais tinham sido detalhes de um sonho de haxixe do qual ele havia acabado de acordar.

Só quando conseguiu sair em direção à luz e ver as pessoas apontando para ele que percebeu que sua camisa estava ensopada de sangue.

ANDERS DE LA MOTTE THE GAME

Jogo duplo 6

Fórum dos Pilares da Sociedade
Publicado em: 11 de novembro, 09:13
Por: **MayBey**

Todos os bons policiais irão acabar enfrentando investigações policiais mais cedo ou mais tarde...

Este post tem 32 comentários

"Entrevista com a inspetora de polícia Rebecca Normén, relativa à suspeita de uso indevido do cargo durante evento ocorrido na província de Darfur, no Sudão Ocidental, no dia 8 de novembro.

"O propósito desta entrevista é principalmente o de reunir informações. Na condução da entrevista estão os inspetores Walthers e Westergren, da Comissão de Reclamações da Polícia Nacional. Também presente está a testemunha de defesa de Normén, o superintendente Ludvig Runeberg."

Walthers era um sujeito obeso na casa dos seus 50 anos, que parecia um tio bondoso e tinha um tique no olho enquanto sentava-se e ajustava o microfone na mesa entre os dois.

Uso indevido do cargo. Ela havia recebido uma cópia do código criminal quando recebeu a intimação, só para ter certeza de que não havia alguma espécie de piada absurda sendo feita com ela.

Mas não, o primeiro parágrafo do capítulo vinte do código penal definitivamente não era um assunto para rir:

> *Uma pessoa que, no exercício do poder público, por ação ou omissão, intencionalmente ou por descuido, ignora os deveres do seu cargo, deve ser condenada por abuso do cargo a uma multa ou à pena de prisão por no máximo dois anos.*

Mais adiante, na mesma página:

Se o crime mencionado no primeiro parágrafo foi cometido intencionalmente e é considerado grave, será imposta uma pena por uso indevido do cargo à prisão por pelo menos seis meses e no máximo seis anos. Na avaliação sobre a gravidade do crime, deve ser dada especial atenção a se o agressor abusou seriamente de sua posição ou se o crime ocasionou danos sérios a um indivíduo, ao setor público ou ocasionou algum benefício impróprio substancial.

A princípio ela não iria mencionar aquilo para seu chefe, apenas ser entrevistada e esquecer-se daquilo. Deveria ser algo de assunto puramente rotineiro – afinal de contas, ela havia feito seu trabalho e nada havia acontecido de errado. Pelo menos era o que ela continuava a contar a si mesma.

Mas Runeberg já sabia que ela havia sido convocada para uma investigação interna e sugeriu que ele viesse junto como testemunha.

"É só uma entrevista para esclarecer os fatos, eu não estou sob suspeita de nada, Ludvig", ela protestou.

"É assim que eles querem que você pense, Normén. Quase todas as investigações internas começam com entrevistas para esclarecer os fatos. É assim que fazem você se sentir segura e colaborar com eles, de um colega para outro. Mas de repente você diz algo de mais, aparece um promotor e você está encarando acusações oficiais. Lembre-se que investigadores internos não são como nós. Eles têm sua própria agenda."

E agora todos estavam ali na sala de entrevistas...

A única pergunta era: quem teria sido o responsável por levá-la até lá?

Dificilmente havia escassez de suspeitos.

Uma pequena sala azulejada cheirando a desinfetante, um beliche, uma mesa e duas cadeiras que ficavam presas no chão – era isso.

Em algum lugar à distância, um ar-condicionado deu um ronco inicial e logo ele sentiria a fria onda de ar sobre suas costas nuas.

Eles haviam retirado todas as suas roupas, à exceção das cuecas, e foi uma questão de minutos até que ele começasse a tremer.

Sua cabeça doía e, mesmo que ele já estivesse de volta à cidade, sua boca ainda parecia estar cheia de areia do deserto.

Tudo aquilo estava envolto em uma densa névoa intercalada por algumas sequências aleatórias de imagens. O helicóptero dos policiais pousando no acampamento, os gritos das tropas, as pessoas gritando todas ao mesmo tempo.

Na imagem seguinte, suas mãos foram algemadas às suas costas e ele fora amarrado a um dos assentos.

Ele deve ter desmaiado, pois não se lembrava muito do voo em si.

Ele precisava desesperadamente de roupas, uma xícara de café e um chuveiro quente – mas além disso tudo, de uma explicação para o que diabos estava acontecendo!

Ele estava congelando lá dentro, o que era uma merda de ironia, visto que lá fora a temperatura devia estar provavelmente a uns trinta graus.

Dois minutos depois que seus dentes começaram a bater descontroladamente, entrou um baixinho gordinho de bigode num uniforme bege bem engomado.

O homem pôs uma pasta cinza na mesa e sentou-se na cadeira em frente à de HP. Ele abriu a pasta, lentamente tirou um par de óculos de seu bolso dianteiro e pôs-se a ler.

"E-e-e-mbaixada", gaguejou HP, "pr-pr-preciso embaixada, m-m-mas você não t-t-tem ideia do q-q-q-que est-t-t-tou ffffalando, né? Eu t-t-t-tenho d-d-d-direitos!"

"Posso entender perfeitamente o que está dizendo", respondeu o homem com um inglês impecável que mexeu com HP.

"O problema é que eu não sei com qual embaixada devo entrar em contato. Certamente não a da Noruega, visto que seu passaporte é falso."

Ele olhou para HP por sobre seus óculos finos.

"Meu nome é sargento Aziz e eu sou detetive na polícia real de Dubai. E você, quem é?"

Ele olhou para HP com curiosidade.

"Não conseguimos encontrar nenhuma informação sobre sua verdadeira identidade, nem com você, nem entre seus pertences no hotel. É tentador pensar que você não existe. E um homem que não existe..."

O oficial de polícia inclinou-se sobre a mesa.

"...não tem direitos, não é?"

"Então, Normén, para resumir: você chegou ao local e encontrou a rua de acesso bloqueada por uma multidão. Em vez de desembarcar e entrar no prédio com os guarda-costas e uma escolta de soldados do governo, você decidiu abortar a operação. É isso?"

"Você está esquecendo o agressor", ela interrompeu, cada vez mais incomodada com o tom sarcástico da voz do principal interrogador.

Westergren virou-se e olhou por um tempo para seu colega.

"Mas ele não apareceu até que vocês estivessem de volta em seus veículos?"

"Não. Eu o vi enquanto estávamos lá – antes de tomar a decisão de abortar."

"E ele estava armado então?" Essa veio de Walthers, o tio careca bonzinho, e ela virou-se em sua direção.

"Não. Não estava. Ele carregava uma bolsa e eu achei que tinha conseguido ver o vislumbre de uma arma,"

"*Achou*? *Vislumbre*? Você não teve certeza?"

Outra vez Westergren, ainda com o mesmo tom irritante. Ela tomou um bom fôlego...

"Como já disse, achei que fosse uma arma. Tudo aconteceu muito rápido, é impossível dizer exatamente o que aconteceu quando..."

"Nós apreciamos isso, Rebecca", concordou Walthers. "Mas ainda queremos que você detalhe a sequência de eventos o máximo que conseguir, até o menor dos detalhes. Isso nos ajudará a entender tudo melhor, pois obviamente nem Per nem eu estávamos lá."

Ele acenou para o colega e sorriu francamente para ela, de uma modo que ela não conseguiu evitar ser recíproca.

"Aconteceu exatamente como estou lhe dizendo. Nós chegamos, paramos e, enquanto tentava avaliar a situação, vi o agressor no meio da multidão. Depois de analisá-lo por alguns segundos, concluí que a situação ameaçava tanto quem eu deveria proteger quanto minha equipe, e a partir disso tomei a decisão de abortar."

Ela deu um sorriso aliviado para Walthers e depois olhou para Runeberg. O rosto de seu chefe não dizia nada. Ele estava lá, de braços cruzados, observando os dois homens do outro lado da mesa.

"E então o que aconteceu Rebecca?", Walthers continuou gentilmente.

"Começamos a nos mover para trás e a multidão começou a enlouquecer. Eles atravessaram a fita de isolamento e começou o caos. Eu quase fui derrubada, mas consegui manter-me de pé e saquei minha arma. Foi quando os tiros começaram..."

"Você estava atirando em pessoas?", gritou Westergren, rápido como uma cobra, mas ela não mordeu a isca.

"Não, foram tiros de alerta – três para ser exata, e como não era possível atirar para o chão, sob o risco de atingir terceiros, fui obrigada a atirar para cima. Ao mesmo tempo, outra pessoa, possivelmente soldados na multidão, começou a abrir fogo."

Walthers gesticulou para que ela continuasse.

"Eu vi, ou talvez ouvi, gente sendo atingida pelos tiros, o pânico se instaurou e as pessoas começaram a correr em todas as direções. Eu estava entre a porta e o carro quando ele veio correndo."

"O agressor, você diz?"

"Exatamente."

"Você escreveu em seu relatório que ele estava vindo correndo pela frente do carro, que você o viu pegando sua arma e engatilhando-a. Que você cogitou atirar nele, mas sua visibilidade e o movimento do carro tornaram isso impossível..."

"Exatamente", ela repetiu, dessa vez mais impaciente. Eles já tinham repassado várias vezes a sequência de eventos, e tudo foi gravado. O que eles não estavam entendendo?

"Rebecca, será que poderia ter sido assim – e eu estou apenas levantando a possibilidade, de um colega para o outro..."

Walthers a observou por sobre seus óculos de leitura.

"Considerando que nem os guarda-costas nem mais ninguém no lugar percebeu qualquer agressor – talvez tenha sido o caso de ser uma situação estressante ou de visibilidade limitada que possa ter afetado seu julgamento? Que você possa ter se confundido em relação ao agressor?"

Ela abriu a boca para responder, mas ele a interrompeu.

"Ninguém aqui consideraria isso estranho. Muito pelo contrário." Ele gesticulou em direção aos outros na sala.

"Todos nós sabemos como é quando a adrelina bate. Você fica com a visão de túnel e foca em detalhes específicos que precisam ser vistos num contexto mais amplo. Um celular vira uma granada, uma câmera vira um revólver... Esse tipo de coisa já aconteceu antes. Será que isso poderia ter ocorrido neste caso, Rebecca?"

Ela abriu a boca para responder, mas Runeberg pôs a mão em seu joelho. Ela claramente tinha subestimado o tio bondoso. Mesmo que ele pusesse as coisas de uma forma afável, ainda estava tentando enganá-la a fazer algum tipo de confissão.

Ela tomou um longo fôlego.

"Não é o caso de eu comentar o que qualquer um possa ou não possa ter visto. Só posso falar de mim mesma", ela disse, da forma mais calma que podia, e percebeu o sorriso amigável de Walthers lentamente se desfazer.

"Vi um agressor e uma arma, uma clara ameaça aos nossos protegidos e ao meu time, por isso respondi de acordo com o meu dever."

Ela olhou rapidamente para Runeberg pela lateral e foi recompensada com um aceno de encorajamento. Desapontado, Walthers começou a olhar para baixo em seus papéis e Westergren assumiu.

"Qual é a sua resposta ao fato de que pessoas morreram naquela situação, Normén? Ao que tudo indica tudo devido às consequências diretas de suas ações dúbias..."

Rebecca estremeceu-se. Ela percebera que as pessoas poderiam ter sido feridas e talvez até mortas quando os soldados abriram fogo – mas ter aquilo jogado em sua cara era uma questão completamente diferente. A julgar pela expressão no rosto de Westergren, ele não se importava se estava ultrapassando alguma fronteira.

"Mais uma vez...", ela disse tão calma quanto pode, mesmo que sua raiva estivesse borbulhando cada vez mais próxima da superfície. "Tomei minha decisão baseada na ameaça à minha equipe e à pessoa que me foi encarregada. Eu não posso ser responsabilizada por qualquer coisa que alguém tenha ou não tenha feito."

"Então você está dizendo que não se importa se pessoas estão sendo mortas ao seu redor?"

"Claro que não!", ela gritou, mas antes que ela pudesse prosseguir Runeberg a interrompeu.

"Onde você está querendo levá-la com estas perguntas, Westergren?"

Os dois se encararam.

"Testemunhas de entrevistas devem permanecer em silêncio durante as entrevistas", Walthers comentou ao lado, mas nenhum deles lhe deu atenção.

"Estou interessado em saber se a inspetora policial Normén realmente entende que uma das consequências de suas ações questionáveis foi que pessoas foram mortas. Que ela direta ou indiretamente causou suas mortes ao provocar os soldados a abrir fogo."

"Isso está fora de questão, Per..."

"Mesmo, *Ludvig*? Talvez você devesse prestar mais atenção às seções do código penal que lidam com o mau uso do cargo, em vez de passar tanto tempo na academia de ginástica."

Runeberg lentamente ficou de pé, Westergren fez o mesmo.

"Tá bom, vamos nos acalmar", grasnou Walthers. Ele também se levantou e, com alguma dificuldade, ficou entre os dois.

"Entrevista suspensa às 09.51 para um curto intervalo."

Ele havia passado três noites dormindo naquela cela. Pelo menos era o que ele imaginava. Dormindo num beliche de madeira, cagando num balde e tentando fazer o tempo passar da melhor maneira que conseguia. E obviamente estava tão desesperado por um cigarro que achava que ia explodir. Mas ao menos lhe deram algumas roupas.

Uma camiseta branca e um macacão laranja que era pelo menos dois números menores que o seu tamanho.

Durante as primeiras horas, ele quase literalmente cagou-se de medo, mas à medida que o tempo passou e ele comeu e bebeu alguma coisa, a névoa começou a se dissipar e ele começou a colocar as peças no lugar.

Ele estava seriamente dopado quando os policiais o prenderam, e agora descobriram que seu passaporte era falso. Mas mesmo que os dois crimes fossem bastante sérios por aqui, ainda assim não abriam precedentes para esse tipo de tratamento.

Havia algo que não fazia sentido...

"Que porra foi essa?". Ela olhava ameaçadoramente para Runeberg, enquanto seu chefe fingia-se ausente perto da máquina de café.

"Nada demais..."

"Ah, vá! Vocês quase começaram a brigar, os dois, você e Westergren... 'Per'. Então vocês se conhecem?"

Runeberg confirmou relutantemente.

"Per e eu fomos policiais de rua há muito tempo e ele era um puto difícil desde aqueles tempos – nada acadêmico, se é que você me entende..."

Ela deu de ombros.

"E...?"

Runeberg suspirou.

"Ele tentou entrar na Polícia de Segurança há alguns anos. Quando me perguntaram, fui contra sua indicação. Ele descobriu isso de algum jeito e desde então fica procurando uma oportunidade de me pegar. Eu tinha uma sensação de que ele ia cair neste caso. Quer dizer, qual é a frequência de um guarda-costas parar na corregedoria?"

"Foi por isso que você sugeriu vir junto? Para se passar por meu guardião?"

Ele balbuciou algo como resposta.

"Eu aprecio o gesto, mas seria melhor se você tivesse me contado desde o início..."

Ele assentiu.

"Você tem razão – eu deveria. Mas todos cometem erros, não é?"

Ele a observou por um longo instante, que ela ainda estava tentando interpretar, quando os dois foram chamados de volta à sala de interrogação.

"Levamos o caso ao promotor...", começou Walthers. "O procedimento usual em situações como essas é que nós informemos seu chefe por escrito de nossa decisão..."

Westergren intrometeu-se.

"Mas agora estamos na infeliz condição de ter seu chefe conosco como uma das testemunhas dos procedimentos, então por isso podemos dizer para os dois que, a partir de agora, Normén, você está sob suspeita de uso indevido do cargo, talvez uso indevido grave..."

Ele confirmou para Runeberg, sorrindo.

"O superintendente Runeberg lhe informará o que irá acontecer agora, mas no caso em que um oficial é suspeito de má conduta durante o curso de seus deveres, as novas regras são claras e cristalinas. Talvez você possa conduzir a partir daqui, *Ludvig*..."

O rosto de Runeberg ficou quase branco. Ele abriu sua boca como se fosse protestar, mas a fechou quase de uma vez. Ele parou e olhou brevemente para Rebecca.

"Você está suspensa de seu cargo, Rebecca. Você receberá seu salário normalmente, mas durante a duração da investigação, temo ter de pedir suas chaves e seu crachá."

Eles voltaram juntos para o Quartel-General da Polícia. O ar estava frio e seco, e parcos flocos de neve ocasionalmente caíam, apenas para desintegrarem-se no asfalto preto. Nenhum dos dois disse muito.

Runeberg grunhiu algumas frases sobre procedimento rotineiro de investigações internas, depois alguns clichês sobre ter certeza de como tudo iria se resolver. Ela mal se incomodava em responder.

Quando chegaram ao departamento, ela teve de devolver seu crachá e suas chaves ao setor apropriado.

Ela teve permissão para permanecer com seu distintivo de polícia.

Em outras palavras, ela ainda era um oficial de polícia - ainda por algum tempo.

Uma pequena misericórdia.

Havia algo que parecia incomodar Runeberg mais do que aquilo, mas ela não tinha paciência para ouvi-lo. No caminho ela esbarrou com Karolina Modin, mas ela falou um rápido "olá" e evitou olhar nos olhos de Rebecca.

Quando o portão fechou-se às suas costas, ela voltou a ter a mesma sensação estranha e onírica.

Como se nada que estivesse acontecendo...

...fosse real.

Ele já havia sido preso antes, tudo bem que na Suécia, mas a rotina tinha de ser a mesma. Para começar, eles deviam tê-lo entrevistado pelo menos algumas vezes até agora.

Eles deveriam ter-lhe dito de quais crimes ele era suspeito e também possivelmente permitir-lhe que tivesse acesso a algum tipo de representação legal. Você não desperdiça suas horas preciosas deixando um suspeito gelar na cela, bastava assistir um pouco de CSI para saber o básico de investigação de cenários suspeitos e de lógica forense...

Ninguém havia tirado nenhuma impressão digital ou levado alguma amostra de sangue, pelo menos que ele pudesse lembrar. Seu nariz sangrou quando ele estava dormindo. Ele já tinha tido ataques de secura antes no nariz, e sempre parecia ser pior do que realmente era, e por isso ele deve ter assustado todo mundo que estava no acampamento. Mas se os policiais não tiraram nenhuma amostra de sangue enquanto ele estava inconsciente, é porque sua camisa talvez pudesse ter todas amostras que eles precisariam.

Mas como tudo naquele país de merda, todo o cenário parecia falso, quase forjado.

Ele mal conseguia pensar nisso sem que seu coração disparasse, e então ele se forçava a acalmar-se.

Depois de respirar profundamente, o fato é que não importava como ele via aquela situação, não importava o quanto ele examinasse minuciosamente os detalhes dos últimos dias, ele ainda não conseguia se livrar da ideia de que aquilo não era nada além de um...

Mais inspirações profundas.

Jogo...

7 Jogos de tabuleiro

Fórum dos Pilares da Sociedade
Publicado em: 12 de novembro, 23:18
Por: **MayBey**

Só há três tipos de cidadãos: policiais, prisioneiros e aqueles que ainda não foram pegos.

Este post tem 36 comentários

A porta abriu de supetão e logo eles estavam dentro da cela. Quatro guardas suados e um enorme oficial com a cara marcada por espinhas e uma camisa nojenta.

HP mal teve tempo de se levantar antes de eles caírem em cima dele.

"Nome! Você diz o nome agora!", o espinhento gritou na cara de HP.

Antes que ele tivesse a chance de responder, os outros puxaram seus braços atrás das costas, amarraram suas pernas, e o levaram para fora como um pacote. Tudo aconteceu tão rápido que ele nem sequer teve tempo de sentir medo.

A sala para onde o levaram era um pouco maior do que sua cela. Havia uma mesa estreita no centro, e ele viu correias penduradas dos lados. A mesa era inclinada para baixo em um dos lados, mas ao invés de deitá-lo com a cabeça no ponto mais alto, amarraram-no com os pés no topo. Era extremamente desconfortável deitar de cabeça para baixo, e ficou ainda pior quando eles prenderam seus braços e pernas.

Ele podia sentir seu coração batendo forte no peito.

"Você me diz o nome!", o Homem da Cicatriz sussurrou em seu rosto, tão perto que ele podia sentir o cheiro de tabaco velho na respiração dele. "T-Thomas Andersen", respondeu HP, não parecendo tão calmo quanto gostaria. No caminho ele havia notado a câmera em um canto da sala, e agora ele tinha quase completa certeza:

O Jogo o havia encontrado!

Ele tinha todos os motivos para ter medo, até para ficar apavorado.

Estranhamente, porém, não era apenas o medo que fazia seu pulso acelerar.

O Homem da Cicatriz acenou para um dos guardas-orcs, que puxou um capuz preto sobre o rosto de HP. Tudo ficou escuro. Ele ouviu os ogros conversando, porém mais uma vez ele não conseguia entender uma palavra. Mas ele achava que tinha pego uma coisa.

Se eles realmente queriam se livrar dele, não havia nenhuma razão para arrastá-lo para fora. Mas em vez de enterrá-lo no deserto, tinham gastado tempo e esforço para encenar esse teatro. Isso tinha que ter algum motivo.

De repente, ele ouviu o barulho de um líquido pingando sobre o chão de pedra.

Que porra eles estavam fazendo?

Um instante depois, um pano molhado foi pressionado sobre seu rosto.

Os dois primeiros segundos não foram tão ruins - ele ainda conseguia respirar mesmo que sentisse o capuz ficando mais apertado conforme ele inspirava. Havia um cheiro de toalha molhada, o que era mais reconfortante do que assustador. Então ele percebeu um som borbulhante e de repente havia água passando através do tecido para seu nariz e boca.

Não era muito - mas o suficiente para fazê-lo perder o fôlego, o que fez com que ele começasse a aspirar mais água pelo tecido. Um pouco de água ficou presa na sua garganta, fazendo-o engasgar. Ele tossiu, depois respirou rapidamente várias vezes por reflexo, o que imediatamente resultou nele respirando mais água.

Mais asfixia, respiração, tosse e água.

Mas sem ar...

Puta que pariu - esses malditos estavam afogando ele!

Seu suprimento de ar estava quase no fim e o pânico se instalou.

Ele tentou virar a cabeça para tirar o pano do rosto. Mas ele não podia se mover.

Ele tossiu de novo, mas seu reflexo amordaçado apenas enviou mais água goela abaixo, e seus gritos se transformaram em murmúrios.

De repente, o pano foi removido, em seguida, o capuz. Ele tossiu, cuspindo pequenos respingos de água e, finalmente, conseguiu dar uma respirada tosca, mas libertadora.

Depois outra.

Seu pânico foi aos poucos diminuindo.

Então ouviu a voz do Homem da Cicatriz em uma orelha.

"Quem... é... você...?"

Ele tentou sacudir a cabeça, mas foi interrompido por um outro ataque de tosse, então tentou novamente.

"Vai com calma, pelo amor de Deus..."

Várias mãos o empurraram para baixo, o capuz foi puxado sobre sua cabeça e a toalha molhada sufocou seus protestos.

Mais água, mais asfixia. Ele balançava o corpo como um louco, tentando chutar, mas estava bem preso com uma garra de ferro. Ele soltou um grito – apenas para inspirar ainda mais água.

Sua visão começou a escurecer. Seu pânico estava no auge. Esses filhos da puta realmente estavam prestes a matá-lo!

A barra sobre os ombros, um peso amarelo de quinze quilos em cada lado, os pés afastados. Ela respirou fundo, agachou até os joelhos dobrarem em um ângulo de noventa graus, então, enquanto levantava, soprou o ar dos pulmões.

"Oito", contou Nina Brandt, em pé atrás dela. "Mais duas, Becca!"

Ela podia sentir o ácido láctico queimando em suas coxas, mas nem mesmo uma difícil série de agachamentos poderia parar seus pensamentos.

Afastada do trabalho – ou tirando uns dias de férias, se estivesse propensa a rir disso. Infelizmente ela não estava.

Então, quem tinha feito a denúncia?

A lista de candidatos tinha pelo menos três nomes. Gladh era obviamente o número um. Quando deixaram ele, Berglund e o intérprete no pequeno aeródromo empoeirado em Darfur, ele parecia capaz de matá-la. Ela tinha destruído toda a sua adorável visita oficial, e, provavelmente, dera um duro golpe em sua reputação e autoestima.

Ela respirou, dobrou os joelhos e levantou mais uma vez. O ácido láctico ficou um pouco mais intenso, mas ela nem percebeu.

O número dois da lista era o seu próprio vice, David Malmén.

Ele definitivamente parecia não ter aceitado Rebecca como sua nova chefe, e agora tinha uma oportunidade de ouro para se livrar dela. A ideia de que nem ele nem Karolina Modin tinham visto seu agressor não fazia o menor sentido, para dizer o mínimo. Como numa história inventada para minar a credibilidade de sua líder.

No curto prazo, Malmén era realmente a única pessoa que parecia ter sido beneficiada com sua suspensão; pelo menos ela assumiu que ele havia sido colocado no comando do grupo novamente.

"D-dez."

Com algum esforço, ela completou o último levantamento, depois teve ajuda para colocar a barra de volta no suporte. Ela correu rapidamente em volta do ginásio para liberar o ácido e terminar de pensar.

O terceiro lugar na lista era um pouco mais duvidoso, mas depois de alguma consideração ela decidiu que poderia muito bem ser compartilhado por Karolina Modin e seus colegas Esbjörnsson e Göransson. Todos queriam continuar com Malmén, e mesmo que ela e Modin tivessem se dado razoavelmente bem no início, nem ela nem nenhum dos outros tinham ficado do seu lado quando ela precisou.

Então, o que ela deveria fazer agora?

A investigação levaria pelo menos um mês. Todos os envolvidos teriam que ser interrogados, e eles teriam que extrair informações das autoridades sudanesas.

Ela estava só "oficialmente sob suspeita", o menor grau, então evidentemente os investigadores não tinham ainda provas suficientes para o procurador querer apresentar um processo contra ela.

Era a palavra dela contra a deles – a única questão era quão unânimes eram os outros testemunhos. Talvez fosse hora de contratar um advogado, afinal, para mostrar que ela não ia aguentar mais merda? Mas ela ainda se sentia relutante.

Ela odiava esse tipo de...

Jogo!

Uma prisão falsa, um interrogatório forjado e um monte de atores interpretando *O Expresso da Meia-Noite*, exatamente como da última vez.

Eles tinham feito ele confessar naquela ocasião, e mesmo que estivesse empenhado em ficar quieto, eles estavam no caminho de conseguir novamente.

O medo de morrer o segurava com punho de ferro, seu coração batia duas vezes mais rápido e ele vomitava como uma fonte pelo chão de pedra.

Eles tinham tirado o capuz de novo, soltado as tiras e o sentaram.

"Você me diz o nome", disse o Homem da Cicatriz, mais como uma afirmação do que um pedido, enquanto coçava a barba por fazer.

HP só conseguia balançar a cabeça entre os acessos de tosse. Ele estava soluçando como uma criancinha. Suas lágrimas queimavam em seu rosto – o vômito estava queimando em sua garganta, e ele estava preparado para contar tudo a eles. O assassinato de Kennedy, o bebê Lindbergh, a cilada para o maldito Roger Rabbit – ele estava preparado para confessar tudo, desde que pudesse escapar daquela merda de toalha!

"Pettersson", ele sussurrou. "Henrik Pettersson, Jogador 128."

"Brigado!", o Homem da Cicatriz balançou a cabeça, feliz. "Próxima pergunta..."

HP ficou tenso. Eles tinham feito com que confessasse, ele tinha perdido. Então o que mais havia para dizer?

Foi aí que ele entendeu...

Subitamente ele começou a chorar de novo.

Ele estava errado – errado pra caralho!

Isto não era um julgamento, uma avaliação ou uma segunda oportunidade, como o seu pequeno cérebro, desesperado por afirmação, quase tinha conseguido convencê-lo. Não, isso tinha somente a ver com dinheiro, nada mais. O Jogo queria o dinheiro de volta, era só isso.

Números de contas bancárias, nomes de usuário, senhas – ele lhes daria tudo se isso significasse que ele poderia descer desta porra de mesa.

E depois? Depois de tudo isso, ele tinha certeza de que o Mestre do Jogo não iria deixá-lo ir embora...

"O dinheiro, certo?", ele fungou.

O Homem da Cicatriz lançou um olhar estranho e levantou as mãos.

"Dinheiro não, não, não!"

Por algum motivo o homem parecia quase insultado.

"Próxima pergunta", repetiu ele, olhando com raiva para HP enquanto puxava um caderno de um dos bolsos de sua camisa suja.

"Você...", disse o oficial de polícia, e HP assentiu.

Hora de colocar um fim a tudo isso.

"Você... matou ela...?"

E de repente ele não entendeu nada.

"Você quer conversar sobre isso?"

"Na verdade, não", respondeu Rebecca, abruptamente.

Ela estava passando um pente nos cabelos molhados, depois juntou os fios em um rabo de cavalo apertado atrás de seu pescoço.

"Você já sabe quase tudo, portanto, o que mais tenho a dizer? Estou afastada do trabalho até o final da investigação, e até lá tudo o que posso fazer é jogar *Adivinhe Quem Fez a Denúncia Contra Mim*."

Ela e Nina Brandt se conheceram na Academia de Polícia, depois trabalharam juntas por dois anos. Na verdade elas eram muito diferentes, não apenas na aparência. Muito diferentes para serem amigas íntimas. Mas elas ainda trabalhavam bem juntas, pelo menos superficialmente.

Em contraste com ela, Nina Brandt tinha os cabelos loiros, curtos e cheios de curvas. Do tipo que fazia homens e mulheres se virarem para olhar no corredor, e do tipo que sabia como tirar o melhor proveito disso.

Nina gostava de atenção e era mais feliz entre outras pessoas, de preferência o maior número possível, o que era provavelmente a razão pela qual ela trabalhava na unidade de licenciamento e fiscalização de estabelecimentos.

Rebecca não poderia imaginar jamais querer trabalhar lá.

Ela tinha muito pouca atração por coisas como botecos, bares e atenção.

Mas a vantagem da unidade de licenciamento e fiscalização de estabelecimentos era que Nina conhecia o proprietário de cada bar e academia da cidade, e tinha sido simples para ela conseguir esquemas alternativos de exercícios para Rebecca, agora que ela tinha sido excluída do Quartel-General da Polícia.

E que lugar...

Ela só tinha ouvido falar sobre esta academia. O que não era tão estranho – os pobres mortais não a frequentavam. Evidentemente era ali que as celebridades malhavam, as de verdade, não as de quinze minutos...

Segundo as fofocas, este era o lugar onde os filhos da família real iam, e poderia muito bem ser verdade. O lugar parecia extremamente exclusivo – mais como um spa do que um centro de exercícios. A recepcionista tinha dado as duas toalhas e roupões antes de levá-las para o vestiário perfumado com sândalo e mostrado seus armários.

Rebecca sempre pensou que a academia do Quartel-General da Polícia era uma das melhores que ela já tinha visto. Mas esta era um *palácio*, quase mil metros quadrados, ela chutou, tudo elaboradamente projetado e em perfeito estado. Paredes de tijolos aparentes, vigas de aço iluminadas, altas janelas arqueadas. E, naturalmente, não havia um único grão de poeira em qualquer lugar nos vastos pisos de madeira maciça.

Ela só podia imaginar o quanto deveria ser a mensalidade.

Consideravelmente mais do que um salário de policial poderia pagar, pelo menos...

Mas Nina tinha conseguido um passe livre, então ela não podia reclamar.

"Você matou ela?", repetiu o Homem da Cicatriz.

HP ainda não entendia nada.

"Matei quem?", ele gritou.

Sua cabeça de repente começou a girar.

"A sra. Argos, você matou a sra. Argos?", o Homem da Cicatriz soletrou com raiva enquanto lia as palavras em seu caderno, então olhou novamente para HP.

"O que, er... Não! Porra, não!", ele conseguiu dizer enquanto o ciclo de centrifugação atingia uma velocidade maior. "Eu nem sabia que ela estava... Ok, apenas escute!"

O Homem da Cicatriz deu um breve aceno com a cabeça para um dos orcs e subitamente o capuz foi colocado novamente na cabeça de HP, e ele foi forçado a se deitar na mesa. "Nãããão!", ele gritou, entrando em pânico e tentando se soltar.

"Nãããão, pelo amor de Deus, eu sou inocente..."

A toalha abafou seus gritos, depois a água o fez calar a boca.

O cheiro de água sanitária na sala fundiu-se com o cheiro de mijo quente.

"Parece estranho que Runeberg tenha questões pendentes com o chefe da investigação – Westerberg, é esse o nome dele?"

Nina veio e parou ao lado dela na frente do espelho e arrumou seu cabelo. Apesar de o espelho ser enorme e a outra mulher ser uma cabeça mais baixa do que Rebecca, ainda parecia que ela ocupava todo o espaço.

"Westergren", disse Rebecca, inconscientemente dando um passo para o lado. "Eles trabalharam juntos em Norrmalm anos atrás. Parece que eles se desentenderam, e Ludvig acabou com a candidatura de Westergren para se juntar à Polícia de Segurança."

Nina olhou para o teto enquanto ajustava alguns cabelos loiros que não a estavam deixando feliz. Apesar do exercício e da sauna, ela ainda parecia bonita o suficiente para sair direto pelas ruas.

"Isso parece um pouco simples demais, você não acha?", ela murmurou, passando um lápis labial no contorno da boca. "Quero dizer, você disse que eles quase saíram no tapa. Você não faz isso por causa de uma candidatura de trabalho rejeitada e algumas lembranças ruins dos dias em que usava uniforme. Tudo isso deve ter acontecido, o que, pelo menos dez anos atrás?"

Rebecca encolheu os ombros, pegou os tênis do piso de calcário e começou a arrumar sua mochila.

"Ludvig não deu muitos detalhes, e definitivamente não era o momento de perguntar."

Brandt abandonou o espelho e virou-se para Rebecca.

"Escute, antes de você ir, há uma coisa que eu sinto que eu deveria dizer..."

Quando o capuz foi retirado pela terceira vez ele estava acabado.

Tossiu algumas vezes, vomitou outro tanto de bile aguada, depois arfou por ar.

"Espere!", ele balbuciou quando o Homem da Cicatriz acenou para os guardas novamente. "Espere um pouco, pelo amor de Deus!"

O Homem da Cicatriz fez um sinal e eles o ajudaram a se sentar.

"Você matou ela", o Homem da Cicatriz repetiu em um tom que era quase amigável.

Só havia uma resposta, uma palavra que poderia salvá-lo da mesa.

Vermelho ou azul?

"S-s...", HP começou.

Naquele momento, a porta que levava à cela se abriu.

"O que está acontecendo aqui, sargento Moussad?"

"Você conhece os Pilares da Sociedade?"

"O que, o livro, você quer dizer?"

Nina Brandt balançou a cabeça.

"Não, não. O fórum on-line, é claro."

"Ah, você quer dizer o site de fofocas? Bem, eu entrei nele algumas vezes logo que foi lançado e todo mundo estava falando sobre isso, mas isso já faz um tempo. Parecia um monte de oficiais de polícia e aspirantes a oficiais choramingando, pelo que eu me lembro. Não é a minha..."

Ela fechou a bolsa de ginástica e estava pronta para ir embora.

"Talvez você devesse dar uma olhada."

Havia algo no tom de voz de Nina Brandt que a fez parar.

"Para quê?"

Nina fez uma careta.

"Porque eu acho que eles começaram a escrever sobre você...."

"Desculpe por isso, sr. Pettersson", Aziz disse alguns minutos depois, quando eles voltaram para a cela de HP. "O sargento Moussad e eu pertencemos a diferentes departamentos da força policial, e também a diferentes escolas de pensamento, pode-se dizer. Ele não tinha o direito de submetê-lo a esse tipo de tratamento."

HP assentiu apaticamente enquanto puxava as roupas molhadas para desgrudá-las de sua pele.

Seu cérebro estava trabalhando rápido demais, mas não tinha como evitar o cheiro acre de mijo vindo de seu macacão, e ele olhou para Aziz para ver se o detetive tinha percebido.

"Vamos trazer algumas roupas secas para você, e você pode tomar um banho quente, se quiser."

HP continuou balançando a cabeça.

Um chuveiro!

A porra de um chuveiro quente e alguns minutos para pensar...

"Mas primeiro precisamos apenas esclarecer algumas coisas", disse Aziz em um tom de voz profissional, empurrando uma folha de papel pautado e uma caneta para o lado da mesa de HP.

"Por favor, descreva como você conheceu a sra. Argos e tudo o que aconteceu no acampamento beduíno. Assim que fizer isso você vai poder se lavar e trocar de roupa."

HP ainda estava balançando a cabeça. Sua mão tremia tanto que a caneta desenhou pequenos rabiscos no papel antes que ele conseguisse controlá-la.

8 Onissassa?

Fórum dos Pilares da Sociedade
Publicado em: 13 de novembro, 08:11
Por: **MayBey**

Quem pode ser imaginado como sendo capaz de cometer um assassinato? Todo mundo. Por isso todos são suspeitos.

Este post tem 41 comentários

"Temos uma porra de um problemaço, sr. Pettersson."

Tá brincando – descoberta do ano, puta que o pariu! Pelas últimas 24 horas, HP passou por todos os estágios de uma crise, por mais de uma vez.

Negação, desespero, pânico, cagar-se de medo, apatia e então direto para a prisão, sem intervalos.

Isso simplesmente não podia ser verdade!

E não importava o quanto seu raciocínio superaquecido tentasse entender, ele ainda não conseguia assimilar algumas difíceis verdades.

Tudo era de verdade, verdade de matar – literalmente, no caso.

Anna Argos havia sumido, engolida pela escuridão do deserto. E, de acordo com os policiais, ele era o suspeito número um.

Ele ainda tinha nada mais do que pedaços de lembranças daquela noite. O que não era bem uma surpresa, a combinação de bebida, drogas e enjoo no carro era presumivelmente demais para seu já exausto organismo.

"Como estava dizendo, um problemaço, sr. Pettersson", Aziz repetiu, interrompendo seus pensamentos.

HP ergueu a cabeça e encontrou o olhar preocupado do detetive.

"O sangue que encontramos em sua camisa corresponde ao DNA que encontramos no quarto de hotel da sra. Argos, e há algumas horas o helicóptero encontrou resquícios a aproximadamente cinco quilômetros do acampamento. Basicamente roupas e fragmentos de pele. As aves e raposas do deserto fizeram o pior, infelizmente. Já vimos isso acontecer muitas vezes com pessoas que se perdem por aí, mas os resultados preliminares batem com o perfil da sra. Argos."

Ele fez um gesto vago em direção ao mundo além das paredes.

"Por enquanto não temos como saber se o corpo foi levado até lá ou se são apenas resquícios levados por animais. Estamos prosseguindo com as buscas, tanto perto do acampamento quanto mais à distância."

Ele se inclinou sobre a mesa.

"Naturalmente, sua morte pode ter sido um acidente trágico. Um caso em um lugar isolado, poucos momentos de fúria com consequências terríveis. Talvez a sra. Argos tenha sido apenas ferida, apesar da quantidade de sangue. E se supormos que ela pudesse ter conseguido alguma ajuda? Mas, ao contrário disso, perturbada, ela foi na direção errada – rumo ao deserto..."

O detetive olhou para HP por um bom tempo.

"Se foi isso que aconteceu, creio que o júri possa demonstrar compaixão."

Ele parou, como se esperasse uma resposta.

HP tentava em vão conter o turbilhão em sua cabeça.

Havia uma explicação para tudo aquilo, ele tinha certeza. Uma explicação perfeitamente natural que provaria sua inocência. Puramente em tese ele poderia muito bem ter vagado pelo acampamento, livrado-se daquela camiseta ridícula e resgatado sua cara camisa de seda tailandesa do lixo. Algumas manchas de vômito dificilmente iriam lhe incomodar quando se estava chapado...

Mas e depois disso?

O assassino tinha obviamente ido a um dos banheiros. Tentou lavar o sangue o mais rápido que pôde e encontrou sua camisa no lixo.

Parecia muito pouco provável, mas coisas estranhas tinham acontecido.

Ele tentou avançar neste cenário mais uma vez, apenas para se sentir seguro. Inconsistente, mas não impensável.

Mesmo assim ele não conseguia impedir um pensamento incômodo.

E se Aziz estivesse certo?

Por um momento, enquanto estava no acampamento, ele sentiu como se realmente pudesse estrangular Anna Argos – apertando bem seu pescoço para que se engasgasse e engolisse aquele sorriso arrogante em seu rosto...

"M-mas e os outros? Vincent e sua turma?"

Ele podia ouvir como sua voz estava trêmula.

Era como se ele já pudesse ouvir o que o detetive estava para lhe dizer.

"Ah, sim, quase esqueci do misterioso francês..."

Aziz pôs seus óculos de leitura e folheou a pasta à sua frente.

"Conseguimos nos certificar de que você e a sra. Argos chegaram juntos ao acampamento. Vocês foram vistos jantando na mesma mesa e mais tarde naquela noite uma testemunha o viu discutindo na abertura da cerca, próximo aos banheiros. A testemunha classificou a discussão como 'física' e também dizia que a sra. Argos estava aterrorizada."

Ele parou para virar a página e HP engoliu em seco algumas vezes para tentar secar sua garganta.

"Seus companheiros franceses de viagem infelizmente já haviam deixado o acampamento antes que chegássemos, mas falamos com eles no dia seguinte no hotel. Todos eles concordavam que a sra. Argos estava fazendo graça de seu 'acidente' no carro e que, mais tarde – talvez em decorrência disso –, ela pareceu preferir a companhia de outro e não a sua."

Ele virou a página e prosseguiu.

"Os franceses reconheceram e confirmaram sua história sobre tê-los encontrado na Índia, mas disseram que vir para Dubai e sair num safári pelo deserto foram ideias suas."

O detetive parou e olhou para HP por sobre os óculos.

Levaram alguns segundos para HP absorver a informação.

"M-mas o passeio no deserto foi ideia deles. Vincent me ligou no hotel, eles nos pegaram lá. Pergunte aos motoristas, ele vão saber!"

"Infelizmente não conseguimos contatar os motoristas, Emir e Bashid. De acordo com o chefe deles, isso não é incomum. Eles recebem por hora e vão para a casa de suas famílias no Iêmen durante a baixa temporada. De acordo com ele, os carros foram pedidos para o seu hotel sob o nome de Sinclair, e um dos cartões de crédito que encontramos em sua carteira confirmou esse agendamento. Um MasterCard em nome de Jerome Sinclair."

"Jerome *Vincent* Sinclair..."

```
Bem-vindo ao Pilares da Sociedade
- somos nós que seguramos toda a merda!
```

Para falar a verdade a ideia não era nem particularmente memorável, nem terrivelmente nova. Um fórum de discussão aberto à toda sorte de reclamações, fofocas e alegações cheias de certeza – com a possível distinção de que este parecia ter como alvo oficiais de polícia ou ao menos pessoas em uniformes. O que, claro, parecia muito original e inovador...

Mas após ler alguns posts ela começou a perceber porque as pessoas estavam falando tanto sobre aquele fórum. Um dos colaboradores mais frequentes, alguém chamado MayBey, era bom – muito bom, na verdade. Diferente dos outros autores, ele ou ela não lamentava a ausência de equipamentos ou a qualidade da última safra de recrutas. A linguagem que MayBey utilizava era incomum, frases curtas, cheias de humor negro, em vez dos posts inchados do *policialês* que os oficiais suecos tanto amavam.

'Peguei três apressadinhos esta noite.
A perseguição durou quase vinte minutos.
Os três arruaceiros largaram o carro no cruzamento
Junksta. Uma mudança inútil - descobrimos a trilha
que eles seguiram e os encontramos sob uma árvore
dez minutos depois.
Grande alívio!
Daí foram quatro horas na estação fichando-os
e os entrevistando. Até aí, tudo bem. O promotor
encarregado Torniquete só precisou de um minuto.
E os três estavam soltos mais uma vez.
Todo nosso trabalho por água abaixo, enquanto
ele voltava para casa para dormir.
Bem que eu queria dormir tranquilamente
daquele jeito...'

Todo policial já havia passado por uma perseguição de carros daquelas, e MayBey – quem quer que fosse ele ou ela – havia capturado tudo em poucas linhas. A excitação da caçada, o alívio na detenção, o desgastante trabalho burocrático e a raiva quando os arruaceiros eram soltos.

Havia cinquenta e oito comentários no post, cinco vezes mais do que em qualquer outra publicação de outros colaboradores, e todos eles compartilhavam a frustração de MayBey.

O que também tornava o post interessante era como ele era reconhecível. O cruzamento Junksta poderia muito bem ser o cruzamento Hjulsta, e ela sabia que havia um promotor no distrito cujo nome lembrava vagamente a palavra "torniquete".

Só por curiosidade, ela foi para o site da polícia de Estocolmo, mas não encontrou nenhum relatório ou qualquer coisa que pudesse se encaixar na descrição do fórum. O que aquilo queria dizer?

Nada, na verdade.

MayBey poderia ser de um outro distrito ou ainda poderia estar descrevendo um incidente antigo. Mas por algum motivo Rebecca tinha alguma certeza de que aquele post se referia a Estocolmo.

Ela conseguia reconhecer as caricaturas dos posts antigos de MayBey. O chefe de polícia Teflon, cuja camisa branca nunca manchava. O superintendente Invertebrado, que sempre conseguia desaparecer quando havia decisões difíceis a serem tomadas. O detetive inspetor Birkenscholl, que passava pelos corredores com cara de ocupado para não ter que trabalhar.

Ela tinha certeza de que havia trabalhado com todos eles – mas, por outro lado, ela não era a única...

Mas foi o post mais recente de MayBey que realmente lhe chamou atenção.

O detetive olhava para ele como se esperasse uma reação, mas pela primeira vez HP não sabia o que dizer. Ele tentava desesperadamente lembrar-se de uma imagem de Vincent em suas memórias, mas por algum motivo sua feição parecia repentinamente obscura – quase nebulosa.

Ele abriu e fechou a boca, mas não conseguiu fazer que uma simples palavra sensata saísse.

"Fomos muito minuciosos, sr. Pettersson. Assassinatos são raros aqui em Dubai, e exatamente por isso nós vasculhamos tudo. Meus homens checaram todas as impressões digitais que conseguimos encontrar, tanto no carro quanto na mesa em que vocês comeram, e pudemos encontrar as suas digitais, as da sra. Argos e de todos os outros que estavam com vocês. Entramos em contato com as autoridades em seus respectivos países de origem e todo mundo tinha ficha limpa. Com a exceção do senhor, sr. Pettersson..."

Aziz olhou fixamente para HP por sobre sua pilha de papéis.

"Todas as digitais batem, não há nenhuma que não tenha dono. Em outras palavras, não há nenhum rastro desse tal Vincent..."

Outro olhar para enfatizar seu tom de voz, mas HP mal o percebeu.

Agora que ele começava a pensar nisso, não conseguia lembrar de Vincent falando qualquer coisa sobre si mesmo.

O francês simplesmente apareceu num dia em que ele estava num bar se sentindo bem deprimido.

Oferecendo uma cerveja e um cigarro, alguém com quem ele podia conversar e sentir-se melhor.

Então quem era Jerome Sinclair? Sua carteira estava cheia de diferentes cartões de crédito – personagens diferentes que o ajudaram a conduzir aquela sua vida nômade e sonâmbula. Ele conseguia lembrar de alguns deles:

Jim Shooter
Will Parcher
Tyler Durdan

Ele havia escolhido a maioria dos nomes como piada – pelo menos era o que havia dito a si mesmo. Uma turma de amigos imaginários da história do cinema. Pessoas que nunca haviam existido para além das mentes de personagens em filmes.

Ele tinha uma vaga lembrança de Jerome Sinclair como uma série de letras gravadas em um cartão de plástico.

Será que Jerome e Vincent eram a mesma pessoa?

Alguém que não existia fora de sua própria cabeça?

O detetive abaixou os papéis e inclinou-se sobre a mesa.

"Deixe-me resumir a situação, sr. Pettersson. Você – que já cumpriu pena por assassinato – entra no país com um passaporte falso. Você conhece a sra. Argos no hotel e a convida para um safári no deserto com alguns conhecidos que passavam. Ela, contudo, rejeita desdenhosamente suas investidas, o que compreensivelmente lhe deixa irritado. Porque, claro, você havia arranjado tudo, provavelmente tudo para ela, e agora ela lhe rejeitava. Em algum momento daquela noite a sra. Argos desaparece e você é encontrado em más condições em decorrência de drogas e com a camisa toda ensanguentada."

"E sua única defesa é culpar um homem misterioso cuja existência nada nem ninguém pode provar."

Ele pausou por um instante e deixou cair a ficha das palavras.

"Como eu disse, assassinatos são extremamente raros aqui em Dubai, possivelmente porque a punição para os assassinos é muito dura. Muito dura, sr. Pettersson..."

Mais uma pausa para que HP não perdesse o que ele estava dizendo.

"Mas se o réu coopera, o juiz pode ser compreensivo. Sua vida está basicamente em suas mãos, por isso eu queria que você pensasse muito cuidadosamente antes de responder à minha próxima pergunta..."

Uma terceira pausa, desnecessária desta vez.

"Você matou a sra. Argos?"

A cabeça de HP estava repleta de cenas que tremiam – cada uma delas contendo informações diferentes, todas elas completamente assustadoras.

Será que seu cérebro torturado estava começando a inventar coisas?

PISCA

Mostrando-lhe coisas que ele não havia visto?

PISCA

Misturando fantasia e realidade.

PISCA

Sim?

PISCA

Não?

PISCA

PUTA QUE O PARIU!!!!

Ele fechou os olhos com força e pôs as mãos no rosto para tentar parar o pisca-pisca em sua cabeça. Mas as imagens continuavam passando por trás de suas retinas.

Shooter

Parcher

Durdan

Só trabalho sem diversão faz de Jack um bobão!
Onissassa, onissassa, onissassa...
Será que ele seria capaz de ter espancado aquela vaca?
Puta merda, ele havia até imaginado como fazer aquilo...
Hora de decidir.
Vermelho ou azul?

A melhor segurança do mundo, Regina Certinha, parece estar com alguns problemas. Parece que ela ficou queimada no sol africano e viu algo que não estava lá. Ou havia outra razão para ela alucinar? Talvez por ter sido suspensa? Alguém sabe de algo?

Esse post tem 17 comentários

Regina Certinha. Ótimo nome. Como Nina havia dito, não era nada difícil descobrir sobre quem eles estavam falando...

E havia também os 17 comentários, todos em tom negativo:

"O que mais esperar de Investigações Internas?"
"Isso é o que acontece quando se têm cotas para mulheres..."
"Imagina como ela devia ser mais difícil na Academia..."
"Deve ter tomado muito tranquilizante. Certeza que WBUP..."

Ela teve que usar o Google para entender o último comentário. WBUP – *will break under pressure* – vai ceder sob pressão. Então era assim que o resto do mundo lhe via. Alguém que não ia aguentar pressões...

"N-não", ele gaguejou e limpou mais uma vez a garganta.

"Não, eu não a matei", ele continuou, com um pouco mais de firmeza desta vez, quase como se ele estivesse tentando convencer a si mesmo.

Aziz deixou um grande suspiro escapar. Ele juntou seus papéis, levantou-se e bateu duas vezes na porta de metal.

"Temo não poder ajudar-lhe mais, sr. Pettersson", disse, quase triste.

Ele moveu-se para o lado enquanto Moussad e seus quatro orcs suados se espremeram na sala.

No instante seguinte, estavam sobre ele.

Ele estava gritando, entregando-se ao pânico, e até conseguiu dar alguns socos antes que os orcs o atirassem no chão.

Ele ia morrer, já havia entendido. Ou o Cicatriz e sua gangue iriam afogá-lo, ou, mais provavelmente, ele iria acabar confessando tudo. E seria condenado à morte por um juiz obscuro e arrastado para o meio do deserto para tomar um tiro na nuca, cuja conta seria enviada para sua irmã. Seguido de um plano de assinatura eterno para a Associação de Idiotas, junto com o pai e Dag!

Olá, meu nome é Henrik e eu mato mulheres!

Ele já era – estava fodido – frito!

De repente uma sinapse em seu cérebro fez uma conexão.

"E-espera!", gritou para Aziz, no instante em que iam carregá-lo para fora. "Espera, pelamordedeus, eu sei onde encontrar provas sobre o Vincent. Deixa só eu..."

Moussad acertou-lhe ao lado de sua cabeça para calar-lhe a boca, mas ele não ficou quieto por muito tempo. Ele estava com os dedos segurando num bote salva-vidas e não ia deixar que escapasse.

"Em um dos bolsos de trás da minha calça, há um isqueiro dourado. É dele. Do Vincent. Procure suas digitais, DNA, que porra lá vocês quiserem..."

Outro soco, desta vez forte o suficiente para que ele sentisse o gosto de sangue em sua boca. Ele ouviu Aziz disparando algumas frases em árabe para os guardas e depois para Moussad, que parecia estar dando ordens contraditórias.

Os orcs suados ao seu redor ficaram confusos e desconfortáveis, trocando olhares como se não soubessem o que fazer. Seus comandantes estavam dando novas ordens. Ainda sem reação. HP conseguiu virar a cabeça e pôde ver Moussad e Aziz se encarando – a apenas alguns centímetros de distância.

O rosto de Moussad estava brilhante de tão vermelho e ele abria e fechava seus punhos. Ele tinha ao menos uma cabeça a mais de altura em relação a Aziz, e da perspectiva de HP ele parecia ainda maior e mais desagradável.

Mas Aziz não estava se deixando intimidar – em vez disso chegou ainda mais para frente, de forma que as camisas dos dois estavam quase se encostando.

Por um minuto parecia que os dois estavam para começar uma briga.

HP e os guardas prenderam o fôlego.

Então Moussad recuou.

Aziz rugiu outra ordem, desta vez ainda mais alto, e no momento seguinte HP estava sentado na cadeira de entrevista enquanto um dos guardas relutantemente liberou suas algemas.

"Diga-me mais", disse Aziz brevemente, enquanto a porta da cela se fechava e os dois ficavam a sós.

ANDERS DE LA MOTTE THE GAME

9 Fata Morgana

"Alô?"

"Boa noite, meu amigo. Deu tudo certo?"

"Foi excelente, tudo totalmente de acordo com o plano – mas é claro que você já sabe disso."

"Alguma dor?"

"Não mais do que o necessário."

"Bom, e a retirada?"

"Sem problemas também. Como estão indo as coisas com..."

"O Jogador? É um pouco cedo demais para dizer ainda. Vou mantê-lo informado."

Eles chegaram no meio da noite. Quatro gorilas de Guantánamo, e assim como da última vez, eles o arrastaram para fora da cama e algemaram suas mãos atrás das costas. Desta vez, ele não conseguiu reunir energia para lutar.

Ele era Nick Orton, Thomas Andersen, Charles Herman e tantos outros nomes que mal conseguia sequer lembrar.

Personagens imaginários que ele tornara reais, pelo menos enquanto precisou deles.

Então por que não Vincent Sinclair?

O capuz foi colocado enquanto eles ainda estavam em sua cela, mas os guardas pareceram perceber como ele estava apático e não se deram ao trabalho de amarrar suas pernas. Levaram-no, tropeçando, desceram um lance de degraus, e depois outro.

Seu corpo parecia tão pesado quanto chumbo.

Mais degraus – ele tropeçou e os guardas tiveram de segurá-lo para impedir que caísse. Mas eles não pararam para colocá-lo de volta em pé. Em vez disso, o agarraram por debaixo dos braços e o levantaram, tão alto que as pontas de seus dedos dos pés apenas tocavam o chão. E então os degraus acabaram.

A sala que entraram era maior, tão grande que os grunhidos tensos dos guardas ecoavam secamente pelas paredes. Eles já tinham vindo para cá antes?

Um leve cheiro de gasolina e fumaça de escapamento passaram pelo capuz e, de repente, ele tinha certeza absoluta. Eles não estavam a caminho da câmara de tortura!

Um instante depois, ele foi colocado em um banco e uma porta de carro pesada bateu nele.

Um guincho de pneus, uma arrancada repentina e eles partiram.

HP tentava desesperadamente assimilar esta nova informação. Alguém estava sentado à sua esquerda no banco de trás, porque ele continuava sentindo o cheiro de loção pós-barba. E o carro tinha que ter um motorista também.

Portanto, em outras palavras, devia haver pelo menos duas pessoas além dele no veículo – possivelmente até três – mas nenhum deles dizia uma palavra.

Para onde quer que fosse que estivessem indo, o motorista parecia estar com pressa. O grande motor rugia e os movimentos do veículo eram tão abruptos que ele ficava deslizando no assento de couro.

Então ele notou uma mudança na superfície da estrada, quando eles passaram do asfalto liso para o cascalho. Poucos minutos depois o barulho desapareceu quase totalmente e o veículo começou a escorregar e deslizar de uma maneira muito familiar. O estômago de HP recebeu a mensagem muito mais rápido do que seu cérebro, e o bolo que tinha sido formado lá pelo pânico se transformava rapidamente em enjoo. O carro balançou mais um pouco e ele ouviu o chiado dos jatos de areia batendo nas janelas.

Eles estavam indo para o deserto!

“Você vai ver, Becca, vai ficar tudo bem. Quero dizer, não é como se você tivesse feito alguma coisa errada...”

Micke colocou o braço em volta dela no sofá e ela lutou contra uma vontade súbita de empurrá-lo. E de agarrar o objeto sólido mais próximo e esmagar a cabeça dele.

Tudo vai ficar bem, você vai ver... Se ela ganhasse vinte coroas a cada vez que tivesse ouvido esse comentário na semana passada. Ludvig, Nina Brandt e um monte de outras almas bem intencionadas.

Era realmente isso o melhor que as pessoas podiam fazer toda vez que alguém estava na merda?

“É claro que eu não fiz nada de errado”, ela retrucou, incapaz de se conter. “O que, você também não acredita que a gente estava sendo atacado?”

“Claro que acredito”, respondeu ele rapidamente, mas ela aproveitou a chance para endireitar-se e soltar o braço dele.

“Eu só quero dizer que isso vai acabar logo...”

Ela interrompeu-o com um suspiro.

"Eu não apostaria nisso. Existem pessoas suficientes que querem me ferrar, que realmente não precisam fazer muito mais do que manter a boca fechada e apenas assistir ao show. Gladh, Malmén, Modin e os outros da equipe..."

"Não se esqueça do assistente de Gladh..."

"Berglund? Não, ele não!"

Ela mordeu a língua, mas já era tarde demais.

"Por que não? Quero dizer, faria sentido para o Gladh pedir para seu assistente cuidar de algo desagradável como isso, não?"

"Claro", ela murmurou, dando de ombros.

Ela deitou novamente no sofá e colou os olhos rapidamente na televisão.

"Eu estava pensando em fazer um chá, você quer uma xícara?", ela disse, em uma voz muito mais suave um minuto depois.

"Mmm", respondeu ele.

No caminho até a cozinha, ela discretamente pegou o celular na mesa da sala.

Eles estavam rodando por cerca de quinze minutos, e finalmente as peças do quebra-cabeça tinham se juntado.

Eles não fariam mais perguntas.

Bem como Aziz tinha dito, ele tinha uma condenação anterior por assassinato, tinha entrado no país com um passaporte falso, e parecia estar intimamente ligado ao crime. Ninguém acreditava que ele era inocente – nem mesmo ele.

Com toda a ostentação, ele tinha esquecido que o país era na verdade uma ditadura. Uma pobre e indefesa mulher ocidental – sequestrada e assassinada no deserto. Esse tipo de coisa poderia assustar os turistas e os grandes negócios também. Custaria milhões de dólares em má reputação e perda de acordos comerciais. Muito melhor jogar tudo para debaixo do tapete e fingir que nunca aconteceu. Tudo o que eles tinham que fazer era se livrar do último fio solto que restava e literalmente enterrar a história onde ela começou.

Na areia...

Ele podia sentir as lágrimas de pânico borbulhando em seu peito e mordeu o lábio inferior para impedi-las de escapar.

De repente, o carro parou e ele ouviu a porta do motorista se fechar.

Esta é a parada final deste trem – todos desembarquem, por favor!

Merdamerdamerdamerdamerdamerda!!!

Ela realmente não deveria deixar isso incomodá-la.

E daí se alguém estivesse falando merda sobre ela? Isso provavelmente tinha acontecido muitas vezes antes, a única diferença desta vez era que ela tinha a oportunidade de acompanhar o que estava sendo dito.

A maioria deles provavelmente nem a conhecia, não fazia ideia de quem ela era ou o que tinha feito. Mas e se ela estivesse errada?

E se fossem agentes conhecidos, colegas que ela cumprimentava nos corredores, ou mesmo que tivessem trabalhado juntos?

Obviamente ela deveria simplesmente ignorar tudo, esquecer o site e deixar os idiotas falarem o que quisessem. Mas ela ainda não conseguia deixar quieto.

Ela continuou fazendo pequenas viagens ao quarto para tirar o computador do modo de stand-by e verificar se algo novo havia aparecido.

Chafurdando na lama, tirando a casca da ferida e se atormentando com cada detalhe, cada comentário, até que seu estômago virasse um bolo duro e ela mal conseguisse respirar o ar no interior do apartamento.

Ela deliberadamente fez bastante barulho com o bule de chá para tentar abafar seus pensamentos, mas não deu muito certo. Decidiu não contar a Micke sobre o fórum. Esse lixo era ruim o suficiente, mas ela estava preocupada que outros rumores começassem a aparecer. Rumores que eram verdadeiros... Tudo parecia tão bom no papel.

Promoção, sua própria equipe de guarda-costas e um namorado atencioso. Uma casa, um cachorro e um Volvo esperando na esquina. Tudo o que a tinha atormentado durante anos – como uma faixa de arame farpado apertada sobre o peito – era finalmente história. Não tinha sido culpa dela, então ela já não tinha qualquer razão para se torturar. Ignorar fofocas deveria ser brincadeira de criança...

Então, por que ela não conseguia?

Era realmente tão difícil apenas ser feliz?

Enquanto a chaleira fervia, ela olhou rapidamente para a sala de estar. Micke ainda estava concentrado na televisão. Ela pegou o celular.

```
Quarta-feira às sete
Lugar de sempre
```

Em seguida, apertou enviar.

"Você é um homem de sorte, sr. Pettersson", disse um barbeado Moussad do assento ao lado dele, em um inglês quase tão perfeito quanto o de Anna Argos.

A imaginação exagerada da HP entrou em colapso, e enquanto reiniciava ele perdeu o início da história de Moussad.

"Uma impressão digital clara no isqueiro e traços suficientes de pele para verificar se há DNA mitocondrial. Recebemos uma confirmação da

Interpol esta manhã, ambos são de Bruno Hamel, um cidadão franco-canadense com uma reputação interessante, para dizer o mínimo..."

O policial fez uma pausa por tempo suficiente para que as sinapses de HP fizessem pelo menos uma conexão.

"O-o quê?"

"Evidentemente monsieur Hamel fez carreira como um assassino profissional. Existem pelo menos quatro casos abertos atribuídos a ele. Você gostaria de adivinhar qual é sua especialidade?"

Outro sorriso.

HP concordou em silêncio.

"Mulheres solteiras..."

HP de repente sentiu o enjoo aumentar.

O sangue correu de sua cabeça e ele foi forçado a se inclinar para a frente para não desmaiar.

Mesmo que Moussad estivesse sentado ao lado dele, sua voz parecia vir de muito longe.

"O que o coronel Aziz não lhe disse durante suas conversas foi que a sra. Argos tinha recebido ameaças de morte. Nós recebemos a confirmação quando entramos em contato com a polícia em seu país de origem."

"C-coronel...?", HP gaguejou, confuso.

Moussad riu.

"É um pequeno truque que às vezes usamos para conseguir resultados rápidos. Por algum motivo, homens árabes com barba por fazer e que não falam inglês parecem fazer a maioria dos ocidentais cooperarem. Coronel Aziz é meu chefe, e ele é, na verdade, responsável por toda a Divisão Real de Investigação Criminal de Dubai."

O policial respirou fundo e segurou o ar por alguns segundos, enquanto esperava HP endireitar-se.

"Você compreende, sr. Pettersson, tudo parecia claro como cristal. O sangue, as testemunhas, o seu relacionamento com a sra. Argos e assim por diante... Mas havia uma coisa que não fazia sentido..."

Ele acenou com um dedo para sublinhar o que estava dizendo.

"Nenhum depoimento de testemunhas verdadeiras se encaixa cem por cento, sr. Pettersson. As pessoas simplesmente percebem as coisas de forma diferente. Mas todos os cinco cidadãos franceses que deram depoimentos contra você contaram a mesma história – exatamente a mesma história, até os mínimos detalhes. Você entende?"

Ele continuou sem esperar por uma resposta.

"Nós suspeitamos que algo estava errado, e, no final, você nos deu as provas que estávamos procurando", Moussad continuou. "Imagine a cara deles quando mostramos às testemunhas as imagens de Hamel enviadas pela Interpol – um assassino profissional procurado em vários países, e alguém que eles tinham feito de tudo o que podiam para proteger..."

Ele sorriu de novo, depois fez uma pausa, como se estivesse esperando por algum tipo de reação de HP.

Como não recebeu nenhuma resposta, Moussad continuou, com clareza quase exagerada: "Alguém assassinou a sra. Argos..."

Ainda nenhuma resposta.

"...e este alguém também fez um grande esforço para incriminar você, sr. Pettersson."

O mundo de HP estava girando, e finalmente seu enjoo levou a melhor sobre ele. Como se tivesse recebido um sinal, a porta do carro foi aberta pelo lado de fora.

Um minutos depois, ele estava de quatro e vomitando na areia do deserto.

Déjà vu!

A resposta veio cerca de um minuto depois.

```
Claro - pensei que você ia desistir ;)
```

Ela começou a escrever uma resposta sarcástica, mas mudou de ideia. Ela ouviu Micke se mexendo no sofá e rapidamente apagou a mensagem recebida.

A água tinha fervido e ela colocou duas canecas de chá e alguns biscoitos em uma bandeja pequena.

Quando ela sentou-se novamente no sofá, ele colocou o braço em volta dela e puxou-a em sua direção.

"É bom ter você em casa de novo", ele murmurou.

Ela não respondeu.

"A propósito...", disse ela depois de uma breve pausa.

"Hmm?"

"Eu não vou estar em casa na quarta-feira à noite. Pensei em ir ao cinema com a Nina. Preciso arejar minha cabeça um pouco..."

"Ok."

Ele nem tirou os olhos da televisão, o que tornou a mentira mais fácil.

"Nós devemos sair pra beber depois, então você não precisa esperar. Quero dizer, você não precisa ficar aqui se preferir dormir na sua casa..."

Ele virou-se e deu uma rápida olhada de soslaio para ela, e por um momento parecia que ia dizer alguma coisa. Então afundou-se no sofá e continuou olhando para a televisão.

"Ok, divirta-se..."

Eles o pastorearam como uma ovelha pelas palmeiras no interior do vasto edifício do terminal. Moussad num lado, o motorista do outro. As pessoas na esteira rolante se apressavam para sair do caminho, provavelmente pensando que ele era um assassino em massa ou algo assim.

Quando ele viu o familiar sinal azul e branco, quase caiu em prantos.

Por alguns segundos aterrorizantes ele ficou com medo que fossem passar reto. Que tudo isso era mais um truque para quebrar o seu frágil estado mental. Mas eles saíram da esteira no lugar certo, foram até o guichê e Moussad entregou um bilhete e alguns documentos para a mulher atrás do balcão da SAS.[1]

Ele não entendeu uma palavra do que foi dito, mas cerca de um minuto depois eles estavam na área de fumantes do portão e Moussad lhe oferecia um cigarro de uma caixinha de metal. As mãos de HP tremiam tanto que ele não conseguia acender o cigarro.

Então deu tragadas maravilhosas e profundas...

Nenhum deles disse nada por um tempo.

"E os franceses?", HP finalmente murmurou. "O que vai acontecer com eles?"

"Vamos mantê-los presos por algumas semanas, enquanto seus ricos papais mexem todos os pauzinhos que podem para levá-los para casa. No final, eu tenho certeza que vamos encontrar uma solução que funcione para todos. Afinal de contas, nós realmente estamos atrás do monsieur Hamel e seu patrão..."

HP concordou com a cabeça. O perjúrio não importa muito no grande esquema das coisas, na verdade.

O negócio é dinheiro.

Deus, ele estava tão cansado dessa porra de lugar!

"Eles disseram alguma coisa sobre por que...? Quero dizer, por que eles concordaram em tentar me incriminar?", ele esclareceu em um tom monótono.

Moussad balançou a cabeça e deu uma tragada em seu cigarro.

"Aparentemente, eles conheceram o monsieur Hamel em Goa apenas alguns dias antes de conhecerem você." Ele acenou com o cigarro, soprando fumaça para o teto em pequenas espirais.

"Logo depois que você os deixou, a polícia indiana fez uma incursão, e uma grande parte do grupo estava em posse de várias substâncias ilegais. Hamel resolveu a situação na hora, sem que nenhum deles precisasse ligar para o papai em casa e fazer um papelão. Meu palpite é que ele encenou

1 Scandinavian Airlines Sistems, companhia aérea multinacional da Suécia, Noruega e Dinamarca.

tudo para fazê-los se sentir em dívida com ele. Essas pessoas têm as suas próprias regras, sr. Pettersson..."

"Então eles pagaram para os motoristas voltarem para casa no Iêmen... e talvez deixaram o Vin... quero dizer, o Hamel no aeroporto no caminho de volta?"

"Algo assim", Moussad assentiu. "Um passaporte que batia com um dos nomes falsos de Hamel foi usado para deixar o país pouco depois. Nós não estamos inteiramente certos de que era ele, a filmagem do aeroporto não era boa o suficiente para uma identificação de cem por cento, mas parece provável."

Moussad o acompanhou a bordo, até mesmo o ajudou a guardar sua bagagem no compartimento superior antes de estender a mão para se despedir.

"Bem, adeus, sr. Pettersson."

HP hesitou por alguns segundos, depois apertou a mão do homem. Por mais estranho que pudesse parecer, o gesto parecia deixar o policial mais relaxado.

"Se você ouvir qualquer coisa sobre a sra. Argos na Suécia, qualquer coisa que você ache que pode ser útil para a investigação, eu agradeceria se entrasse em contato... Alguém contratou Hamel para assassinar a sra. Argos, e nós estamos muito ansiosos para prender quem quer que seja."

Ele tirou um pequeno cartão de visita branco do bolso de sua camisa bem passada.

HP assentiu em silêncio, e guardou o cartão sem se preocupar em olhar para ele.

O policial já tinha chegado na porta quando o cérebro podre de HP finalmente se ligou.

"Moussad...?"

O homem virou-se.

"O que te faz pensar que eu posso ouvir alguma coisa sobre Anna Argos na Suécia?"

"Então, você não sabia?", Moussad sorriu.

"O quê?"

"Que Anna Argos era sueca?"

10 Esconde-esconde

Fórum dos Pilares da Sociedade
Data de publicação: 14 de novembro, 16:19
Por: **MayBey**

Mentir, enganar e manipular são talentos naturais
para um psicopata.
O resto de nós tem que praticar para ficar
bom nisso...

Este post tem 45 comentários

Agora, em retrospectiva, ela parecia se lembrar de ter visto o homem na primeira vez em que veio à academia. Assim que elas estavam prestes a ir embora, Nina encontrou um dos proprietários, alguém que ela obviamente tinha namorado por um tempo. Foi enquanto eles se cumprimentavam com beijinhos no rosto e trocavam um pouco de conversa fiada – uma conversa que terminou com Rebecca ganhando um mês de mensalidade grátis – que ela pensou ter visto ele, em uma das esteiras de corrida.

Um homem de cabelo curto, não muito mais alto que ela. Em forma, musculoso como ela gostava, não do tipo bombado. Mas não foi principalmente a aparência do homem que a fez prestar atenção nele. Era o jeito que ele estava correndo. Determinado, focado, como se estivesse tentando uma vaga nos Jogos Olímpicos.

E agora ali estava ele de novo – na mesma esteira no canto, correndo exatamente da mesma maneira.

Seu ritmo era ridiculamente forte. Os braços do homem bombeando nos lados como pistões musculares, e os olhos fixos em seu próprio reflexo no espelho. Seu corpo bronzeado molhado de suor; sua camiseta leve já encharcada. Seus pés batiam na máquina. Bang-bang-bang-bang.

Havia algo em toda aquela cena que chamava a sua atenção, e ela percebeu que tinha quase parado de se concentrar em seu próprio treino com pesos.

Então – só por um segundo – Rebecca encontrou o olhar do homem no espelho e se viu tremer.

Obviamente, tudo *podia* ser uma infeliz coincidência.

Aquele Hamel o havia escolhido por acaso como bode expiatório para que ele mesmo pudesse desaparecer sem deixar rastro. Assim como Moussad tinha apontado, ele fora praticamente escalado para o papel de trouxa.

Mesmo que obviamente parecesse muito improvável, a teoria não poderia ser descartada completamente.

Mas quem quer que estivesse por trás de tudo isso não tinha abatido Anna Argos apenas para pegá-lo, ele tinha certeza disso. Com Jogo ou sem Jogo, ela fez o papel de JFK, enquanto a ele tinha sido dado apenas o papel de Lee Harvey Oswald. Um bode expiatório inútil e imprestável.

Assim como ele, Anna estava em fuga, e tinha tentado colocar metade do planeta entre ela e aqueles que tentavam encontrá-la.

Naqueles primeiros momentos paranoicos no salão do hotel, ele tinha sentido as vibrações do Jogo. E na verdade pensara que ela era outra Jogadora que tinha sido enviada para localizá-lo.

E se ele estivesse certo, ou pelo menos meio certo?

Se ela realmente fosse uma Jogadora, mas tivesse escolhido sair, assim como ele?

Nesse caso, foi muita burrice dela não se desfazer de seu telefone.

Talvez ela tenha pensado que bastava apenas trocar o chip?

GRANDE erro!

Ele beliscou o dorso do nariz em uma tentativa de tentar parar sua imaginação fértil.

Mas, em vez disso, uma nova imagem surgiu em sua cabeça. Daqueles corvos do deserto circulando lentamente pelo céu… O corpo sem vida de Anna, cada vez mais perto até o mais corajoso deles se atrever a aterrissar ao lado dela na areia. Alguns passos desajeitados e depois…

Ele respirou fundo, em seguida, gesticulou para uma aeromoça encher seu copo.

Anna pode ter sido uma vaca filha da puta, mas ninguém merece esse tipo de fim. Quem contratou Hamel para se livrar de Anna devia realmente odiá-la.

Mas Hamel e seu chefe tinham cometido um erro.

Eles o deixaram lá com a polícia de Dubai, acreditando que ele estava acabado. Deixaram outras pessoas terminarem o trabalho, quando deveriam ter enviado Jack Ruby.

Em vez de um tiro atrás da cabeça ou prisão perpétua no Bangkok Hilton, ele estava sentado aqui – em um avião de volta para casa na Suécia.

Ele tinha se arrastado por um mundo cheio de merda e saiu do outro lado, vivo, se não exatamente limpo.

"E aí, como foi a academia?"

"Tudo bem."

"Está com fome?"

Ela concordou com a cabeça e deu um beijinho obediente na bochecha de Micke. Ela realmente teria preferido ficar sozinha, aproveitando ao máximo seu cansaço físico da academia para conseguir ter uma boa noite de sono sem sonhos. Mas ela já tinha mentido para conseguir uma noite livre esta semana.

Além disso, ele tinha feito o jantar.

"Ah, eu quase esqueci. Alguém ligou há pouco tempo. Ela disse que vocês eram colegas."

"Nina Brandt?", Rebecca murmurou enquanto pegava os pratos.

"Não, não era isso. Espera, eu escrevi no bloco ao lado do telefone. Karolina, era esse o nome", ele gritou da sala um pouco depois.

"Karolina Modin. Ela disse que tentou ligar no seu celular, mas estava desligado. Ela queria falar com você sobre algo, mas não quis dizer o quê. Parecia importante..."

Além da sua bagagem de mão, ele só tinha duas coisas. Um bilhete de avião sem nome e uma folha de papel que Moussad lhe dera. CDC – Carta de Cessação. Ele deveria, evidentemente, entregá-la no controle de passaportes em Arlanda. Mesmo se o Jogo não tivesse nada a ver com sua pequena aventura no deserto, eles saberiam onde ele estava no momento que seu número de identidade fosse digitado no sistema da polícia.

Não era muito difícil imaginar o que aconteceria em seguida...

Se ele quisesse ter alguma chance, tinha que encontrar uma maneira de entrar no país sem ser pego pelo radar do Jogo.

Na verdade, era muito mais simples do que parecia.

Esqueça as peripécias de filmes, como se esconder no banheiro, rastejar para fora do avião pelo trem de pouso e sair correndo pela pista. Tudo o que ele precisava era de um passaporte – um livrinho vermelho com uma fotografia que parecesse vagamente com ele.

Como o que estava saindo do bolso de trás do cara três fileiras na frente dele...

Ele pulou do seu assento alguns segundos antes de o avião parar no portão e o piloto desligar o sinal do cinto de segurança. Ele pegou rapidamente sua mochila no compartimento superior e se posicionou ao lado de seu alvo, segurando sua sacola na altura certa para esconder o que estava fazendo. Assim como ele esperava, o homem estava completamente ocupado com o seu telefone celular. Sete horas sem redes sociais era um longo tempo para os iOtários...

Um simples esbarrão no meio de uma atualização de status, e de repente @arlanda tinha virado @lugardesconhecidonochãoentreaspoltronas...

Assim que o homem se inclinou para resgatar seu orgulho e alegria, HP pegou seu passaporte no bolso de trás e se dirigiu para a saída o mais rápido que pôde.

Alguns momentos depois, ele estava no corredor de conexão a caminho do terminal de chegadas.

Ele agora era Lars Tommy Gunke, de Linköping, de acordo com o passaporte. Ele treinou o nome algumas vezes enquanto caminhava rapidamente para o controle de passaporte.

"Lasse – eu sou Lasse Gunke, oi!"

Ele olhou rapidamente para um dos relógios na parede. Ele tinha três ou quatro minutos, talvez cinco. Isso deveria ser suficiente...

Dois policiais corpulentos em uniformes escuros estavam de pé ao lado do balcão de controle de passaporte. Os homens pareciam entediados, mas uma simples CDC e alguém sem passaporte sem dúvida salvariam a sua manhã.

HP mirou a menor fila e tentou parecer inocente.

Outra olhada no horário.

Dois minutos já tinham passado e, como de costume, ele tinha escolhido a fila errada. A fila de pessoas ao seu lado estava voando, mas ele não se mexia.

E agora era tarde para mudar, ele estava cercado por grades de metal em ambos os lados e outros passageiros já estavam atrás dele.

Por que diabos estava demorando tanto?

Parecia que a velhinha no começo da fila estava tendo problemas com seu passaporte, ele podia vê-la agitando os braços para a mulher atrás do guichê, como se estivesse tentando explicar alguma coisa.

Ele deu uma olhada cuidadosa sobre o ombro. Um monte de gente atrás dele, mas nenhum sinal do verdadeiro Lasse G. Ainda.

"Oi Rebecca, desculpe pelo atraso. Eu vou só pegar um café, você quer mais?"

"Claro..."

Rebecca observou Karolina Modin enquanto ela enchia as xícaras de café ao lado do caixa.

Modin era a pessoa mais jovem da equipe, com vinte e cinco anos, uma década inteira mais jovem que Rebecca.

A aparência de menino de Modin e sua franja curta e irregular a fazia parecer ainda mais jovem do que realmente era, o que definitivamente não era uma coisa boa quando você estava tentando justificar a sua posição na polícia. Com muita frequência, a idade ainda contava mais do que a capacidade.

Então por que Modin queria vê-la? Ela não quis falar muito pelo telefone – só que ela queria se encontrar.

Rebecca deveria ter insistido para que resolvessem tudo por telefone, mas ela também não tinha nada melhor para fazer.

Modin voltou com os cafés e sentou-se em frente a Rebecca. Cada uma tomou um gole.

"Bom, eu dei outro depoimento para a investigação interna ontem, e tem uma coisa que eu queria te dizer..."

Modin era claramente o tipo de pessoa que ia direto ao ponto, o que Rebecca gostava. Mas isso não parecia bom.

"Ah?"

"Eu pensei muito sobre o que aconteceu lá. Em Darfur, quero dizer. Tudo aconteceu tão rápido – a coisa toda, a retirada e tal. Nós mal tivemos tempo de conversar... E Ludvig nos dividiu assim que chegamos em casa."

Modin olhou ansiosamente para Rebecca, como se estivesse esperando que ela concordasse.

"Hmm?"

"Bem, eu não tinha certeza no início... Quero dizer, eu estava concentrada em dirigir e mal tirei os olhos da parte da frente do carro. Depois foi aquele caos completo quando a multidão invadiu, então veio o tiroteio, toda a poeira e... Bem, tudo aquilo."

Modin olhou para ela com incerteza de novo, mas Rebecca manteve a mesma expressão.

"De qualquer forma, eu tive tempo para pensar, e olhando para trás agora eu acho que eu realmente vi alguém correndo na frente do carro, enquanto você estava pendurada na porta... Eu tenho certeza que vi."

Rebecca estremeceu, e Modin pareceu notar.

"Bem, eu não vi nenhum detalhe, nenhuma arma ou qualquer coisa, mas por algum motivo a cor amarela está fixa na minha mente. Ele estava usando algo amarelo, uma camisa, ou um lenço ou outra coisa solta?"

"Um saco plástico", Rebecca murmurou confusa. Ela limpou a garganta e repetiu, enquanto seu coração batia cada vez mais rápido. "O suspeito estava com a arma em um saco plástico amarelo brilhante que ele estava segurando na mão esquerda."

"Hmm... poderia muito bem ter sido um saco, e foi isso que eu disse ao investigador quando ele perguntou. Per Westergren, você provavelmente já falou com ele..."

"Sim, nós já nos conhecemos", Rebecca concordou, incapaz de conter um sorriso.

Karolina Modin sorriu de volta.

"Certo. Ele fez um monte de perguntas sobre você. Como você era como chefe e assim por diante. Eu disse que não tínhamos trabalhado juntas por muito tempo, mas que você era um dos meus exemplos a seguir na unidade de guarda-costas... Que você sempre foi cem por cento profissional..."

De repente, Rebecca não tinha ideia do que deveria dizer.

"Obrigada, Karolina. Quero dizer... Eu realmente agradeço... bem... seu testemunho e tudo. Tenho certeza de que vai ser muito importante na investigação."

"Sim, foi exatamente isso o que David disse também... Foi ele quem sugeriu que eu ligasse e pedisse para ser ouvida novamente."

"David?"

"Sim, David... David Malmén", Karolina Modin disse, e deu um outro de seus sorrisos de menino.

A outra fila ainda se movia tranquilamente.

Ele já deveria ter passado a esta hora.

Em terreno seguro.

Merda!

Mesmo que tentasse ficar calmo, ele não conseguia parar de se contorcer, e ele teve a impressão de que os policiais haviam notado.

Quatro minutos se passaram e ele ainda não tinha se mexido.

Os policiais começaram a encará-lo.

Pelo amor de Deus, anda, sua velhota!

Outra olhada por cima do ombro – ainda nada do Lasse.

De repente, os policiais começaram a se mover.

Ele folheou freneticamente seu passaporte, fingindo que seu conteúdo era muito, muito interessante.

Os policiais caminharam lentamente pela fila. Cinco minutos tinham se passado e ele pensou ter detectado algum tipo de ansiedade bem no final da fila.

Os policiais trocaram um olhar e um deles disse algo no microfone preso ao seu ombro.

Merdamerdamerdamerdamer...

"Você aí!"

Um dos policiais estava apontando para ele.

"Er... o que, eu?"

HP estava tentando ganhar tempo.

"Sim, você."

O policial acenou para que viesse até eles e HP se moveu lentamente para perto da grade. Mas o policial continuou acenando e depois de um momento de hesitação HP passou por baixo do corrimão e deu vários passos lentos na direção deles.

O que diabos ele iria fazer?

"Passaporte, por favor!"

O policial com mais listras no ombro estendeu a mão.

"Er...", HP olhou para a saída atrás dos policiais.

Se ele realmente tentasse, ele até poderia...

"Passaporte!"

O policial pegou o livrinho vermelho que HP ainda estava segurando com força em uma das mãos, e por um momento eles ficaram ali assim – quase em um cabo de guerra. Então HP soltou.

Os policiais estavam de pé, ombro a ombro, não havia chance de passar pelo meio deles. A grade estava bloqueando sua fuga pela direita e ele provavelmente não teria tempo de contorná-los pela esquerda. Ele tinha que ficar calmo, esperar o momento certo...

Um dos policiais olhou o passaporte. HP sentiu uma gota de suor na testa, depois outra. A alça de sua mochila parecia pegajosa em sua mão.

"CDC?"

HP tinha certeza de que foi isso que o policial que segurava o passaporte murmurou enquanto o outro sorria.

Porra!

Seu disfarce tinha sido descoberto, a polícia sabia quem ele era!

Ele deveria entregar seus papéis de deportação e acompanhá-los tranquilamente até a delegacia?

Claro que não!

Hora de fazer o que ele fazia de melhor, correr para salvar sua vida!

Deu um passo cauteloso para o lado, tentando encontrar uma brecha.

Os policiais se moveram e a distância entre eles aumentou.

Em seus lugares...!

A brecha abriu um pouco mais.

Preparar...!

O policial que estava no comando olhou com uma careta.

"Você não gosta de hóquei no gelo?"

"O-o quê?"

HP parou, cauteloso, os olhos ainda fixos em sua rota de fuga.

"CHL – Clube de Hóquei de Linköping?"

Os policiais sorriram e trocaram um olhar.

"Thomas e eu torcemos pelo AIK – vamos jogar contra vocês no Globe esta noite. O melhor contra o pior, pode-se dizer..."

"Com certeza, claro...", HP murmurou enquanto seu cérebro fazia um esforço para acompanhar.

O policial entregou-lhe o passaporte.

"Bem-vindo de volta, Linköping, e boa sorte. Você vai precisar..."

De volta para casa 11

"Nós temos um problema..."

"Entendo – isso não parece bom. Qual a gravidade?"

"Ainda não temos certeza – neste momento estamos avaliando a situação. Mas talvez vamos precisar usar seus serviços novamente..."

"Tudo bem – eu quase esperava por isso. Na verdade eu já fiz vários preparativos..."

Ela tinha sonhado com ele novamente.

O homem na esteira de corrida.

Enquanto subia os degraus da saída do metrô, tentou lembrar sobre o que era o sonho, mas irritantemente os detalhes estavam fora de seu alcance. O olhar dele era tudo o que ela conseguia se lembrar. Aquele olhar negro penetrante que ela tinha visto no espelho, quase a fazendo perder o fôlego. Ela já o tinha visto antes, muitas vezes. Mas naquela época ela pertencia a um homem completamente diferente. Um homem que ela amava – e odiava...

Mas Dag estava morto e enterrado, e ela tinha continuado sem ele. Começou uma nova vida, e bem melhor, com alguém que não a tratava mal. Então, por que ela estava fazendo isso? O que fazia um homem completamente desconhecido tão interessante a ponto de ela sonhar com ele?

Sem o menor aviso, esse sentimento tomou conta dela novamente e ela parou no meio da calçada. Assim como no carro em Darfur, quando eles estavam correndo através da nuvem de areia e fugindo da ameaça, o mundo pareceu girar mais devagar. Cada detalhe, cada pequeno movimento em torno dela de repente parecia cristalino, e por apenas uma fração de segundo ela imaginou que pudesse ver alguma coisa com o canto do olho. Uma silhueta indistinta, visível através de todos que passavam.

Mas no momento em que ela começou a virar a cabeça, o mundo voltou à sua velocidade normal, sua linha de visão foi ofuscada e a silhueta foi embora.

Ela esperou alguns segundos, depois passou por entre dois carros estacionados e rapidamente atravessou a rua. Nada, nem o menor movimento.

Não havia ninguém seguindo ela. De qualquer forma, quem seria?

Ela foi até a esquina, virou em uma ruazinha, e parou em frente a uma porta.

Por um breve segundo, ela hesitou, e então digitou a senha, e olhou por cima do ombro só para ter certeza antes de entrar.

Dois andares acima ela tirou as chaves e abriu a porta do apartamento.

Depois que alguém tentou incendiar o apartamento de Henke, a seguradora tinha não só pago a restauração da sala, mas também uma porta blindada, por isso, se um ladrão comum tentasse invadir, teria bastante trabalho. O que tornava ainda mais irritante o fato do apartamento estar desabitado.

As coisas de Henke ainda estavam armazenadas na Shureguard, por isso o apartamento inteiro, com exceção do colchão no chão, estava praticamente sem móveis.

Ela pegou um copo de água na cozinha, e tinha acabado de tomá-lo quando ouviu uma batida na porta. Três batidinhas cautelosas.

Ela nem se preocupou em olhar pelo olho mágico, somente abriu a porta.

"Por favor, sem conversa – a gente pode só transar?", disse ela para a pessoa do lado de fora.

Ele realmente não deveria. Havia tantas razões para não fazer que ele já tinha perdido a conta.

Mas ele ainda se sentia na obrigação.

Os banheiros pareciam exatamente iguais ao que eram antes de ele partir.

Ele encontrou a cabine certa, trancou a porta e subiu no assento do vaso. Olhou com ansiedade ao redor, depois levantou delicadamente um dos azulejos do teto.

Ele apalpou o espaço fechado, com o coração batendo cada vez mais rápido. Por alguns segundos, pensou que não havia nada, que a equipe de segurança tinha encontrado. Ou, eventualmente, alguma outra pessoa...

Alguém tossiu duas cabines mais para frente e o barulho repentino o assustou.

Ele olhou em volta em pânico, então avistou um dispositivo eletrônico no teto e pensou por alguns momentos que tinha sido pego. Que eles já estavam a caminho...

Mas então seus dedos tocaram em algo duro, e ele suspirou.

Quão paranoico alguém pode ficar?

Em termos puramente lógicos, os banheiros da área de embarque eram o esconderijo perfeito. Basicamente impossíveis de monitorar. Mas a lógica não estava nem perto de explicar por que ele decidiu pegar o pequeno telefone prateado.

Demorou quase cinco dias para ele se organizar. Ele ficou trancado em seu quarto, dormindo como um cadáver e só levantando para ir ao banheiro ou abrir a porta para o serviço de quarto – o que, neste estabelecimento elegante, significava pagar o rapaz com cara de cansado da recepção para abandonar seu posto e ir até o McDonald's do outro lado da rua.

Mas enquanto os dias passavam, até o recepcionista começou a olhar estranho para ele pela fresta da porta, e, por fim, HP percebeu que ia ter que começar a dar um jeito em sua vida.

Ao menos agora ele tinha finalmente meio que se limpado.

O roupão desbotado que ele tinha colocado depois de seu muito necessário banho estava jogado em uma pilha no tapete manchado. Ele só estava com ele fazia alguns segundos quando a sensação e o cheiro de toalha molhada o fizeram retirá-lo em pânico.

Na televisão estava passando praticamente a mesma merda de sempre.

O canal cinco orgulhosamente apresenta: pessoas semi-famosas se deixando humilhar de novas maneiras.

Zap.

Comédia americana no seis – temporada dez, episódio sessenta e oito...

Zap.

Comercial da Dressman.

Zap.

Drama premiado de mulheres iranianas – na emissora nacional, SVT, onde mais...?

Zap duplo!

Uma série sobre crimes, com algum tipo de serial killer. Grande surpresa...

Zap novamente.

Big Brother, versão 4,5.

Zap.

Hóquei no gelo...

Zap.

Série de comédia...

Zap.

Uma reprise do *Ídolos* sueco.

Zap.

Comercial da Dress...

Zap.

Zap.

ZAP!!

Ele estava de volta e nada tinha mudado, exceto ele.

Pensou em apertar o botão da PayTV e pagar por um filme pornô ridiculamente caro, mas por alguma razão não estava no pique.

Ele agia como se ainda estivesse no exílio, porque ele estava, mesmo em Estocolmo.

A raiva despertou nele. Ele tinha uma irmã aqui, mas se o Jogo estivesse atrás dele, ele não podia correr o risco de ver Rebecca.

Saiu da cama e pegou um bloco e uma caneta da pequena e judiada escrivaninha.

Abriu a janela os cinco centímetros permitidos pelo fecho de segurança, subiu no parapeito e acendeu um cigarro. Podiam haver adesivos de proibido fumar aqui e ali, mas a julgar pelo cheiro e pelo papel de parede manchado de nicotina, ele não era a primeira pessoa a quebrar essa regra específica.

Todos os seus cartões de crédito tinham sido tirados dele em Dubai – disseram-lhe que eram falsos, o que de certa forma era verdade.

Felizmente eles não tinham pego o cartão de reserva que ele tinha tido a visão de colocar entre as camadas de borracha de um de seus chinelos.

Vinte mil na conta – suficiente para permitir uma reserva anônima aqui no Hotel Califórnia e comprar o essencial. Assim que conseguisse ficar on-line novamente seria fácil rechear sua conta.

Laptop, ele rabiscou no bloco e, em seguida, depois de uma breve hesitação: *Celular.*

Ele lançou um longo olhar para o pequeno guarda-roupa.

Ele tinha colado o telefone atrás de uma das gavetas, e por um momento foi atacado por um desejo quase irresistível de pegar e olhar para o aparelho.

Só por alguns minutos...

Você tem que colocar um fim nisso, Normén!

Já tinha passado da uma da manhã, mas, como sempre, ela estava bem acordada. Olhou para a forma dormindo ao seu lado no colchão, tentando identificar o que ela sentia por ele, mas não conseguiu.

Sexo – era somente isso, pelo menos para ela. Uma trepada pouco exigente – suficiente para afastar a angústia por algumas horas.

Ela não tinha certeza se eram os aspectos puramente técnicos que faziam o sexo ser bom, ou se era porque o que eles estavam fazendo era proibido.

Provavelmente, uma mistura dos dois.

De qualquer maneira, ela não podia continuar assim. Estava começando a ficar paranoica, imaginando que as pessoas olhavam para ela quando estava a caminho de outro de seus sórdidos encontrinhos. Ela tinha que colocar um fim nisso, de uma vez por todas. De preferência hoje, ou no mais tardar até o final da semana, pensou, deixando a mão deslizar sobre as pálidas costas ao seu lado. O toque fez o dono das costas virar-se para ela e puxá-la para mais perto. Uma mão passeou sobre seu peito, depois a respiração quente em sua pele.

Na sexta-feira, no mais tardar, pensou.

A lista – ele tinha que se concentrar na lista e se organizar.

Ele acrescentou roupas, produtos de higiene pessoal e algumas outras coisas úteis antes de parar de novo. Pela televisão, o rádio tocava uma música do Neil Young que ele reconheceu, e ficou sentado na janela escutando até que o comercial obrigatório o fez começar a pensar novamente.

Então, quais exatamente eram seus planos?

Perguntas ainda zumbiam dentro de sua cabeça como um enxame de vespas furiosas, mas ele não tinha respostas. Ou melhor: ele tinha respostas demais, e seus cinco dias de descanso e recuperação infelizmente não o tinham deixado mais sábio.

Obviamente, ele deveria sair da cidade. Isso praticamente qualquer acéfalo saberia.

Mas ele estava cansado de fugir – não ia fazer mais isso nem fodendo.

Será que era realmente muito esperto se esconder aqui, bem debaixo de seus narizes? Certamente este não seria o último lugar que alguém iria pensar em procurar?

O problema era que não importava o quanto era um golpe de gênio ficar neste Hotel de Um Milhão de Dólares, ele não poderia ficar aqui vivendo essa rotina de Anne Frank pelo resto de sua vida. Ele era uma criatura social, já tinha tentado viver como um eremita e quase enlouqueceu como resultado. Se ele continuasse por esse caminho, terminaria com "Brooks passou por aqui",[1] com um pedaço de corda de persiana preso em um gancho para lâmpadas, ele tinha certeza disso. E sua irmã teria que identificar seu corpo.

Ele terminou o cigarro, jogou a bituca para fora da janela, dois andares abaixo, no pátio. A queda no ar a fez brilhar até apagar de repente quando atingiu o pedacinho de grama úmida abaixo de sua janela.

O que quer que realmente tivesse acontecido lá no deserto, estava ligado à sua misteriosa compatriota Anna Argos, e se ele estivesse pelo menos um pouco interessado em entender toda essa história maluca, ele tinha que começar por ela. A única questão era como.

Ele olhou para o guarda-roupa de novo, enquanto apalpava o maço em busca de outro cigarro, então percebeu no mesmo momento que tinha acabado de fumar o último.

Caralho!

1 "Brooks was here", citação ao filme *Um Sonho de Liberdade* (*The Shawshank Redemption*, 1994).

Cigarro, ele escreveu na lista, depois começou, sem qualquer grande expectativa, a procurar na pilha de roupas usadas, na esperança de encontrar uma bituquinha perdida.

Em vez disso, ele se viu segurando um cartão de visitas em sua mão. O pequeno retângulo branco continha uma longa sequência de números escritos à mão, que começava com +971, e ele estava prestes a jogar as informações de contato de Moussad no lixo quando percebeu que tinha uma coisa do outro lado.

ArgosEye.com

Conhecimento · Segurança · Controle

E de repente ele teve uma ideia.

Uma ideia louca, retardada e idiota que ele revirou em sua mente por vários minutos antes de tomar a decisão. Dificilmente seria fácil – na verdade, possivelmente ele correria risco de vida.

Mas apenas o pensamento do que ele estava considerando o fez se sentir incrivelmente animado!

É melhor queimar do que desaparecer![2]

2 "Better to burn out than fade away", no original,
verso da música de Neil Young "Hey Hey My My (Into the Black)".

Encenação 12

De: atendimentoaocliente@uscreening.com
Para: goodboy.821@hotmail.com

Assunto: Detalhes da transação de número de ordem 2352/11

Nome da empresa: ArgosEye.com
Tipo de empresa: Limitada
Endereço: Sergels torg 12, 111 57 Estocolmo
Abreviatura OMX: N/D - empresa não listada na Bolsa de Valores
Signatários autorizados: Argos, Anna; Argos, Philip J.
Resultados e contas: Ver apêndice A

História
A empresa foi fundada originalmente em 1998 por Anna Argos e vários de seus colegas da Escola de Economia de Estocolmo (ver apêndice C).
De acordo com a descrição dos negócios, a empresa oferecia serviços de consultoria de TI. Como muitas outras empresas do mesmo ramo, ela lucrou com o boom de TI do final dos anos 1990, e no seu auge tinha cem funcionários em dez países, com um volume de negócios de cerca de cem milhões de coroas suecas.
O lançamento no mercado de ações foi planejado, mas nunca concretizado, por consequência do declínio geral do mercado durante o início dos anos 2000.
Em 2001, a empresa sofreu uma séria queda na lucratividade, e todos os seus escritórios, exceto o de Estocolmo, foram fechados, e quase todos os funcionários demitidos.
Em 2002, Anna Argos comprou as partes dos outros sócios e assumiu a gestão da empresa.

Entre 2002 e 2005 a empresa começou a focar mais em diferentes estratégias de comunicação relacionadas com TI e, lentamente, retomou o crescimento.
Em 2006 Anna Argos casou-se com Philip John Martinsson, que adotou o sobrenome dela. Ele se tornou sócio da empresa na mesma época. Martinsson tem experiência em inteligência militar e no serviço de segurança, onde trabalhou em gestão de risco e crises de comunicação. Ele também trabalhou para a Burston-Marsteiner, agência norte-americana de RP de onde saiu com excelentes referências para ocupar o cargo de diretor-executivo da ArgosEye.

Atividades atuais
Sob a liderança de Philip Argos, a ArgosEye decidiu se concentrar principalmente nas questões de gestão de risco e crises de comunicação relacionadas à internet, popularmente conhecido como "*buzz control*" – uma área em que, apesar da dimensão relativamente pequena da empresa, tornou-se rapidamente um nome importante. O *buzz control* é considerado altamente sensível e, portanto, é cercado de muito sigilo. Por isso, é difícil afirmar com precisão quantas empresas já utilizaram os serviços da ArgosEye. No entanto, de acordo com fontes não confirmadas, uma série de multinacionais suecas e estrangeiras já utilizam os serviços da ArgosEye, a maioria provavelmente indiretamente, através de outras agências de consultoria, em vez de clientes diretos.
Pesquisas na internet por ArgosEye geram palavras-chave como "estratégias de internet", "comunicação", "gestão de risco", "*buzz control*", "otimização para mecanismos de busca", "estratégias de mídias sociais" e "gestão de crise".
O volume de negócios da empresa e o número de empregados têm aumentado rapidamente nos últimos anos, o que faz com que a empresa tenha, ocasionalmente, dificuldades com a liquidez de curto prazo. A fim de continuar a expandir, a empresa provavelmente terá de depender de uma injeção de capital externo, o que sugere uma provável flutuação no mercado de ações.

Propriedade
Anna Argos está registrada no Escritório Sueco de Patentes e Registros como proprietária de 40% das ações da ArgosEye Ltda.
O restante das ações são de propriedade de vários acionistas minoritários, dos quais Philip Argos, com 20%, tem a maior participação (ver lista completa no apêndice B).

Outras informações
Os Argos entraram com um pedido de divórcio no início de 2008, mas este foi retirado antes do fim da ação judicial. Um segundo pedido foi feito no segundo semestre de 2009, e o Tribunal Regional de Roslagen autorizou o divórcio em abril de 2010. Pouco depois disso, a mansão que dividiam em Täby foi vendida.
Ambas as partes até recentemente estavam registradas como vivendo em endereços diferentes no centro de Estocolmo.
Anna Argos solicitou à Receita Federal há um mês que fosse removida de seus registros.
De acordo com esta solicitação, ela está morando atualmente em Londres, Inglaterra. O quanto ela ainda está envolvida nas atividades diárias da empresa não está claro.

"Escritório Central de Investigações, Westergren."

"Olá, aqui é a Rebecca Normén, da Unidade de Guarda-Costas."

Ela estava se esforçando para manter a voz neutra. Houve silêncio por alguns instantes na linha.

"Entendo. E como eu posso ajudá-la?"

O tom de voz de Westergren foi curto, mas não diretamente desagradável. Não muito, de qualquer maneira...

"Eu só gostaria de saber o quanto você já avançou no meu caso? Se algo de novo surgiu?"

Mais silêncio.

"E o que poderia ter surgido, Normén?"

Bela jogada – mandar a pergunta de volta para ela. Fingir que nada tinha acontecido e fazer com que ela jogasse as próprias cartas na mesa.

Mas ela já havia notado o leve tom de irritação em sua voz e contornado a armadilha.

"Eu estava esperando que você pudesse me dizer, Westergren", respondeu ela.

Vários segundos de silêncio.

"Eu sei exatamente por que você está ligando, Normén", ele rosnou de repente. "Você, Runeberg e seus outros colegas tiveram tempo de sobra para arquitetar algo, o que foi exatamente o que eu disse ao procurador há pouco tempo. Você pode dizer ao Ludvig que não temos nada de novo a dizer e que o caso ainda está bem aberto!"

A linha ficou muda.

Rebecca lentamente colocou o fone no gancho.

Então, o que isso significava?

Bem, no caso improvável de que tinha sido Modin quem fez a denúncia contra ela, então a mudança em seu testemunho deveria ter acabado com toda a investigação. O promotor era geralmente rápido em dispensar casos instáveis como este, e, simultaneamente, melhorar as estatísticas, já que "caso abandonado" era, curiosamente, uma consequência...

Mas Modin nunca tinha sido a principal suspeita, por isso toda essa linha de raciocínio era, provavelmente, em grande parte teórica. Por exemplo, por que Modin iria denunciá-la por abuso de poder só para mudar de ideia alguns dias depois...?

Consideravelmente mais interessantes eram as circunstâncias que cercavam a mudança de seu testemunho. Rebecca conseguia realmente entender por que Westergren estava tão irritado. Mesmo que Modin tivesse feito o melhor possível para tornar a sua história crível quando conversaram, ainda não fora convincente o bastante, parecia algo que ela tinha inventado depois. Mas no papel a história funcionava perfeitamente. Sem detalhes precisos que pudessem ser verificados, sem contradições absolutas que pareceriam estranhas após sua declaração original. No geral, a versão de Modin sobre os fatos até reforçava a sua. Então, ela deveria, na verdade, apenas ser grata por isso...

Se David Malmén fosse realmente a pessoa que, de uma forma ou de outra, tivesse "ajudado" Modin a se lembrar, então Rebecca tinha, evidentemente, o julgado mal. Embora, é claro, fosse também possível que seu vice estivesse agindo sob ordens superiores.

Não importava, ela poderia tirar ele e Modin da lista de suspeitos e com eles, provavelmente, os outros dois membros da equipe. O que deixava apenas o conselheiro da embaixada, Gladh. Nada realmente surpreendente.

Ela estava de volta à estaca zero – mas pelo menos não tinha mais que tomar cuidado.

Pelo menos ela esperava que não...

Tudo estava colocado sobre a colcha manchada. Cada item disposto ordenadamente para que ele pudesse marcar em sua lista. Ele se sentia como um agente secreto se preparando para uma missão perigosa. O que pode muito bem vir a ser o caso...

A paranoia que o havia seguido por meio mundo tinha ficado mais forte, o que provavelmente não era realmente tão estranho. Em algum lugar lá fora havia pessoas procurando por ele, pessoas que não queriam nada mais do que colocar as mãos no Jogador 128 e entregá-lo para o Mestre do Jogo.

Mas ele tinha que tentar deixá-las de lado. Não havia nenhuma prova de que eles o tivessem encontrado, nenhuma. Ele ainda estava um passo à frente, e enquanto ele pisasse com cuidado e não acordasse quaisquer cães de guarda, então tudo continuaria assim.

O que ele realmente precisava fazer era se concentrar em sua nova missão.

Ele abriu seu laptop e começou a digitar uma mensagem, mas parou depois de apenas duas frases.

Merda, no brilho amargo da retrospectiva ele podia ver que pegar o telefone não tinha sido exatamente a sua jogada mais inteligente. Ok, ele estava desligado e sem bateria. Nem mesmo as melhores baterias do mundo iriam durar catorze meses, então ele não estava preocupado em estar sendo rastreado.

Seu problema era um pouco mais profundo do que isso.

Mesmo que o telefone estivesse fisicamente morto, era como se ele ainda estivesse enviando sinais.

Pequenas tentações inaudíveis para a parte de seu cérebro que ainda ansiava por tudo o que o Jogo podia lhe oferecer.

E isso era provavelmente o motivo dele não ter sido capaz de deixá-lo onde estava lá, em Arlanda.

Apenas segurá-lo já o fazia se sentir inegavelmente bem. Sentir o metal frio contra a palma da sua mão, as pontas dos dedos deslizando sobre a tela sensível ao toque.

E por alguns segundos, poucos maravilhosos segundos, a sensação voltou.

Apresentando o Jogador 128, vice-campeão, o favorito do público – o cara mais foda do Jogo. Heeeeenrik Petteeerssooon!

Quase todos os celulares podem ser recarregados da mesma maneira nos dias de hoje. Um pequeno cabo conectado a uma das portas USB do computador era tudo o que seria necessário...

Mas, obviamente, ele não iria ligá-lo, ele não era completamente burro, pelo amor de Deus!

Havia muitas outras coisas a fazer, maneiras de manter sua mente ocupada e a uma distância segura daquele caminho mortal. Era como aquele exercício mental.

Sempre que você pensa sobre o Jogo, você perde!

"Oi Rebecca, aqui é o Håkan! Håkan Berglund", ele esclareceu quando ela não disse nada.

"Ah, oi..."

Ela estava segurando o telefone entre o rosto e o ombro para que pudesse se servir de café.

"Eu voltei para Estocolmo e queria saber se você gostaria de jantar comigo, como tínhamos falado. Que tal esta sexta-feira?"

Ela respirou fundo.

"Eu não tenho certeza se isso é uma boa ideia...", ela começou.

"Ah, que é isso!", ele interrompeu. "Eu tive a sensação de que a gente se deu bem, e gostaria de vê-la novamente. Eu posso te pegar por volta das sete..."

Ela suspirou.

Evidentemente que ela não tinha entendido Håkan Berglund.

O fato de que ele tivesse se atrevido a ligar já era bastante surpreendente, considerando o pouco que ele tinha feito para apoiá-la em Darfur. E agora ele não parecia ser o tipo de pessoa que compreendia insinuações.

Ela realmente não gostava de pessoas insistentes.

"Desculpe, Håkan, mas na verdade eu já tenho um namorado", ela disse, sem rodeios.

Houve um silêncio na linha.

"Alô?", disse ela.

Mas ele já tinha desligado.

"Magnus Sandström?"

"Sou eu."

Levantou-se do sofá na sala de espera e seguiu a recepcionista até uma pequena sala de reuniões.

"Bem-vindo, Magnus, fique à vontade, a Eliza chegará em breve. Nós estamos um pouco atrasados com as entrevistas, mas ela não deve demorar."

"Sem problemas!"

"Ótimo. Posso te oferecer alguma coisa enquanto você espera? Café, chá...?"

"Obrigado, estou bem", ele sorriu.

Ela lhe acenou enquanto saía, fechando a porta cuidadosamente atrás de si.

Ele se acomodou em uma das seis cadeiras de tubos de metal em volta da mesa. Uma parede era feita inteiramente de vidro, e através dela ele podia ver diretamente a Sergels torg. O barulho do tráfego era audível apenas como um fraco ruído de fundo. Os prédios de Hötorget deviam ser um dos melhores endereços comerciais da cidade.

A porta se abriu e uma mulher robusta entrou.

"Magnus?"

Ele assentiu com a cabeça e ela marchou rapidamente pela sala.

Seu aperto de mão era mole e ligeiramente úmido.

"Eliza Poole, chefe do departamento pessoal. Bem-vindo!"

Ela apontou para a cadeira da qual ele tinha acabado de se levantar.

"Sente-se e me diga por que você está interessado em trabalhar para nós aqui na ArgosEye..."

Ele sentou-se, cruzou as pernas e recostou-se.

"Bem, eu trabalhei por muito tempo na área de tecnologia e o tema de risco e gestão de crises na comunicação é um assunto que me interessa muito..."

HP sorriu seu sorriso mais suave, ajeitou os óculos no lugar e escovou um pontinho invisível de pó na manga do paletó.

"Ah, e pode me chamar de Manga. Todo mundo chama!"

13 Aumentando as apostas

Fórum dos Pilares da Sociedade
Data de publicação: 21 de novembro, 06:53
Por: **MayBey**

Se você quer que algo mude, às vezes você tem que resolver as coisas sozinho.

Este post tem 56 comentários

Merda, ainda era estranho não se reconhecer... Cabelo curto, barba feita, óculos de Buddy Holly com lentes claras empoleirados em seu nariz.

Quando eles eram pequenos, algumas pessoas pensavam que ele e Manga eram irmãos.

Às vezes, eles realmente fingiam que eram.

Foi daí que ele tirou a ideia.

É claro que tinha sido um tiro no escuro enviar seu CV por e-mail, mas a ArgosEye tinha mordido a isca de primeira. O CV de Manga era bastante sólido, e com um pouco de ajustes e um curso básico de Photoshop você pode conquistar o mundo. Acrescente sua própria personalidade vencedora e a conclusão era óbvia.

Tendo em mente o que a empresa fazia, ele tinha calculado friamente que eles iriam procurá-lo no Google, então abriu contas no Facebook, MySpace, LinkedIn e Spotify.

Cada perfil foi decorado com uma imagem um pouco distorcida de seu rosto, de modo que ninguém pudesse marcar a sua foto.

O verdadeiro Manga Sandström era muito paranoico para aparecer em qualquer lugar com seu nome e foto verdadeiros. E, além disso, ele tinha a sorte de Mangalito estar fora do país – de acordo com o jovem espinhento de sua loja de informática, o pequeno convertido estava em uma peregrinação na Arábia Saudita com o sogro.

Na verdade, ele não tinha a menor ideia do que estava esperando conseguir com esta brincadeira. A única coisa que ele sabia com algo próximo da certeza era que a morte de Anna Argos estava ligada à sua empresa – por que outro motivo Moussad teria lhe dado o cartão de visita e pedido para que mantivesse os olhos abertos?

O ex-marido estava, obviamente, no topo da lista de suspeitos. Mas as coisas nem sempre eram da maneira que pareciam. Não havia verdades simples – você não podia acreditar que qualquer coisa fosse garantida.

Especialmente não quando o Jogo estava envolvido...

Meia hora no Google e ela não tinha avançado nem um pouco. MayBey parecia ser uma brincadeira com a palavra em inglês *maybe*,1 e ela tinha certeza de que o erro ortográfico era intencional, o que parecia sugerir que o nome tinha algum tipo de significado.

Infelizmente o Google não tinha ajudado muito. Os primeiros resultados na lista de pesquisa eram de pessoas que simplesmente tinham escrito a palavra errada, seguidos de uma empresa de mudanças em Albany, Nova York, depois algumas pessoas no Facebook cujo sobrenome era realmente MayBey. Nenhum deles era sueco, até onde ela podia dizer.

Ela mudou para o Wiktionary e procurou a palavra *maybe*.

```
Maybe [meibi]
Talvez - Algo que pode ser verdade (adv.)
Indicação de falta de certeza (adv.)
Sinônimo de palavras como eventualmente, acaso,
porventura, possivelmente
```

Também era possível reorganizar as letras para montar outras três palavras:

beamy – que significa radiante
embay – que significa encerrar, trancar ou armadilha
abyme – aparentemente uma palavra obsoleta para abismo, precipício

Ou seja, ela realmente não tinha avançado nem um pouco...

"Falem oi para o Manga aqui – ele é o nosso novo troll."

Três cabeças levantaram os olhos da mesa de café e balançaram para cumprimentar enquanto seu novo chefe o apresentava.

"Dejan é o responsável pelo Filtro – que é o pessoal com as telas e o projetor lá na sala de vidro."

1 Em português, significa talvez.

O chefe de HP apontou por cima do ombro com o polegar em direção ao lado direito do fundo do escritório.

"Oi, prazer em conhecê-lo", disse Dejan. Ele era um cara baixo, com cabelo ralo, por volta dos trinta.

"Rilke é responsável pelos Blogs, e Beens cuida da Lavanderia."

HP apertou as mãos de ambos. Sua boca parecia inacreditavelmente seca e seu coração ainda batia com medo e entusiasmo, mas ele fez o seu melhor para parecer tranquilo e descontraído. Não havia motivo para ter medo do pessoal sentado em volta da mesa em sua frente.

Beens tanto parecia como se comportava como um pequeno nerd gordinho. Cabelo ensebado repartido, óculos militares e uma caneca de café com uma citação de *Blade Runner*. Mas por incrível que pareça, ele não estava usando nem uma camiseta desbotada, nem jeans curtos demais para ele. Neste local todos pareciam vestir o uniforme executivo padrão. Terno, gravata, camisa impecavelmente passada para os homens, algo na mesma linha para as mulheres. Havia uma sensação de Testemunhas de Jeová em tudo aquilo.

HP teria preferido muito mais ter Rilke como chefe, em vez do mocinho sorridente que o encontrou na recepção. Pele cor de oliva, olhos escuros e cabelos da mesma cor.

Seu aperto de mão era suave e sua voz ligeiramente provocante.

"Espero que Frank não tenha passado uma má impressão..." Ela sorriu, acenando com a cabeça em direção ao chefe de HP. "A vida como rei dos trolls às vezes parece subir à cabeça dele..."

Todos sorriram e HP fez o melhor que podia para parecer que tinha entendido a piada.

"Ok – a versão curta de como tudo funciona", Frank disse enquanto se dirigiam pelo corredor de vidro em direção à parte do escritório hipermoderno que era, evidentemente, conhecida como a Mina dos Trolls.

"Nossos clientes nos contratam para proteger suas marcas registradas – mas é claro que você sabe disso. Nós garantimos que eles saibam tudo o que está sendo dito sobre eles por aí, e os ajudamos a lidar com quaisquer problemas..."

Ele apontou por cima do ombro com o polegar novamente.

"Dejan e sua equipe na bolha de vidro trabalham com um programa que chamamos de Filtro. O programa varre todos os mecanismos de busca conhecidos procurando conteúdos que contenham os nomes de nossos clientes, bem como várias combinações de menções negativas."

"Como a Nestlé e os dedos de macacos[2] ou a British Petroleum[3] e os desastres ambientais...?"

"Mais ou menos", Frank sorriu. "Mas é claro que o Filtro é muito mais sofisticado... Você teria que verificar com o Dejan, mas eu tenho certeza de que o programa agora contém vários milhares de combinações diferentes de comentários negativos, e a equipe dele faz atualizações diárias conforme aparecem novas expressões."

Eles chegaram a uma porta e Frank passou seu crachá em um leitor.

"Este é o Departamento de Estratégia. Stoffe normalmente é o responsável por esta área, mas ele está de férias no momento, então Milla está cobrindo para ele."

Frank acenou para uma menina gótica pálida que estava tão profundamente absorvida em sua tela que quase não parecia ter notado os dois.

"Nós a chamamos de Lisbeth", ele sussurrou. "Mas só quando ela não pode nos ouvir..."

HP balançou a cabeça, tentando ao mesmo tempo mantê-la abaixada.

Mesmo que o risco fosse pequeno, ele não conseguia se livrar da sensação de que podia ser desmascarado a qualquer momento.

"Sempre que o Filtro encontra qualquer tipo de rumor que possa ser prejudicial aos nossos clientes, é trabalho da Estratégia pensar o que devemos fazer para lidar com o problema, por assim dizer", Frank continuou.

HP assentiu mecanicamente.

"Tudo é incluído no modelo de gestão de risco que Philip projetou. Dependendo do resultado da modelagem, a informação é passada para nós, das seções operacionais..."

"Certo, sim, é claro... que eram elas mesmo...?", HP murmurou.

Frank lançou-lhe um olhar descontente.

2 O Greenpeace lançou uma campanha on-line em 2010 para pressionar a Nestlé a deixar de usar óleo de palma da Indonésia na fabricação do chocolate Kit Kat, que incentivava a destruição da floresta tropical, moradia dos orangotangos. Os manifestantes bombardearam a página da empresa e do chocolate no Facebook com mensagens e pedidos de explicação. A empresa anunciou então planos de eliminar o óleo de palma do chocolate e cancelou o contrato com a Sinar Mas, empresa indonésia extratora do óleo. A campanha incluiu um vídeo viral que mostra um homem abrindo um pacote de Kit Kat e comendo o dedo de um orangotango em vez de uma barra do chocolate.

3 A empresa é a responsável pelo vazamento de 450 mil barris de petróleo no Golfo do México, após a explosão da plataforma Deepwater Horizon, em 2010.

"Os Trolls, a Lavanderia e os Blogs... Aliás, Manga, a maneira como você está vestido..." Ele olhou para o terno que mal cabia em HP e a gravata estampada brilhante.

"O que tem?"

"Me lembre de lhe dar o endereço do nosso alfaiate antes que o Philip veja você..."

Eles saíram da sala e continuaram pelo tapete cinza-aço do corredor, em direção a outra porta trancada. Assim como na anterior, Frank passou seu crachá em um leitor discreto e em seguida abriu a porta.

"Bem, estamos em casa. Bem-vindo à Mina dos Trolls, Manga!"

O alarme no celular dela começou a tocar e ela se sentou assustada.

Era uma da manhã, e mais do que na hora de ir para casa.

Ela olhou para o corpo sólido dele, ouviu a sua respiração pesada por alguns segundos, e tentou sentir alguma coisa por ele. Mas tudo o que sentiu foi desgosto. Por ele, por si mesma, por toda a situação.

Ela se levantou do colchão e pegou suas roupas.

Uma passada rápida no banheiro para tirar o máximo do cheiro dele do seu corpo antes de ir para casa.

Assim que estava colocando a jaqueta, ela ouviu um barulho vindo da porta da frente. Primeiro pensou que era o jornal sendo entregue, mas depois se lembrou de onde estava. Obviamente nenhum jornal seria entregue no apartamento vazio de Henke.

Ela ouviu novamente.

Havia um som metálico fraco de batidas na porta, quase como se alguém estivesse mexendo na fechadura. As luzes no interior do apartamento estavam todas apagadas, então ela deveria conseguir ver um ponto de luz pelo olho mágico da porta. Mas estava completamente escuro.

Ela deu alguns passos em direção ao corredor.

Uma das novas tábuas do assoalho rangeu sob seu pé e ela parou.

O barulho havia parado.

Ela caminhou com cuidado até a porta e tentou olhar pelo olho mágico.

Mas a escada estava completamente escura.

Então, de repente, ela ouviu passos rápidos na escada, e logo depois a porta da frente do prédio se abrindo. Ela correu para a janela, olhou para baixo, para o beco, e conseguiu ver a sombra de uma figura escura desaparecendo pela esquina.

"Que foi?", ele murmurou sonolento do colchão.

"Ladrão", respondeu ela, sem tirar os olhos da rua.

Mas, por algum motivo, ela não se sentia totalmente certa disso...

Causa da morte: Powerpoint 14

Ele se sentou durante trinta slides diferentes sobre os "valores fundamentais" da empresa, a "missão" e o "código de conduta", e ele e os outros dois novos funcionários foram obrigados a assinar um calhamaço de documentos abrangendo todos os tipos de regulamentos de confidencialidade.

O pior de seu nervosismo tinha passado, mas a sensação de participar de uma seita definitivamente não havia diminuído.

Mas pelo menos a apresentação evangelizadora da gerente de RH parecia estar quase acabando agora.

"Bem, se ninguém tem mais perguntas, por mim é isso. Agora, algumas palavras do nosso diretor administrativo... Como eu disse anteriormente, ele teria falado no início, mas Philip acabou de chegar do aeroporto, então nós estamos tendo que trabalhar de acordo com a agenda dele."

Eliza Poole abriu a porta e murmurou algo para a menina na recepção.

Os outros dois novos funcionários puxaram instantaneamente seus smartphones, mas HP usou o intervalo para encher seu copo de água. Sua boca estava seca e sua cabeça latejava com uma dor de cabeça de tensão.

Ele havia se distraído nos primeiros minutos da apresentação e estava gradualmente começando a se perguntar se esse projeto tinha realmente sido uma boa ideia. Talvez ele devesse ter pensado um pouco melhor sobre isso, montado algum tipo de plano, em vez de apenas ter feito a primeira coisa que veio à sua cabeça, como sempre?

O que ele achava realmente que iria conseguir, de qualquer maneira?

A porta se abriu e um homem musculoso, com cabelos curtos, provavelmente na casa dos cinquenta e poucos anos, entrou na sala. Seu terno risca de giz parecia que estava colado ao seu corpo extremamente magro, a camisa era leve e sedosa e o nó de sua gravata, impecável. Um bronzeado preciso e sem dúvida verdadeiro o fazia parecer saudável e descontraído.

"Quase como se tivesse acabado de chegar em casa depois de um feriado prolongado", pensou HP, e sentiu sua pulsação acelerar.

A energética Eliza, que tinha, na verdade, a mesma altura que o senhor risca de giz, e, definitivamente, alguns níveis de peso acima dele, de repente parecia um pouco submissa.

"Permitam-me apresentar o nosso diretor administrativo – Philip Argos", disse ela, um pouco alto demais.

Ela tentou instigar uma salva de palmas, mas parou imediatamente depois de um olhar de soslaio de seu chefe.

"Obrigado, Eliza."

Ele balançou a cabeça para a gerente de RH, que ficou corada e se afastou rapidamente.

"Bem-vindos à ArgosEye", Philip Argos começou, numa voz surpreendentemente suave. HP se inclinou para a frente, para não perder nada. De repente, ele percebeu que havia algo familiar no homem, mas não conseguia descobrir o quê.

MayBey era obviamente a grande estrela do site.

Nenhum tópico de qualquer outra pessoa chegava perto do mesmo número de comentários, e seu número de leitores parecia estar em constante crescimento.

O último post era muito bom.

```
Peguei um traficante sem vergonha hoje.
Eu o encontrei no topo de uma escada.
Durante a revista, meu parceiro se machucou
com uma seringa que estava em um dos bolsos
da jaqueta do filho da puta. O traficante se ligou
na hora. Ficou completamente pálido e começou
a chorar. Ele tinha quebrado as regras. Com ou sem
intenção. A punição ainda era a mesma...
```

O post tinha trinta e seis comentários diferentes; outros quatro tinham aparecido desde a última vez que ela olhou, meia hora atrás. Praticamente todos eles sabiam exatamente o que tinha acontecido.

Era uma regra tácita que os viciados sempre diziam à polícia se tinham seringas com eles antes de serem revistados. Um pequeno arranhão de uma agulha suja significava um monte de exames de sangue, seguidos por semanas de incerteza. Semanas em que você quase não se atrevia a ficar na mesma sala que a sua família, imaginando todos os possíveis diagnósticos repetidamente...

Hepatite A, B ou C? Ou pior...

A regra era incondicional, o que com toda a probabilidade significava que MayBey e seu parceiro azarado tinham dado uma surra no traficante. Ela teria feito o mesmo se estivesse no lugar deles. Relutantemente, talvez, mas ainda assim...

```
"Espero que você tenha castrado o filho da puta!"
"Bata nele até seu cassetete envergar."
"Semper Fi - bater ou morrer!"
```

E um monte de outros comentários idiotas na mesma linha.

Nada surpreendente. Metade dos comentários provavelmente não eram nem mesmo de policiais, mas idiotas com uma tara por uniformes que não tinham conseguido entrar na Academia de Polícia e agora ficavam trancados no porão da mamãe assistindo *Cops*.

Mas na internet todos podiam encenar qualquer papel que quisessem.

```
@Applelover 672
Você está bem errado, amigo. Todo mundo sabe
que o Android é muito melhor. Por que gastar
uma porrada a mais de dinheiro em um telefone
que qualquer filho da puta vai ter em seis meses?
@lost - compra um Android, cara! Você não vai
se arrepender!
```

HP clicou no botão de envio e instantes depois sua contribuição apareceu no fórum de tecnologia. Ele apertou Alt+tab e mudou para a página de discussão *Dagens Nyheter* enquanto dava uma olhada no papel impresso ao lado do teclado.

```
Não existem provas de que os produtos transgênicos
são prejudiciais às pessoas. Pelo contrário,
diversos testes mostram que o corpo humano
na realidade acha mais fácil absorver os nutrientes
deste tipo de produto...
```

O botão de envio novamente, postar a contribuição no artigo correto, depois Alt+tab de novo. O *Expressen* dessa vez, e na área de comentários debaixo da crítica de um filme:

```
Não consigo entender o que o autor da crítica
quer dizer. Vi o filme ontem e é muito melhor
do que o primeiro!!
```

Porra, apenas três dias de trabalho e ele já era bom nesse negócio de trollar! Bom pra caralho, mesmo! Suas contribuições geralmente ganhavam um monte de feedback – na maior parte de pessoas que concordavam com ele. Ele não podia deixar de se perguntar que tipo de gente tinha tempo para dedicar tanta energia para ficar fazendo comentários. Alguns deles pareciam viver todas as suas patéticas vidinhas nas sarjetas cheias de mijo dos jornais...

Uma rápida olhada nas horas lhe disse que ele estava bem dentro do cronograma e que logo seria hora de fazer uma bem merecida pausa para o café. Mas, primeiro, ele iria navegar por um dos grandes sites de viagens e deixar alguns apelidos diferentes dizerem ao mundo que dias fantásticos eles tinham passado em um hotel que ele nunca tinha ouvido falar.

Ele tinha cerca de cinquenta trolls diferentes em seu estábulo, e seu trabalho era mantê-los todos vivos. Cuidar de seus endereços de Hotmail e manter suas páginas no Facebook ativas, postando opiniões alinhadas com as suas ações predeterminadas em um dos milhares de fóruns por aí. Alguns de seus trolls eram nervosos e briguentos, outros mais reservados e sarcásticos. Cada um tinha sua própria pasta com uma descrição do personagem:

> *Homem, 50 anos, trabalhador autônomo, vota na direita e lê suspenses. Gosta de comédias suecas, vinho tinto em caixa e de passar as noites de sexta no sofá. Não gosta: da esquerda em geral, carros ecológicos, interdições no trânsito e impostos sobre riqueza e propriedade. Nervoso, falastrão e geralmente escreve as coisas errado. Normalmente defende clientes de categoria A3.*

Ou:

> *Mulher, 25 anos, estudante, vota na esquerda, lê vencedores do prêmio Nobel, gosta de world music, da Apple, produtos de comércio justo e filmes iranianos. Não gosta: políticos de direita, veículos 4x4, carne, roupas de grife e os eua em geral. Manifesta-se de forma articulada e controlada. Defende principalmente clientes de categoria A6.*

Numa tabela ele anotava cuidadosamente quais trolls tinham se manifestado e em quais fóruns. Quais tinham se envolvido em discussões acaloradas em defesa de quais clientes e quais estavam atualmente inativos. Não podia deixar de se impressionar com todo o esquema. Se a marca de um cliente estava sendo atacada em algum lugar, você só tinha que escolher um troll adequado e enviá-lo.

Clicar para curtir alguma coisa ou escrever alguns comentários positivos. Mais ou menos como ele estava prestes a fazer no site de viagens. Evidentemente a pontuação média do hotel tinha caído abaixo de um nível aceitável, e precisava de algum feedback positivo para subir novamente.

Simples!

Frank tinha lhe contado sobre uma empresa de consultoria que teve problemas há alguns anos e tinha sido burra o suficiente para fazer com que seus funcionários escrevessem comentários defendendo a empresa sob nomes de usuários inteiramente novos. Precisou de apenas dois dias para a blogosfera desmascará-los e destruir a marca de tal maneira que a empresa teve de alterar seu nome.

Era diferente com os trolls controlados. Porque como eles já estavam estabelecidos no ciberespaço, ninguém podia levantar a dúvida de onde eles tinham aparecido. Então, eles podiam ser usados em benefício dos clientes sem arriscar a fúria indignada da internet. Inteligente. Muito inteligente, na verdade!

Mas se ele pudesse escolher, provavelmente preferiria trabalhar no outro lado. Causando problemas e tentado fazer discussões indesejáveis saírem tão fora de controle que o moderador tinha que encerrá-las. Infelizmente, ele ainda não tinha recebido um troll de ataque, eles eram gerenciados por seus colegas das mesas à sua direita.

Não que ele já tivesse tido muitos empregos, mas este era um dos melhores, se não o melhor.

Seus colegas de trabalho eram ok, o salário era mais do que digno e ele tinha se dado muito bem com Frank. Enquanto encontrava seu lugar, seu medo de ser descoberto diminuía gradativamente. A única pessoa que ainda lhe dava uma sensação ruim era Philip Argos. Ele era uma figura imponente, não havia dúvida sobre isso, e parecia afiado como uma navalha. Todo mundo que tinha passado algum tempo trabalhando com Philip tinha algo como admiração em seus rostos quando falavam sobre ele. Talvez isso não fosse tão estranho – Philip Argos era claramente um líder carismático. Mas não só isso, ele também era realmente...

Irritante! Essa era a melhor palavra que ela poderia pensar para descrevê-lo.

Apesar de que ela só tivesse basicamente visto as costas dele e cruzado seu olhar no espelho, ele irradiava algo que tanto a amedrontava como a atraía.

Controle.

Era isso.

Este homem tinha o controle completo – tanto sobre si mesmo como sobre o mundo ao seu redor. Ele normalmente já estava na esteira de corrida quando ela chegava à academia logo após às sete horas, o que significava que ele era um madrugador. Suas sessões de exercícios normalmente duravam pouco menos de uma hora, e na maioria das vezes o homem ainda estava lá quando ela ia embora. Pelo menos uma hora e meia na esteira, em outras palavras, na velocidade que ia isso devia significar algo como trinta quilômetros de corrida com concentração.

Ela só tinha visto ele interromper sua sessão uma vez. Ela estava se aquecendo em um dos elípticos, e quando olhou para ele como sempre fazia, ele de repente saiu do aparelho. Por um momento ela pensou que ele a tinha visto olhando e estava indo até ela. Mas antes que ela tivesse tempo de analisar o que sentia por esse contato iminente, ele se virou para atender um telefone celular que estava em sua frente.

Devia ter sido uma ligação importante, para fazê-lo interromper sua sessão, e ela não pôde deixar de desligar seu iPod e tentar ouvir o que ele estava dizendo. Mas, para sua decepção, ele falava baixo, quase sussurrando, e numa língua que ela também não entendia.

Parecia francês...

Manipuladores de abelhas 15

```
Fórum dos Pilares da Sociedade
Data de publicação: 27 de novembro, 17:44
Por: MayBey

...escancarei a porta do motorista e esvaziei o spray
de pimenta na cara dele. Em seguida, arrastei ele para
a estrada. Cassetete em punho. Quase o dobrei. Depois,
soltamos o cachorro. O filho da puta se cagou todo.
Meu Deus, que fedor. Tive que embrulhar ele no pano
de vômito. E dirigir com as janelas abertas.
Justiça instantânea, por assim dizer.

Este post tem 69 comentários
```

"Claro – sem problema, Frank, eu vou achar... A gente se vê lá!"

Ele finalizou a ligação, jogou o celular em cima da cama e correu para o pequeno guarda-roupa. Calça bege e uma camisa impecavelmente passada – esse era o tipo de coisa que seu personagem Manga usaria para uma sessão de confraternização com seus colegas de trabalho.

Era sexta-feira à noite e ele estava começando a se perguntar se deveria entrar em contato com Becca. Ele sentia mais saudades dela do que estava disposto a admitir. Mas da última vez que a envolveu com o Jogo, ele quase a matou – literalmente, na verdade.

E por falar no Jogo...

Naquela manhã, quando ele acordou, o telefone estava na escrivaninha.

Depois de alguns momentos de pânico, ele de repente se lembrou que o tinha pegado quando se levantou para fazer xixi durante a noite. Mas ele não conseguia se lembrar porquê...

Por sorte, o aparelho estava sem bateria, de qualquer maneira...

Ele foi subitamente interrompido por uma batida cautelosa na porta.

Estranho: ele não tinha encomendado nenhuma comida, e a faxineira só vinha uma vez por semana.

Ele colocou a trava de segurança e cuidadosamente abriu a porta. Um pequeno homem magro de óculos gigantescos de piloto, cabelos grisalhos com gel e uma camiseta Hep Stars acenou para ele.

"Oi. Estou sem cigarro e sem dinheiro. Será que eu podia filar uns dois...?

HP olhou para o homem abismado. Quem diabos era esse? O vovô do rock?

O cara não parecia nada ameaçador, e por alguma razão não parecia certo bater a porta na cara dele.

"Claro, entre..."

Ele soltou a trava de segurança e abriu a porta.

"Viva!", o homem acenou com a cabeça quando HP, em um súbito ataque de generosidade, lhe entregou um pacote fechado de Marlboro.

"Eu sou Nox. Você é novo aqui, não é?"

HP abriu a boca para responder, mas depois de pensar por uns segundos ele a fechou novamente sem dizer nada, só murmurou alguma coisa. Por mais que ele pudesse ter gostado de conversar com este pequeno gnomo engraçado, percebeu que este não era o momento. Para toda essa rotina de disfarces funcionar, ele tinha que evitar criar mais mentiras do que o estritamente necessário. Já era difícil o suficiente manter o controle das que ele contava no trabalho, e agora, de repente, se arrependeu de ter aberto a porta. Ele parecia ter um problema sério em controlar seus impulsos...

"Ok, de boa, cara. Você não é o tipo de cara que quer falar muito, eu respeito isso."

Nox, como o vovô do rock evidentemente queria ser chamado, colocou a mão no peito.

"Mas se você precisar de qualquer coisa, é só bater na minha porta, no número vinte e quatro."

Ele fez um gesto pelo corredor estreito.

"Eu sou um dos que mora aqui, é..."

HP assentiu, pensativo.

Talvez ele pudesse espremer algo de útil desta visitinha Nescafé.

"Eu imagino que você tenha uma boa ideia de quem vive aqui...?", começou HP. "... o vai e vem, quero dizer?"

"Claro! Você, por exemplo, está aqui há quase três semanas, e o serviço social trouxe dois recém-chegados anteontem..."

"Ótimo, olha, talvez você possa me fazer um favor e ficar de olho para mim? Se algo de anormal acontecer, eu quero dizer. Pessoas que não pareçam se encaixar e tal..."

"Somente as pessoas que não se encaixam vivem em um lugar como este...", Nox sorriu. "Mas eu entendo o que você quer dizer."

HP jogou outro maço de cigarros para ele, e o homenzinho engraçado o pegou no ar. Ao sair, ele bateu no nariz com um dedo.

"Se você precisar de alguma coisa, é só pedir, cara, o Nox está à sua disposição!"

"Ok", disse HP, hesitante. "Bem, talvez eu pudesse pedir outro favor...?"

Nox parou na porta.

"Pode valer alguns maços."

"Claro, é só dizer!..."

"Então, eu preciso de ajuda para guardar uma coisa. Tem uma coisa que eu preciso tirar de casa, se você entende o que eu quero dizer..."

"Você não é a Rebecca? Rebecca Pettersson? A filha do Erland?"

Ele estava parado na calçada bem na frente dela e ela não teve escolha a não ser parar. Um senhor mais velho com um sobretudo escuro e chapéu.

"Normén", ela murmurou enquanto tentava descobrir quem era aquele homem.

"É claro que sim, que burrice a minha. Você mudou seu nome depois que sua mãe... Você não me reconhece, não é?"

Ela olhou para ele com cuidado. Ele era um pouco mais alto do que ela, em torno de 1,80 metro, e devia ter algo em torno dos sessenta.

Havia inegavelmente algo familiar na postura e nos traços do homem, mas ela não conseguia identificar o quê. Ele era, provavelmente, um dos colegas de seu pai da unidade de reserva.

"Tage, Tage Sammer, mas você e seu irmão costumavam me chamar de tio Tage. Você ficou no meu chalé de férias em Rättvik anos atrás, lembra?"

Ele sorriu e algo em seu olhar a fez fazer o mesmo.

"É claro que sim", disse ela, através de seu sorriso. "Tio Tage, como você está?"

"Muito bem, obrigado. Eu ia te perguntar a mesma coisa."

"Bem, obrigada", ela mentiu.

"Você ainda está trabalhando para a Polícia de Segurança?"

Ela foi pega de surpresa, e ele pareceu notar.

"Seu pai tinha um monte de amigos, Rebecca, e nós fazemos o que podemos para ficar de olho em vocês dois. Como um último favor para Erland. Ele teria tido tanto orgulho de você, você sempre foi a sua favorita."

Ele sorriu de novo e de repente ela sentiu um nó começando a se formar em sua garganta.

Ela engoliu em seco para se livrar dele.

"A propósito, eu sinto muito não ter podido vir para o funeral de sua mãe", ele continuou. "Enviamos uma coroa de flores, espero que tenha chegado?"

Ela assentiu com a cabeça, conseguia se lembrar da coroa claramente.

Um último adeus de seus velhos amigos.

"Eu estava trabalhando fora do país, na África. Infelizmente eu estava machucado e não podia viajar..."

Ele balançou a cabeça apontado para sua perna, e só agora ela notou a bengala em sua mão direita.

"Uma história muito triste, tanto o seu pai como sua mãe", ele continuou. "Erland não merecia ser tirado de nós tão cedo. E certamente não sob aquelas circunstâncias..."

Ela franziu a testa e abriu a boca para dizer alguma coisa, mas ele a interrompeu.

"Bem, foi muito bom te encontrar assim, Rebecca."

Ele colocou a mão no bolso interno e tirou um pequeno cartão de visita.

"Fique à vontade para entrar em contato, faria um velho muito feliz."

"Eu prometo, tio Tage."

Eles apertaram as mãos e, em seguida, agindo por impulso, ela deu um passo para a frente e um beijo rápido na bochecha dele. Ele cheirava a charutos e loção pós-barba, quase exatamente o mesmo cheiro de seu pai, e, por alguns segundos, os laços estiveram de volta.

"A propósito," disse ele, pouco antes de se separarem. "Seu irmão, Henrik, você tem notícias dele?"

"Então, Manga, Frank diz que você é o nosso novo figurão na mina..."

O grupo deles tinha sido colocado em uma sala separada a uma certa distância da entrada, o que era ideal para HP.

Seu papel como Manga pode ter sido bom o suficiente para enganar os estranhos, mas ele não tinha certeza se as pessoas que o conheciam seriam enganadas tão facilmente. Mas por outro lado, nem os seus amigos nem os do Manga costumavam ir a lugares luxuosos como este.

Eles tinham acabado de comer, e já tinham bebido várias cervejas. Todos os chefes de departamento fora a Rainha Gótica estavam lá. Infelizmente, HP tinha chegado tarde demais para conseguir se sentar ao lado de Rilke. Em vez disso, ele teve que se contentar com Beens, que parecia já estar mais solto com alguns copos.

Mas isso não importava muito. O cara obviamente gostava de falar quase tanto quanto gostava de beber cerveja.

"Sim, está tudo indo muito bem. Empresa interessante, a ArgosEye!" HP deu um sorriso torto para Beens e tentou parecer humilde.

"Hmm, a empresa é um local de trabalho bastante incomum, mas eu tenho certeza que você já percebeu isso. Quase ninguém sai – pelo menos não de forma voluntária. Todos nós estamos lá desde o princípio."

Beens apontou para os outros em volta da mesa.

"Dejan e Rilke trabalharam com a Anna por quase dez anos, e Stoffe, que vai estar de volta em duas semanas, veio com Philip da Burston. Frank e eu trabalhamos juntos em outra empresa, mas Anna nos recrutou quase ao mesmo tempo. Nossa turminha mais ou menos construiu a ArgosEye do zero. Na verdade, nós todos somos sócios – ideia do Philip."

O bafo de alho de Beens era fora do comum, e para piorar as coisas, ele era do tipo que gostava de se inclinar um pouco perto *demais* quando falava, mas HP sorriu e aguentou.

"Será que eu vou ter a oportunidade de conhecer a Anna...?", ele tentou, e prendeu a respiração.

Dejan balançou a cabeça e tomou alguns goles de seu copo de cerveja.

Esta era a primeira vez que alguém tinha mencionado o nome de Anna, e HP não tinha sido capaz de resistir à tentação. Porra, este claramente não era o momento certo para começar a falar sobre os mortos...

Beens baixou o copo e limpou a boca com as costas da mão.

"Não, nós não a vemos muito desde que ela e Philip se divorciaram..."

HP tremeu involuntariamente, e se mexeu na cadeira para tentar disfarçar o fato.

"Ai. O divórcio do tipo ruim?", ele continuou, tentando projetar o nível correto de interesse.

"Podemos dizer que sim. Nenhum deles é realmente do tipo que se compromete..."

A garçonete passou e HP gesticulou para ela trazer uma nova rodada.

Será que Beens realmente não sabia que Anna estava morta, ou ele estava apenas o testando?

Era impossível dizer.

"Então as coisas ficaram melhores aqui desde que a Anna saiu?", ele continuou, o mais neutro que podia.

Beens encolheu os ombros.

"Eu não tenho certeza de que ela *saiu*, exatamente, mas sem ela aqui o Philip pode administrar a empresa do jeito que ele quiser."

"Do jeito que a gente quiser", ele acrescentou, esvaziando seu copo. "O único problema é que Anna ainda é dona de uma parte da empresa. Enquanto for assim, nós não podemos..."

Beens parou abruptamente e HP percebeu Rilke dando uma olhada rápida. Os outros na mesa também pareciam ter ouvido o comentário – a conversa em torno deles de repente acabou. Mas em vez de ficar quieto, Beens tentou desfazer seu erro.

"Olha... Não me entenda errado. A Anna foi superimportante para a empresa. Mas, quero dizer, realmente..."

Ele estendeu as mãos para a frente, como se estivesse esperando que os outros concordassem com ele.

"... em termos puramente de negócios, todo mundo ganha se ela desaparecer para sempre."

ANDERS DE LA MOTTE THE GAME

16 Sussurros, rumores e relatos

Fórum dos Pilares da Sociedade
Publicado em: 30 de novembro, 10:53
Por: **MayBey**

A pequena Regina Certinha deixou as coisas se complicarem para si mesma.
Rumores sugerem que seu chefe teve um caso com a esposa de um certo Investigações Internas. Se eu fosse a Regina, teria muitos problemas pra dormir esses dias...

Este post tem 23 comentários

Rebecca leu o post algumas vezes até que as palavras fizeram sentido.

Ela empurrou a cadeira meio metro para trás e depois começou a se balançar enquanto se decidia.

Que confusão da porra ela foi se meter. Tudo bem, ela só podia culpar a si mesma pela maior parte daquilo. Em vez de simplesmente aparecer bem quietinha na entrevista, ela teve de levar o sindicato e um advogado sagaz. E colocar alguma pressão naqueles urubus das Investigações Internas, sem jogar o seu joguinho. Então talvez ela pudesse ter escapado de todo esse desastre.

E ela teria se estabelecido mais firmemente frente ao departamento, particularmente depois de terem retornado de Darfur. Ela devia ter insistido que os dois participassem do inquérito juntos, como uma equipe, independentemente de ela ser ou não suspeita de qualquer tipo de infração. Mas, da mesma forma que fez quando Rudeberg a persuadiu a aceitar o cargo de líder da unidade, ela esteve muito ocupada tentando mostrar como ela era uma boa garota. Concordando e não falando nada, mantendo-se em seu papel de sempre ser melhor, como todos esperavam dela, enquanto todo o resto do mundo evidentemente fazia o que sempre quis fazer.

Deus, ela tinha nojo dela mesma!

“Você pode ficar hoje à noite, Manga? Há um enorme trabalho a caminho e precisamos começar a fazer o *astroturfing*”

HP não tinha a menor ideia do que seu chefe estava falando, porém confirmou de qualquer jeito. Mas Frank captou sua hesitação.

“*Astroturfing*, bláblábla sintético, sabe? Nós desenrolamos um tapete de opiniões através de vários canais diferentes e tentamos fazer com que outras pessoas entrem nessa onda, na nossa onda, por assim dizer...”

“Legal!”, respondeu HP, mesmo sem saber o que aquilo queria dizer. “E qual é a mensagem?”

“Impostos mais baixos significam mais empregos. Acho que dá pra saber quem é o cliente”, sorriu Frank.

“Sem problema, estou nessa, posso ficar a noite inteira se precisar!”

“Ótimo! O Philip desce de vez em quando para checar, por isso esta noite precisamos dar o máximo de nós mesmos.”

“Então você mentiu pra mim sobre Westergren...?!”

Ele voou de sua cadeira atrás da escrivaninha, passou por ela correndo para fechar a porta de seu escritório.

“Acalme-se, pelo amor de Deus, Rebecca, as pessoas podem te ouvir!”, ele sussurrou, segurando-a pelo braço.

Ela afastou sua mão com um sacolejo.

“Não tenho a menor intenção de me acalmar até que você me diga que diabos você está aprontando. Você mentiu para mim sobre Westergren. Você e a mulher dele...”

Seus olhos ficaram negros num instante e ela parou. Por alguns segundos eles se encararam, trocando olhares nervosos.

“Sente-se”, ele ordenou, apontando para uma cadeira.

Rebecca cruzou os braços.

“Sente-se!”, ele repetiu, dessa vez mais alto, mas ela não saiu de onde estava.

Seu chefe soltou um suspiro alto.

“Por favor, sente-se, Becca”, disse numa voz consideravelmente mais familiar, e desta vez ela fez o que ele pedia. Ela sentou-se exageradamente devagar na cadeira.

Runeberg voltou para seu lado da escrivaninha.

“Você parece cansada. Quer alguma coisa, café, chá...?” Ela balançou a cabeça.

“Tudo bem”, ele disse. “O que você ouviu e de quem?”

“Três, dois, um. VAI, VAI, VAI!!”

Dez teclados começaram a ser martelados exatamente no mesmo instante. Os trolls domados estavam à solta e gradualmente começavam a desenrolar o *astroturfing*. Os alvos eram vinte fóruns de discussão. Oito jornais, cinco sites de política e sete listas de discussão. Todos os trolls deveriam postar comentários rápidos, em que concordssem com o corte de impostos ou atacassem os argumentos de seus oponentes.

HP estava em seu elemento. Ele tinha entendido que um programa específico enviava seus comentários para vários servidores pelo ciberespaço, espalhando os posts entre uma massa de diferentes IPs, de forma que todos eles parecessem autênticos. Era como se as pessoas tivessem realmente começado a discutir essa questão específica. A turma dos blogueiros entraria nessa discussão nos próximos dias, e provavelmente alguns colunistas de jornais que já tinham sido comprados ou pagos. Então era só esperar a TV e o rádio entrarem na onda, e o jogo se tornaria realidade, transformando toda aquela conversa artificial em uma discussão de verdade.

> *"Começa agora o jornal das nove. Nos últimos dias, um número cada vez maior de vozes engrossou a discussão sobre o corte nos impostos. Agora o governo responde com uma proposta..."*

Ele não se divertia tanto desde... Bem, ele não conseguia saber qual foi a última vez.

O que ele e os outros naquele escritório estavam fazendo nada mais era do que uma trapaça em escala massiva, manipulação da opinião pública numa escala gigantesca, o que o deixava absolutamente maravilhado de fazer parte daquilo. Aquela sensação de ser o cara que dá as cartas, de não ser um Svensson médio qualquer e sim da elite da mídia. Fazer parte de algo maior, algo mais esperto, de que apenas alguns poucos indivíduos tinham conhecimento.

Um sentimento tão familiar mas ao mesmo tempo delicioso pra caralho!

Ele deixou seus dedos bailarem ao teclado, mandando trollada atrás de trollada para garantir sua parte na mentirada. Comentando e postando de acordo com o roteiro que havia sido entregue por Frank.

"Se os impostos fossem mais baixos, mais gente poderia comer fora..."

Bate no enter, troca de janelas e segue mais uma trollada.

"Eu poderia contratar mais gente se tivéssemos impostos mais baixos..."

Envia, Alt+tab.

"Meu patrão disse que não poderia me contratar como funcionário depois do meu período de estágio..."

"Calma lá, Manga", disse o chefe de sua mesa.

Mas HP não estava ouvindo. Ele abria mais jaulas e deixava mais trolls domesticados à solta, mandando todos pra briga ao mesmo tempo.

As vozes digitais de "Erik Hagström", "Millan S", "50cParty", "L Berntsen" e "Benjyboy" foram ouvidas antes de ele correr para as abrir as próximas jaulas.

"Hatta42", "Stefan Johnsson", "TronGuy" e "VAO".
Todos soltos.
"Manga, vai devagar, nós não conseguimos te acompanhar."
Gotas de suor começavam a se formar em sua testa, mas HP não notava. Seus dedos estavam voando pelo teclado. Outro bloco, mais vozes adicionadas à multidão. Ele já havia fugido do roteiro.
"Pelo fim dos impostos aos bares!"
Enviar!
"São os pequenos negócios que fazem nossa economia boiar..."
Publicar!
"Concordo completamente com o comentário anterior..."
Comentar!
"Crie, não mime!"
Acrescentar!
"Hora de lutar contra o monstro dos impostos!"
Enter!
E então era hora de voltar com reforços, novos recrutas que ele havia criado especificamente para situações como esta.
"Knotty", "Lisel8" e "DPtr0t".
Suas vozes se misturavam em sua cabeça, tornando-se um único tapete de ruído. Ele estava suando em bicas, sentindo cócegas nas sobrancelhas, mas em vez de parar de digitar ele seguia inclinando-se em frente ao computador e limpando o suor com a manga da camisa.
Pronto, feito!
Novas janelas – novas vozes. Porra, como isso era legal! Ele era o Senhor do *Astroturfing*. A abelha mais ocupada da colmeia. Domador de trolls com D maiúsculo. O próprio puto do Per Gynt,[1] era quem ele era...
"MANGA!!"
HP olhou por cima da sua tela a contragosto. A sala estava completamente em silêncio e Philip Argos estava na porta.
"Em dez minutos, no meu escritório!", disse de forma abrupta, apontando para HP.

"Isso não é tão preto no branco como parece ser", balbuciou Runeberg. "Eu e Therese nos conhecíamos desde a Academia de Polícia, já nos paquerávamos naquela época, acho que se pode dizer isso. Mas nunca aconteceu nada."

1 *Per Gynt*, conto de fadas norueguês oriundo da região de Gudbrandsdal, narra a história do homônimo caçador de Kvam e suas façanhas. Gynt resgata três trabalhadoras da leiteria dos trolls, seres antropomórficos gigantes da mitologia escandinava, semelhantes aos ogros. Inspirou a peça Peer Gynt (1867), do dramaturgo norueguês Henrik Ibsen (1828-1906).

Ele olhou para ela como se esperasse algum tipo de reação, mas como nada aconteceu, ele prosseguiu.

"No segundo semestre ela começou a sair com Per, e nós costumávamos sair juntos. Não que fôssemos melhores amigos ou coisa do tipo...". Outro olhar sem respostas.

"De qualquer forma", continuou, "depois da Academia eu e Per fomos alocados na mesma unidade de lei e ordem. Eu esbarrava com Therese de vez em quando, e os flertes nunca pararam, mesmo que agora nós dois fôssemos casados com outras pessoas. Alguns anos depois, nós terminamos na mesma missão da ONU e... bem..."

Ele deu de ombros.

"Quando se está muito tempo longe de casa e passando por um monte de merda juntos, é fácil ficar próximo de alguém. Talvez próximo demais..."

Ele mexeu-se desconfortavelmente em sua cadeira, como se o assento estivesse incomodando seu enorme corpo.

"Quando voltamos Therese queria continuar, ela queria que nós largássemos nossos casamentos e fôssemos morar juntos, mas eu não queria. Meus filhos eram pequenos e, para ser honesto..."

Ele suspirou.

"Therese já estava fragilizada desde o início, e aquela missão na ONU não melhorou nada. Acho que eu fiquei..."

"...de saco cheio", ela concluiu, com um surpreendente tom firme na voz.

O escritório de Philip era no décimo nono andar.

Mesmo que fosse apenas um andar acima do que eles estavam, a subida de elevador fazia parecer demorar uma eternidade.

Ele e Frank estavam encostados em paredes opostas, cada um deles se esforçando o máximo para não encontrar o olhar do outro.

Isso era um erro de proporções bíblicas. Em que diabos ele estava pensando?

Se fantasiando e arrumando um emprego com nome falso para que ele pudesse resolver sozinho um assassinato? Sério, quem ele pensava que era? A porra da Nancy Drew?[2]

Será que ele já não tinha problemas demais para querer acrescentar mais alguns?

E ele também parecia não saber ser discreto...

Muito bem, HP!

2 Protagonista da série de suspense criada pelo editor Edward L. Stratemeyer (1862-1930), a detetive surgiu em 1930, em livros escritos por inúmeros autores, sob o pseudônimo de Carolyn Keene, e segue sendo publicada até hoje. Desde então, vendeu mais de 80 milhões de exemplares, foi traduzida em mais de 45 línguas, estrelou cinco filmes, duas séries de TV, além de alguns games.

As portas do elevador se abriram, eles saíram e Frank apontou uma porta de vidro com o logotipo da empresa, exatamente como no andar deles.

Deveria haver uma recepcionista ali, mas a essa hora da noite a porta estava trancada, e Frank teve que bater.

"Nossos cartões de acesso não funcionam aqui", ele sussurrou para HP. "Só Philip, sua secretária e os detetives gêmeos têm acesso."

"Os gêmeos o quê?"

"Shhh... Pelo amor de Deus, não fala alto! Você vai ver..."

A porta foi aberta por um homem de cabelo vermelho curto, que vestia-se num terno tão apertado que parecia uma luva em seu corpo.

"Oi Elroy, o Philip pediu que subíssemos."

Frank moveu-se para frente mas quase foi pego com o pé no ar ao perceber que o ruivo não havia feito nenhum movimento.

"Você não, ele", murmurou, apontando para HP.

Frank abriu sua boca para protestar, mas parou antes de falar algo.

"Bem, boa sorte...", ele disse discretamente enquanto HP passava por ele.

A área da recepção parecia exatamente igual à do andar inferior. Uma sala de espera pequena e estilosa, com alguns móveis tubulares de aço com couro e a velha seleção de revistas de comportamento. Então vinha o balcão da recepção feito de vidro jateado e, logo atrás, algumas salas de reunião. Mas fora isso, o andar parecia bem diferente. Em vez de um amplo escritório aberto dividido por várias paredes de vidro, havia apenas uma porta de metal fechada, com um leitor de cartões ao lado.

A discreta câmera esférica era parecida com a do andar de baixo, mas como o teto era mais baixo, ela estava tão mais proeminente que HP quase imaginou que podia ver suas lentes se ajustando para seguir seus movimentos.

Ele engoliu em seco algumas vezes, mas sua boca ainda permaneceu seca.

Em vez de puxar um cartão, o ruivo simplesmente ergueu seu polegar direito em direção ao leitor. A pequena luz vermelha ficou verde, e ele ouviu a trava fazendo um ruído. Por algum motivo ele não conseguia conter o estremecimento do corpo.

ANDERS DE LA MOTTE THE GAME

17 A colmeia

"A denúncia então, o que foi aquilo?"

"Eu não estou entendendo muito bem o que você quer dizer, Becca...?"

"A denúncia oficial sobre abuso de poder, você sabe quem foi o responsável por isso?"

Ele se contorceu novamente.

"É claro que eu sei."

"Então quem foi? Sixten Gladh?"

"Não, em termos puramente formais, na verdade fui eu..."

Ela se levantou de sua cadeira.

"Porra, que jogo baixo, Ludvig...!"

"Acalme-se, Becca, pelo amor de Deus!"

Ele estendeu as mãos.

"Não foi nada pessoal, se é isso que você está pensando."

Ela olhou para ele, sem voltar a se sentar.

"Ok, só pense nisso, Becca, e tente esquecer que nós nos conhecemos. Parágrafo nove do Regulamento da Polícia, isso soa familiar? Se um policial toma conhecimento de um crime que é passível de acusação, ele ou ela tem a obrigação de denunciá-lo... Será que isso te lembra alguma coisa? Para ser honesto, eu achava que você já soubesse disso, mas você não parece você mesma..."

Ela continuou olhando para ele.

"Ok, tente o seguinte: após seu incidente em Darfur, meu telefone não parava de tocar, com pessoas do Ministério das Relações Exteriores alegando que você era culpada por todo tipo de coisa. Então, o que você acha que eu deveria fazer? Varrer para debaixo do tapete? Fingir que nada tinha acontecido? Alguns dias depois, Gladh e sua turma do Ministério das Relações Exteriores teria acabado com nós dois..."

Ele olhou para ela, como se estivesse esperando que dissesse alguma coisa.

"Vá em frente!", ela disse, secamente.

"A conclusão a que cheguei, e eu ainda acredito que foi a correta, por sinal, foi que se um policial é suspeito de um crime, então, um inquérito deve ser apresentado e a investigação posterior irá determinar o que aconteceu.

Esse é o procedimento normal para incidentes deste tipo, e qualquer outra coisa teria parecido muito estranha. Então eu pedi a Ann-Margret para criar um breve inquérito preliminar, instigado oficialmente por mim."

Ele fez um gesto em direção à área fora de seu escritório, onde ficava a mesa da secretária civil do departamento.

"Só muito tempo depois eu descobri que o caso tinha ido parar na mesa de Per Westergren, e percebi a complicada situação em que eu inadvertidamente coloquei você. O meu nome no inquérito dificilmente iria ajudar, e obviamente seria estúpido da minha parte sugerir ser sua testemunha, percebi logo que o depoimento começou. Mas a essa altura, já era tarde demais..."

Um escritório grande, sem divisórias, com iluminação suave. Mas ao contrário do andar de baixo, que era uma colmeia em atividade, este tinha apenas duas mesas no meio da sala. O contraste entre a sala grande e escura e estas duas mesas iluminadas fazia tudo parecer muito estranho, quase surreal.

Em uma das mesas, uma mulher alta, de ombros largos, estava inclinada sobre uma tela de computador. HP foi pego de surpresa e quase parou. Ele não sabia se era o jeito que ela se sentava, o terno ou seus traços angulosos, mas a mulher realmente parecia Rebecca.

A ilusão não durou mais de um segundo. Ao se aproximar, ele percebeu que o cabelo da mulher era muito mais claro, era ruivo, na verdade, e ela era muito mais parecida com o homem ruivo andando na frente dele do que com Rebecca. Ele supôs que eles eram irmãos, gêmeos, provavelmente, se o prenome de Frank significasse alguma coisa.

Quando passaram ao lado dela, a mulher levantou os olhos da tela. HP a cumprimentou com a cabeça, mas ela não fez nenhuma tentativa de responder ao cumprimento, só ficou olhando para ele.

Havia algo no jeito como ela olhou para ele que o fez se sentir desconfortável, e ele deu alguns passos rápidos para alcançar seu guia.

O homem ruivo, que Frank tinha chamado de Elroy, pressionou o polegar contra um outro leitor ao lado de uma porta de vidro fosco. Ele deixou HP passar.

"Espere aqui", disse ele, secamente.

`Você certamente vê que não pode me tratar assim?!!`

Ah sim, ela certamente via, e agora estava finalmente com raiva o suficiente para deixá-lo de uma vez por todas.

Talvez não fosse legal, mas um fim rápido era melhor para ambos. Enfim, o que havia para conversar? Os dois tinham sido infiéis, cada um tinha um parceiro para quem estava mentindo. E por quê?

Amor?

Dificilmente – pelo menos não da parte dela.

Tudo o que eles tinham compartilhado foram alguns orgasmos suados no chão de um apartamento vazio.

Encontros secretos que tornavam a vida mais suportável, mas que nenhum deles estava realmente preparado para levar a sério. E, além disso, ela tinha começado a se cansar.

Recriminações, ciúme e sentimentos feridos eram a última coisa que ela precisava...

É só acabar com isso! Nós dois somos adultos.
Acabou – ponto final!!

As duas paredes exteriores eram basicamente enormes janelas que ofereciam uma vista fantástica sobre o centro da cidade de Estocolmo. Havia o letreiro vermelho em Kulturhuset, o azul da arcada Sergel e da praça lá embaixo, e, acima à esquerda, o relógio iluminado da loja de departamentos NK.

Os ponteiros mostravam que eram exatamente sete horas, e por um momento o coração de HP quase pulou uma batida.

Mas ele levou apenas alguns segundos para recuperar o controle de sua imaginação fértil.

Os ponteiros apontavam as sete horas – não porque alguém tinha parado o relógio, mas porque *eram* realmente sete horas da noite.

Ele deu alguns passos na sala. A mesa de Philip Argos estava quase inteiramente vazia. Duas telas de computador conectadas, um teclado e um mouse sem fio – isso era tudo. O mesmo modelo quase clínico aplicado ao resto da sala. Não havia qualquer sinal de que fosse habitada, nem uma única folha solta de papel ou post-it ou xícara de café abandonada.

A parede do lado esquerdo estava coberta com certificados emoldurados e pendurados em linhas perfeitamente retas, e o tapete branco que ia de parede a parede devia ser lavado regularmente, já que não trazia nenhum traço de que alguém alguma vez tivesse andado sobre ele, muito menos derramado café.

Num canto havia um conjunto de sofás de couro branco. Cinco revistas sobre liderança estavam dispostas em um perfeito leque, bem zen, na mesinha de centro. A primeira delas trazia o próprio Philip Argos na capa. "O Homem no Controle", dizia a legenda. A precisão da sala fez HP se sentir ainda mais desconfortável, e ele não pôde resistir à tentação de empurrar as revistas, só um pouco, para fazer a sala parecer um pouco mais humana.

Enquanto fazia isso, ele notou duas fotografias pequenas, emolduradas, acima do sofá. A primeira era em preto e branco, e trazia Philip Argos com um homem cujo nome era, evidentemente, Elroy. Ambos usavam boinas e uniformes camuflados, e estavam agachados, abraçados, sorrindo para a câmera.

A outra fotografia era de uma praia branca como giz, com os contornos de algumas palmeiras escuras e um pôr do sol vermelho-sangue que – além das revistas – aparecia para dar o único toque de cor na sala monocromática.

A imagem intrigou HP, e ele deu a volta na mesinha de centro para olhar mais de perto. A fotografia, na verdade, parecia...

"Marmaris", disse uma voz seca atrás de HP, fazendo-o pular.

"O-o quê?"

Philip Argos apontou para a foto.

"Essa é a vista da minha casa em Marmaris, na Turquia", ele esclareceu. "Eu vou lá sempre que posso para espairecer. É um bom lugar para encher a alma com energia positiva..."

"Aah, tá! Eu – eu só estava admirando as cores", HP murmurou.

"Sente-se, Magnus." Philip apontou para o sofá de couro. "Gostaria de beber alguma coisa? Água, chá?"

HP percebeu que sua boca estava completamente seca.

"Água, por favor."

Ele olhou para Philip, mas a expressão em seu rosto não dava nenhuma pista do que estava por vir.

Philip pegou o telefone celular que estava preso em seu cinto, mas em vez de discar um número ele só apertou um botão na lateral, então falou nele como se fosse um microfone.

"Sophie, traga água mineral para mim e para o Magnus."

Ele soltou o botão e esperou um momento. O celular deu dois toques distintos.

Philip o guardou novamente e sentou-se na poltrona em frente a HP. Ele ajustou as revistas na mesa, cruzou uma perna sobre a outra e se inclinou para trás. Então sorriu, e, pela segunda vez naquela noite, HP tremeu.

"Magnus... este é o seu nome, não é?"

ANDERS DE LA MOTTE THE GAME

18 A mentira tem perna curta...

Puta que pariu – seu disfarce foi descoberto!

"Er... o quê?!", ele murmurou, tentando ganhar um pouco de tempo.

Philip Argos sorriu de novo – um olhar frio e inquietante de réptil, que fez o cabelo atrás do pescoço de HP arrepiar.

"Eu disse, seu nome verdadeiro não é mesmo Magnus Sandström, é?"

"Er... N-não...", HP conseguiu dizer enquanto pensava desesperadamente em suas opções.

Ele tinha sido descoberto e estava preso no décimo-nono andar. A porta estava fechada e lá fora ficava a sociedade dos ruivos. Ambos os irmãos pareciam ser capazes de lhe causar graves lesões físicas – isso para não falar do próprio Philip Argos. O homem parecia uma cascavel planejando a melhor forma de atacar um rato do deserto extraordinariamente burro...

"Você realmente achava que nós não iríamos investigar você? Quero dizer, uma pessoa com a sua reputação e experiência...?", Philip riu.

HP encolheu os ombros e adotou uma cara resignada para ganhar mais alguns segundos de tempo para pensar. Sob a dura luz da retrospectiva, todo o seu projeto secreto parecia mais insano do que nunca.

O que diabos ele estava pensando? Que ele poderia simplesmente entrar pela porta em seu terno barato e disfarce mais barato ainda e, *voilá*, de repente ter acesso a uma quantidade enorme de segredos?

Ele olhou para a porta novamente. Através do vidro fosco, pensou ter visto as silhuetas ameaçadoras dos gêmeos. Como se estivessem esperando lá fora, prontos para atacá-lo no momento em que seu chefe apertasse o botão...

"Eu não precisei cavar muito para desmascarar você", Philip Argos continuou. "Como eu disse, você tem uma certa reputação... Somos muito cuidadosos aqui na ArgosEye. Confiar é bom, mas ter certeza é, estou certo de que você já ouviu falar, sempre preferível..."

Philip Argos deu outro sorriso de cascavel e HP fez uma corajosa tentativa de devolvê-lo.

Todos a bordo! O próximo trem para Merdolândia está prestes a partir da plataforma quatro!

"Farook Al-Hassan!"

"O-o quê?"

"Farook Al-Hassan, é esse o seu nome hoje em dia, não é?"

Philip balançou a cabeça, encorajando-o.

"C-claro...", HP gaguejou depois de alguns segundos de pensamentos confusos.

"Claro...", ele acrescentou enquanto seu sorriso aumentava gradualmente. "Mas você pode continuar me chamando de Manga, se quiser. Eu não sou muito exigente quanto a isso. Quando você se candidata a um emprego, Manga soa um pouco melhor, você entende o que eu quero dizer...?"

Philip Argos assentiu.

"Isso não teria feito nenhuma diferença aqui. Nós escolhemos as pessoas por suas habilidades, não por seus sobrenomes, mas, obviamente, eu vou respeitar o seu desejo. Para dizer a verdade, você me impressionou no momento em que vi o seu cv. No papel, você era exatamente o tipo de pessoa que precisávamos aqui na empresa, alguém que sabe o que está fazendo e está preparado para fazer o que for preciso para crescer alinhado com os negócios. Foi por isso que eu pedi para que os outros tivessem um cuidado especial com você desde o primeiro dia..."

HP estava realmente tentando, mas ele ainda não conseguia parar de sorrir. Seu disfarce ainda estava intacto. Sua máscara não tinha caído. Na verdade, até parecia que ele estava a caminho de uma...

"... promoção", Philip Argos continuou. "Pelo que vi na Mina esta noite, seria idiotice da minha parte não lhe oferecer a oportunidade de se desenvolver ainda mais. Meu trabalho como chefe é procurar pessoas talentosas e ajudá-las a alcançar todo o seu potencial. É assim que se constrói uma empresa bem-sucedida..."

HP estava balançando a cabeça como se soubesse exatamente do que Philip Argos estava falando. Seu sorriso ainda estava colado ao seu rosto, mas não só porque ele se sentia tão aliviado. Havia algo no estilo e na maneira de falar de Philip que o atraíam.

"Eu vou deixar você rodar um pouco, descobrir como tudo funciona, então quando aparecer uma oportunidade você vai estar na linha de frente para dar o próximo passo", Philip continuou, antes de ser interrompido por uma curta batida.

A porta se abriu e a ruiva alta e forte cujo nome era, evidentemente, Sophie entrou com uma bandeja. Quando colocou os copos e as garrafas em cima da mesa, ela deu uma olhada rápida para HP, muito menos hostil do que antes, e HP se pegou estendendo seu sorriso ardiloso na direção dela.

"Obrigado, Sophie", Philip Argos disse quando ela estava quase terminando. Ele pegou o cotovelo dela com uma mão. Um gesto estranho que parecia ao mesmo tempo íntimo e firme, e ela rapidamente virou o rosto para o chefe, quase como um cão à espera de ordens de seu dono.

"Você pode dizer para Elroy estar com o carro pronto em dez minutos. Vamos deixar o Fa... quero dizer, o Magnus aqui a caminho de casa."

Sophie assentiu e deu outro olhar a HP antes de sair da sala. Desta vez, ele poderia jurar que pegou uma sugestão de sorriso.

Ela desmontou as três fechaduras da porta do apartamento, aproveitando a oportunidade para inspecionar tanto a porta como o batente. Mas, assim como antes, não havia qualquer sinal de uma tentativa de arrombamento.

Trancou a porta atrás de si e olhou para a sala. O colchão e a roupa de cama ainda estavam no chão onde ela os tinha deixado. Ela enrolou tudo como um pacote e amarrou com um pedaço de corda de náilon.

Ela tinha a intenção de nunca mais usar qualquer um deles novamente, então era melhor jogar tudo na lixeira no porão. Um final apropriado para o caso. Transar com um colega num colchão fino em um apartamento vazio, e – pior – um notório garanhão a quem ela havia seduzido em uma festa do trabalho. As coisas realmente não podiam ficar mais sórdidas do que isso.

Colocou o colchão enrolado no corredor e deu uma última volta pelo apartamento. A porta do quarto estava fechada, e quando ela abriu, uma lufada de ar estagnado a atingiu. Ela deu alguns passos em direção à janela para arejar o quarto, e estava na metade do caminho quando percebeu que havia um outro cheiro lá dentro.

O odor a lembrava de loção pós-barba.

Ele pediu que eles o deixassem em uma loja de conveniência a uma certa distância do hotel, alegando que tinha que comprar algumas coisas. Elroy, o gorila, estava no banco do motorista, com sua irmã gêmea ao lado dele. HP e Philip Argos estavam sentados lado a lado no amplo banco de trás.

"Trinta mil terabytes, você sabe quanto é isso? É claro que você sabe, Farook, que burrice a minha. Eu quase me esqueci com quem estou falando!", Philip riu. "Trinta milhões, bilhões de bytes, é essa a quantidade de informação que corre pela internet a cada hora, pelo menos de acordo com algumas fontes. Trinta milhões, bilhões de letras, números e outros significantes, transportando todo tipo de informação. Três mil horas de novos vídeos no YouTube, mais de cinco mil novos posts em blogs ou tuítes. Duzentos mil novos perfis de usuários em todos os tipos de fóruns sociais. Tudo em apenas uma mísera hora. É um pensamento vertiginoso, não é?"

HP assentiu. Vertiginosa era uma das palavras para descrever...

Ele estava se sentindo tonto, quase um pouco chapado.

"A maioria das pessoas, incluindo políticos e líderes, não tem ideia sobre quão surpreendentemente abrangente é essa enxurrada de informações, na verdade", continuou Philip. "Mas se alguém se atrever a sequer respirar a palavra *vigilância*, no mesmo instante começam massivos protestos. É claro que as pessoas sempre pensam no Centro Nacional de Radiodefesa, na Agência de Segurança Nacional e em outras organizações estatais..."

Ele balançou a cabeça.

"Mas é claro que isso está, na verdade, completamente errado, nos países democráticos, pelo menos. O estado normalmente só se preocupa com o que um pequeno grupo tem a dizer sobre uma determinada área temática extremamente estreita. Mas as grandes empresas, por outro lado..."

Ele acenou com a mão para o mundo fora do carro.

"...estão interessadas no que quase todo mundo tem a dizer, especialmente se tiver qualquer coisa a ver com padrões de consumo ou a percepção de suas marcas preferidas. Esse tipo de informação está em todo lugar, todo a rede está basicamente transbordando com isso, e por quê? Porque a maioria das pessoas distribui esse tipo de informação de maneira inteiramente voluntária ao clicar em uma caixinha no final de uma página ou, melhor ainda, ao tomar a iniciativa de postar suas opiniões e preferências em um dos infinitos fóruns disponíveis a elas. Em outras palavras, os seres humanos modernos, amantes da liberdade, adoradores da integridade, se mapeam até o pequeno detalhe mais privado. Nem mesmo George Orwell poderia ter previsto um cenário como este..."

Um curto toque vindo do cinto de Philip avisou que ele tinha recebido uma mensagem, mas ele tinha se apegado tanto ao assunto que nem sequer pareceu notar.

"A internet está gemendo positivamente com a informação que as pessoas estão empurrando umas às outras. Programas favoritos de televisão, filmes e livros, opiniões religiosas e políticas, os presentes de Natal das crianças ou o que eles fizeram para o jantar. E pra quê? Bem, tudo porque a grande maioria de nós anseia por apenas uma coisa."

"Afirmação", HP murmurou.

"Exatamente! Estamos ficando cada vez mais dependentes em ter outras pessoas nos dizendo o quanto somos inteligentes, ou atraentes, ou espertos. Que vida maravilhosa nós construímos, com nossos queridos companheiros e filhos maravilhosos, e quão felizes nossas vidas são em comparação com a de outras pessoas. Pessoas que têm o senso de humor errado, que comem as comidas erradas, vestem as roupas erradas, vivem no tipo errado de casa, educam seus filhos da maneira errada ou simplesmente tem opiniões erradas no geral..."

Ele se inclinou para o lado de HP.

"Basicamente, qualquer coisa que valha a pena conhecer já está por aí, e tudo que você precisa é uma maneira de filtrar a enxurrada pelo tipo de informação que possa ser útil aos clientes em potencial."

HP balançava a cabeça com cada vez mais interesse.

"A vantagem que as autoridades e os que estão no poder tiveram por quase quatrocentos anos em relação à informação foi demolida. A informação já não flui de cima para baixo, mas em qualquer outra direção também.

"Milhares e milhares de pessoas podem se comunicar diretamente uns com os outros em questão de segundos, sem ter que pedir permissão a ninguém. Nenhuma das velhas verdades se aplica mais, tudo pode ser questionado, alterado ou rejeitado. As regras do jogo mudaram para sempre, e quem não perceber isso está condenado a cair. Basta olhar para o norte da África."

Philip fez uma breve pausa e olhou para fora da janela antes de continuar.

"O que nós oferecemos aos nossos clientes é uma maneira de lidar e prevenir crises ao monitorar constantemente tudo o que é dito sobre eles, e por quem. Dar a eles uma maneira de parar qualquer bola de neve antes que se transforme em uma avalanche, entende o que quero dizer?"

Ele fez um gesto em direção à neve lá fora, que parecia estar caindo mais forte agora.

Ah, sim, HP entendia tudo muito bem, mas a pausa de Philip foi tão breve que ele não teve tempo de dizer nada. Em vez disso continuou a ouvir com crescente fascinação.

"Mas", Philip continuou, "uma vez que os nossos clientes têm informações detalhadas sobre os mecanismos que funcionam na rede, os mecanismos diários que têm efeito direto sobre o resultado de suas contas, eles não costuma demorar muito para solicitarem o próximo passo..."

"Controle", HP sugeriu.

"Exatamente, meu amigo!" Philip Argos deu outro de seus sorrisos frios. "E é aí que entram em cena nossos serviços exclusivos. Porque quando você descarta todas as palavras bonitas, os documentos de políticas e frases elegantes, é exatamente a isso o que tudo se resume no final..."

Controle!

Era isso era o que estava faltando para ela. Faltando – e deixando saudade!

Ela tinha deixado a situação controlá-la, em vez do inverso. Claramente ela deveria ter se comportado de maneira diferente em seu interrogatório, isso era quase dolorosamente óbvio agora... Ela não tinha feito nada de errado, na verdade, provavelmente tinha salvado a vida de um monte de gente.

E como o mundo agradeceu?

Suspendendo ela e a acusando de vários delitos – colegas olhando de soslaio para ela, e, por último mas não menos importante, um chefe que não tinha exatamente feito muito esforço para apoiá-la. Pelo contrário, ele na verdade tinha contribuido para tornar a sua posição ainda pior. Já tinha passado da hora de cuidar ela mesma do assunto, e tentar descobrir como todas as peças se encaixavam no quebra-cabeça.

Ela tinha adiado fazê-lo por muito tempo.

Pensou em Henke de repente. Deveria começar com Henke, se estava tentado tomar as rédeas das suas atuais dificuldades? Mas ela não tinha notícias dele há mais de um ano. Não, desde que ele tinha lhe enviado aquele pacote. Seis parafusos. Seis parafusos enferrujados que viraram sua vida de cabeça para baixo. E a libertaram. Ela achava que tivesse matado Dag, mas esses parafusos significavam que ela não tinha, no fim das contas.

Ela pensou muito em Henke.

Nenhum dos números de telefone que ele usou pareciam funcionar mais.

A mesma coisa se aplicava ao seu e-mail e messenger...

Ela bateu a neve de suas botas e fechou a porta do apartamento atrás dela. Agora Micke era a única coisa boa em sua vida, e como Henke não estava por perto, ela teria que começar por aí se quisesse ter qualquer chance de se reerguer. Mesmo que ela não estivesse exatamente o tratando bem, ele pelo menos estava sempre ao lado dela.

Talvez ele entenderia, ela certamente esperava que sim. De qualquer maneira, ela lhe devia a verdade. Toda a verdade, e não apenas as migalhas com que ela o estava alimentando até agora.

Mas o apartamento estava vazio e silencioso. Sem sapatos nem casaco no corredor indicando que ele estava em casa.

Na mesa da cozinha, ela encontrou um bilhete.

ACHO QUE PRECISAMOS DAR UM TEMPO.
ME LIGA QUANDO ESTIVER PRONTA.
/ M

Ela não sabia se ria ou chorava...

Seu celular tocou de repente e ela quase correu de volta ao corredor para pega-lo do bolso da jaqueta. Mas a mensagem não era de Micke.

`Acabou de chegar em casa?`

Ela começou a escrever uma resposta arrogante, mas se conteve. Sem acender as luzes da sala de estar, se arrastou até a janela, se escondeu na cortina, e em seguida olhou para baixo a rua estreita. Carros estacionados em fila, como em todas as outras noites. Uma fina camada de neve em seus capôs indicava que já estavam lá havia um tempo.

Um pequeno ponto de luz entre as sombras no parque do outro lado da rua a fez paralisar.

O brilho de um cigarro.

Havia alguém parado ali.

Alguém que estava observando seu apartamento.

Abelhas barulhentas 19

Fórum dos Pilares da Sociedade
Publicado em: 6 de dezembro, 08:48
Por: **MayBey**

Ouvi um boato sobre a guarda-costas favorita de todos, Regina Certinha, está bem resolvida entre os lençóis. Aparentemente há um certo apartamentinho na região de Söder. Alguém sabe algo sobre isso?

Este post tem 23 comentários

"Pronto, sr. Sandström, terminamos."

O pequeno homem com a fita métrica ainda tinha alguns alfinetes no canto da boca, mas evidentemente isso não fez com que ele soasse de um jeito menos servil para HP.

Sr. Sandström – muito bom!

Ele havia acabado de ter suas medidas tiradas para um terno, bem como para uma coleção de camisas correspondentes. Não era a primeira vez que ele fazia isso, mas esse alfaiate falava num dialeto sueco de Östermaln, elegante e anasalado, e não aquele anglotailandês. Claro que as contas também seriam bem diferentes, mas dinheiro agora era o menor dos problemas.

Ele havia transferido mais do que o suficiente de seus fundos nas Ilhas Cayman e seus primeiros salários logo começariam a cair.

"Ficará pronto em uma semana", concluiu o sujeito, dando-lhe um recibo. "Os amigos do sr. Argos têm prioridade", acrescentou ao perceber o olhar surpreso na cara de HP.

"Mas temo que não conseguimos fazer nada melhor do que em menos de uma semana."

HP saiu da pequena loja e acenou para um táxi.

Ele inclinou-se no assento e tomou fôlego. Realmente poderia se acostumar a viver essa vida.

Ela foi acordada pela campainha.

Toques longos e insistentes – e levou tempo para que pusesse sua calça de moletom e um top.

Alguma espécie de entrega, ela pensou ao abrir a porta depois de verificar pelo olho mágico.

"Olá, você é Rebecca Normén?"

"Sim, do que se trata?"

"Entrega da Interflora."

O homem lhe entregou o que parecia ser um bem embalado buquê de flores. Ela o segurou e afastou o papel para chegar ao cartão.

Rosas vermelhas, pelo menos uma dúzia, talvez mais.

Ela leu o cartão. E então entregou o buquê de volta.

"Você pode levá-las de volta", disse.

"Q-quê?"

"As flores, não as quero, pode levá-las de volta."

"M-mas, er..."

O homem parecia confuso.

"Elas já foram pagas e tudo mais. Eu não sei como...."

"Não é meu problema", ela disse. "Você pode devolvê-las ao remetente. Talvez assim ele entenda a mensagem..."

"Que bondade do Frank nos emprestar sua grande estrela por alguns dias. Você deve ser o novo garoto de ouro do Philip."

Rilke piscou para ele e HP se viu mais uma vez corando contra sua vontade.

Deus, ele ainda era tão dependente de atenção! Mesmo que fosse um super-herói, bastava que levasse um tapinha nas costas de alguém que ele respeitasse ou estivesse a fim para que, no mesmo instante, começasse a abanar o rabo feito a porra de um cocker spaniel...

"E-então o que é que vocês fazem aqui no seu canto?", ele balbuciou, virando o rosto.

"Ah, então Frank não lhe disse nada. Vocês lá da mina ficam só entre vocês mesmo, hein!"

Ela deu outro sorriso provocante e HP podia sentir-se rindo como um idiota.

"Eu e as garotas cuidamos dos blogs. Bem, eu me refiro a garotas mesmo que tenhamos um cara na equipe – além de você agora, quero dizer."

Ela sorriu novamente, mas dessa vez ele conseguiu manter sua cara séria.

"Funciona mais ou menos como com os trolls, mas cada domador tem um estábulo um pouco menor. Nós cuidamos de quatro a sete tipos diferentes de blogs. Música, cinema, tecnologia, moda, livros, comida e política, claro. Cobrimos tudo isso, basicamente. Alguns de nós trabalham em projetos a longo prazo, plantando ideias, enquanto outros trabalham em curto prazo, empurrando opiniões e produtos específicos. Você se sentará com a Halil aqui, ela é minha número 2."

Rilke parou em uma mesa em que uma jovem num traje preto apertado e cachecol bege estava ocupada digitando um texto.

"Pronto, tudo feito!", ela disse, girando sua cadeira para encarar HP e Rilke, estendendo sua mão.

"Halil é o nome e blogar é o meu jogo..."

"Manga", murmurou HP.

"Prazer em te conhecer!"

Rilke puxou uma cadeira para ele e deixou os dois.

"Ok", começou Halil. "Segure seu chapéu, Manga, porque a gente não fica à toa por aqui."

Ela estalou os dedos.

"Eu cuido de música e moda. A Sandy ali cuida dos blogs de tecnologia. Anders e Rilke cuidam de política e os outros três cuidam basicamente de todo o resto. A equipe de design e tecnologia sentada ali faz tudo pra que todos os sites funcionem e tudo esteja lindo. Eu tenho sete blogueiros em meu estábulo – seis garotas e um cara. A metade deles dá a cara, outros são anônimos, meio como seus trolls... Musiklover, Blingdarling, você sabe..."

É, ele entendeu, só que não.

"A cara? Quê?"

"Gente de verdade que é a cara do blog."

Ele levou alguns segundos para entender.

"Mas... Quer dizer que você cuida do blog de outra pessoa? Como se fosse um ghost writer?"

"Bingo! Eu basicamente cuido de tudo que for mais sério. Os caras normalmente ficam ocupados brigando uns com os outros ou discutindo seus hábitos de compra, o que não tem problema. Seus computadores e smartphones têm um aplicativo ligado a mim, então eu sempre dou a última palavra antes que qualquer coisa seja postada. Na maior parte do tempo eu os deixo escrever o que quiserem, mas se tem algo importante, eu assumo."

Ela abriu o frigobar que estava na ponta de sua mesa, tirou algumas latas de Coca e ofereceu uma delas para HP, que negou com a cabeça.

Halil abriu sua lata e tomou alguns goles enormes.

"Mas... Quer dizer...", disse HP após alguns segundos de confusão em seus pensamentos, "...o que eles ganham com isso, os caras?"

"O que eles não ganham com isso, né? Além de ganhar um salário mensal nosso, ainda ganham atenção, amostras grátis, previews, eventos VIP, o que você imaginar... Alguns deles são tão conhecidos que aparecem na TV e vão a pré-estreias de gala!"

"Como a... Como é o nome dela...? Aquela que vive brigando com aquela outra, a...?"

HP vasculhou sua memória pelo nome mas não conseguia se lembrar.

Halil desenhou um sinal de tique no ar – seguido de outro.

"Sim para ela e sim para sua rival também! As duas são nossas e a rixa entre elas só atrai mais leitores. Mais de um milhão de acessos por semana em cada blog e nenhuma delas tem a menor ideia de que as duas trabalham para a mesma empresa..."

"Tenho que admitir, isso é muito bom!"

Quarenta e cinco minutos sem intervalo na esteira e o suor já escorria por suas costas. Ela quase conseguia sentir o gosto do ácido láctico em sua língua, mas não tinha a menor intenção de parar antes de completar uma hora. Ela sabia que se quisesse conseguir dormir aquela noite, a única maneira que funcionaria era se exercitar até que ficasse completamente exausta.

Foi apenas a partir de Darfur que MayBey começou a mencioná-la. E agora ela era o assunto número 1 de todas as conversas.

Já eram vinte e três comentários a última vez em que ela checou. Vinte e três "colegas", todos declarando saber ou com alguma certeza ou com total convicção que ela havia conseguido subir na Força dormindo com superiores. Que ela tinha o hábito de pular na cama de qualquer um, desde que a beneficiasse em sua carreira. Sem dúvida que muitos que leram aquilo acharam que era verdade – com um sorriso em casa, de frente para seus computadores.

Como é que as pessoas, supostamente indivíduos racionais e perfeitamente lógicos, gastavam seu tempo com calúnias, escrevendo merda sobre ela e sua vida pessoal?

Eles eram motivados por ódio, ciúme, inveja ou amargura? Deveria ter ao menos uma pista de lógica em relação àquilo tudo. Mas ela suspeitava que a verdade era bem pior do que aquilo.

Que o que motivava a maioria dos detratores por aí não tinha nada de grandioso, não era um sentimento forte, e sim coisas mundanas, de baixo nível.

Algo que só faziam porque podiam. Como uma forma de passar o tempo.

Mas então por que MayBey estava interessada nela?

As pessoas que ele ou ela achacava normalmente apareciam uma ou outra vez, quase sempre como personagens incidentais que tornavam a história ainda melhor. MayBey era o narrador, e apesar dos leitores poderem comentar, nunca lhes era pedido para contribuir com nenhuma informação. Mas com Regina Certinha era diferente.

MayBey começou trazendo toda a questão envolvendo sua suspensão e então pediu para que os outros contassem o que sabiam. E agora esse post, composto da mesma forma. Quanto mais ela pensava nele, mais convencida ficava de que MayBey sabia que ela estava lendo cada uma das palavras que vinham sendo escritas. E foi precisamente isso que fez ele ou ela mudar seu comportamento e partir pro pessoal. Algo profundamente inquietante era o papo sobre o "apartamentinho" em Södermalm. Claro que MayBey poderia estar inventando tudo e dando sorte de acertar. Mas se não fosse isso, queria dizer que alguém estava falando. E se fosse isso, só haveria um candidato. A não ser que alguém estivesse seguindo-a...

Um bip da esteira interrompeu seus pensamentos. O intervalo tinha acabado e ela tinha alguns minutos para retomar o ritmo.

Ela abaixou o queixo em direção ao peito, tomou fôlego algumas vezes e assim não percebeu quando o homem entrou na sala.

"Ouça, Manga, tudo que importa é estabelecer tendências! Há milhares de blogueiros por aí e muitos deles passam a maior parte do tempo xeretando ansiosamente uns aos outros, principalmente os grandes. Eu normalmente imagino a internet como um enorme parque de diversões. Quase todo o mundo quer estar junto dos descolados, ser visto ao lado da companhia certa. Então não precisamos controlá-los todos, apenas um número adequado dos mais moderninhos com reputação suficiente para guiar o *buzz* no rumo que importar para os nossos clientes."

Ela tomou outro gole de sua Coca.

"Começamos com um blog com um cara, criamos alguns blogueiros anônimos para apoiá-lo e esperamos que alguém morda a isca. Obviamente nem todos os blogueiros entram, mas não precisamos deles todos. É como uma massa crítica, um ponto em que muitas pessoas começam a dizer a mesma coisa até que aquela opinião torna-se uma verdade aceita. E espalhadas por aí há milhares e milhares de pessoas que estão tão desesperadas para viver uma vida diferente das que têm que eles só podem ficar felizes em absorver o que as pessoas certas podem lhe oferecer. Fragmentos das vidas dos outros, que eles inconscientemente encaixam em suas próprias vidas. Produtos, tendências de alimentação, marcas registradas, opiniões – tudo! Viu como funciona, Manga?"

Sim, claro, ele havia visto tudo, e pela primeira vez HP estava sem fala. Philip Argos não estava brincando quando falava em controle. Os trolls eram uma coisa, cutucando em poucos fóruns e apoiando a versão da história de um cliente. Acrescente a isso alguns blogs de mentira que faziam mais ou menos a mesma coisa, só que numa base levemente mais firme.

Mas isso era muito maior e ao mesmo tempo muito mais legal! Só agora ele conseguia apreciar a completa extensão do que Philip vinha falando.

Conhecimento – Segurança – Controle.

Era tudo que importava e era a melhor forma de...

Errado!

Inquestionavelmente era a melhor forma de controlar o *buzz* – ou como quer que você chame a cascata de informações por aí – não era adaptar-se aos boatos. E sim começá-los.

Ela estava enxugando a esteira quando ele a abordou. Como ela estava de costas, não o viu, e sua voz a fez pular.

"Oi, você é nova aqui, não?"

Era o cara que estava na esteira.

"Sim", ela respondeu brevemente e voltou-se para fazer o que estava fazendo.

Ele esperou alguns segundos até que ela acabasse, fosse obrigada a virar-se e ficar de frente para ele.

"Foi o que pensei", disse ele com um leve sorriso. "Eu já venho para cá há alguns anos e normalmente reconheço todo mundo. Definitivamente me lembraria de uma bela mulher como você."

O sorriso dele revelou uma fila de dentes brancos reluzentes que combinavam perfeitamente com sua pele bronzeada. Ela tentou pensar em um comentário adequado para livrar-se dele, mas por algum motivo não lhe veio à mente. Em vez disso, ela de repente estava devolvendo o sorriso para ele.

Havia algo no jeito dele que lhe fazia sentir-se num clima levemente melhor. Algo que ele irradiava. Algo de que ela sentia falta há muito tempo.

"Meu nome é Rebecca", ela disse, e para sua própria surpresa estendeu-lhe a mão.

Seu aperto de mãos era seco e firme.

"Prazer em conhecê-la, Rebecca! Estava imaginando que talvez não fosse um atrevimento da minha parte convidá-la para jantar comigo. Que tal no próximo sábado?"

Preciso informá-lo que você está muito longe da realidade 20

"Alô?"

"Alô, meu amigo."

"Ah, é você. O problema já foi resolvido?"

"Ainda não, mas estamos trabalhando duro nisso... Muito duro..."

"Oi, como está indo o nosso menino de ouro? Ele está se comportando?"

"Está incrível. Manga tem um dom natural! Três dias aqui e ele já sabe como fazer tudo."

Halil deu um tapa no ombro dele, e ele relutantemente parou o que estava fazendo, empurrou sua cadeira para longe da mesa e se virou para Rilke.

"É muito bom, na verdade", respondeu ele. "Diversão incrível, mas eu tenho um longo caminho a percorrer antes de chegar ao nível de blogueira-rainha."

Ele piscou para sua supervisora e Halil gesticulou como se estivesse recusando o elogio.

"Ótimo!", Rilke respondeu. "Eu pensei que nós poderíamos almoçar, se vocês estiverem com fome?"

"Claro", disse ele, levantando-se da cadeira. "Onde você quer ir?"

"Hötorget", Rilke respondeu, olhando brevemente para a outra mulher.

"Eu estava pensando em almoçar mais tarde, mas vão vocês", disse Halil rapidamente, e em seguida voltou para o seu computador.

"Parece que somos só você e eu então, Manga", Rilke sorriu.

Aquela mesma sensação de novo! Pela enésima vez nos últimos dias, ela parou e olhou por cima do ombro. Mas, assim como em todas as ocasiões anteriores, não havia ninguém.

Bem, isso não era exatamente verdade...

Havia um monte de gente, ela estava no centro da cidade, afinal. Pessoas a caminho do trabalho, olhando as vitrines, passeando com seus cachorros, falando em seus celulares.

Chapéus de lã, casacos grossos, luvas – nuvens de vapor saindo da boca das pessoas enquanto se arrastavam pela escuridão de dezembro. Cada uma com suas preocupações e nenhuma delas parecia mais suspeita do que qualquer uma das outras.

Mas ela ainda sentia como se estivesse sendo vigiada. Como se o olhar de um estranho estivesse perfurando as suas costas, fazendo-a se sentir... exposta.

Provavelmente foi por causa da mensagem:

`Estou de olho em você - só pra você saber!`

Quando ele e Rilke voltaram de seu longo almoço, parecia ter acontecido alguma coisa. Havia uma sensação de ansiedade no ar e o escritório normalmente quieto estava com um zunido de vozes. Philip, Eliza Poole e uma mulher que HP não conhecia estavam de pé conversando na área aberta perto da recepção, e pessoas de diversos departamentos se reuniam lentamente em volta deles.

Por alguns segundos HP se perguntou se isso tinha algo a ver com ele, se o seu disfarce tinha sido descoberto dessa vez e se ele estava prestes a ser desmascarado na frente de todo mundo. Seu pulso começou a acelerar e ele estava olhando para a saída quando Rilke gentilmente tocou seu braço.

"Essa é Monika Gregerson, a irmã de Anna", ela sussurrou tão perto de seu ouvido que sua paranoia desapareceu instantaneamente.

"Ela trabalhou aqui por um tempo, mas saiu cerca de um ano atrás."

"Pessoal, por favor, venham até aqui. Nós temos algo importante para dizer..."

A voz de Eliza Poole estava tão estridente que quase rachava. As cerca de quarenta pessoas no escritório lentamente formaram um círculo em torno do trio. Eliza Poole tirou um lenço bem gasto do bolso de sua jaqueta e assoou o nariz ruidosamente. Ela parecia chateada, com o rosto vermelho e inchado, como se tivesse chorado.

De repente HP começou a adivinhar o que estava para acontecer.

Philip Argos levantou a mão e o silêncio se fez imediatamente.

"Para aqueles de vocês que não conhecem a Monika, ela é irmã de Anna, e sabe tudo sobre as nossas atividades aqui na ArgosEye..."

Ele apontou para a mulher ao lado dele.

HP percebeu logo a semelhança familiar. O cabelo claro, o nariz arrebitado e o olhar alerta eram praticamente os mesmos, mas essa mulher ou era a irmã mais velha ou então seu cirurgião plástico não era tão bom quanto o de Anna. As olheiras escuras também acrescentavam alguns anos. E ela estava vestida de maneira consideravelmente mais simples, com uma saia preta e blusa da mesma cor, abotoada quase até o pescoço. Evidentemente, ela era a mais contida das irmãs Argos...

"Infelizmente nós temos uma má notícia..."

Philip Argos fez uma pausa, que foi completamente desnecessária, já que ele tinha a completa atenção de todos.

"Como vocês sabem, Anna tirou um ano de folga do trabalho para viajar pelo mundo. Infelizmente, parece que ela foi vítima de um trágico acidente."

"Ela está bem?"

Isso veio da Rilke, e até onde HP podia perceber, ela estava realmente preocupada.

Philip Argos esperou alguns segundos antes de responder, e quando finalmente abriu a boca, todos já tinham adivinhado qual seria sua resposta.

"Infelizmente, Anna está morta."

Até agora, ela tinha lido todos os posts dos Pilares da Sociedade. O site estava no ar há cerca de seis meses, então tinha levado um certo tempo, mas o documento de Word que estava usando para salvar suas observações trazia um monte de informações úteis.

MayBey estava participando quase desde o início. Seus primeiros posts foram publicados apenas uma semana mais ou menos depois que o site foi criado, e o número de comentários – e, provavelmente, de leitores – tinha crescido constantemente desde então.

Mas MayBey só iniciava os tópicos – era só isso. Depois, ele ou ela relaxava e deixava que outras pessoas assumissem com os seus próprios comentários. Então, quando um post começava a perder o fôlego, outro aparecia e todo o processo começava novamente.

Não havia nenhum padrão discernível em relação aos dias ou horários das postagens. Todos os dias da semana, e quase todas as horas do dia, estavam representados – algo que parecia se encaixar com alguém que trabalhava em turnos. Os acontecimentos e as pessoas descritas sugeriam que MayBey era alguém bastante experimentado, que provavelmente estava na polícia há algum tempo.

Parecia provável que MayBey trabalhasse na linha de frente, mas mesmo que Rebecca tivesse bastante certeza disso desde o começo, isso não significava necessariamente que ele ou ela usasse uniforme. Os acontecimentos e as prisões que eram descritos certamente pareciam se ajustar ao mundo dos oficiais de batida, mas eles poderiam muito bem ter sido realizados por outras unidades na linha de frente – a vigilância, narcóticos ou unidades de licenciamento, por exemplo. Basicamente, o típico trabalho policial, embora ela ainda tivesse uma imensa sensação de que MayBey era tudo menos um policial típico.

Mas ela também tinha outra coisa para pensar.

A carta estava no capacho da porta quando ela chegou em casa.

Um envelope grande e branco, feito com o tipo ligeiramente mais grosso de papel que ela não via há um bom tempo.

Seu endereço estava elegantemente escrito à mão, à moda antiga, de um jeito tão familiar que por um momento ela sentiu seu coração acelerar. Até algumas expressões eram as mesmas.

Mas é claro que a carta não era de seu pai.

```
Cara Rebecca,
Espero que você perdoe minha imprudência
em escrever, mas fiquei sabendo que você está tendo
alguns problemas como resultado de uma ocorrência
na região de Darfur, no oeste do Sudão.
De acordo com minhas fontes você está atualmente
suspensa até o final das investigações, e é por isso
que eu estou escrevendo.
A polícia sueca é supostamente obrigada a trabalhar
através dos canais oficiais, o que nem sempre
é a melhor maneira de alcançar a verdade.
As coisas nem sempre são da maneira como
parecem, e às vezes é preciso olhar de um jeito
diferente para elas para trazer clareza a
questões que, à primeira vista, aparentam ser
relativamente simples.
Eu tive uma extensa rede de contatos na África
por muitos anos, e seria um grande prazer para
mim se você me permitisse investigar o assunto
para você, naturalmente com a maior discrição.
Vou escrever meu endereço de e-mail na parte
inferior desta carta, e espero que você analise
cuidadosamente minha proposta.

Atenciosamente,
Tage Sammer
```

Então agora era oficial.

Na verdade, ele vinha mesmo pensando em como era estranho que ninguém parecesse saber da morte de Anna.

A menos que todos estivessem fingindo, é claro.

Algumas das mulheres, entre elas Eliza Poole e Rilke, pareciam ter lágrimas verdadeiras em seus olhos. Outras foram mais discretas. Quanto a ele, tentou adotar uma expressão sombria, enquanto buscava observar as reações de todos.

Um acidente, então – não assassinato. Ele se perguntou de onde essa versão revisada da história tinha vindo. Será que a polícia de Dubai tinha criado mais uma cortina de fumaça, ou será que Philip simplesmente decidiu que era melhor tanto para a moral como para os negócios se ele contasse uma versão mais facilmente digerível da morte de Anna?

Por alguns instantes HP voltou a se lembrar da imagem daqueles carniceiros pretos voando em círculos sobre seu pequeno banquete. Ele olhou para o chão e engoliu em seco algumas vezes.

Quando olhou para cima novamente, viu Monika Gregerson olhando para ele. A expressão em seu rosto parecia de nojo, como se ela também pudesse ver as imagens que passavam por sua mente.

HP teve que lutar para reprimir um estremecimento. Ele desviou o olhar e saiu rapidamente em direção à copa. Uma xícara de café instantâneo de alta qualidade com certeza faria seu cérebro paranoico mudar de assunto.

No corredor, ele cruzou com Dejan e Philip, que pareciam estar no meio de uma discussão.

"... as ações de Anna?", HP conseguiu ouvir.

"Monika herdará tudo", Philip respondeu laconicamente, depois parou e cumprimentou rapidamente HP, enquanto ele passava e ia embora de maneira relutante.

"Eu não acho que isso deva ser um problema", continuou ele, em voz baixa, pouco antes de HP sair do alcance de sua voz.

Ok, então a notícia da morte e a presença de Monika Gregerson tinham sido bastante desconfortáveis, mas pelo menos ele pôde oferecer à Rilke um ombro para chorar. Ele deu um abraço nela e generosamente ofereceu seu ombro, que ela aceitou com gratidão, antes que todo mundo fosse dispensado pelo resto do dia.

Ele se viu cheirando sua jaqueta à procura de qualquer cheiro residual do cabelo dela. Rilke era sem dúvida alguém especial. Atraente, inteligente e engraçada – divertida para trabalhar e para sair. Merda, ele teria que prestar atenção e garantir que não acabaria sofrendo algum tipo de síndrome de Estocolmo invertida.

Na verdade ela poderia até ser um dos suspeitos – teoricamente, pelo menos...

Não importava, pelo menos ele tinha descoberto mais algumas coisas.

Um: a irmã mais velha de Anna tinha trabalhado para a empresa, mas saiu porque não se entendia com Philip. Ok, ninguém tinha realmente falado isso, mas o clima tinha ficado bastante óbvio.

Dois: sua suspeita de que a morte de Anna tinha algo a ver com a empresa tinha ficado ainda mais forte. Por que outra razão eles prefeririam esconder a verdade sobre como ela tinha realmente morrido?

Três: parecia que Monika herdaria todas as ações de Anna da ArgosEye. Se Philip tinha planejado se livrar de Anna para obter o controle da empresa, então, obviamente, ele deveria ter feito isso antes do divórcio, enquanto ainda era seu principal herdeiro.

O que significava que HP deveria estar procurando um novo suspeito.

Possivelmente até mesmo uma mulher...

ANDERS DE LA MOTTE THE GAME

O PR do E 21

```
Fórum dos Pilares da Sociedade
Data de publicação: 08 de dezembro, 21:56
Por: MayBey

Cidadãos inocentes só existem até o momento
em que são descobertos. Culpa ou inocência
são sobretudo uma questão de tempo.

Este post tem 59 comentários
```

"Micke."

"Oi, sou eu."

"Oi."

A voz dele soou reticente, o que era perfeitamente compreensível.

"Como você está?"

"Bem..."

Houve um breve silêncio na linha. Obviamente ele não iria facilitar para ela.

"Escute, eu sei que eu não tenho sido muito divertida ultimamente..."

Mais silêncio.

"...não exatamente uma boa companhia."

Ainda nenhum som dele. Será que desligou?

"Você ainda está aí?"

"Estou."

"Ok..."

Ela havia preparado o que queria dizer, tinha até mesmo escrito algumas palavras-chave, mas já tinha perdido o fio da meada.

Ela respirou fundo e pulou para a última linha de suas anotações.

"Preciso de ajuda com uma coisa, tem a ver com tudo o que aconteceu nas últimas semanas. Trabalho, o meu comportamento – tudo. Eu sei que é pedir muito, mas eu não iria te pedir se não fosse importante..."

Mais silêncio enquanto ela prendeu a respiração e esperou.

Mais trabalho noturno – mas dessa vez, infelizmente, nada a ver com qualquer novo trabalho especial. Em vez disso, seu treinamento de internet iria continuar com uma noite na Lavanderia.

Ele tinha demorado cerca de uma semana para perceber que a ArgosEye nunca piscava.

Noites, fins de semana, Natal – sempre havia algumas pessoas trabalhando em cada departamento, com pelo menos um chefe de seção de plantão no escritório.

"Mas você não precisa estar acordado", Beens sorriu, abrindo uma porta que HP tinha apenas passado em frente.

"Legal, né?"

A sala era, na verdade, um pequeno lounge. Um sofá confortável e poltronas agrupadas em frente a uma grande televisão de tela plana com som surround. Em direção ao fundo da sala havia uma pequena copa com uma máquina de café, micro-ondas e geladeira, e depois, passando disso, uma porta fechada.

"O quarto", Beens disse com um sorriso. "Mas não se preocupe, querido, tem beliches."

HP sorriu de volta, levantando o polegar para mostrar como estava impressionado.

Beens podia ser chefe de seção, mas definitivamente não era legal. Mesmo que seu terno tivesse provavelmente vindo do mesmo alfaiate descolado de Östermalm que o de HP, não parecia se ajustar a ele. Quase parecia que seu corpo pálido e gordinho estava tentando desmerecê-lo.

"Então, o que, a gente passa a noite toda aqui?"

"Não, nós temos que trabalhar um pouco antes. Ou, pelo menos parecer que isso é o que estamos fazendo..."

Beens piscou para HP.

"Os novatos não costumam ficar sabendo mais do que precisam, mas você parece ter tomado o lugar de Stoffe como o novo favorito de Philip. De qualquer maneira, me disseram pra te mostrar como tudo funciona, então podemos começar na nossa seção, depois dar uma olhada no Filtro e, em seguida, criar alguma confusão para os Estrategistas antes de descansar...?"

"Parece bom para mim."

"Ótimo, fique perto de mim pra eu deixar você entrar. O seu cartão não funciona em todas as portas, só os escolhidos têm essa honra..."

Quando eles chegaram à Lavanderia, onde o turno da noite já estava a pleno vapor, Beens disse:

"Ok, é assim. Aqui na Lavanderia lidamos com uma espécie de otimização inversa de resultados, você entende o que eu quero dizer?"

HP fez o melhor que pôde para parecer que tinha entendido, mas evidentemente Beens ainda achava que precisava oferecer uma explicação.

"Nossos clientes nos pagam para manter seus resultados de busca limpos e arrumados. O Filtro procura suas marcas e domínios nos mecanismos de busca mais comuns - Google, Yahoo, Bing e assim por diante - e se entre os resultados aparecer qualquer porcaria, então somos nós que temos que limpá-la."

Ele caminhou até sua mesa atulhada, puxou uma cadeira para HP, e sentou-se.

"Noventa por cento das pessoas que pesquisam no Google nunca vão além da primeira página, e outros cinco por cento desistem na segunda página. Quando você passa à terceira página, restam somente algumas pessoas muito persistentes."

"Nosso trabalho é, basicamente, garantir que as duas primeiras páginas de resultados sobre os nossos clientes estejam livres de menções negativas, que podem ser blogs fazendo críticas, concorrentes espalhando fofocas cibernéticas, ou até mesmo pessoas obsessivas que criam sites inteiros para intimidar os clientes da Volvo ou da Telia,[1] por exemplo."

Ele acenou com uma mão na direção de uma tela de projeção no fundo da sala.

"Então, como é que você limpa as coisas?", perguntou HP.

"Ah, tem várias maneiras diferentes, mas vou te dar alguns exemplos."

Ele contou nos dedos.

"Um: você preenche as páginas de resultados com suas próprias informações, muitas vezes dividindo seu site principal em links diferentes. Se você tentar procurar Microsoft, vai ver que quase todos os resultados nas primeiras páginas são variações de microsoft.com. O princípio básico é o mesmo que encher um quadro de avisos com os seus próprios cartazes de modo que ninguém mais tenha qualquer espaço. Você está entendendo?"

HP fez que sim com a cabeça.

"Dois: se isso não for suficiente, as blogueiras da Rilke começam a trabalhar e criar algumas conversações positivas em relação ao cliente, ou uma ou mais de suas marcas registradas. O Twitter é bom, pois gera um monte de tráfego, especialmente se se tratar de pessoas que estão na moda no momento. Mas o princípio é exatamente o mesmo..."

"... acumular o maior número possível de menções positivas, para que os resultados negativos escorreguem para depois da segunda página", HP concluiu para ele.

1 Maior companhia de telecomunicações dos países nórdicos e a quinta maior da Europa.

"Exatamente, Manga, você acertou na mosca! Existem outras variações sobre o mesmo tema: clipes do YouTube e artigos da Wikipédia, por exemplo. Os mecanismos de busca quase sempre promovem esse tipo de coisa para os dez primeiros."

"E se isso não funcionar? Se você não conseguir suprimir as menções negativas com sua própria mensagem?", HP interrompeu rapidamente. "Vamos supor que tenha um maluco persistente por aí, trabalhando duro para impedir que seu site de ódio acabe na sarjeta...?"

"Er... Na verdade isso não acontece com muita frequência..."

Beens já estava segurando um terceiro dedo, mas parecia ter perdido a linha de raciocínio.

"Bem...", ele murmurou depois de alguns segundos de pausa, "nós quase nunca erramos, talvez uma vez por mês, no máximo, alguma coisa assim."

Ele olhou em volta e inclinou-se para perto de HP.

"Mas já que você perguntou...", ele disse, quase sussurrando. "Os poucos casos que não conseguimos corrigir são enviados para o andar de cima."

Ele fez um gesto com a cabeça em direção ao teto.

"Para o último andar", acrescentou quando HP evidentemente não respondeu da maneira correta.

"Ah - ok! Para os detetives gêmeos, você quer dizer?", arriscou HP.

"Exatamente! Funciona sempre. Alguns dias ali e, *voilá*, está limpo..."

Beens levantou as sobrancelhas e balançou a cabeça de maneira conspiratória. HP não teve escolha a não ser participar.

"Eles são uma espécie de gênios do computador, então?"

"Eu duvido", Beens bufou. "Não consigo imaginar que os computadores deles tenham nada além do pacote básico do Office, mesmo que tenham acesso ilimitado... Mas eles têm contatos, contatos bons pra caralho. Do tipo que parece ser capaz de corrigir qualquer coisa!"

Ele olhou rapidamente pela borda de sua tela para sua seção do escritório, depois inclinou-se para perto de HP novamente.

"Estamos falando de códigos, Manga..."

"Códigos?"

Beens fez um olhar irritado.

"O código, a espiral, a sintaxe, o PR do E? Isso não te lembra nada?"

HP balançou a cabeça lentamente.

"Porra, Manga, e você deveria ser o nossa novo fodão", Beens suspirou. "PageRank, o algoritmo de busca do Google!"

"Claro, claro...", ele respondeu depois de alguns segundos. "É só me dizer o que você precisa."

A voz dele já não soava tão hostil. Ela voltou a respirar.

"Preciso de ajuda para verificar um website. Alguém está escrevendo um monte de coisas sobre mim lá."

"Mentiras", ela acrescentou quando ele não respondeu. "Quem quer que seja que está escrevendo essas coisas parece querer me prejudicar, e eu gostaria de tentar descobrir quem é. Estou começando a pensar que deve ser alguém que eu conheço..."

Sofá de couro da sala de plantão, 23:48.

Beens já estava roncando em sua metade, o que não era tão surpreendente, considerando o complicado filme do Monty Python que ele havia colocado.

HP deveria ter ido para os beliches para tentar dormir um pouco, mas já sabia que não conseguiria dormir. Não depois do que tinha acabado de ouvir...

No ano passado, quando estava envolvido com o Jogo, ele tentou descobrir mais informações sobre ele. Pesquisando todos os tipos de parâmetros diferentes: Jogo, O Jogo, Jogos de Realidade Alternativa e assim por diante, mas nunca encontrou nada mais emocionante do que artigos da Wikipédia sobre jogos mentais, ou vários sites de livros e filmes.

Durante o seu longo exílio, nas raras ocasiões em que se sentia completamente seguro e não achava que alguém seria capaz de localizá-lo, ele tentou mais algumas vezes. Mas o resultado final tinha sido sempre o mesmo.

Nem um único resultado. Nem uma pequena menção, rumor ou até um sussurro sobre tudo o que ele tinha passado. Era como se o Jogo nunca tivesse existido.

Mas depois de ouvir a explicação de Beens, seu entendimento estava começando a clarear e toda a sua missão secreta de repente tinha começado a pagar grandes dividendos.

O esconderijo perfeito.

A Deep Web!

Ele já tinha ouvido a frase antes, mas sempre tinha achado que isso parecia um mito: que parte da internet ficava escondida do resto do mundo, que você não podia vê-la porque todas as conexões com a superfície ou tinham sido cortadas ou estavam tão bem escondidas que os mecanismos de busca não conseguiam encontrá-las.

Mas agora que ele tentava entender o que tinha acontecido na sua noite com Beens, tudo parecia estar sob uma luz completamente diferente. Pois qual era a ideia de negócio fundamental desta empresa? Identificar e depois enterrar as coisas que as pessoas não queriam que ninguém visse...

Beens realmente parecia um pouco animado demais com a ideia de que a turma do andar de cima havia trabalhado na inteligência militar. Ele tinha contado que eles provavelmente trabalharam para o Centro Nacional de Radiodefesa, para a Agência de Segurança Nacional e outras organizações similares, e que eles poderiam fazer o Google e companhia mudar seus algoritmos e fazer certos resultados simplesmente desaparecerem.

No início ele não estava realmente prestando muita atenção - Beens apenas parecia ter visto muita televisão. Mas quanto mais ele pensava sobre isso, mais convencido ficava de que toda a ideia de contatos secretos provavelmente tinha alguma verdade. Mas isso não era uma questão de alguns velhos amigos espiões coçando as costas uns dos outros. Esse tipo de coisa era muito fácil de descobrir, e nunca o Google e Yahoo, com seus exércitos de advogados, comprariam uma história sobre a ASN querendo se livrar de um post de blog inconveniente da *Katla, em Kungsängen...*

Mas se ele se despojasse de sua predisposição a teorias da conspiração e tentasse pensar sobre isso de forma sensata, e em seguida acrescentasse tudo o que ele já sabia, logo chegaria a uma nova e consideravelmente mais plausível conclusão. Só a ideia já era suficiente para fazer o cabelo de trás do seu pescoço se arrepiar. Ele já havia suspeitado que Anna Argos estivesse envolvida no Jogo de alguma forma. Havia um clima de Jogo lá, ele tinha certeza disso. E ele ainda estava tendo dificuldade para engolir a ideia de que seu papel como bode expiatório era apenas uma incrível coincidência.

E agora as peças do quebra-cabeça estavam lentamente se encaixando.

A razão pela qual ele não tinha sido capaz de encontrar qualquer informação sobre o Jogo na internet foi porque alguém a estava filtrando, enterrando todos os tópicos e garantindo que eles ficassem escondidos lá embaixo, nas profundezas. Escondidos sob camadas e camadas de conversações mais ou menos sem significado...

E esse alguém seria provavelmente capaz de informar ao Mestre do Jogo sobre qualquer um no ciberespaço que estivesse quebrando a regra número um, tentando postar informações confidenciais ou fazendo perguntas difíceis.

O que acontecia depois não era muito difícil de imaginar. Assim que eles tivessem um nome e endereço, um Jogador seria despachado para visitar sua casa. Um zé-ninguém desesperado por atenção que não tinha a menor ideia do motivo real por trás de sua tarefa, e que, na realidade, não dava a mínima, desde que pudesse continuar vivendo no limite.

Porra, ele mesmo tinha participado de uma missão assim, em Birkastan! Ele pichou uma mensagem ameaçadora do Mestre do Jogo na porta de alguém, sobre a importância de se manter o silêncio.

Talvez algumas de suas outras tarefas tivessem na verdade sido maneiras de consertar os vazamentos? Fazer as pessoas calarem a boca quando começavam a tagarelar sobre as coisas erradas?

Ele os listou em sua cabeça: o advogado cujo carro ele havia sabotado, o apresentador de televisão que ele tinha ligado e ameaçado... Porra, isso realmente poderia explicar tudo!

Peça a peça, tudo começava a se encaixar, como as linhas que unem os pontos começam a se transformar em uma imagem. Uma imagem inquietante do caralho.

O ar na pequena sala de repente pareceu pesado e difícil de respirar. HP se levantou do sofá, tirou os sapatos e saiu pela porta. Ele seguiu o corredor que se estendia ao longo do escritório sem parar, até que chegou à porta de metal em um canto da Mina dos Trolls.

SOMENTE SAÍDA DE EMERGÊNCIA, dizia o sinal verde luminoso – mas ele realmente não se importava picas com isso. Um empurrãozinho com o quadril na barra que trancava a porta e então ele estava fora, em um patamar mal-iluminado na escada, respirando longos e frios goles de ar.

Ele tinha imaginado que tudo se encaixava de alguma forma, mas não tinha sido capaz de colocar o dedo na ferida até agora.

A ArgosEye estava trabalhando para o Jogo!

22 Quem começa, deve ir até o fim

Fórum dos Pilares da Sociedade
Data de publicação: 11 de dezembro, 20:03
Por: **MayBey**

O grande e forte sempre vence o pequeno e fraco...

Este post tem 67 comentários

Ela colocou a roupa de corrida, saiu em direção aos jardins do colégio de formação de professores, perto do Rålambshov Park, depois seguiu a água, em direção contrária, sob as três pontes no lado sul da ilha. O circuito tinha provavelmente cinco quilômetros por terrenos irregulares, e ela já o tinha percorrido muitas vezes antes.

Poucas pessoas estavam desafiando a escuridão e o frio do inverno para se exercitar nas trilhas, o que lhe convinha bem. Apenas ela e seus pensamentos – e seu iPod, é claro.

No caminho de volta ela se dirigiu até o alto de Atterbomsvägen, depois partiu em direção à sua própria rua. A descida fez suas pernas se moverem um pouco mais rápido do que ela realmente queria.

Estava tão cansada que se esqueceu de parar e olhar antes de atravessar a Rålambshovsvägen, mas isso realmente não fazia diferença. Nesta hora do dia costumava ter muito pouco trânsito por ali, e o limite de velocidade era tão baixo que ela teria bastante tempo para reagir.

Mas quando ela tinha dado alguns passos na rua, de repente percebeu um carro com o canto do olho.

O veículo estava estacionado a cerca de vinte metros de distância, então ela poderia terminar de atravessar a rua.

Mas assim que ela chegou à calçada oposta, seu cérebro policial deu um estalo de repente.

Havia algo em relação ao carro que não fazia sentido e ela desacelerou, desligou seu iPod e trotou parada no mesmo lugar por um momento.

Só havia aquele carro estacionado, provavelmente porque ali era uma área de estacionamento proibido. Agora que olhava com mais atenção, viu que o veículo estava, na verdade, parado bem em frente ao cruzamento com a sua própria rua, e aquilo com certeza não era permitido.

Era um Mazda, talvez não do modelo mais recente, mas era difícil dizer, já que a grade e o para-choque dianteiros estavam faltando, sendo provavelmente o que fez soar seu alarme. O típico carro de um vagabundo: enferrujado, sem placa, provavelmente sem seguro e nem mesmo em condições de circular.

Ela olhou em volta.

Então, onde estavam seus ocupantes?

Considerando-se como estava frio, a opção mais provável era que tinham entrado em uma das portas na área.

Ela tinha acabado de decidir ir verificar a sua própria porta quando notou outra coisa em relação ao carro. As janelas estavam embaçadas. Havia alguém lá dentro.

"Alô?"

"Oi, Hollywood, aqui é o Nox!"

"Oi!"

HP se levantou de sua mesa e foi até um canto mais silencioso do escritório.

"Você não é muito fácil de rastrear, cara. Eu bati na sua porta, mas você não estava em casa. Eu estava sem crédito, então não consegui ligar antes. Uma jogada fora de casa?"

"Trabalho", HP respondeu secamente.

"Ah, ok. Quando chegar, me avise. Tem uma coisa que eu quero dizer a você, mas eu não quero falar por telefone, você está me entendendo?"

"Claro", HP murmurou.

"Como você está, Hollywood? Você parece um pouco estranho..."

"Eu estou bem, só trabalhando muito. Algumas noites", ele acrescentou, mas a ligação já tinha acabado.

Que diabos foi aquilo, e o que aquele cara queria dizer, chamando-o de Hollywood?

Ela realmente deveria deixar quieto. Voltar para casa, tomar um banho quente e deixar que os caras de uniforme lidassem com aquilo. Tinha mais do que o suficiente para pensar, e não era impossível que MayBey tivesse postado outra coisa enquanto ela estava fora.

Mas a ideia de ser uma policial de novo, mesmo que só para assustar alguns arruaceiros, parecia estranhamente animadora. Alguns segundos de controle completo no meio do caos que a rodeava.

Ela apalpou o bolso em busca da identificação da polícia, fechou a mão em torno do suporte de couro retangular e dirigiu-se pela grama em direção ao carro. Estava correndo de leve, tentando não deixar a brita solta na estrada entregá-la.

Ela não conseguia ver qualquer movimento dentro do carro.

Se tivesse sorte, as pessoas lá dentro estariam tomando uma picada e não iriam vê-la se aproximar até que batesse na janela.

Ela estava no meio do caminho quando os faróis do carro de repente se acenderam.

Ele nunca tinha ido ao corredor do andar térreo do hotel antes. O local era, se possível, ainda mais estreito e mais escuro do que o do andar de cima. Bicicletas velhas, sacos plásticos e várias tranqueiras estavam empilhadas contra as paredes descascadas, como um corredor de algum velho albergue estudantil.

Algumas das luzes do teto estavam queimadas, e o restante lançava um brilho brando, com pouca energia, tão fraco que ele tinha que apertar os olhos para ler os números nas portas.

Os quartos aqui embaixo deviam ter suas próprias cozinhas, porque o corredor cheirava a comida, fumaça de cigarro e um outro cheiro de mofo que ele não conseguia distinguir. Em algum lugar lá na frente, um rádio tocava, e conforme ele se aproximava do barulho, percebeu que reconhecia a música.

Nacka Skoglund, o jogador de futebol, cantando "We're All With You". Que velharia! Na verdade, todo este lugar parecia ser da idade da pedra...

Ele tirou o pacote de cigarros que tinha comprado na oja de conveniência e foi até o final do corredor.

Ao se aproximar do apartamento de Nox, ele viu que a porta estava entreaberta. A música parecia vir de dentro, e um toque de trompete arranhado indicou que a música estava começando de novo.

Truu dutteduttduttedut dutteduttduttedutt tuutt!
A few other players, and little old me...

HP bateu na porta, e ela se abriu até que a corrente de segurança a travou por dentro. O quarto estava escuro e tudo o que ele conseguia ver eram dois pequenos diodos verdes mais para dentro do quarto, que deviam pertencer ao aparelho de som.

Ele olhou em volta no corredor, mas não havia ninguém à vista. Por alguns segundos, pensou em voltar para seu quarto, no andar de cima.

Mas Nox tinha parecido muito empolgado no telefone. Uma última tentativa, então ele ia desistir...

Colocou o pacote de cigarros debaixo do braço, apertou a cabeça pela abertura da porta e olhou para dentro do quarto. Ele realmente tinha cheiro de mofo – um cheiro doce, enjoativo, que lembrava lixo podre.

Um pouco da luz fraca do corredor penetrou pela fresta e conforme seus olhos foram se acostumando com a escuridão, mais detalhes apareciam. Um saco cheio de lixo, uma cadeira quebrada ao lado, e algo grande e quadrado que tinha que ser a ponta da cama.

"Nox?", ele sussurrou.

Nacka respondeu:

We're all with you – we're all with you...
I don't know why, but we're all with you...

De repente, HP percebeu que tinha alguém deitado na cama. Dois pés lisos, pálidos e inertes estavam saindo por debaixo das cobertas. Seu estômago foi o primeiro a entender, e teve tempo de se revirar antes que seu cérebro compreendesse para o que ele estava olhando.

O que que...?

O telefone!

O filho da puta idiota deve ter tentado ligá-lo. Desobedecendo suas instruções e ligando um carregador nele.

O que significava...?

Truu dutteduttduttedut dutteduttduttedutt tuutt!

Eles o encontraram!

Os cabelos no pescoço de HP se arrepiaram. Ele deu um passo para trás e deixou cair a caixa de cigarros. De repente, sentiu duas mãos agarrá-lo pelos ombros.

Ela parou na hora, lutando contra a lei da gravidade enquanto seus tênis deslizavam sobre a brita da rua. O motor do carro acelerou com força, e por uma fração de segundo ela foi pega pela luz dos faróis – cega, paralisada como um coelho em uma estrada rural, enquanto o carro veio rugindo diretamente em sua direção.

Então seu instinto assumiu, seus pés finalmente conseguiram parar e ela se jogou no chão. No meio do caminho algo atingiu a parte inferior de sua perna, fazendo seu corpo mudar de direção, e ela caiu com o rosto e o ombro no chão congelado.

Machucada e dolorida, ela ficou de joelhos olhando enquanto as luzes traseiras do carro desapareciam em direção ao prédio do *Dagens Nyheter*.[1] O motorista não parecia ter diminuído a velocidade.

"Pelo amor de Deus, não acorde o Chefe!", sussurrou uma voz.

HP se virou, conseguindo apenas controlar a vontade de balançar os braços freneticamente.

Era Nox.

"O quê? Q-quem?"

Que porra, Amadeus, ele foi tão surpreendido que quase se cagou todo!

"O Chefe..."

Nox apontou em direção a seu apartamento, onde Nacka Skoglund tinha acabado de recomeçar mais uma vez.

"Eu costumo deixá-lo ficar aqui por um tempo, quando as coisas ficam complicadas para ele. Ele é bem gente boa, mas sua cobertura não está devidamente equipada, tá me entendendo? Ele não consegue dormir se não estiver ouvindo essa porra de música. Diz que o faz lembrar de quando era pequeno. Rua feliz e tal..."

"Pelo amor de Deus, o cheiro parece de alguma coisa que se arrastou até lá e morreu!"

"O quê? Ah, isso, não..."

Nox sorriu.

"Ele tem alguma doença esquisita que o faz ficar com um cheiro um pouco estranho. Tem algum nome em latim, mas não pergunte a ele sobre isso, pelo amor de Deus, ou ele vai ficar puto da vida. O chefe na realidade é muito higiênico, o que não é algo que você possa dizer sobre a maioria das pessoas em sua posição."

Ele balançou os ombros. Não parecia se importar com o cheiro. Nem sequer parecia se importar em ficar preso no corredor sombrio com a sua própria porta acorrentada pelo lado de dentro.

"Seja como for, ele acaba com um mau humor do caralho se for acordado. Totalmente maluco, você poderia dizer, e o Chefe nem sempre se lembra de como ele é enorme. Uma vez ele jogou o Eskil – você sabe, o cara da recepção – contra a parede com tanta força que a placa de gesso rachou. O pobre coitado desmaiou e quebrou três costelas."

Nox coçou o pescoço.

"Eu tive que manter o Chefe longe daqui por seis meses até que as coisas se acalmassem. A propósito, isso é pra mim?"

Ele apontou para o pacote de cigarros que ainda estava no chão.

1 Um dos principais jornais diários da Suécia.

"Claro, aqui está."

HP pegou a caixa de Marlboro e entregou a Nox, que imediatamente rasgou o plástico e tirou um maço.

"Quer um?"

HP pegou um cigarro e seu fiel Zippo para acender os dois.

Suas mãos ainda estavam tremendo e ele apertou os cotovelos nas laterais de seu corpo para firmá-los.

"Aquela coisa que eu te pedi para cuidar...?", ele começou.

"O telefone? Não se preocupe, cara. Está em um lugar seguro, exatamente como você me falou..."

"Bom, mas eu vou ter que pedir ele de volta..."

Ela estava com um olho roxo, mal conseguia levantar o braço esquerdo acima do ombro, e tinha uma contusão retangular num tom bem feio de azul-avermelhado na canela direita. Um dos espelhos retrovisores do carro provavelmente a atingiu enquanto ela caía. Ela podia ter uma pequena fratura no início do couro cabeludo, mas nada grave, segundo o médico cansado do plantão.

Resumindo, uma noite inteira desperdiçada em várias salas de espera apenas para receber alguns analgésicos e um "volte se não melhorar".

Ela continuou repetindo o incidente em sua cabeça, sem encontrar mais detalhes.

Mas estava ficando cada vez mais convencida de que tinha sido quase atropelada por dois arruaceiros chapados de anfetaminas.

Quando chegou em casa depois do exame médico, ainda voltou mancando até Rålambshovsvägen. Assim como ela imaginava, o local onde o carro tinha ficado estacionado era ideal se você quisesse ficar de olho no seu apartamento, mas ainda conseguir fugir rapidamente.

Se você juntasse todos os acontecimentos das últimas semanas, tudo parecia bastante óbvio.

O carro tinha estado ali por causa dela.

ANDERS DE LA MOTTE THE GAME

23 Confiar é bom

```
De: Holmbad, Eva
Assunto: Almoço
Dia/hora: Hoje, 13:00
Local: Eriks Bakficka, Fredrikshovsgatan 4
Participantes: Sandström, Magnus; Argos, Philip
Aceitar?
Declinar?
```

Por alguns segundos seu pânico em relação à ideia de ser desmascarado começou a inflamar-se, mas ele rapidamente conseguiu se conter. O Eriks era um restaurante descolado em Östermalm, e Philip dificilmente o escolheria caso quisesse discutir algo desagradável. Além disso, eles haviam se dado muito bem da última vez que se viram.

Então o que era isso?

Só havia uma forma de saber.

Ela estacionou seu corpo em frente ao computador de forma que pudesse ler todos os posts mais uma vez.

Das primeiras vezes que ela os leu, realmente não havia percebido nada demais.

Mas à medida em que continuava fuçando, ela ficava cada vez mais convencida de que havia uma espécie de padrão.

Bem, talvez padrão não fosse a palavra certa...

Tudo começava bem sutil. Os primeiros sete ou oito posts de MayBey eram engraçadinhos. Humor negro, certamente, mas ainda assim engraçado. Eram sobre o Superintendente Superbonzão, alguém que as colegas oficiais mulheres deveriam ficar de olho caso o encontrassem. Também havia o Presidente da Comissão Policial Completamente Cheio, que em mais de uma ocasião foi suspenso por estar bêbado e teve que passar a noite na cadeia, e o Comissário de Polícia Teflon, que nunca se sujava, e vários outros com essa mesma pegada...

Mas à medida em que o número de leitores crescia, os posts de MayBey lentamente começavam a mudar de personalidade. O humor foi gradualmente sendo substituído por um cinismo e as histórias sobre prisões iam ficando bem mais sombrias.

Os leitores pareciam não perceber nada ou talvez até gostassem do novo estilo de MayBey, porque os comentários continuavam aumentando a cada novo post – e parecia haver cada vez mais deles sempre que MayBey descrevia algo que estivesse quase no limite do comportamento aceitável...

...um adolescentezinho arrogante ladrão de carros,
tentando ser durão de moletom. Recusou-se a dizer
o nome de seu cúmplice - cuspiu no meu parceiro.
Al Pacino numa roupa de ginástica maior que
o seu tamanho...
Então o algemamos e o pusemos no carro.
Aí o adestrador de cães deixou o cachorro entrar e
fechamos a porta. Depois de alguns minutos gritando e
chorando, o bebêzinho Al cantou feito um passarinho
sobre todo mundo e sobre tudo.
E ele também foi educado - não deu um pio, até quando
o obrigamos a limpar o mijo que ele fez depois lá na
estação. Você provavelmente teria gostado de nossa
justiça instantânea, não é Regina?

Aquele post havia atraído mais do que cinquenta comentários, quase todos eles positivos.

"kkkkk - Você é o cara, MayBey!"
"Tinha que ter mais gente assim na Força."
"Fiquei o dia inteiro rindo disso."

O estranho era que por algum motivo – que não conseguia entender por quê – ela ficava com a impressão de que MayBey não estava escrevendo sobre aqueles incidentes para fazer os outros rirem. Como os outros posts, ela tinha uma sensação de que MayBey queria dizer algo, mas a mensagem se perdia, afogada nos comentários e nos aplausos. Ela também tinha uma sensação de que reconhecia aquele incindente, que talvez até mesmo pudesse lembrar-se de quem havia falado daquilo para ela.

Passou uma hora pensando naquilo. Olhando de uma forma objetiva, era óbvio que aquilo tudo era completamente ridículo!

Ela tinha muito mais coisas a fazer, consideravelmente bem mais importantes do que um fantasma da internet.

Mas ainda não conseguia se livrar da intuição de que tudo estava conectado de alguma forma.

MayBey, Darfur, sua suspensão, Ludvig Runeberg e Westergren, os idiotas nos carros e, não menos importante, a desconfortável sensação de estar sendo observada o tempo todo, uma sensação que só estava piorando. Ou MayBey fazia parte daquilo ou estava querendo dizer algo – querendo *lhe* dizer algo. Ela tinha que descobrir o que MayBey estava tentando dizer e partir dali.

Ele chegou cinco minutos antes, mas Philip Argos já estava lá.

"Sente-se Magnus. Tomei a liberdade de já fazer o pedido para nós dois. O que você vai beber com a comida? Estou bebendo um tinto sul-africano."

"Vou beber o mesmo", HP respondeu, e então percebeu a súbita mudança no rosto do outro homem.

Putamerda, claro, ele deveria ser um muçulmano devoto!

"Você tem algum vinho sem álcool?", ele rapidamente perguntou ao garçom que havia aparecido no minuto em que ele havia se sentado.

Um minuto depois ele estava bebericando o líquido desconhecido, sorrindo para Philip Argos e tentando parecer relaxado.

"Então Magnus", começou Philip, "como você tem passado os últimos dias?"

"Muito bem, obrigado!", HP respondeu enquanto tentava engolir o suco de uva.

"Você é bem modesto, não é?", sorriu Philip. "Ouvi dizer que você só melhora. O chefe de seu departamento já está lhe deixando lidar com os ataques de trolls, algo que é reservado apenas para pessoas que estão há algum tempo com a gente."

HP concordou e tentou fazer uma expressão humilde.

"Como eu disse na última vez que nos encontramos, você é exatamente o tipo de gente que precisamos na ArgosEye. Alguém que está pronto para fazer qualquer coisa para ser bem-sucedido..."

HP prosseguiu com seus acenos humildes. Ele percebeu que por algum motivo seu coração batia cada vez mais rápido. Pelo que conseguia lembrar, aquela era a primeira vez em que ele era elogiado por seu trabalho. E certamente não era uma sensação desagradável.

O garçom chegou com os pratos principais, uma espécie de peixe coberto de gérmen de trigo e vegetais frescos. O sabor era soberbo, mesmo para um carnívoro como ele. Ele teve uma baita sorte de não ter ele mesmo escolhido o pedido, já que certamente escolheria o prato do dia com carne ou o filé de porco e só isso ia fuder tudo...

Mas após alguns segundos de prazer, o silêncio começou a tornar-se opressor. Seu chefe estava com o foco inteiramente dedicado à comida, como se comer exigisse toda sua concentração, e ele ainda não havia dado nenhuma pista sobre o que se tratava aquele almoço.

"Entãããão... Como é que você bolou tudo isso, Philip?", ele conseguiu dizer, após pensar por alguns instantes. "Do ArgosEye, digo", acrescentou, apenas para tornar-se claro.

"Excelente começo, Magnus. Tenho certeza que você tem outras questões urgentes, mas é sempre bom começar do começo. *Quem controla o passado controla o futuro.* George Orwell – é uma das minhas citações prediletas."

Ele limpou sua boca com um guardanapo de linho.

"Posso dizer que tenho essa ideia comigo desde os tempos em que estava na Inteligência Militar e no Serviço Secreto, mas ela só começou a se firmar depois que eu comecei a trabalhar na Burston. Trabalhávamos de uma forma que ao menos em parte antecipava o que fazemos hoje na ArgosEye, com a diferença que os clientes da Burston só nos procuravam quando a crise já havia começado. Uma empresa em uma crise aguda é um cliente agradecido em vários aspectos, e não menos importante quando pode pagar amplamente por seus serviços..."

Ele tomou um gole de seu vinho, o que deu a chance a HP de encher sua boca mais uma vez com o suco de uva.

"Entre outras coisas, nós lidávamos com a situação da Dole quando aquele documentário foi lançado dizendo que eles estavam envenenando seus empregados na América do Sul. Eles usavam um inseticida que havia sido banido nas bananas – talvez você lembre disso...?"[1]

HP assentiu.

"A Dole tentou processar o diretor do filme, o que é basicamente a pior coisa que você pode fazer. Você já deve ter ouvido falar no Efeito Streisand, onde os esforços para ocultar informações servem apenas para aumentar a atenção para aquilo? Era essa a situação quando nos envolvemos. Obviamente não poderíamos deter o filme, mas encontramos outra solução que pelo menos nos permitiu trazer algum equilíbrio para o debate. Nós pagamos links patrocinados para quaisquer palavras-chave que tivessem a ver com o filme. O título, o cineasta, o composto químico do veneno – tudo."

Ele gesticulou apontando para o teto.

1 Em 2007, agricultores da Nicarágua processaram a empresa Dole pelo uso de pesticidas que deixavam os trabalhadores estéreis. Mas a ação foi derrubada, com a alegação, segundo testemunhas, de que os agricultores nunca trabalharam para as fazendas de banana afiliadas à Dole. O advogado de acusação afirmou, no entanto, que as testemunhas haviam sido pagas pela Dole e suas identidades, mantidas em segredo. Em 2009, o diretor sueco Fredrik Gertten lançou um documentário sobre o caso, *Bananas!*, e foi processado pela empresa por difamação. A ação foi descartada, o filme foi lançado e a Dole foi obrigada a pagar uma indenização de 200 mil dólares aos realizadores.

"Se alguém buscasse por esses termos, sempre teriam a versão corrigida da Dole três centímetros à direita do resultado das buscas. Os links custavam algumas centenas de dólares, mas a conta que apresentamos à Dole era pelo menos mil vezes mais cara do que aquele total..."

Ele sorriu e então pausou por tempo suficiente para que os dois pudessem comer mais um pouco.

"A ideia de verdade era brilhante. Usar os mecanismos da internet para defender os interesses de um cliente..."

Ele terminou de comer antes que continuasse.

"...mas à medida em que o tempo passava, comecei a ficar cansado de apagar incêndios que já haviam começado. Em vez disso, comecei a pensar numa forma de descobrir e lidar com prováveis incêndios antes que começassem, bem como fazíamos na inteligência militar. Nós tínhamos uma ferramenta, que era usada pelo Centro Nacional de Radiodefesa, uma espécie de matrix que monitorava as comunicações, buscando por alguns termos específicos, como bomba, terrorista, explosão etc."

"O famoso filtro do Centro Nacional de Radiodefesa, que causou todos aqueles protestos? Em que os emails das pessoas eram lidos?", interveio HP.

"Esse mesmo", confirmou Philip. "O que era bem ridículo, imaginar que haveria um Centro Nacional de Radiodefesa que quisesse ou pudesse ler os e-mails de todo mundo. Os filtros só pegam termos que valham à pena serem checados, um e-mail a cada milhão talvez, se alguém usasse a combinação certa de palavras. Em termos de integridade, não é mais invasivo do que acessar os dados do cartão de fidelidade do supermercado de alguém..."

"Exato!", HP concordou. "Então foi aí que você teve a ideia? De fazer um Centro Nacional de Radiodefesa, só que para empresas?"

Ele lamentou o comentário na hora e xingou sua incapacidade de manter a boca fechada.

Philip lhe deu um olhar duro.

"Bem, talvez isso seja levar a comparação um pouco longe demais, Magnus..."

HP engoliu em seco.

"...pelo menos é isso que eu digo para os poucos jornalistas que são inteligentes o suficiente para fazer a mesma pergunta..."

Philip pausou para tomar mais um gole de seu vinho.

"Mas, só entre eu e você, você está pensando do modo correto...", concluiu, antes de piscar para HP.

Tudo estava conectado, ela tinha cada vez mais certeza agora, especialmente depois de falar com Micke.

"Os endereços de IP foram ocultados por um desses sites de anonimato", ele explicou. "Mas conseguimos passar isso. O problema é que ficamos travados em outro servidor parecido em algum outro lugar, e a minha impressão é que vamos ficar nessa por um bom tempo. Quem armou isso sabe o que está fazendo e definitivamente não quer ser encontrado."

"Tá bom", ela disse, anotando o que ele havia dito caso precisasse se referir a isso mais tarde.

"Então estamos parados, em outras palavras?"

"Bem", ele disse, e o tom de sua voz a fez sentir-se um pouco mais animada. "Nós não somos propriamente novatos nesse tipo de coisa, já vimos disso antes. Nos dê mais uma semana e talvez consigamos chegar ao fundo disso."

"Obrigado", ela disse, "eu realmente aprecio sua ajuda nisso!"

"Nem precisa dizer. E só pra você saber, eu não acredito em nada que esse merda está escrevendo sobre você."

Alguns segundos de silêncio seguiram-se antes que ele continuasse. "Mais uma coisa que eu queria te perguntar era o que você irá fazer nesse sábado".

"Nada em especial, por quê?"

Logo que ela respondeu lembrou-se de que aquilo não era verdade. Num momento de fraqueza ela havia aceitado jantar com John, o cara da esteira. Mas claro que ela poderia sempre cancelar o encontro...

"Isso vai soar meio estranho, mas eu preciso ir a um funeral e estava pensando se você não poderia ir comigo. Tem a ver com trabalho, e se você ainda estiver considerando a proposta de emprego, seria uma boa oportunidade para lhe apresentar... Além disso eu queria, exibir minha linda namorada."

A pergunta lhe pegou de surpresa.

Ela estava esperando um jantar e um filme, um jeito de consertar as coisas. Mas isso?

Fazer contatos durante um enterro? No que diabos ele estava pensando?

Além disso, ela já havia deixado claro que não estava interessada em mudar de emprego.

O último funeral em que ela compareceu foi o de Dag, quando saiu correndo logo após alguns minutos. Ela havia lutado tanto para deixar tudo para trás – começar uma nova vida, distante da pessoa que ela era. E havia quase sido bem-sucedida...

Mas só de pensar em estar numa igreja com um monte de gente vestida de preto fazia sua pele eriçar.

"Não, obrigado!" Sua resposta abrupta pareceu pegar tanto ele quanto ela mesma de surpresa.

"Er... Mas você disse que poderia..."

"Sim, poderia", ela continuou, "mas não quero."

"Então o que você já conseguiu aprender até agora, Magnus?"

HP pensou rápido.

"Tudo é sobre percepção...", ele olhou para Philip.

"Isso. Continue."

"Que o controle do monopólio do fluxo da informação é algo do passado e a única forma de reduzir danos é tentar conduzir a enxurrada de informação na direção correta. Encher as notícias com suas próprias notícias, por assim dizer."

Philip abriu a boca para dizer algo, mas HP estava só esquentando.

"Lotar diferentes canais ao mesmo tempo para afogar seu concorrente, e se isso não funcionar, mudar o foco e fazer as pessoas olharem para outra coisa até tudo terminar. A memória da mídia sempre foi curta, e na internet ela é ainda mais curta." Ele parou e tomou um longo fôlego.

"As pessoas só conseguem lidar com uma história por vez", concluiu, olhando para Philip mais uma vez.

"Bom, Magnus. Para falar a verdade, excelente. Você aprendeu mais do que eu ousaria esperar, o que torna ainda mais fácil chegar ao meu ponto hoje", disse Philip, sorrindo.

Ele limpou mais uma vez sua boca e inclinou-se sobre a mesa com uma expressão mais séria. HP então percebeu que estava segurando o fôlego.

"Kristoffer está voltando do exterior na semana que vem, e com a sua volta estou pensando em mexer um pouco na equipe de gerência. Eu queria ter feito isso antes, mas por vários motivos não pude..."

Ele fez uma cara que HP não conseguiu decifrar.

"Nas próximas semanas a empresa estará encarando alguns desafios sérios. Temo não poder lhe passar todos os detalhes, mas o que está claro é que as demandas de cada um de nós irão aumentar consideravelmente. É um outro jogo, como dizem os americanos... Como você já deve ter percebido, há algumas pessoas que não conseguiram acompanhar este desenvolvimento. E que não se encaixam mais em nosso perfil, entende o que eu quero dizer...?"

HP confirmou. Seu coração estava disparando de tanta expectativa.

"Obviamente isso fica só entre nós dois, mas logo que terminar o funeral de Anna, haverá uma reorganização. Estou pensando em colocar o Frank na Lavanderia, o que significa que precisaremos de um novo líder na Mina dos Trolls. Eu não acho que você conhece alguém que fosse adequado para o cargo, conhece?"

"Eu consigo provavelmente pensar em um candidato, no mínimo", HP respondeu com um largo sorriso.

ANDERS DE LA MOTTE THE GAME

DMP 24

```
Para: t.sammer@gmail.com
De: becca.normen@hotmail.com

Querido Tio Tage,
Obrigada por sua carta tão gentil.
Eu gostaria de aceitar sua oferta, agora
eu preciso de toda a ajuda que puder conseguir.

Abraços,
Rebecca Normén
```

Ela percebeu que estava aceitando qualquer negócio, mas, na sua situação, quase não tinha nada a perder. Se nada acontecesse logo, ela estaria sem emprego e seria uma criminosa condenada.

Além disso, havia algo no velho que a atraía, algo que ela não sabia exatamente o que era. Mas isso era, provavelmente, uma bobagem... Tage Sammer a fazia lembrar de seu pai, era isso, óbvio, e foi provavelmente por isso que tinha decidido enviar o e-mail para ele.

"Bem, como eu disse. Este apartamento é praticamente exclusivo. A vista, o local... sem falar nas características originais..."

A corretora loira fez um gesto em direção à parede de tijolos em um canto da sala, depois às vigas expostas no teto, como se fosse um guia de museu no meio de um passeio.

O apartamento era inegavelmente impressionante. Um antigo loft, que com uma reforma se transformou em um espaçoso apartamento de três quartos no último andar do Stigberget, em Södermalm, com uma vista magnífica para o Djurgården e a entrada do porto de Estocolmo. O proprietário anterior devia ser um arquiteto, porque o lugar parecia ter saído diretamente de uma das revistas de design que HP geralmente encontrava no barbeiro. Do seu ponto de vista, ele não conseguia realmente entender como as pessoas podiam ficar tão impressionadas com o design dinamarquês dos anos

1950, grelhas de Teppanyaki ou mármore importado da Itália. Mas o design era o fetiche do século XXI. Para perceber isso, bastava comparar a frágil prateleirinha da vergonha reservada às revistas pornográficas com a exposição maciça de revistas de design de interiores em qualquer posto de gasolina. Todo mundo que era alguém evidentemente transava em sofás coloridos Carl Malmsten, em vez de um velho e resistente Klippan coberto de couro falso da Ikea... E falando em transar: Rilke parecia completamente deslumbrada com o pornô do design de interiores. Ela absorveu cada clichê que saiu da boca da corretora, riu uma risada falsa nas horas certas, e em certo momento ele teve a impressão de que as duas mulheres estavam se paquerando. Normalmente, ele teria achado toda a cena um pouco sexy. Mas, por algum motivo, o diretor de filmes adultos que normalmente vivia dentro de sua cabeça parecia ter ido almoçar, porque as risadas e os pequenos toques íntimos estavam, na verdade, deixando ele mais irritado do que animado. Ele olhou as horas. Fazia quase uma hora que tinham saído do escritório, e ainda nem tinham almoçado.

Ele não tinha tempo para este tipo de absurdo – ele realmente tinha um trabalho a fazer, e Rilke também, especialmente se ela fosse conseguir pagar um lugar como este...

Rilke pareceu ter percebido sua irritação, porque ela concluiu sua conversa com a corretora, a cumprimentou com beijinhos no rosto, e depois aproximou-se dele com um chaveiro balançando provocantemente no dedo.

"A Mette vai deixar a gente dar uma olhada sozinhos por um tempo", disse ela quando a porta da frente se fechou. "O que você acha da gente começar pelo quarto?"

```
Para: becca.normen@hotmail.com
De: t.sammer@gmail.com

Querida Rebecca,
Você deixou um velho muito feliz.
Vou escrever novamente a você assim que tiver qualquer
informação relevante para lhe dar, provavelmente
dentro dos próximos dias. Tente não se preocupar,
minha querida, tudo vai dar certo, você vai ver.

Abraços,
Tio Tage
```

Ela leu o e-mail mais vezes do que precisava, e por algum motivo, não conseguia parar de sorrir. Gostava do tom de voz dele, e mesmo que a mensagem fosse curta, ainda parecia estranhamente reconfortante.

Um sonho.

Era isso que parecia.

Pela primeira vez em sua vida, ele tinha um trabalho empolgante, com um bom salário, e parecia ser o favorito do chefe. Além disso, tinha conhecido uma garota realmente incrível, que era tão atraente quanto inteligente.

Dinheiro, carreira e amor. Era assim que a vida deveria ser!

Havia apenas um problema. Não era o seu sonho.

Ele pertencia a Magnus Sandström; o falso, porém, não o original.

Mas desde aquele almoço com Philip, ele se pegou cada vez mais brincando com um pensamento bastante agradável. Jogar o telefone no ralo mais próximo, se mudar com a Rilke para aquele apartamento, esquecer tudo sobre Anna Argos e o Jogo, e levar uma vida normal.

Difícil – é claro! Mas não impossível.

A maior parte dele parecia estar indo de maneira brilhante – não fosse por aquilo que Nox tinha lhe contado na outra noite.

Na verdade não era tão dramático. Mas Nox estava levando seu trabalho de vigilante muito a sério, e tinha visto dois rapazes, entre dezoito e vinte anos, mais ou menos, parados por várias horas em uma porta do outro lado da rua do hotel. Nox reconhecia todos os que moravam no quarteirão, e estes dois definitivamente não se encaixavam. Eles estavam bem-vestidos e elegantes, e pareciam nervosos.

Nox não tinha visto nenhum celular ou câmera, ele tinha certeza sobre esse ponto, mas HP ainda estava cada vez mais desconfortável com os dois homens.

Se o Jogo, contra todas as expectativas, tivesse descoberto que ele tinha voltado para Estocolmo, ele não conseguia identificar nada que o ligasse ao Hotel dos Desesperados. Teria sido muito mais provável que eles enviassem seus espiões ao seu antigo apartamento na Maria Trappgränd, ou para a casa de Becca, em Fredhäll, mas ele tinha tido o cuidado de ficar bem longe dos dois. Ok, ele tinha passado rapidamente na loja do Manga e, em retrospectiva, isso poderia ser visto como um risco desnecessário. Mas ele não tinha sido capaz de resistir à tentação de ver um rosto amigo, e a loja ficava a apenas alguns quarteirões do hotel, e ele tinha se disfarçado bem. Infelizmente sua visita tinha sido em vão, já que Manga nem sequer estava lá, apenas seu substituto espinhento.

Será que eles poderiam estar vigiando a loja e o seguiram de volta até o hotel?

Ele achava que não, mas, por outro lado, nunca se podia ter certeza absoluta...

ANDERS DE LA MOTTE THE GAME

25 RAT

```
Fórum dos Pilares da Sociedade
Data de publicação: 18 de dezembro, 11:38
Por: MayBey

Se você trabalha disfarçado há bastante tempo, mais
cedo ou mais tarde você começa a se perguntar para
quem está olhando no espelho do banheiro...

Este post tem 59 comentários
```

Uma coisa boa sobre a sua promoção iminente era que seu crachá de repente funcionava em todas as portas. Isso significava que ele podia andar sem obstáculos entre o Filtro em uma ponta do escritório e a Lavanderia na outra.

Beens não parecia ter notado que seus dias estavam provavelmente contados, porque ele continuava se esforçando tão pouco como antes. Ele passava um bom tempo na copa, rodeando as mesas das outras pessoas e continuava pregando pequenas peças de "brincadeira".

Não era surpreendente que Philip quisesse substituí-lo por Frank. Uma noite dessas, Beens e seus companheiros tiveram a ideia de reprogramar os botões de discagem rápida dos telefones da Mina dos Trolls. HP não tinha nada contra esse tipo de brincadeira, muito pelo contrário, na verdade. Mas tudo isso era um pouco nerd e juvenil, para dizer o mínimo. Vinte minutos de seu precioso tempo desperdiçados excluindo o relógio de voz, a Veronica Tesuda e os Samaritanos de seu telefone, e depois reinstalando os números que ele precisava para conseguir fazer o seu trabalho.

Como se isso não bastasse, HP tinha conseguido apertar a opção errada em um dos menus e excluído sem querer um dos números de discagem rápida universais compartilhados por todos os telefones no escritório...

No final, ele foi forçado a enfrentar o problema e pedir ajuda a Åsa, da recepção, para arrumar tudo. O silêncio dela custou uma rodada de cafés com leite para viagem, mas não havia a menor possibilidade de ele deixar o resto do escritório saber daquele errinho. Ele tinha uma reputação a zelar, afinal.

Ao contrário de alguns outros...

Quando o dia da despedida finalmente chegasse, Frank teria um puta trabalho para arrumar as coisas que Beens tinha feito. Mas isso não era problema de HP. Mesmo que ele não conseguisse parar de ficar nervoso com o idiota retardado, que não parecia ter percebido que as coisas tinham mudado.

Durante a noite agradável que passaram juntos, Beens, além de suas brincadeiras do ensino médio, também tinha conseguido mostrar as ferramentas que eles usavam na Lavanderia. A princípio, não era nada mais do que uma lista de termos negativos de pesquisa e em que pé eles estavam em relação aos termos que estavam tentando manter limpos. Os resultados vinham do Filtro, passavam pelo departamento de Estratégia e, finalmente, terminavam na parede de projeção da Lavanderia.

A lista na parede continha apenas os posts que precisavam ser limpos, e eles caíam fora sempre que os duendes da Lavanderia conseguiam lidar com eles, para serem substituídos por novos. A coisa toda acontecia basicamente em tempo real, e era praticamente impossível para alguém de fora como ele captar qualquer coisa que pudesse ter alguma utilidade.

Mas a sorte estava do seu lado, e Beens não tinha desperdiçado tempo em lhe mostrar o banco de dados do Access que ele criou para manter o controle sobre tudo e que também o ajudava a manter seu próprio volume de trabalho ao mínimo possível. O idiota preguiçoso ficou sentado lá ostentando sobre como ele tinha desenhado o programa a muito tempo atrás, quando ninguém tinha uma compreensão completa do sistema, e que o aplicativo não seria considerado apropriado por Philip.

Se as suspeitas de HP fossem justificadas, e se a ArgosEye era o que realmente mantinha o segredo do Jogo, limpando e suprimindo informações o suficiente para manter o Mestre do Jogo e seus seguidores escondidos na escuridão, então a prova deveria estar na base de dados não autorizada de Beens. Tudo o que ele tinha a fazer era se apossar dela.

Mas ele realmente deveria refletir sobre isso, ficar quieto por um tempo até que tudo se acalmasse. Havia muita coisa acontecendo, e esse definitivamente não era o momento certo para correr riscos.

O único problema era que a senhora gorda já estava esperando nos bastidores... O enterro era no sábado, e o famoso Stoffe voltava na segunda-feira. Considerando que Philip tocava o barco com mão de ferro, o banco de dados de Beens entraria para a história no momento em que seus pés se arrastassem pela última vez para a saída, na sexta-feira à tarde, e, com isso, sua pista mais quente estaria perdida. Em outras palavras, ele não tinha muita escolha.

Era melhor desistir de todo seu disfarce de uma só vez, se não fosse para tentar se apossar daquele banco de dados.

Agora era quarta-feira, quase onze e meia, e ele praticamente conseguia ouvir o estômago de Beens roncando do outro lado da porta do escritório.

Ele passou seu crachá no leitor e teve acesso imediato à Lavanderia. Algumas cabeças levantaram, mas um instante depois suas mãos estavam voando mais uma vez sobre seus teclados em suas respectivas baias.

"Tudo bem, Manga?"

"Oi, pessoal!", ele disse em voz alta em resposta às saudações murmuradas, enquanto virava a esquina para a baia maior de Beens, ligeiramente afastada das outras.

"Oi Beens, tem tempo pra almoçar? Carbonara na esquina, eu pago!"

"Maravilha, ok! Estou dentro."

"Bom, mas você precisa levantar essa bunda."

HP fingiu olhar para o relógio.

"Eu tenho uma reunião às 12:15, por isso precisamos ser rápidos."

Beens rapidamente se levantou e pegou o casaco acolchoado do cabide pendurado na parede lateral de sua baia.

"Ok, estou pronto", falou ofegante enquanto se atrapalhava com as mangas.

"Você com certeza está", HP sorriu, batendo nas costas dele.

A tela do computador ainda estava mostrando uma janela do YouTube e HP apressadamente se posicionou no meio do caminho. Ele colocou uma mão no ombro de Beens e o conduziu rapidamente para fora da baia sem lhe dar a chance de bloquear seu computador.

Ele ainda não tinha se decidido...

"Você não está bravo com aquele negócio dos telefones, né...?" Beens sorriu enquanto se dirigiam à recepção.

"Deus, não, aquilo foi muito engraçado...", disse HP, fazendo o melhor que podia para parecer que realmente achava aquilo. "Vai se foder se você não consegue aguentar uma piada, como eu sempre digo..."

"É isso aí! Às vezes este lugar fica um pouco tenso com Philip e sua mania de controle. Quero dizer, pelo amor de Deus, os telefones ainda têm o 112 na discagem rápida. Verifique o número um se você não acredita em mim!" Beens sorriu novamente, e mais uma vez HP se sentiu obrigado a sorrir de volta.

Ah, sim, ele sabia muito bem qual era o número um da discagem rápida, já que ele tinha conseguido apagá-lo quando estava tentando arrumar a bagunça causada pela brincadeira.

Um, um, dois é difícil de discar...

Ele tinha que se resolver, tomar uma decisão.

Jogar com cautela ou apostar tudo?

Quando passaram pela recepção, Åsa acenou para ele.

"Obrigada pelo café, Manga!"

"Foi um prazer", ele murmurou, lançando um olhar maligno para a cabeça de Beens.

Ok, ele tomou sua decisão. Não importava o que acontecesse depois, ele não podia deixar passar a chance de se apoderar do pequeno banco de dados caseiro do brincalhão.

"Merda, eu esqueci de terminar um e-mail que eu prometi enviar antes do meio-dia!", ele gemeu, batendo a testa como numa verdadeira escola de teatro. "Só vai levar cinco minutos, no máximo. Você vai em frente e pega uma mesa..."

Ele levou Beens até a porta, ficou olhando até ele entrar no elevador, depois correu de volta para a Lavanderia.

Uma olhada rápida nas horas. Apenas um minuto antes que o protetor de tela bloqueasse automaticamente o computador de Beens. Isso ia ser apertado pra caralho...

Apesar das dores em seu corpo, ela decidiu caminhar.

Olhou em volta com cuidado enquanto saía para a rua e parou mais algumas vezes para verificar.

Mas ela não conseguia ver ninguém a seguindo e depois de uns vinte minutos no frio, voltou para casa.

Nas escadas que subiam até seu apartamento, percebeu que alguma coisa estava diferente.

Havia algo pendurado em sua porta, e conforme ela se aproximou, viu o que era. Um buquê de rosas secas e mortas.

Ninguém reagiu quando ele voltou cuidadosamente para a Lavanderia. A tela de Beens estava começando a desaparecer quando ele entrou na baia. Ele rapidamente apertou a barra de espaço e a janela do YouTube reapareceu. Cinco segundos depois e o computador estaria travado.

Ele moveu o mouse para um ícone de dois olhos fixos, raivosos e predatórios.

O computador fez um barulho.

Acorde – é hora de morrer!

Um clique duplo rápido e de repente o banco de dados estava aberto.

Ele apalpou um dos bolsos da jaqueta e tirou seu novo pen drive. Dez gigabytes – que deveriam ser mais do que suficientes para o pequeno projeto extracurricular de Beens. Ele colocou o cartão na entrada de uma das portas USB, mas de repente hesitou. Ele estava absolutamente certo de que esta era uma boa ideia?

Talvez não, mas tinha certeza de que nunca teria outra chance como aquela.

Ele realmente não tinha qualquer escolha.

Pressionou o cartão de memória no lugar e esperou alguns segundos.

Quando o computador terminou de pensar, ele abriu o Explorer, clicou e arrastou o par de olhos para o símbolo da memória externa.

Nenhuma reação.

Ele tentou novamente. Ainda nada.

Merda!

Ele tentou de um jeito diferente, voltando para o banco de dados e selecionando "exportar para", com a memória externa como destino.

De repente ouviu um apito de aviso, e, em seguida, uma caixa de diálogo apareceu no meio da tela.

```
Memória externa não autorizada encontrada.
Continuar?
```

Ele clicou no ícone de sim.

Nada aconteceu.

Merda! Ele tinha apenas alguns minutos antes que Beens, o rei da carbonara, começasse a ficar impaciente. Ele tentou mais uma vez, mas recebeu a mensagem de erro novamente.

Evidentemente havia algum tipo de programa que impedia qualquer um de salvar arquivos em uma memória externa.

Que porra – ele devia ter adivinhado!

Lex Wikileaks, pelo amor de Deus! Era óbvio que Philip teria feito sua lição de casa.

Ok, hora de um plano diferente, e o mais rápido possível!

Ele não poderia copiar o banco de dados e examiná-lo em casa em paz e sossegado como esperava. Teria que explorá-lo ali mesmo, rápido pra caralho!

Então como é que isso funcionava?

Depois de alguns cliques aleatórios, ele conseguiu abrir uma caixa de busca e rapidamente digitou *Jogo*.

O banco de dados respondeu de imediato, e o pulso de HP aumentou uma velocidade.

Seiscentos e doze resultados!

Ele verificou o primeiro, apenas para perceber que não tinha nada a ver com o que ele estava procurando. Mesma coisa com o segundo e terceiro.

Ele olhou as horas. Tinha apenas um minuto, dois no máximo, antes que tivesse que ir.

Ele tentou procurar por *jogo + mestre do jogo*.

Cento e dezenove resultados – muito melhor.

Assim que ele estava movendo o cursor para o primeiro resultado, ouviu a porta do escritório abrir rapidamente.

"Oi, Elroy", ele ouviu alguém gritar, então alguma conversa confusa que ele não conseguiu entender.

Merda!

Não importava qual era a razão para a visita de Elroy, ele não podia encontrá-lo no computador de Beens, isso era óbvio pra cacete.

Mas esta era a sua última chance de conseguir olhar o banco de dados.

Ele cautelosamente levantou a cabeça acima da tela, e a visão da parte de trás da cabeça pequena de Elroy o fez se abaixar de novo correndo.

"Memória externa? Não, pelo amor de Deus, veja você mesmo. Isso é contra a política da empresa", ele ouviu um dos rapazes da Lavanderia dizer.

Droga!

A porra do cartão de memória deve ter acionado algum tipo de alarme. Ele devia ter se ligado que uma empresa como a ArgosEye teria procedimentos sólidos para impedir as pessoas de baixar e levar qualquer informação para casa com eles. De repente, ele se lembrou que um dos papéis que tinha assinado em seu primeiro dia de trabalho lidava exatamente com essa questão.

Jesus, que burro!

Ele tinha alguma coisa entre quinze e vinte segundos antes que Elroy o bloqueasse dentro da baia, e então estaria frito. Ele arrancou o pen drive e deu uma última olhada na tela.

```
O que é o Jogo exatamente?
```

era o título do primeiro resultado da pesquisa, e ele precisou da última gota de seu autocontrole para não clicar nele.

Merdadocaralhocubuceta!

As vozes foram se aproximando. Com relutância excruciante ele martelou a tecla ESC e depois apertou rapidamente Ctrl + Alt + Del. Assim que a tela ficou bloqueada, ele se jogou debaixo da mesa.

Ele podia ver o movimento através das fendas nas divisórias das baias.

Rápido, rápido!

Ele se esgueirou pela passagem de cabos que ficava entre os painéis, se abaixou e puxou a cadeira atrás dele. Um instante depois, um par de sapatos tamanho 42 bem engraxados apareceu em seu campo de visão, tão perto que ele achou que conseguia sentir o cheiro da graxa.

Houve alguns segundos de silêncio.

Em seguida, ele ouviu a voz de Elroy.

"Estou na posição, mas não há nada aqui. Quem quer que foi, deve ter sido inteligente o suficiente para desistir – câmbio!"

"Entendido", disse a voz de Philip pelo rádio. "Precisamos manter nossos olhos abertos. Parece que temos um traidor..."

26 Do pó ao pó...

Fórum dos Pilares da Sociedade
Publicado em: 20 de dezembro, 16:56
Por: **MayBey**

Olho por olho – essa é uma ideia tão ruim assim?

Este post tem 76 comentários

Foi Micke quem lhe mandou por e-mail o link da página do Facebook. É claro que a Regina Certinha já tinha seu próprio perfil na rede. A data de nascimento, educação e locais de trabalho batiam com os dados dela, mas o resto era completamente inventado. As duas empresas citadas sob *atividades e interesses* eram sites para pessoas que queriam ter casos, e seu estado civil era mencionado como sendo uma *relação aberta*. Isso, além do fato de ela ter-lhe dispensado, explicavam porque seu e-mail tinha sido tão curto e direto ao ponto.

Mas o pior era a foto.

Uma foto dela vestida com seu uniforme de corrida, que lhe fez levar um tempo até descobrir quando e onde ela tinha sido tirada.

Perto da casa dela, na noite em que ela foi perseguida.

Coincidência?

Dificilmente.

Os arranjos florais no pequeno cemitério eram tão imponentes que faziam o pequeno caixão parecer minúsculo. Tudo ali fazia parecer um funeral da máfia. Muita gente de sobretudo ou capas de chuva pretos, com guarda-chuvas negros deslizando por sobre eles para defendê-los da pior chuva com neve que poderia ter vindo.

Só estavam faltando os agentes federais anotando as placas dos carros no estacionamento.

HP sempre odiou enterros.

Bem, sempre talvez fosse forçar a barra...

Ele tinha ido a um ou dois. Ele mal se lembrava do enterro de seu pai, principalmente porque ele estava seriamente chapado. Um último *foda-se* de despedida para o velho levar consigo no trem expresso rumo ao sul, foi como ele conseguiu lidar com aquilo.

Ele tinha uma vaga lembrança de ouvir Wagner no órgão da igreja, e dos vários rostos cheirando a bebida e loção pós-barba antiga, todos olhando para ele. Um velho de uniforme, que devia ser um dos colegas da mesma unidade de reserva que seu pai, até mesmo tentou animá-lo na recepção após o funeral.

"Seu pai foi um grande homem, Henrik. Um patriota de verdade, você deveria sentir orgulho dele."

Tá bom.

Como se cobrir o caixão com a bandeira da Suécia e cantar o hino nacional com harmonias em três partes fossem fazê-lo ver o velho puto sob uma nova luz...

O funeral da mãe foi bem mais calmo.

Só ele, Becca, Dag e a tia Britt.

Becca e Dag juntos, sua mão pesada sobre seus ombros. Mas aquele braço não estava lá para confortá-la, qualquer idiota podia ver aquilo. Parecia mais que Dag estava prendendo Becca – com força, como se tivesse medo que ela tentasse escapar se ele deixasse. Como sua irmã teria feito. Os óculos de sol que ela usava certamente não eram pra esconder as lágrimas ou protegê-la do fraco sol da primavera.

Foi quando ele se convenceu. Foi num dos momentos em que o puto lhe lançou um sorriso arrogante por sobre a cabeça de sua irmã que HP percebeu o que deveria fazer. A mãe era o último salva-vidas que Becca tinha, a única coisa que impedia Dag de tomar totalmente o controle.

Além dele...

"Vamos lá, é a nossa vez."

Rilke puxou gentilmente seu braço e eles entraram juntos com Philip e Monika.

Ele ainda não tinha entendido que tipo de relação eles tinham, Rilke e ele. Tinha passado as últimas noites na casa dela. Aninhados no sofá assistindo TV, tomando cafés da manhã juntos.

Então agora eles eram um casal?

Era algo que o júri ainda não havia decidido. Mas ele torcia por um sim...

Depois do incidente na Lavanderia, ele manteve-se discreto, fazendo seu trabalho impecavelmente e se esforçando ao máximo para não levantar suspeitas. Parecia estar funcionando.

"Sinto pela sua perda", ele sussurrou para a irmã de Anna Argos.

Ela segurou sua mão por alguns instantes e deu-lhe um longo olhar.

"Você deve ser o Magnus..."

"Hm", ele assentiu.

"Você conhecia minha irmã?"

"Não... er, eu só estou na empresa há um mês e pouco", ele balbuciou, tentando evitar olhar nos olhos. Normalmente não tinha problemas em mentir, mas, por algum motivo, parecia que ela conseguia ver através dele. Ele imaginava como ela reagiria se ele contasse a verdade...

Eu não sei se eu a conheço, depende de como você encara isso. Sua irmãzinha deu pra mim até eu me acabar numa suíte de hotel em Dubai, e logo em seguida eu fui preso sob a suspeita de tê-la matado. Então podemos dizer que éramos sim conhecidos...

Monika de repente largou sua mão, quase como se estivesse queimando-a. Ela lhe deu um olhar estranho enquanto correu para alcançar Rilke.

"Magnus."

Philip segurou sua mão.

"Que bom que você veio, obrigado pela bela coroa de flores."

HP assentiu em resposta, enquanto tentava recuperar a expressão de funeral que Monika quase lhe fez esquecer.

"O prazer é me... digo, nosso!", se corrigiu, dando uma olhada de lado para Rilke.

Philip ainda não havia largado sua mão e havia aumentando o risco ao segurar com força o ombro de HP.

"Sim, tenho notado que vocês têm gostado da companhia um do outro...", ele sorriu. "Amizade é importante, tão importante quanto lealdade. Não concorda, Magnus?"

Ela não entendeu porque disse sim. Jantar com um estranho? Como se ela já não tivesse muito com o que se preocupar. Mas havia algo atraente em John, que fazia com que ela esquecesse seus problemas, pelo menos por um instante.

Ela deveria ter desmarcado tudo. Era o que ela podia fazer de sensato. Mas estava farta de sensatez. Farta de sempre ser a Regina Certinha...

"Manga? Manga Sandström? É você, não é?"

O sujeito alto e bronzeado apareceu do nada enquanto todo mundo ainda estava se misturando com seus primeiros drinks.

O restaurante era próximo de Strandvägen e, de acordo com Rilke, Philip morava no topo daquele mesmo prédio. Ele não conseguia definir o que mais lhe irritava nela, se era a ponta de admiração em sua voz quando falava de seu chefe ou o fato de que ela o havia largado feito uma pedra para socializar-se com os contatos executivos de Philip.

As coisas não melhoravam com o fato de que ele estava forçado a ficar no suco de laranja enquanto todo mundo se aproveitava do open bar...

"Oláááá..."

Ele apertou a mão do sujeito e tentou parecer que estava tentando se lembrar do nome certo.

"Stoffe. Kristoffer Stensson", disse, prestativamente. "Você estava dois anos atrás de mim no Instituto Real de Tecnologia, mas acho que estivemos juntos na maioria das aulas..."

"Tá certo", HP balbuciou. "Stoffe, claro. Bom te ver de novo!"

Então esse era o famoso Stoffe. O cara realmente parecia uma versão em miniatura do chefe. Terno personalizado, camisa branca impecável, sua gravata azul perfeitamente amarrada num nó Windsor duplo. Até mesmo os óculos e o corte de cabelo eram idênticos, mas Stoffe tinha no mínimo um metro e oitenta e cinco de altura, pelo menos uns dez centímetros a mais que seu ídolo.

"Eu não acreditei quando o Philip disse que Manga Sandström havia começado a trabalhar conosco. Achei que pudesse ser uma outra pessoa com o mesmo nome, mas agora eu te reconheci. Quero dizer, não me entenda mal..."

Ele ergueu suas mãos à frente.

"...não quero desrespeitar a ArgosEye, mas você era um prodígio no Instituto Real. Você deve ter recebido várias propostas interessantes, por isso não consegui entender porque queria começar do zero conosco... Quero dizer, alguém como você... na Mina dos Trolls, ainda por cima?"

Stoffe estava olhando para HP como se esperasse uma senhora resposta. O problema é que ele não tinha nenhuma.

"Bem... É...", ele começou enquanto buscava em sua mente desesperadamente por algum começo adequado. "Sabe..."

"Ouviu falar nisso? Putamerda, que maluco! Na Suécia, ainda por cima!"

Dejan esbarrou vindo pela esquerda com seu iPhone na mão. HP suspirou. Salvo pelo gongo...

"De que diabo você está falando?"

"A bomba! As bombas! Você não ouviram falar?"

HP e Stoffe sacudiram juntos suas cabeças.

"Um idiota maluco se explodiu em Drottninggattan, há uma meia hora. A mídia enlouqueceu completamente..."

Ele mostrou seu telefone para que eles vissem o que estava querendo dizer:

URGENTE!

HOMEM-BOMBA NO CENTRO DE ESTOCOLMO

Ela tomou um longo banho. Lentamente aumentou a temperatura, um pouquinho por vez, girando gradualmente para que a deliciosa sensação de calor se espalhasse por todo seu corpo. Girou e girou, até que sua pele estivesse pelando e não aguentasse mais.

Então depilou as pernas e aproveitou a oportunidade para aparar os pelos em outros lugares estratégicos.

Ela pôs sua melhor lingerie, pegou uma camisa branca e uma calça jeans que deixava no fundo de seu guarda-roupa, pois achava os dois mais apertados que o ideal.

Depois secou o cabelo, arrumou a maquiagem no espelho do hall e deu um passo para trás para verificar o resultado.

Ela quase não se reconhecia.

Philip tinha apenas que ficar de pé no meio de todo o ruído da sala de jantar privativa para que ela silenciasse de uma vez. Havia cerca de uma centena de pessoas ali, se HP havia contado direito, a maior parte deles, aparentemente, conhecidos de negócios.

Nenhum do integrantes do casal Argos parecia do tipo que gastava tempo fazendo amigos.

Negócios vêm antes.

"Como você sem dúvida já deve ter ouvido falar, aconteceram eventos dramáticos na cidade esta noite", começou Philip. "Parece que há bloqueios nas rodovias e o transporte público não está funcionando, por isso voltar pra casa hoje pode ser difícil. Mas meu bom amigo Baris está aqui..."

Ele ergueu sua mão em direção ao dono do restaurante, que estava próximo à parede.

"...e prometeu que o bar funcionará enquanto precisarmos dele."

Houve uma explosão alegre de burburinho, e Philip esperou alguns instantes antes de prosseguir.

"Mas para todos vocês que trabalham para mim, gostaria de dizer que espero ver todos os chefes de departamento amanhã pela manhã às dez. Estou ciente que é domingo e é um dia que você merece ter de descanso, mas infelizmente os eventos desta noite mudaram o rumo das coisas..."

Ele ergueu sua taça.

"Agora que isso já foi dito, gostaríamos de agradecer, eu e Monika, pela presença de todos que vieram honrar nossa querida Anna. Anna, como vocês sabem, era uma pessoa muito especial. A ArgosEye era o sonho dela, o trabalho de sua vida, e eu estou convencido de que ela queria que nós apenas continuássemos a tocar a empresa no rumo em que ela havia colocado. Um brinde, à Anna!"

"À Anna!"

Em vez de pegar um táxi, ela sacou a jaqueta e caminhou em direção ao quiosque de cachorro-quente. Eles ficavam abertos até mais tarde e davam descontos para policiais e taxistas, o que significava que, de um jeito ou de outro, ela conseguiria uma carona. Mas naquela noite, de forma incomum, havia apenas um táxi estacionado do lado de fora. O taxista estava indo para casa, mas depois de um pouco de persuasão feminina, concordou em levá-la. Com preço fechado e o taxímetro desligado – o tipo de situação que normalmente a faria sacar seu distintivo.

Foi ele que lhe contou sobre as bombas. Um homem-bomba, que parece ter explodido por engano. Mas mesmo assim...

Em Estocolmo, ainda por cima!

Completamente maluco!

De acordo com o taxista, toda o centro da cidade havia sido isolado e o metrô não estava funcionando. Toda a cidade estava tomada por borrões azul e vermelho e por policiais, por isso eles tinham que dar uma enorme volta para chegar onde ela queria ir. Duas bombas, e a única vítima foi o próprio suicida, mas até que outros ataques pudessem ser descartados, todos os policiais deveriam estar a trabalho.

Por um instante ela pensou em pedir para o motorista levá-la ao Quartel-General da Polícia, em vez de ir para Östermalm. Mas ela ainda estava suspensa, e não importava o quanto quisesse ajudar, eles provavelmente não iriam deixá-la passar pela porta.

As bombas não eram um problema dela e naquela noite ela daria o melhor de si para esquecer a bagunça que sua vida havia se tornado. Deixar o controle com outra pessoa.

Ele voltou do banheiro, viu Monika Gregerson indo embora pela porta principal e suspirou de alívio. Ele havia percebido a forma que ela olhou para ele algumas vezes durante o jantar, e havia algo em seu olhar que o fez sentir-se desconfortável. Como se ela pudesse atravessar seu caro disfarce de Manga e ver exatamente quem ele era.

Se ele ainda queria saber o que tinha acontecido com Anna, obviamente teria que falar com ela. Mas o restaurante de alguma forma havia organizado toda uma frota de táxis, e ela já tinha ido antes que HP pudesse chegar na porta.

Talvez tenha sido melhor assim...

O quanto seria inteligente tentar tirar uma informação de Monika debaixo do nariz de Philip? E como ele conseguiria começar essa conversa?

Então, quem você acha que matou sua irmã? ou *A Anna alguma vez já mencionou o Mestre do Jogo?*

Talvez não...

Além disso, ele já tinha decidido colocar a investigação em segundo plano por enquanto, pelo menos até as coisas se acalmarem. E talvez até bem depois disso...

Ele viu Rilke no bar e seguiu em sua direção. A maior parte dos forasteiros já tinha ido embora ou estavam em vias de ir, sendo assim o bar estava quase inteiramente populado por pessoas que ele conhecia.

"Ei Manga, quer uma cerveja?"

Ele balançou sua cabeça para as ofertas que desabavam sobre ele, enquanto encontrava uma maneira de abrir caminho entre os vários diálogos, rumo a Rilke.

"Você não entendeu...? Se tudo der certo nós vamos conseguir consertar qualquer coisa. Bombas de Google, delatores – o que for. Não importa quantos canais forem usados, nós ainda teremos músculos suficientes para segurá-los no..."

HP estremeceu sua cabeça rapidamente. Beens, claro. Quem mais? No meio de uma revoada de seus discípulos mais próximos da Lavanderia, mas HP viu alguns rostos que não conseguiu reconhecer.

Mané idiota, o que ele achava que estava fazendo?

Sem nem saber direito o porquê, ele forçou caminho para perto do círculo e segurou Beens pelo braço.

"Qual é a sua, Beens? Não falamos sobre nosso trabalho com gente de fora, você sabe muito bem disso, porra!", ele sussurrou no ouvido do outro.

"Quê?!", Beens deu um passo para trás, soltando um hálito bancado por uma cervejaria na direção de HP. "Isso não é assunto seu e quem é você pra achar que sabe do nosso trabalho? Você começou anteontem. Leia o manual antes de abrir a boca, novato!"

Ele voltou-se para sua plateia com um sorriso e claramente achou que a risada hesitante que ouviu como resposta era suficiente para que continuasse:

"Você tá se achando só porque tá comendo a Rilke, mas eis uma notícia de última hora pra você."

Ele moveu sua cara vermelha para perto de HP.

"A pequena Rilke é viciada em sucesso. Enquanto você for o novo queridinho do Philip, ela vai deixar você enfiar sua mão no pote de doces dela, mas logo que você começar a perder velocidade ela vai procurar outra pessoa."

Ele terminou a última frase empurrando HP com um de seus dedos de salsicha.

"Pergunta pro Stoffe se você não estiver acreditando em mim..."

Beens virou seu rosto e riu de forma estúpida para o seu fã-clube, mas desta vez só alguns bravos ousaram seguir seu exemplo.

"Ela quer chegar ao topo. Seu sonho molhado é pegar o Philip e assumir o lugar de Anna no comando, e se você não chegar lá... aaaaaai...!"

As últimas palavras se transformaram num gemido enquanto a cor do rosto de Been mudou de rosa-bêbado para vermelho-pesado. Seus olhos saltaram feito bolas de pingue-pongue e ele grunhiu algo ininteligível enquanto suas mãos tentavam desesperadamente tirar a forte mão fechada de HP para longe de seus testículos.

"Ouça com cuidado, seu merda", HP sussurrou no ouvido dele. "Se eu o ouvir tagarelando mais uma vez sobre a empresa de novo ou falando mal das pessoas com quem você trabalha, vou acabar comendo suas bolas no café da manhã. Entendeu?"

HP apertou mais uma última vez para reforçar seu ponto, viu Beens balançar e por um instante achou que ele fosse desmaiar.

E rapidamente deixou-lhe ir.

"Bom! Agora vai pra casa, toma um paracetamol, coloca uma caixa de picolés nas joias de sua coroa e tudo vai estar bem melhor amanhã cedo, você vai ver", disse no tom mais amigável que conseguiu forjar.

Beens tentou recuperar o ar e seu rosto voltou para algo que parecia ser sua cor normal. Ele fungou e esperneou, então saiu cambaleante pela porta.

HP já tinha se arrependido do que havia feito. O que diabos deu nele? Tá bom, o Beens era um falastrão imbecil, mas ainda assim. Desde quando ele havia se tornado tão próximo da empresa?

De repente, HP sentiu algo puxando seu braço.

"Calma, tigrão!", sorriu Elroy, erguendo as mãos à sua frente. "Tem gente que está te esperando no bar."

"Quem?"

"Veja você mesmo, bacanão!"

Elroy apontou a direção do bar.

Quando HP voltou a olhar para o bar há alguns metros, viu Rilke e Sophie acenando para ele. As duas estavam sorrindo.

O táxi a deixou do outro lado da rua, mas bem quando estava atravessando-a, três carros de polícia passaram com pressa, com as sirenes e luzes ligadas. Ela rapidamente voltou para a calçada e esperou-os ir embora antes de desbravar a sujeira da rua mais uma vez.

Havia um restaurante no andar térreo do prédio, e a julgar pelo número de pessoas bem-vestidas dentro e fora, tudo indicava que era uma festa particular. Ela rapidamente passou pelos grupinhos de fumantes que se reuníam sob os aquecedores a gás, alcançou a porta e apertou o botão para chegar à cobertura. Depois de alguns segundos, a trava da porta fez um ruído.

"Vimos tudo, mas você vai ter que contar exatamente o que aconteceu", Rilke sussurrou excitada em seu ouvido.

"Tá bom..."

Ele não tinha muita certeza do que dizer. Não sabia dizer por que tinha ficado tão furioso com Beens. Tudo bem que ele tinha sido um babaca, mas mesmo assim...

"Ele precisava tomar uma lição sobre como se comportar...", ele começou.

"Prossiga."

Os olhos de Rilke brilharam. Ela estava confortavelmente bêbada, isso era bem evidente, mas aquilo não explicava o quanto ela havia mudado.

Ela estava olhando para ele como se estivesse... o admirando?

De repente ele percebeu que até a Sophie, que era um mulherão, estava lhe observando com outros olhos.

"Bem... Beens precisa manter-se quieto sobre os negócios da empresa...", ele continuou, com mais confiança, recostando-se no bar.

"...só para ficarmos na regra número 1!"

ANDERS DE LA MOTTE THE GAME

Três é melhor 27

Ela realmente não deveria estar ali.

Havia provavelmente uma centena de boas razões – como, por exemplo, o fato de que ela tinha um namorado, ou de que sua vida já era complicada o suficiente, sem qualquer necessidade de começar a sair com estranhos...

Mas havia algo nele que ela não conseguia resistir.

Desde que abriu a porta e lhe deu um beijo na bochecha, ele tinha o controle absoluto. Sem olhos incertos, sem perguntas ansiosas sobre o que ela pensava, queria ou gostava. Nenhuma decisão a tomar – tudo já estava decidido.

Tudo o que ela precisava fazer era relaxar e se divertir. A comida maravilhosa devia ter vindo do restaurante no térreo, mas ela assumiu que o vinho era de sua própria adega. Primeiro um correto Dry Martini, uma bebida que ela, na verdade, nunca tinha provado antes, e que só contribuía para toda a vibração de James Bond que ele irradiava.

Sean Connery, definitivamente não Roger Moore, ela riu para si mesma.

Um vinho branco suave com a entrada, seguido de um tinto consideravelmente mais encorpado com o prato principal. Depois, vinho do Porto com o queijo e, finalmente, um conhaque macio para combinar com o espresso escuro como breu. Nem ela nem Micke gostavam tanto de vinho, a maioria das garrafas que compraram ou que tinham ganhado estava fechada em vários armários.

Ela não bebia tanto assim desde... quando, exatamente?

Ela realmente não conseguia se lembrar. A sala balançou um pouco quando se levantou para ir ao banheiro, mas, pela primeira vez, ela não se importou.

O banheiro era tão sóbrio quanto o resto do apartamento. Piso de mármore, pequenos focos de luz e pinturas em papel de arroz japonês nas paredes. Pequenos detalhes sutis em toda parte. Três tipos diferentes de sabonetes empilhados como uma pirâmide ao lado da pia, nenhum deles parecia já ter sido usado. Uma pilha de pequenas flanelas perfeitamente dobradas, em vez de toalhas para secar as mãos, e ao lado delas um pequeno cesto discreto para descartá-las, obviamente coberto por uma tampa, para que você não tivesse que ver a bagunça desordenada das flanelas.

Na verdade, tudo a lembrava da academia que ambos frequentavam. Não poderia ter sido uma coincidência ele ter escolhido aquela em particular.

E ele era muito bonito, ela se pegou pensando. Ela notou seu corpo a primeira vez que o viu. Em forma, mas daquele jeito magro e musculoso, não como um bombado pesando cem quilos, como Dag ou Ludvig, que quase não conseguiam se mexer por causa de todos aqueles músculos salientes.

Ele tinha mais ou menos a mesma altura que ela, e não mais do que dez quilos a mais. Ele era, provavelmente, o mesmo número de anos mais velho que ela também, não que isso importasse.

As maçãs do rosto pronunciadas dele eram acentuadas por seus óculos extremamente finos, e depois havia aquele olhar em seus olhos, que quase a fez perder o fôlego na primeira vez em que reparou nele.

Ela já tinha o visto antes, muitas vezes... Bem, ela não tinha, na verdade, o vinho estava fazendo sua mente vagar. Mas tudo bem, talvez este homem realmente a fizesse se lembrar um pouquinho de Dag.

A maneira como ele conseguia fazê-la se sentir segura e bem cuidada em apenas alguns segundos era inegavelmente familiar. Mas John era uma pessoa completamente diferente, muito mais inteligente e experiente.

Ele não exibia nenhuma das incertezas que às vezes Dag deixava escapar, o que provavelmente era o motivo principal para ele... bem...

Ah, isso era ridículo, ela tinha que parar com esta pseudo-psicologia-abastecida-por-vinho! John era um cavalheiro e sua única ofensa até agora foi ter que deixá-la algumas vezes para atender o seu pequeno telefone celular brilhante.

Mas, obviamente, ela estava preparada para ignorar essa pequena violação das regras, especialmente porque ele pediu desculpas e aproveitou a oportunidade para encher seu copo a cada vez.

Ela se levantou do vaso sanitário preso à parede, puxou sua calcinha e a calça antes de apertar a descarga, então aproveitou a oportunidade para arrumar seu cabelo na frente do espelho. Suas bochechas estavam rosadas, os olhos brilhantes do álcool, e ela não conseguiu segurar um sorriso para seu próprio reflexo. Ela não se sentia tão animada assim há muito tempo.

Havia algo entre eles, isso era muito óbvio. A única dúvida era o que ia acontecer agora?

Três comprimidinhos. De cor amarela e com uma carinha sorridente estampada no meio deles. Ele na verdade não sabia quem os tinha trazido, mas de repente Rilke tinha jogado dois deles na boca dela. Então, ela o puxou, abriu sua boca, e quando suas línguas se encontraram ela empurrou uma das pílulas para dentro da boca dele.

Era tudo muito desnecessário, ele tomava ácido desde que Dacke morreu, e não precisava de nenhuma instrução. Mas tinha que manter o seu disfarce e continuar a interpretar o papel do muçulmano devoto que não bebia ou usava drogas – pelo menos não sem um pouco de persuasão feminina. Mas a essa altura, ele provavelmente conseguiria se safar de praticamente qualquer coisa. A atmosfera no bar era peculiar. Peculiar pra caralho, na verdade.

A essa hora, todos sabiam o que tinha acontecido no centro da cidade, e talvez fosse o enterro, combinado com a súbita percepção de que a vida era frágil, que levou todos eles a, de repente, decidirem festejar como se fosse o seu último dia na terra. Ainda mais que o DJ tocava sem parar "It's the end of the world as we know it", do REM.

Para ser honesto, ele odiava os idiotas ambientalistas semi-intelectuais, como o REM e sua mensagem sentimental de paz e amor. E daí se algum idiota se explodiu em pedaços em Drottninggatan?

Que porra isso tinha a ver com ele?

Ele sentiu o formigamento quando o ácido bateu e começou a se espalhar pelo seu corpo. Fechou os olhos para aproveitar o momento em que suas pálpebras se transformaram em cascatas de cor.

De repente, percebeu que aquela era a atitude errada. Errada pra caralho, na verdade! Ele era uma pessoa que amava, não uma que odiava. E pensando bem, ele amava quase todo mundo. Idiotas ambientalistas, homens-bomba, REM, até mesmo o porra do cuzão do Beens.

Se o cara estivesse – contra todas as expectativas – ainda lá na segunda-feira, ele iria comprar uma pizza tamanho família para o fofinho do Barbapappa,[1] para compensar.

Ele se encostou no bar.

"Uma Stoli dupla, por favor... na verdade, faz uma tripla!"

Assim que ele se virou, Rilke estava repetindo seu truque da pílula com Sophie. Por um momento, ele apenas ficou lá sorrindo enquanto as duas mulheres se beijavam.

O beijo foi praticamente inevitável. A tensão que ela sentiu no momento em que os lábios dele tocaram seu rosto quando ele abriu a porta foi aumentando durante toda a refeição. Ela mal conseguia se lembrar sobre o que haviam conversado.

1 Personagem francês de livros infantis e desenho animado que tem a forma de joão-bobo e pode se moldar nos mais variados objetos.

Certamente não tinha sido trabalho, ou pelo menos não o dela, ela tinha certeza disso.

Viagens, era isso...

Diferentes lugares ao redor do mundo que precisam ser visitados.

A Turquia era o favorito dele. Com a Península Arábica em segundo lugar. Ela disse Austrália, apesar de nunca ter ido. Além dos lugares que ela tinha ido a trabalho, ela na verdade não tinha ido para lugar nenhum. Mas isso não importava, ela estava feliz em deixá-lo falar. Sua voz baixa e macia só aumentava a tensão entre eles.

Então ele conseguiu, quase imperceptivelmente, levá-la para o sofá, e naquela posição os dois sabiam o que ia acontecer.

Os lábios finos dele eram surpreendentemente suaves, ela conseguia sentir o cheiro da loção pós-barba e o gosto de conhaque em sua língua. Ele a puxou, segurando-a com força, como se já soubesse do que ela gostava, e ela soltou um suspiro tanto de surpresa como prazer.

Isso era uma loucura! Mas pelo menos uma vez na vida ela estava pensando em se soltar.

Queda livre...

A boca dele desceu até seu pescoço, e ela se contorceu de prazer, e começou a desabotoar os botões da camisa dele.

Ele não tinha certeza de como eles tinham acabado ali, ou para onde estavam indo, mas de repente eles estavam abraçados no elevador. Ele, Rilke e Sophie. Uma de suas mãos estava em volta da cintura de Rilke, e a outra sobre o impressionante traseiro de Sophie.

Uma das mulheres – ele realmente não sabia qual – estava fazendo uma versão consideravelmente mais agradável de seu aperto na virilha de Beens, sua camisa estava desabotoada até o umbigo, e Rilke estava ocupada lambendo a tequila que ela tinha acabado de jogar no peito dele, enquanto Sophie mordia com muita força uma de suas orelhas.

O terceiro andar passou, depois o quarto. Ele fez uma oração silenciosa para que o edifício tivesse dez andares.

Ela sentiu o celular dele vibrar contra seu quadril e percebeu que ele ficou tenso.

"Me desculpe mesmo", disse ele secamente enquanto se sentava. "Esta é a última vez, eu prometo... As coisas não estão muito normais nesta noite..."

Ela apenas balançou a cabeça e recostou-se contra as almofadas no sofá. Sobre sua cabeça o teto girava suavemente no sentido anti-horário, e ela não conseguiu segurar um sorriso.

Não, as coisas certamente não estavam muito normais nesta noite...

Ele se levantou do sofá e deu alguns passos para longe dela enquanto puxava o celular do suporte em seu cinto. A conversa foi curta, não mais do que algumas frases.

"...então você está a caminho. Bom!", ela conseguiu ouvir antes de ele encerrar a ligação.

Depois, ele desligou o telefone e o colocou na mesinha de centro.

"Que tal a gente ir para o quarto?", ele disse, de uma forma que não deixava espaço para reclamações.

Não que ela quisesse reclamar...

Quinto andar, porta do elevador, mãos por todos os lados. O barulho de chaves, o clique de uma fechadura.

E então eles estavam dentro de um apartamento.

A cama em que ele a jogou era enorme. Grande o suficiente para quatro ou cinco pessoas, ela pensou, e mais uma vez não conseguiu parar de rir. Ela estava definitivamente bêbada, sem dúvida.

Ele praticamente arrancou suas roupas. Ela já estava sem blusa, e a calça também já estava indo. Ela havia perdido todo o controle da situação, mas realmente não se importava nem um pouco.

Em algum lugar ela pensou ter ouvido uma porta se fechando.

Eles tiraram a maior parte das roupas no corredor, depois o resto enquanto elas o puxavam mais para dentro do apartamento escuro.

As meninas cuidaram de todo o espetáculo, elas pareciam trabalhar tão bem juntas que ele começou a suspeitar que já tinham feito isso antes.

Ele tinha uma vaga ideia de que Rilke jogava para ambos os lados desde aquele dia em que ela estava conversando com a corretora de imóveis, e ele provavelmente deveria ter ficado com ciúmes, já que sua quase-namorada estava deixando-se seduzir por Sophie.

Mas neste exato momento ele realmente não se importava! Seu pinto estava duro o suficiente para perfurar concreto, e hoje à noite todos os sonhos de seu pau duro iriam finalmente se tornar realidade!

Ele sentiu a parte de trás do joelho bater em alguma coisa, e logo em seguida caiu para trás sobre o que deveria ser uma grande cama de casal.

Ela avistou algo pelo canto do olho e não conseguiu parar de olhar naquela direção. Uma grande televisão na parede ligou de repente, e ela tinha a visão de cima de um quarto mal-iluminado onde várias pessoas estavam emboladas em uma grande cama.

Por alguns momentos confusos ela pensou que estava assistindo a si mesma, que John tinha uma câmera escondida em algum lugar no teto.

Mas então ela se deu conta de que havia três pessoas na tela, e que mesmo que a mulher mais alta se parecesse um pouco com ela, o que ela estava ocupada fazendo não era realmente algo que ela curtisse...

"Você está gostando do show?", John sussurrou em seu ouvido.

Ela sinceramente não sabia o que responder.

Ele estava de volta na sela! Toda a experiência com Anna Argos tinha de alguma forma estranha quase feito ele duvidar de suas habilidades. Mas agora tudo tinha voltado ao normal!

Embora...

Obviamente, não havia nada de normal no que eles estavam fazendo. Coisas normais eram para os suecos médios! Seu corpo estava brilhando de suor, provavelmente devido tanto ao ácido como ao fato de que ele estava comendo Sophie por trás como se não houvesse amanhã. Rilke estava deitada na cama a uma curta distância na frente dele, com a cabeça de Sophie entre suas pernas, e a julgar pelos seus gemidos, a mulher-maravilha sabia o que estava fazendo.

Ele fechou os olhos por alguns segundos para apreciar o show de luzes da pílula que tinha tomado apenas um minuto atrás, mas rapidamente voltou a abri-los. Para ser honesto, ele não queria perder um segundo da cena que se desdobrava a sua frente. Seu cérebro sobrecarregado estava a ponto de explodir com todas as informações que estava absorvendo.

Para não falar de seu pinto...

Havia inegavelmente algo excitante em observar outras pessoas transarem ao mesmo tempo que ela, mesmo que o trio na tela estivesse de alguma forma mais adiantado que eles. De repente, ela teve a sensação de que o homem na tela era vagamente familiar. Havia algo na maneira como ele erguia a cabeça, na forma como ele se movia...

A boca de John estava descendo de seus seios para sua barriga e ela fechou os olhos por alguns segundos. Quando os abriu novamente a turma na tela parecia ter mudado de ângulo, e ela se pegou olhando principalmente para as costas do homem.

Ele tinha cabelo curto, era bastante magro, e não se parecia com alguém que frequentasse regularmente uma academia. Não era realmente o ator pornô ideal. Mas, por outro lado, este filme não parecia ser uma produção extremamente profissional.

Ele era bem bronzeado, no entanto, mesmo abaixo da cintura.

Quando o homem se mexeu até a luz, um padrão irregular de longas cicatrizes brancas apareceu na base de sua espinha.

De repente, ela congelou!

Ela se sentou e empurrou a cabeça de John para longe.

Atravessou a cama para chegar um pouco mais perto da tela. Ele agarrou suas pernas e puxou-a para trás.

"Pare", ela murmurou, chutando para se soltar.

A semelhança se tornava cada vez mais impressionante quanto mais de perto ela olhava.

Ele a puxou de volta novamente, dessa vez com mais força, e tentou abrir suas pernas.

"Pare, pelo amor de Deus", ela retrucou, e se sacudiu para se soltar de novo.

Ela virou de barriga para baixo e fez outra tentativa de rastejar para mais perto da tela. Será que realmente poderia ser...?

Não, era impossível!

De repente, ele estava em cima dela, sentando com tanta força que ela quase perdeu o fôlego.

Ele colocou uma mão em volta do pescoço dela e puxou sua cabeça para cima.

"Sou eu que mando por aqui", ele sussurrou em seu ouvido, e de repente sua voz não soava nem um pouco suave como antes. Ela abriu a boca para protestar, mas ele apenas apertou seu pescoço com mais força e ela não conseguiu fazer um som.

Seus olhos começaram a piscar. Ela podia sentir o peso dele em cima dela, pressionando-a contra a cama. Podia senti-lo fazendo movimentos com a mão livre.

O que diabos estava acontecendo?

Isso não podia estar acontecendo! Brochada de bêbado – agora – de todas as malditas ocasiões! No meio de uma porra de fantasia de filme pornô, e a ferramenta de trabalho o estava deixando na mão!!!!

Como diabos ele podia ser tão burro para misturar bebida com ácido como um porra de um novato?! Ele olhou para o seu orgulho molenga e de repente se sentiu à beira das lágrimas...

Filho da puta do caralho...

As meninas não pareciam nem ter percebido.

Sophie estava deitada em cima de Rilke, e elas estavam trocando carícias orais cada vez mais animadas, mas nem a visão nem os ruídos que elas estavam fazendo ajudavam a aliviar sua situação. Tudo o que ele podia fazer era observar.

Completamente...

... paralisada.

Incapaz de se mover – quase sem conseguir respirar – enquanto o homem em cima dela fazia o melhor que podia para penetrá-la por trás.

A mão em volta do pescoço dela, o corpo a pressionando para baixo. Os grunhidos ofegantes dele em seu ouvido. Tudo tão familiar, tão... tão...

Tranquilizante...?

E não era isso, apesar de tudo, o que ela realmente queria? O que ela estava procurando o tempo todo?

O que ela merecia...

Ela olhou a televisão pelo canto do olho. De repente, ele estava ali, sentado observando enquanto as duas mulheres continuavam sem ele. Os ombros caídos, a cabeça pendurada.

Ele parecia tão pequeno e indefeso. Quase triste.

Ela conseguia ver seu próprio reflexo na tela. Seu próprio rosto indefeso sobreposto ao dele. E por um segundo ela podia jurar que ele estava olhando para ela. Que ele virou o rosto para a câmera e olhou bem nos seus olhos...

"Você agora é minha putinha, não é?", John sussurrou em seu ouvido.

Ou era, na verdade, Dag?

"Não", ela respondeu secamente.

E um segundo depois, ela quebrou o nariz dele...

"Aqui."

Rilke parecia ter percebido o problema dele. Ela rolou para longe de Sophie e conseguiu pegar a sua bolsa.

Uma pequena pílula azul e outra branca.

Ele levou alguns segundos para entender.

Então ele tomou as duas, engolindo com o último gole da garrafa de tequila.

O efeito foi quase instantâneo.

Ele estava de volta!

De volta à porra do Jogo!

O cotovelo dela girou e o atingiu bem no meio do nariz. Ela ouviu um som de osso e cartilagem quebrando, e em seguida estava livre. Ela chutou para se soltar e rolou para fora da cama. Os dois pés firmes no chão, os punhos cerrados prontos para lutar.

Mas este homem não era Dag. Seu contra-ataque foi fraco, quase como se ele não soubesse o que estava esperando conseguir. Ajoelhado, tentou dar um tapa nela com as costas da mão que não estava segurando seu nariz quebrado. Ele provavelmente não estava acostumado com alguém resistindo – pelo menos não do jeito certo...

Ela aparou o golpe com facilidade, e enquanto ele tentava se levantar da cama, chutou as pernas dele. Ele caiu de bruços no chão, e ela rapidamente se ajoelhou nas suas costas enquanto puxava um de seus braços para trás em uma forte chave de ombro.

A cabeça dela ainda estava girando um pouco, mas o choque de adrenalina parecia ter melhorado sua embriaguez.

"Certo, agora escute o que vamos fazer", disse ela, com toda a calma que podia. "Daqui a pouco eu vou deixar você se levantar do chão, e então eu vou me vestir e ir embora. Eu sugiro que a gente simplesmente finja que isso nunca aconteceu. Na verdade eu nunca disse qual é o meu trabalho – eu sou uma policial, por isso, se você está pensando em me atacar de novo, posso assegurar que você vai terminar a noite numa cela da Delegacia de Polícia de Norrmalm por suspeita de tentativa de estupro e agressão. Balance a cabeça se você entendeu o que eu disse!"

A cabeça dele levantou e abaixou mecanicamente.

Um filete de sangue do nariz dele estava pingando sobre o tapete branco, mas ele não disse uma palavra.

"Ótimo! Vou deixá-lo se levantar em um minuto para que você possa se limpar..."

Ela olhou para a tela, onde o triângulo amoroso parecia ter recomeçado com energia renovada.

"Mas, primeiro, você vai me dizer o que meu irmão caçula está fazendo na sua televisão..."

ANDERS DE LA MOTTE THE GAME

28 Ex-qualquer um

Fórum dos Pilares da Sociedade
Publicado em: 21 de dezembro, 06:51
Por: **MayBey**

Às vezes as pessoas realmente têm o que elas merecem.
Mas não o suficiente...

Este post tem 2 comentários

Ele acordou lentamente.

Sua boca estava ressecada, sua língua grudada no palato e o serviço de meteorologia anunciava a aproximação de uma iminente dor de cabeça. Ele também estava nu. Não que isso fosse uma surpresa...

O que era provavelmente inesperado era o fato de que suas mãos e pés haviam sido amarrados às pontas da cama com fitas de veludo. Ele se mexeu para conseguir se soltar e sentiu as manchas de cera descolarem da pele de seu peito. Que noite foda!

Aquele apartamentinho pertencia à empresa, pelo que ele conseguiu entender. Era vizinho ao sótão do próprio apartamento de Philip e era evidentemente usado como um quarto de visitas de emergência, provavelmente por Sophie, na maioria das vezes, já que era ela quem tinha a chave.

Ele sorriu e tentou mais uma vez se soltar.

Ele certamente não tinha motivos para reclamar a respeito das políticas pessoais da ArgosEye. Mesmo em retrospecto, parecia um tanto estranho dividir Rilke com outra pessoa.

Mas para onde as duas se foram?

O quarto ainda estava às escuras, mesmo que já fosse manhã. Não havia relógios à vista e seu próprio relógio ridiculamente caro deveria estar no chão em algum lugar entre a porta do apartamento e o pequeno quarto, junto com o resto de suas roupas.

Ele já estava quase gritando por socorro de brincadeira, quando percebeu que não estava só.

Havia alguém sentado na poltrona no canto mais escuro do quarto.

Alguém que ele havia reconhecido...

"Bom dia, Magnus...", Philip Argos disse lentamente. "Mas talvez seja melhor chamá-lo pelo seu nome verdadeiro?"

HP mexeu-se, mas logo em seguida tentou manter-se calmo. Era, para começar, uma situação bem constrangedora, algo que eles poderiam rir sobre, tomando algumas cervejas mais tarde. Mas por alguma razão seu coração ainda estava galopando. Havia algo no tom de voz de Philip Argos, algo meio assustador. Assustador pra caralho, para falar a verdade...

Ele contorceu-se para sair, mas os nós nas suas mãos estavam bem apertados.

Philip lentamente levantou-se da poltrona e deu alguns passos em direção à cama. Para sua surpresa, HP percebeu que seu chefe estava com uma bandagem sobre o nariz. O que estava acontecendo, pelo amor de Deus?

"Henrik... Henrik Pettersson. É este o seu nome, não é...?"

Obviamente ela deveria ir direto pra casa, entrar debaixo do chuveiro e tentar lavar toda aquela terrível noite para longe. Ela havia pensado naquilo o bastante para sentir seu estômago revirar.

John, ou qualquer que fosse seu nome de verdade – por algum motivo ela tinha certeza de que não era seu nome real –, podia não ser um Dag. Não quando o assunto era violência de verdade. Mas de alguma forma os dois pertenciam à mesma divisão, a única diferença eram as ferramentas que utilizavam.

Estava tudo relacionado a poder, a controlar a outra pessoa nos mínimos detalhes.

John foi consideravelmente mais sofisticado em sua abordagem do que Dag. No pequeno mundo de John, a violência era só um tempero, algo que você usava porque podia usar. Quando você não mais previa nenhuma resistência. Foi aquilo que ela achou o mais perturbador.

Eles só haviam se encontrado algumas vezes, falaram pelo telefone e dividiram uma refeição.

Mas ele conseguiu pegá-la de tal forma a ponto de ousar fazer o que fez.

Era como se ela estivesse transmitindo sinais inconscientes de desespero. Mas quão era realmente inconsciente?

Em um nível ou outro ela já havia entendido que tipo de cara ele era logo que o viu pela primeira vez na academia, dificilmente negaria isso. Mesmo assim, ela lhe deu uma chance. Mais do que isso... Flertou com ele, se arrumou toda e foi para o apartamento dele assim que ele chamou. Ficou bêbada e deixou que ele assumisse o controle – até mesmo queria que ele o fizesse. Mas mais uma vez Henke veio salvá-la. De si mesma.

Puta merda!

Por um instante, ele achou que fosse se cagar. Mas logo teve que enfrentar um forte impulso de explodir em lágrimas.

"Eu... Eu... Er...", ele gaguejou, mas Philip o interrompeu.

"Shhhh!", ele pôs um dedo em seus lábios. "A partir de agora você só fala quando eu disser que você pode falar. Temos algumas coisas para resolver, entre eu e você..."

Ele inclinou-se sobre HP, mostrando seus dois olhos roxos.

"Para começar, você podia me contar quem te contratou para se infiltrar entre nós."

Ele ergueu as sobrancelhas para demonstrar que estava esperando uma resposta.

"Er... hmmm... Quê?", HP balbuciou enquanto desesperadamente tentava se livrar da sensação de choro e fazer seu cérebro dolorido pegar no tranco. "Eu... quer dizer... Ninguém..."

Philip concordou.

"Eu ficaria bem desapontado se você se entregasse tão fácil... Henrik."

Ele gesticulou em direção à porta.

Elroy entrou no quarto. Em uma mão ele carregava fios elétricos. Na outra uma bateria de carro.

Ela estava em um carro alugado, a um quarteirão de distância da portaria. John não estava a fim de papo, mesmo que preso em uma chave de pescoço. Mas ela havia conseguido entender parte do que acontecia olhando em retrospecto. Não havia DVD para ejetar nem HD para levar embora. E a razão para isso era simples: o que ela assistiu na tela não era uma gravação, mas imagens ao vivo.

O trio só estava lá por um motivo. Porque John armou aquilo. Uma boneca indefesa na cama e três marionetes na tela. Ela realmente atraía cada tipo de homem...

Em tese, aquele ménage poderia estar acontecendo em qualquer lugar e sendo transmitido por uma webcam. Mas ela estava convencida de que não era isso.

Ela havia cometido um erro, que talvez fosse compreensível, dadas as devidas circunstâncias.

Em vez de fazer questões genéricas sobre as pessoas na tela e tentar extrair mais detalhes, ela imediatamente soltou tanto o nome de Henke quanto o fato de que ele era seu irmão caçula. John não havia dito nada e a expressão em seu rosto quase não mudou do momento em que ela o arrastou para fora do andar até a porta bater atrás dela. Mas por meio segundo ela imaginou ter visto algo quando disse o nome de Henke. Uma minúscula e involuntária microexpressão que seu cérebro não pôde conter. Surpresa, raiva e mais alguma coisa, algo talvez ainda menos benigno.

A expressão durou apenas uma fração de segundo, mas ela ainda conseguia vê-la.

Meia hora atrás, uma Mercedes preta parou do lado de fora e deixou um homem corpulento. Ele pegou algumas coisas no porta-malas, mas antes que ela pudesse observá-lo melhor, ele desapareceu através da porta.

Havia algo na postura daquele homem, uma firmeza em seus movimentos que finalmente a convenceu.

Henke estava naquele prédio. E não só isso. Ele estava em perigo.

E provavelmente era culpa dela...

O primeiro choque não foi tão terrivel quanto ele esperava. Uma dor dilacerante que fez os músculos de sua coxa travarem por alguns segundos. Então passou. Elroy havia começado acima de seus joelhos. Ele deu-lhe um choque como um aviso, para que ele percebesse quão grave era aquela situação, que não era realmente necessária. Ele entendeu. O próximo choque seria mais para cima...

Como raios eles haviam descoberto sua identidade? Quem havia tagarelado?

"Então Henrik, eu e Elroy gostaríamos muito de saber o que alguém como você está fazendo em nossa empresa e justo agora, entre todas as ocasiões possíveis...?"

HP abriu a boca antes de perceber que Philip não havia terminado.

"Estou muito desapontado contigo, devo confessar... Tínhamos grandes esperanças em você, Henrik."

Por alguma razão, o tom da voz de Philip havia doído tanto quanto o choque elétrico que ele havia recebido em suas coxas, e mais uma vez ele sentiu suas lágrimas virem.

"Bem, não era..."

PAM!

Outro choque, no meio de suas coxas dessa vez. Os músculos em seu abdome e virilhas se contraíram numa pequena bola de dor e ele gritou com força.

PORRRAA!!

Quando ele abriu seus olhos, pôde ver o sorriso de Elroy. Aqueles caras eram mortalmente sérios. Mas, muito estranhamente, o medo não era o sentimento mais forte que ele sentia, estava mais para...

Tristeza?

Como se estivesse triste por ter desapontado Philip?

Que merda!

"Eu obviamente não me fiz claro o suficiente, Henrik. Você só fala quando eu lhe der permissão, entendido?"

HP concordou.

"Bom! Estou certo que você já entendeu, todos nós já sabemos sobre você. Você tem uma senhora reputação, para colocar de forma modesta."

Philip o olhou fixamente e HP teve que morder a língua para segurar a vontade de responder. Mas ele certamente não iria dar aquela satisfação novamente a Elroy. O cara parecia quase desapontado enquanto estava ali dobrado sobre suas pernas, com um cabo de eletricidade em cada mão.

"Como você provavelmente deve saber, nossa empresa está passando por uma fase particularmente sensível", Philip continuou. "As coisas que estão acontecendo no mundo ao nosso redor têm um grande significado em nosso futuro. Há forças querendo nos derrubar, Henrik, e a melhor forma de fazerem isso é mandando alguém como você. Um indivíduo sagaz e sem escrúpulos, que está preparado para fazer qualquer coisa, desde que pelos próprios interesses, se você consegue entender o que quero dizer..."

HP concordou novamente.

"Bom, parece que nos entendemos..."

Philip fez-se parecer satisfeito e, de uma forma estranha, isso fez que HP se sentisse um pouco melhor.

"Então vamos voltar à minha questão original: quem te mandou para se infiltrar entre nós e quais foram suas instruções exatas?"

Então que diabos Henke estava fazendo ali?

A quanto tempo ele estava na Suécia e por que não havia entrado em contato?

E quem era esse John misterioso, e quais eram suas conexões com seu infeliz irmãozinho?

Um bip em seu telefone interrompeu a espiral de pensamentos que girava em sua cabeça.

```
Porra, você foi bem grossa ontem à noite.
Namorado novo, é?
O velho já sabe dele?
```

Seu coração começou a bater mais rápido e ela não conseguiu evitar olhar ao redor, para em seguida checar pelos retrovisores. Mas ainda era domingo cedo, e nem um carro ou mesmo um suspeito passeador de cachorros podia ser visto na rua.

Ela subiu a tela para ver o número do remetente e passou alguns segundos pensando no que fazer. Mais textos nervosos como resposta dificilmente a ajudariam, ela já havia tentado isso. Mas por outro lado a tática de simplesmente ignorá-lo também não parecia estar funcionando. Ela devia fazer algo em relação àquilo, algo que fizesse ele entender a mensagem, de uma vez por todas.

Ela clicou no menu de seu celular e depois de alguns cliques pouco familiares a ela, conseguiu fazer o navegador de internet funcionar. Levou quase dez minutos para chegar à informação que estava procurando.

PAM!

Desta vez o choque veio na parte superior de suas coxas. Ele expeliu todo o ar que tinha, os músculos de seu abdome travaram, e por um instante ele achou que fosse se mijar. Lágrimas rolavam dos seus olhos, enquanto as câibras lentamente tornavam-se uma dor tensa. Porra, como isso doía! Mais alguns choques e ele estaria pronto para ir para o asilo.

Elroy mirava num alvo ainda mais acima.

"Na próxima vez vai ser nas suas bolas", sorriu.

Tenho uma surpresa, seu pervertido imbecil...

Por mais estranho que parecesse, ele não estava nem perto de estar tão aterrorizado quanto achava que ficaria. Sim, estava com medo, não havia dúvida... Mas não completamente tomado pelo pânico ou achando que fosse morrer, como acontecera em Dubai.

Tá bom, uma bateria de vinte volts podia causar uma dor da porra, e ter os bagos fritos não era exatamente o que ele queria, mas aquilo não iria lhe matar.

Bem, pelo menos era o que ele pensava...

Ele segurou as tiras, tateando. Uma das vantagens de suas convulsões selvagens era que os nós haviam se soltado levemente. Enquanto ele gradualmente recobrava o controle de seus membros, esforçou-se o máximo para soltá-los sem que ninguém mais percebesse.

"Então, Henrik, você realmente espera que acreditemos que você nos infiltrou somente por vontade própria? Que você assumiu uma identidade falsa simplesmente porque teve uma enorme vontade de conseguir um emprego...?"

Os dois homens na beirada da cama riram um para o outro, e HP conseguiu soltar um pouco mais os nós.

Seu disfarce havia sido descoberto, eles sabiam seu nome, mas a grande pergunta era como é que eles conseguiram descobrir isso no meio da noite? Eles sabiam que ele era o Jogador 128, o sujeito que havia sido acusado de ser o assassino de Anna ou estavam felizes só de o identificarem como Henrik Pettersson?

Ele precisava manter-se calmo, fazer que eles jogassem suas cartas ao mesmo tempo em que simultaneamente mantinha sua própria história próxima da verdade, a ponto de parecer crível.

"É verdade! Por que mentiria? Eu precisava de um emprego, ouvi falar bem de vocês mas não havia como ser contratado com meu histórico criminal." Ele parou mas não houve nenhum choque elétrico. "Manga, digo, o Manga de verdade, está longe, e eu só peguei o nome emprestado... As pessoas maquiam seus currículos o tempo todo. A rede está cheia de identidades fabricadas. Não é nada demais..."

Ainda nada de choque. HP havia parado de puxar as tiras. Philip parecia realmente estar ouvindo. E por que não? Pela primeira vez ele estava contando a verdade...

"Tudo que fiz enquanto estive aqui foi de verdade. Eu me esforcei o máximo. Eu gosto do emprego, de toda a história da empresa e, bem... de tudo", concluiu, olhando fixamente para Elroy.

Alguns segundos seguiram-se em silêncio.

HP não moveu um músculo.

"Você parece bastante autêntico, Henrik...", disse Philip, pensativo.

HP concordou. Era tudo verdade, totalmente real, de fato! Pela primeira vez na vida ele tinha um trabalho que realmente gostava, companhias femininas frequentes e algo que parecia um futuro.

O choque de vinte volts o acordou de volta de seu sonho, afundando-lhe mais uma vez na realidade, o que em certo sentido era um tremendo alívio! Agora pelo menos ele não teria que começar todos os dias com uma checagem de realidade, de modo a separar fato e fantasia. A única pergunta era: o que aconteceria agora?

Ele poderia ser perdoado...?

Philip parecia ter ficado levemente mais tranquilo. Apesar de tudo, ele era muito bom no que fazia, um cara que se fez sozinho... O próprio garoto de ouro da ArgosEye.

"Deixe-me vocalizar um pensamento que venho sentindo cada vez mais forte em mim à medida em que você fala, Henrik..."

HP concordava furiosamente.

Vocalizar, pensamento, mais forte...

Aquilo parecia promissor!

"Quando trabalhei na Inteligência Militar e no Serviço de Segurança, tínhamos que lidar com infiltrados – ou espiões, como eles também são conhecidos..."

A cabeça de HP ainda estava movendo-se para cima e para baixo, mas o movimento ia gradativamente ficando mais lento.

"Os melhores deles, os que são mais difíceis de abrir o bico, nem sabem que são espiões. Eles acham que o que estão fazendo é por uma boa causa e não entendem que tudo é só um jogo. Que eles estão sendo manipulados por forças externas...."

O movimento da cabeça de HP parou completamente. Sua boca de repente parecia estar cheia de areia.

"Será que não seria este o seu caso, Henrik? Que você acredita seriamente que suas intenções são boas, mas que há alguém do lado de fora puxando as cordinhas? Alguém que esteja lhe manipulando para fazer coisas?

"Alguém que esteja lhe fazendo ver coisas que não são reais?"

Ela rapidamente anotou a informação na tela de seu celular na etiqueta da empresa locadora de carros que ficava pendurada no retrovisor.

SALK TENNIS HALL, AMANHÃ À NOITE, 18H30.

Era mais cedo do que ela imaginava. Mas seria bom livrar-se disso o mais cedo possível. Ela dobrou o papel e o colocou no bolso de sua calça jeans, e então voltou à sua vigília.

Eram quase nove e meia. O ruivo já estava lá há mais de uma hora, e ela não tinha visto nenhum sinal nem de Henke ou de John. Toda a região parecia tão sonolenta quanto Östermalm podia ser a uma hora daquelas num domingo de manhã, mas ela ainda não conseguia livrar-se da sensação de que Henke estava com alguma espécie de problema.

Elroy reclinou-se sobre ele, e por um segundo deixou os dois fios elétricos se encostarem bem em frente ao seu nariz. Um brilho de luz azulada piscou entre eles, e HP contorceu seu corpo de forma que sua cabeça tomasse distância dos fios.

Philip não tinha engolido sua história, o que não era de se estranhar. Ele mesmo dificilmente conseguia saber por que havia aceitado o emprego na ArgosEye.

De onde ele tirou aquela ideia?

"E aí, como é que você vai querer?", murmurou Elroy, repetindo a brincadeira com os fios em frente ao seu nariz.

Outro brilho azul, desta vez mais duradouro. E então mais um.

PISCA.

Alucinações...

PISCA.

Coisas que não existem...

PISCA.

Um

PISCA.

sonho?

Elroy pregou o grampo de um dos fios elétricos a uma das narinas de HP, dando um fim abrupto aos gritos em sua cabeça. O metal era frio como gelo, e quase adormeceu a dor em sua pele. Então, com uma lentidão exagerada, ele começou a aproximar o outro fio.

HP estava se contorcendo, girando sua cabeça desesperadamente, mas tudo que ele conseguiu foi ganhar alguns segundos de vantagem.

Porra, porra, PORRA!

Elroy pôs um joelho em seu peito, prendendo-o à cama enquanto ele balançava o outro fio na direção do seu rosto.

Era o vermelho.

O que queria dizer que o azul já estava posicionado.

Desta vez ele não podia escolher.

As duas pílulas ao mesmo tempo.

Abra a boca e engula...

O fio foi chegando perto de seu rosto. Ele não tinha propriamente uma escolha. Tudo ou nada?

Vermelho ou azul?

O fio estava quase lá.

5

4

3

2...

"Ghourab Al-Bain!", ele gritou um pouco antes dos fios se encostarem e tudo ficar preto.

Estou fora! 29

Vozes.

Vozes agitadas.

"...você ouviu o que ele disse?"

"Rourab Al-Bain...?"

"...grupo que nunca ouvimos falar..."

"...ligações internacionais..."

"Isso poderia comprometer toda a operação..."

"Vamos adiar a reunião por algumas horas, até termos mais informações. Eu volto em alguns minutos..."

Ele manteve os olhos fechados de propósito, mas fez um rápido teste de funções. Visão, audição, braços e pernas, tudo parecia mais ou menos bem. Sua virilha devia estar latejando de dor, mas em algum lugar ao longo do caminho seu cérebro parecia ter simplesmente decidido desligar a conexão com a virilha, porque ele não conseguia sentir nada.

Ouviu a porta do apartamento bater, depois passos voltando para o quarto. Mas desta vez o som parecia vir de apenas uma pessoa, e ele abriu um pouco um dos olhos para ver se estava certo.

Realmente, Elroy tinha ficado de guarda enquanto seu chefe fora verificar esta preocupante informação nova. Um minuto de sua melhor atuação como o cisne morrendo pareceu ter dado resultado, porque ele ouviu passos no corredor e depois uma torneira aberta na cozinha.

Ele cuidadosamente abriu os olhos.

O quarto estava vazio.

As fitas em torno de seus pulsos, que já haviam mostrado sinais de ceder, não tinham resistido às convulsões, e ele levou apenas alguns segundos para soltar uma mão. A garota que tinha ficado responsável por seus braços devia perder seu distintivo de atar nós, porque ele se livrou do segundo ainda mais rápido. Porém, as fitas em torno de seus tornozelos estavam amarradas com mais força.

Elroy estava fazendo barulho na cozinha, parecia que estava ocupado com a máquina de café.

Com alguma dificuldade, HP conseguiu desatar o terceiro nó. Faltava apenas uma perna, a única dúvida era: ele seria capaz de passar pelo corredor e sair pela porta sem o gorila ruivo pegá-lo?

Duas horas de vigilância sem nenhum resultado. Mas pelo menos ela tinha planejado o que fazer com seu encontro de amanhã. Só teria uma chance, se hesitasse ou parecesse pelo menos um pouco incerta, ele iria continuar, assumindo que ela mudaria de ideia, como havia feito antes. Mas a diferença dessa vez era que ela realmente queria se livrar dele.

Para sempre!

Seu celular apitou.

```
Acho que encontramos o provedor de banda larga dele.
MayBey parece estar no leste da cidade.
Abraços
Micke
```

Ele puxou a fita, mas o último nó se recusou a ceder. Mas ele era um cara de sorte, e as meninas só tinham usado um pedaço grande de tecido, amarrado em volta do estrado da cama, para prender os dois membros. Mesmo que o nó estivesse amarrado com muita força em volta de seu tornozelo e fosse difícil desfazê-lo, pelo menos ele não estava mais preso à cama.

Ele enrolou a fita em volta de sua perna algumas vezes, depois deu um nó frouxo para impedi-lo de tropeçar nela.

Então se levantou com dificuldade da cama e deu alguns passos vacilantes pelo chão do quarto. A conexão entre seu cérebro e sua virilha foi voltando pouco a pouco, e ele teve que morder o lábio para não gemer em voz alta por causa da dor.

Colocou a cabeça para fora no pequeno corredor, mas rapidamente recuou. O apartamento era muito menor do que tinha pensado, e as costas de Elroy estavam a apenas alguns metros de distância. Não havia chance de conseguir chegar à porta da frente, certamente não em seu estado atual.

Ele voltou para o quarto, deu a volta na cama de casal e foi até a janela acortinada.

Cuidadosamente abriu um pouco a cortina, e, em vez de janelas, havia uma porta de vidro que levava a um pequeno terraço. Ele tentou abri-la suavemente.

Trancada.

Merda!

Mas então ele descobriu a trava de segurança para crianças na parte de cima da maçaneta. Apertou o botãozinho e tentou novamente.

SIM!

A maçaneta desceu e ele abriu a porta com o maior cuidado que pôde. Um centímetro de cada vez, até que o espaço fosse grande o suficiente para ele passar.

Porra, estava frio!

Ele quase conseguiu suprimir o fato de que ainda estava pelado. Deveria estar uns cinco, talvez dez graus abaixo de zero, e havia um vento forte. Ele olhou rapidamente por cima do ombro, mas até agora a sua fuga parecia ter passado despercebida. Olhou por cima do parapeito do terraço.

Merda! Era uma queda alta! Cinco andares até a rua, e nenhum sinal de vida lá embaixo. Östermalm do caralho! A maioria de seus habitantes já tinha um pé na cova, e o resto estava provavelmente passando o Natal "no interior", o que presumivelmente significava um pequeno castelo em Södermanland ou uma mansão de um antigo comerciante no arquipélago...

E onde estavam os policiais quando você realmente precisava de um deles?

Com um barulho repentino, a porta do terraço se abriu atrás dele.

As novidades de Micke pareciam promissoras, mas agora ela tinha assuntos de natureza mais prática para pensar. Estava desesperada pra fazer xixi já fazia um tempo, e sua bexiga estava tão desconfortável que ela não conseguia mais ficar parada. Não havia lojas abertas nas proximidades, e a ideia de se agachar na sarjeta quando fazia seis graus negativos lá fora não era particularmente atraente.

Assim, ela teria de deixar seu posto, por pelo menos quinze minutos. Não era o ideal, mas ela não tinha muita escolha.

Ela ligou o carro, engatou a marcha e dirigiu lentamente para longe da calçada. Passou pela Mercedes do homem ruivo, estacionada de maneira irregular, e estava prestes a virar à direita, em direção a Strandvägen, quando mudou de ideia de repente.

Ela fez um retorno e parou bem atrás da grande Mercedes. Chame isso de instinto policial ou qualquer outra coisa, mas algo dizia a ela que seria uma boa ideia dar uma olhada no carro antes de sair.

Ela puxou o freio de mão e pegou seu celular.

Elroy correu pela porta da varanda em direção a ele.

Sem nem pensar, HP escalou a grade. Havia uma varanda a alguns metros abaixo dele, um pouco para o lado, e se ele se pendurasse na grade, talvez conseguisse descer.

Ele se virou até ficar de frente para o edifício, conseguiu prender as mãos na grade, e então, quando Elroy foi para cima dele, deu um pequeno salto e deixou o corpo cair.

Mas ele calculou mal a sua velocidade. Seus dedos frios não conseguiram aguentar o esforço, e em vez de ficar pendurado pelos braços na parte inferior da grade, ele caiu impotente.

Ele pousou em um pequeno monte de neve, mas com tanta força que perdeu o ar de seus pulmões. Ele levou alguns momentos para recuperar o fôlego, e quando olhou para o terraço lá em cima, não havia mais ninguém à vista.

Rápido, hora de se mexer!

A sacada era comprida, estendendo-se por quase toda a fachada frontal do edifício. Ele passou por várias janelas até chegar a uma porta. O frio fazia sua pele pinicar, seu corpo doía por causa do pouso forçado e dos choques elétricos quando ele se jogou contra o vidro e bateu nele com ambos os punhos.

O rosto de uma velha com medo apareceu na parte de dentro.

"Abre", ele gritou. "Abre!" Pelo amor de Deus, sua velhota!

A velha não se mexeu.

Ele teria aberto a porta para um homem completamente nu que havia pousado de repente em sua varanda?

"Por favor, me deixa entrar...", ele tentou.

De repente, a mulher foi embora. Ele deu alguns passos para trás e olhou por cima da borda.

Uma varanda semelhante dois andares abaixo. Será que ele conseguiria...?

Voltou para a porta, pressionou o rosto contra o vidro e levantou a mão para bater nela novamente. Mas em vez disso, recuou para a grade da varanda. Philip Argos estava olhando para ele através do vidro.

"Não vá fazer nenhuma burrice agora, Henrik", disse Philip, tentando abrir a maçaneta da porta.

O rosto da velha apareceu, ela parecia estar mostrando a Philip como liberar o trinco de segurança. Outra figura escura apareceu atrás dela. Provavelmente Elroy.

HP, com muito esforço, passou uma perna pela grade de ferro, seu corpo ia ficando cada vez mais duro, e ele sentia que estava perdendo a sensação dos dedos.

"Pare e pense sobre isso, Henrik...", a voz abafada de Philip tentava persuadi-lo do outro lado da porta.

Ele estava certo, isso nunca iria funcionar. Eram uns seis ou sete metros até o chão, e mesmo se – contra toda expectativa razoável – ele conseguisse se pendurar pelos braços desta vez, ainda seria uma longa queda.

Philip e a velha pareciam estar quase brigando com a maçaneta da porta. Ele tinha apenas alguns segundos para se decidir.

De repente, viu o pedaço de veludo enrolado em seu tornozelo. Ele se inclinou para soltá-lo. Incrivelmente ele conseguiu tirar o pé quase com facilidade. Devia ser o frio.

Ele enrolou a fita em volta da grade e prendeu as pontas em seus pulsos. Depois, ele escalou a grade e se agachou.

A porta abriu com um estrondo.

Corpos saindo no frio. Pés escorregando, palavrões, mãos tentando agarrá-lo.

Ele pulou...

Um som estridente a fez olhar para cima, mas a visão através do para-brisas era limitada, e tudo o que ela conseguia ver era a neve caindo.

Ela tinha acabado de falar com o comando central. Verificar o número da placa do carro não ajudou muito. Um carro registrado em nome da ArgosEye Ltda., com o endereço de um dos prédios da Hötorget. Talvez houvesse algo mais interessante dentro do carro. Ela abriu a porta e saiu do banco do motorista.

Um monte de neve caiu na calçada a poucos metros de distância, mas ela não deu atenção.

Ele sentiu um pesado solavanco, que fez a estreita fita de veludo cortar seus pulsos congelados. Sentiu alguém o puxando, e, quando olhou para cima, viu Elroy pendurado na grade alguns metros acima dele. Por alguns segundos, ele balançou na frente do edifício como uma porra de um boneco pelado, enquanto eles tentavam puxá-lo de volta.

Então ele conseguiu soltar as mãos e caiu os últimos metros até a varanda abaixo. O pouso foi consideravelmente mais suave desta vez, mas a essa altura seus pés estavam dormentes de frio, e ele mal notou a diferença. Ele não perdeu tempo batendo nas janelas. Seus perseguidores não eram estúpidos, e, no caso improvável de permitirem que ele entrasse no apartamento, ele ainda teria que lidar com eles na escada.

A rua ainda estava a pelo menos seis metros abaixo dele, mas a sacada em que ele estava agora era a mais baixa. Ele vagou pelo edifício tentando em vão encontrar uma maneira de sair.

Então notou o toldo do restaurante no térreo.

Ela tentou olhar os bancos de trás pelos vidros escurecidos, mas mesmo que estivesse com as mãos em concha ao redor dos olhos, era quase impossível enxergar o interior. Os bancos dianteiros não eram problema, mas infelizmente não havia nada de interessante lá. Alguns copos de papel e o jornal do dia anterior, era tudo.

O frio estava fazendo com que ela mais do que nunca quisesse fazer xixi, e ela decidiu ir embora.

Um segundo depois, um corpo nu caiu no teto do carro.

ANDERS DE LA MOTTE THE GAME

30 De volta para casa

```
Fórum dos Pilares da Sociedade
Data de publicação: 22 de dezembro, 17:26
Por: MayBey

Às vezes eu fantasio sobre matar alguém. Encontrar
algum merda inútil. Um parasita no corpo da
sociedade que esteja pedindo para ser removido.
Vocês aí podem decidir. Devo fazer isso? Polegares
para cima ou para baixo?

Eu já sei qual será a resposta.
Jamais ocorreria a vocês tentar me parar.
Será que eu poderia ser impedido?
Você pode realmente proteger-se de alguém que pode
até não existir?

Este post tem 107 comentários
```

Ele sonhou com um pássaro.

Um corvo negro do deserto com asas enormes, que se atirou nele enquanto ele estava de pé no telhado. Ele o viu chegando, levou o braço para os olhos instintivamente, e deu alguns passos para trás.

E logo depois, caiu da borda. Caiu em câmera lenta entre os edifícios, cujas janelas tinham sido substituídas por telas gigantes, piscando. Mensagens tomavam conta dele, enchendo sua cabeça. Quase fazendo ele se esquecer do chão, que ia ficando cada vez mais próximo.

"... como um Amigo da Lei e da Ordem, eu tenho que dizer..."
"Parabéns, Skövde, agora estamos fazendo..."
"... legislação que pode não chegar logo..."
"Recentemente tornou-se mais e..."
"O escritor não percebe realmente..."

“Olá às Indústrias Vanderley...”
“O que a Suécia precisa é de um novo...”
“Homem-bomba!”
“...pronto para assumir a responsabilidade...”
“O Jornal das Seis...”
“... sem sentido...”
“Dressman...”
“Você Está...”
“Terrorista”
“...Sempre...”
“Bombardeiro!”
“Jogando”
“vozes”
“rumores”
“O”

E então, finalmente, pouco antes de seu cérebro perceber o que estava prestes a acontecer. O momento antes de seu corpo no sonho se despedaçar no asfalto...

Jogo
Jogo
Jogo

Ele entrava e saía do sono e demorou um bom tempo até entender as coisas. A cama era familiar, assim como o quarto em que estava. Extremamente familiar, e por um momento ele pensou que ainda estava sonhando. Mas, então, ele sentiu a dor. Ok, você pode sentir dor nos sonhos, mas esta era a mãe de todas as dores...

Sua cabeça, barriga, virilha, braços, pernas, pés e mãos. Basicamente não havia uma única parte dele que não estava doendo. Então ele deveria estar acordado. Então – como diabos ele veio parar aqui?

A porta se abriu lentamente e um rosto familiar olhou para dentro.

“Oi, Henke”, disse ela, calmamente.

Obviamente, ela deveria ter levado ele para o pronto-socorro imediatamente. Mas ele implorou e suplicou para que ela não fizesse isso.

“Hospital não, por favor... Eu estou fodido se me colocarem em um banco de dados. FODIDO, entendeu?”

Sendo assim, ela o trouxe para casa, ajudou ele a se arrastar até seu apartamento, e depois lhe deu várias de suas mais fortes pílulas para dormir, antes de colocá-lo na cama.

Seu sono foi agitado, e ele acordou várias vezes tagarelando sobre pássaros do deserto, a Dressman e um monte de outras bobagens sem sentido.

Ela realmente deveria estar fora de si de preocupação. Mas, ao mesmo tempo, era tão incrivelmente bom vê-lo, tê-lo aqui no apartamento. Seguro...

Era mais do que provável que o estado em que Henke se encontrava tinha alguma ligação com sua própria noite desastrosa com John. Você não precisava ser o Einstein para perceber que ele deve ter ficado furioso com ela, e provavelmente descontou sua raiva em Henke.

É claro que ela nunca deveria ter falado que ele era seu irmão caçula...

Bom trabalho, Normén!

As coisas poderiam ter sido melhores...

Seu disfarce foi descoberto, ele havia sido torturado e perseguido, e quase se matou brincando de Homem-Aranha em Östermalm. Mas ele não podia negar que era bom vê-la...

Então, até que ponto ele realmente ousaria contar a ela?

Ele já tinha tentado contar algumas coisas no dia anterior, mas a combinação da dor com as pílulas tinham embaçado seus pensamentos.

Agora ele tinha que fazer um esforço, pelo menos. Ela definitivamente merecia isso.

Ela tinha basicamente salvado a sua vida.

Que sorte absurda ela simplesmente estar por ali.

Mas esta não foi a primeira vez que ele havia sido surpreendido pelo karma, então ele só tinha que relaxar e ser grato.

Levantou-se da cama e deu alguns passos vacilantes. Foi melhor do que esperava, na verdade.

Ele abriu a porta e saiu mancando em direção à sala de estar. Encontraram-se no corredor, com ela vestindo sua jaqueta.

“Oi, firme e forte?”

“Hmm, estou me sentindo melhor. Pensei que pudéssemos conversar...”

“Eu adoraria, de verdade! Mas tem uma coisa que eu preciso resolver primeiro, algo que eu deveria ter cuidado há muito tempo atrás. Só vai levar algumas horas, tudo bem...?”

“Ok”, ele murmurou.

Ele a seguiu até a porta como um cão cansado. Ela percebeu sua decepção.

“Eu volto logo”, ela disse, enquanto vestia o gorro e as luvas de lã. “Sinta-se em casa nesse meio tempo. Você sabe onde está tudo.”

Ela saiu pela porta, mas parou no meio da escada.

“Não se preocupe, irmãozinho. O que era mesmo que você costumava dizer...? *Vou dar um jeito*”!

"*Em tudo...*", ele murmurou. "Vou dar um jeito *em tudo...*"
Mas ela já tinha ido.

Ele estava sentado na arquibancada mais distante, a apenas algumas fileiras das quadras e com suas costas largas viradas para a ela. Dois garotos perto dos vinte anos estavam jogando uma partida, mas ela não tinha ideia de qual estava ganhando.

Tênis nunca havia lhe interessado.

Ela desceu lentamente os degraus, e então entrou na fileira de assentos atrás dele. Calmamente abaixou um dos assentos azuis e se sentou. Ele ainda estava completamente concentrado no jogo e não parecia ter notado a presença dela.

"Ah, que merda!"

Um dos adolescentes perdeu o que parecia ser uma bola fácil e ela o ouviu xingar. Sua voz fez o coração dela bater um pouco mais rápido.

Calma, agora...

Ela respirou fundo para se recompor.

"Olá, Tobias!", disse ela.

Ele se virou e por um momento pareceu quase assustado. Nenhum policial gostava de ser pego de surpresa.

"Becca! O que diabos você está fazendo aqui?!"

Ela não respondeu.

Ele deu uma olhada ao redor dos bancos, depois olhou ansioso para a quadra.

"Quero dizer, porra, Becca... Você não pode simplesmente aparecer assim. Aquele é meu filho!"

Ela encolheu os ombros.

"O que tem de tão estranho em dois ex-colegas sentarem aqui e conversarem sobre trabalho? Mesmo que já faça um tempo desde que você deixou a unidade de proteção pessoal, meu chefe ainda é seu vizinho, e seu melhor amigo, não é...? BFF ou seja lá como os jovens chamem isso hoje em dia."

Ela fez um gesto em direção à quadra.

Ele se contorceu de novo, como se o banco estivesse machucando seu corpo.

"Mas, quero dizer, com certeza você pode entender... Quero dizer, nós..."

"Tivemos um caso?"

"S-sim... exatamente!", ele balançou a cabeça, depois olhou para a quadra onde um dos meninos estava prestes a sacar.

"Então estamos de pleno acordo, Tobbe. Nós *tivemos* um caso, mas que já acabou, então eu quero que você pare de passar pelo meu apartamento na van, e pare de enviar mensagens para o meu celular. Entendeu?"

Ele olhou para ela sem responder, mas seu olhar severo de policial não surtiu efeito. Em vez disso, ela se virou para a quadra de tênis, onde o jogo tinha recomeçado.

"Parece um bom jogo. Eu devia aprender um pouco mais sobre tênis. Vai ter um grande campeonato para menores de 18 anos no Royal Tennis Club em algumas semanas, não vai? Talvez eu devesse dar uma olhada, me apresentar para a sua esposa, talvez ligar para sua casa em Näsby Park? *Oi, meu nome é Rebecca e até muito recentemente eu estava tendo um caso com seu marido, mas ele parece estar com dificuldade em aceitar que acabou...*"

Ele apertou a mandíbula e estreitou os lábios em uma fina linha branca.

"Ok."

"O quê? Eu não consegui ouvir o que você disse, Tobbe...?"

"Ok, eu entendi!", ele sussurrou.

Ele olhou para a quadra novamente, depois passou a mão pelos curtos cabelos louros.

"Você não vai ouvir mais nada de mim novamente, eu juro, então vai embora, pelo amor de Deus! O Jonathan está muito sensível com esse tipo de coisa, Jenny e eu só agora conseguimos acertar as coisas... Pelo amor de Deus, estamos fazendo terapia em família, Becca!"

"Sim, você realmente parece estar levando isso a sério...", ela interrompeu. "Eu já vou embora, mas antes tem uma pergunta que eu gostaria que fosse respondida. Eu sei que você falou para os caras da equipe sobre mim, porque polícia é polícia, afinal..."

Ele estava evitando o olhar dela, mas ela continuou.

"O que eu quero saber é se algum de seus colegas na unidade de resposta rápida é particularmente bom com computadores? Bom o suficiente para saber como configurar um manto de anonimato avançado, por exemplo? Alguém que também seja bastante articulado, quando se trata de escrever?"

"O quê?", ele olhou para ela.

"Você ouviu, e não finja que não leu a merda que tem sido escrita sobre mim", ela rosnou. "Tem alguém no seu círculo mais próximo excepcionalmente bom com computadores, e se tem, quem?"

"Pai...", um dos meninos chamou.

Os dois se viraram para olhar para a quadra. A partida parecia ter terminado, e um dos rapazes estava parado logo abaixo deles. A semelhança de família não era exatamente impressionante. Ao contrário de seu pai, Jonathan era magro, com cabelos longos, sebosos e com um monte de espinhas adolescentes espalhadas pelo rosto.

"Nós terminamos...", disse Jonathan, emburrado.

"Ok, ótimo... Er..."

"Eliminado, três a zero. Podemos ir para casa agora?"

O menino lançou um longo olhar para Rebecca.

"Claro, sem problema. Vá tomar uma ducha, Jon, e eu vou pegar o carro."

Ele se levantou, e Rebecca seguiu o exemplo.

Jonathan afastou-se lentamente em direção à entrada do vestiário, olhando por cima do ombro algumas vezes.

"Bem?", ela disse, tentando acompanhá-lo enquanto ele subia os degraus.

Assim que eles estavam fora de vista, ele parou e pareceu pensar.

"Peter", ele por fim disse, abruptamente. "Peter Gladh."

Há quanto tempo eles sabiam? Um dia, dois? Talvez uma semana, ou até mais?

Ele tentou relembrar todas as conversas que teve na ArgosEye, desmembrando cada comentário em partes, na esperança de encontrar alguma pista. Será que eles na verdade sabiam o tempo todo, desde o primeiro dia?

Ele tinha quase certeza de que não era o caso. Mas não importava o quão detalhadamente ele analisasse as últimas semanas, a única conclusão a que ele chegou era que seu disfarce havia sido descoberto no dia do enterro.

Stoffe era, obviamente, o candidato mais forte. Afinal de contas, ele tinha realmente conhecido o verdadeiro Manga e tinha achado suspeito desde que soube que a ArgosEye havia lhe dado um emprego. Mas ele não podia descartar outras alternativas...

Será que Rilke poderia estar envolvida, por exemplo?

Será que ele disse alguma coisa a ela, será que algo escapou quando estavam enrolados assistindo televisão no sofá dela?

Ele achava que não, mas por outro lado a sua vida dupla das últimas semanas tinha cobrado um preço da sua mente. Um único deslize, era tudo o que seria preciso. Um nome, ou algum pequeno detalhe que não fizesse sentido. Rilke era mais do que inteligente o suficiente para pegar algo assim.

Como o fato de que ele tinha começado a beber vodca no bar de repente, mesmo que supostamente fosse abstêmio...

Talvez a Rilke não tivesse gostado da atenção que ele tinha dado a Sophie, ficou com ciúme no dia seguinte e contou a Philip? Ele não podia descartar isso, infelizmente.

Mas havia algo mais.

Ele estava no apartamento de Becca, um lugar que o Jogo devia manter sob vigilância constante.

Enquanto ele estivesse aqui, estava em perigo.

E Becca também...

Quando ela chegou em casa, encontrou-o na frente do computador. A cabeça dele estava descansando sobre os braços, e ele estava dormindo. Ela o ajudou a voltar para a cama e o cobriu, sentando-se em seguida na cadeira em que ele estivera sentado.

O site dos Pilares da Sociedade estava aberto.

Turno da noite.
Prostitutas, cafetões, bêbados, traficantes e cidadãos comuns, com todas as porras dos seus direitos. A lua cheia parece tornar as pessoas ainda mais loucas do que o habitual. Estou cansado disso. Perto das três horas começou a chover, graças a Deus, e a plebe se arrastou de volta para seus buracos. Um dia nós vamos ter uma chuva de verdade, que vai lavar o lixo para fora da calçada. Um dia, muito em breve...
Você entende o que eu quero dizer?
Você entende, Regina?

...controle é melhor 31

"Alô?"

"Boa noite, meu amigo, eu só pensei em dar uma ligada, conforme o combinado."

"Então, como está tudo?"

"No momento eu diria que tudo está equilibrado. Os próximos dias serão decisivos..."

As coisas estavam finalmente começando a mudar para ela. O sindicato foi trazido ao seu caso, e ela conseguiu um advogado, que já tinha começado a trabalhar com o promotor público e os investigadores internos.

Seu caso com Tobbe tinha finalmente terminado, de uma vez por todas, e ela também já tinha uma boa ideia de quem era MayBey. Peter Gladh, vice de Tobbe, e sobrinho daquele maldito diplomata irritante, Sixten Gladh, do Sudão. A casa dele ficava em Lidingö, no leste da cidade, assim como Micke tinha dito.

Ela queria se matar por não ter analisado as coisas por esse ângulo desde o início. O velho idiota tinha falado sobre seu sobrinho, dizendo que sabia por ele como a polícia tinha se tornado imoral... Agora, em retrospecto, tudo parecia óbvio, é claro.

Peter Gladh escutara histórias, tanto do tio Sixten como de seu chefinho rejeitado, sobre que pessoa terrível Rebecca Normén era, e tinha aproveitado a chance de explorar a situação para criar um pouco de interesse em torno de seus posts. E tinha, obviamente, funcionado. A última publicação de MayBey tinha mais de cem comentários, e, provavelmente, pelo menos cem vezes mais leitores. Mas ao contrário das pessoas que ele tinha caricaturado antes, Peter Gladh parecia ter ficado viciado nela, para dizer o mínimo.

De acordo com fontes confiáveis, ele era um cara estranho. Não tinha namorada, gastava todo seu tempo na delegacia, fosse trabalhando ou treinando para o próximo concurso de PMR, o Policial Mais Resistente – uma espécie de decatlo para policiais. Supino, pista de obstáculos, natação e corrida cross-country. Certamente era preciso um certo tipo de mentalidade para fazer algo assim. Mas será que ele era "incomum" o suficiente para ficar dentro de um carro parado em frente à porta dela? E quase atropelá-la?

Ela ainda não tinha resposta para essa pergunta.

Agora ela estava de pé no meio de uma multidão que fazia compras de Natal em uma loja que dava a sensação de aperto e suor, apesar de seu tamanho. O desespero do dia-antes-da-véspera-de-Natal era evidente nos clientes em seus casacos muito volumosos. Os funcionários da loja estavam correndo para fazer seu trabalho, quase como se as pistas de corrida pintadas no chão fossem reais e não apenas um enfeite.

Assim que Henke disse que precisava de roupas, ela correu para a cidade. Sabia que mais cedo ou mais tarde teria que contar a ele sobre John, a televisão e as consequências de seu encontro catastrófico, mas por algum motivo ela preferiu adiar um pouco mais. E Henke não parecia muito interessado em contar a sua própria história. Um breve resumo de sua férias na Ásia era tudo o que ele tinha oferecido até agora. Nenhuma palavra sobre como tinha acabado nu em Östermalm, e, por razões compreensíveis, ela não o tinha pressionado com muita veemência. Não seria preciso mais do que uma pergunta de volta sobre por que ela estava lá, e ela teria que contar-lhe tudo. E explicar que ela tinha provavelmente sido o motivo de ele ter apanhado e chegado perto de se matar.

Mas ela não podia negar que estava extremamente interessada em ouvir a história dele: quando, onde e como ele tinha chegado à Suécia, e como ele conhecia John, e como diabos seus dois mundos haviam tão repentina e violentamente colidido.

Ela levou uma hora e meia para comprar tudo, e quando finalmente se espremeu no ônibus abarrotado, estava com as mãos cheias de sacolas. Teve que colocar tudo em sua mão direita para que pudesse se segurar na alça do teto com a esquerda.

Bem, pelo menos Henke não iria congelar.

Cinco mil coroas no total, mas isso seria um presente de Natal e aniversário combinados.

"Um pouco apertado, aqui", o homem ao seu lado disse em voz alta.

"Sim, e quente também..."

Ela soltou a alça para abrir um pouco a roupa, mas quase caiu quando o ônibus deu uma guinada inesperada.

"Eu posso segurar as sacolas para você, se você quiser", disse o homem.

Ela hesitou por um momento. Deixar um estranho segurar suas coisas... Mas o sistema de aquecimento do ônibus estava no máximo e ela podia sentir o suor escorrendo por entre os ombros. Eles estavam um pouco distantes da próxima parada, e além disso estava tão lotado que ele não conseguiria chegar longe com suas sacolas antes que ela o pegasse. E existiam, realmente, pessoas que se ofereciam para ajudar sem ter um motivo... Onde estava seu espírito de Natal?

Além disso, o homem não se parecia com o tipo que roubaria coisas em um ônibus, ele mais parecia um colega policial. Havia algo em seu corpo e postura que o fazia parecer familiar.

Ela não o reconheceu, mas isso não significava nada necessariamente. Havia mais de 1.500 policiais em Estocolmo, e muitos deles tinham começado depois dela, e desde que ela se mudou para a Polícia de Segurança tinha gradualmente perdido o contato com o grupo uniformizado.

Por um momento ela pensou em perguntar diretamente a ele, depois decidiu que não.

"Obrigada", disse, sorrindo enquanto entregava as sacolas.

Ele devolveu o sorriso e rapidamente mudou a sua próprio sacola de mão antes de pegar as dela.

Ela soltou o cachecol, depois abriu o casaco, então suspirou.

Delícia!

Tudo estava relacionado com o controle – e não apenas o controle dos rumores por aí, mas sobre a própria empresa. As ações, tinha que ser isso.

Anna Argos tinha a maior participação da empresa e, portanto, sempre teve a última palavra. Não importava quais planos fantásticos Philip pudesse ter como diretor-executivo, ele sempre teria que pedir permissão ao conselho, o que significava que, de uma forma ou de outra, ele ainda estaria nas mãos de sua ex-mulher.

O relatório pelo qual ele pagara antes de começar a trabalhar tinha mencionado rumores de uma flutuação no mercado de ações. E se Philip quisesse ir a público, mas Anna tivesse se oposto? Ele tinha considerado essa teoria antes, antes de ter se envolvido um pouco demais...

Afinal, a ArgosEye tinha sido o trabalho de toda a vida de Anna, o próprio Philip havia dito isso no enterro, e talvez ela não estivesse preparada para abrir mão do controle? Tão alérgica a acionistas externos como o velho Ingvar Kamprad, da Ikea, não importava o quanto isso pudesse encher os cofres? Mas e se Anna batesse as botas e Monika herdasse tudo?

Algo lhe dizia que a irmã mais velha seria consideravelmente mais favorável.

Por baixo de sua fachada de desaprovação, ele tinha certeza de que Monika morria de medo de Philip.

Nada surpreendente, realmente...

Havia algo no ar na outra noite. Ele tinha pensado que todo mundo estava festejando como loucos porque achavam que o mundo estava prestes a acabar. Mas, na verdade, isso poderia ser só uma parte da verdade. Porque se um mundo acaba, isso também não significa que outro nasce?

Philip tinha dado pequenas dicas de que algo grande estava para acontecer, chamando todos os chefes de seção para uma reunião, apesar de ser domingo.

Os chefes de seção não eram apenas responsáveis por seus próprios feudos, eles também eram acionistas, Beens tinha desabafado isso naquela noite em que eles comeram pizza juntos, então o que acontecesse com a empresa nas próximas semanas teria um impacto direto em suas carteiras.

Quanto mais pensava sobre isso, mais detalhes começavam a aparecer. Rilke procurando um apartamento. Dejan sentado olhando catálogos da Maserati. Beens com toda a sua ostentação, e agora o famoso Stoffe, de volta com um bronzeado conquistado em uma longa viagem ao exterior...

Será que ele poderia ter ido a um pequeno país obscuro do Golfo para entregar uma mala cheia de dinheiro? Para agradecer a Bruno Hamel, também conhecido como Vincent, o Assassino de Mulheres, por seus esforços?

Ele podia entender que eles estivessem bravos com ele, e tinham todo o direito de estar. Ele tinha traído sua confiança, afinal. Mas ir daí a choques elétricos?

Não, obviamente alguma coisa estava acontecendo, alguma coisa grande, e a única maneira de descobrir mais informações era fazer uma visita à casa da irmã Argos mais velha. Além disso, ele sentia que precisava se afastar do apartamento. Tirar os olhos deles de Becca...

Ela mal tinha passado pela porta quando ele pegou as sacolas, tirou o abrigo e a camiseta que tinha emprestado, arrancou as etiquetas e vestiu as roupas.

"Você vai sair agora, já? Pensei que poderíamos tomar um café, temos um monte de assuntos para pôr em dia..."

Ela parecia desapontada, mas ele realmente não tinha qualquer escolha.

"Desculpe, mas assim como você disse ontem, há algo que eu também preciso resolver. Isso não pode esperar..."

"Mas você tem certeza que está bem? Não quer que eu vá com..."

"Não", ele interrompeu, um pouco bruscamente. "Isso é algo que eu tenho que fazer sozinho, Becca", acrescentou, desta vez mais suavemente.

Ela lhe deu um longo olhar.

"Ok, mas pelo menos leve meu celular para que eu possa te ligar."

"Claro", disse ele, pegando-o. Ele o colocou em um dos muitos bolsos da jaqueta acolchoada. Mas pouco antes de deixar o apartamento, ele o tirou de novo e escondeu entre dois chapéus de lã na prateleira ao lado da porta.

Quando chegou ao térreo, ele cuidadosamente abriu a porta e olhou para os dois lados da rua antes de sair e correr rapidamente para o parque em frente. Seu corpo maltratado reclamou depois de correr apenas vinte metros. Não era um bom sinal.

De repente, ele pensou que estivesse ouvindo passos atrás de si. Parou abruptamente e se escondeu atrás de uma árvore.

Mas era apenas uma mulher passeando com seu cachorro.

Ele a deixou passar, e então continuou cautelosamente pelo caminho para Fridhemsplan.

Já estava ficando escuro quando ele saiu do metrô em Ropsten.

Havia apenas três ou quatro pessoas na plataforma, todas inofensivas. Ninguém o estava seguindo, ele tinha executado todos os seus melhores truques de agente secreto em Fridhemsplan, depois novamente na Estação Central. Ele entrou em um trem, andou uma estação, depois deu meia-volta e entrou em outro trem só para sair correndo dele novamente, pouco antes de as portas fecharem.

Em outras palavras, tudo deveria estar bem. Mas ele ainda fez um desvio até o ponto de táxi ao nível da rua. Ficou um tempo no quiosque, até que ouviu o trenzinho vir sacolejando sobre a ponte Lidingö, e esperou até o último segundo antes de subir mais uma vez as escadas correndo.

Bem, talvez ele não tenha corrido. Seu corpo ainda estava extremamente dolorido, então ele não tinha a velocidade habitual em seus passos. O sensor infravermelho na sala de espera parecia estar quebrado, porque ele chegou perto de ser guilhotinado pelas portas de correr enquanto tropeçava pela plataforma.

Transporte local do caralho!

Deveria fazer pelo menos cinco anos desde a última vez que ele viajou na linha Lidingö, e não voltava desde a época em que Klasse tinha um quarto sublocado de um apartamento em Larsberg e eles às vezes iam lá para continuar a noite depois de uma balada.

Tudo ainda parecia igual, como uma cidade cenográfica de filmes antigos. Minúsculos assentos de veludo bordô, madeira polida e placas de aviso de estanho sob todas as janelas, com mensagens anacrônicas, como "*Favor não inclinar para fora da janela*". Aparentava e cheirava como um filme dos anos 1950.

Ele saiu do trem uma parada antes de seu destino, acendeu um cigarro e andou o resto do caminho. Ruas silenciosas ladeadas por mansões, onde a neve abafava todo o som.

Castiçais, luzinhas de árvores de Natal e televisores derramavam a sua luz para a rua.

A casa dela ficava no final de uma beco sem saída, e ele verificou os carros estacionados na rua para se assegurar. Apenas dois deles não estavam cobertos de neve, indicando que tinham sido estacionados na última meia hora. Ambos estavam vazios. Os outros carros estavam tão coberto de neve que se alguém estivesse tentando vigiar de dentro de qualquer um deles, estaria congelado e incapaz de ver qualquer coisa.

Só para ter certeza, ele pegou o caminho mais longo, foi até a próxima rua e depois se arrastou até a ciclovia mal limpa que ligava o final das duas ruas, e, em seguida, finalmente se aproximou da casa dela.

Ele podia ver as chamas das velas cintilando em duas janelas, então ela definitivamente estava em casa. Deu uma última olhada para a rua. Tudo parecia tranquilo.

Então ele tocou a campainha. Ouviu passos se aproximando no corredor, depois viu uma sombra escura contra o vidro fosco. Em seguida, o barulho da fechadura.

"Eu estava esperando você aparecer", disse ela com um sorriso.

ANDERS DE LA MOTTE THE GAME

32 Não alimente os trolls!

Fórum dos Pilares da Sociedade
Data de publicação: 23 de dezembro, 19:11
Por: **MayBey**

Eu encontrei a pessoa que estava procurando.
Um merdinha inútil, um parasita no corpo da
sociedade, que seria definitivamente melhor se não
existisse.
Vamos chamá-lo de Henrik...

Este post tem 116 comentários

Então o filho da puta não ia desistir?

Ou Tobbe não tinha falado nada sobre o encontro, ou Peter Gladh era do tipo que não levava advertências a sério. Mas talvez isso dependesse de onde o aviso tivesse vindo?

Ela passou alguns minutos criando um pseudônimo on-line, depois escreveu uma mensagem curta, verificou duas vezes para ver se havia erros ortográficos, e em seguida clicou em enviar.

Com certeza isso deveria fazer o idiota se ligar?

Pare com essa porra, MayBey – eu sei quem você é e
se você não parar eu vou até aí te fazer uma visita!
Atenciosamente, Regina Certinha

Estranhamente, ela tinha deixado ele entrar sem perguntar nada. Se ofereceu para fazer chá e o instalou no sofá.

A casa era uma construção perfeitamente comum dos anos 1970, mas a mobília era um pouco estranha. Laqueada de branco e têmpera de ovo, com pinturas abstratas coloridas nas paredes e inclinadas contra os rodapés.

E pairando sobre tudo isso um vago cheiro de óleo de linhaça e incenso. O lugar todo dava a sensação de uma "plena consciência instantânea", completa com iluminação difusa e estranhos móbiles girando no teto. A única coisa que faltava era um CD de baleias cantando. Helmut Lotti canta Moby Dick – Shamu Absoluta, algo por aí...

"Você está se perguntando por que eu não estou mais surpresa...", Monika Gregerson disse quando voltou com uma pequena bandeja de madeira com duas xícaras de chá e um prato de biscoitos.

"Hmm."

Ele soprou seu chá, mas teve que colocar a xícara de volta para não queimar os dedos. Xícaras sem asas, sem dúvida super feng shui, mas nada realmente muito prático se você não fosse um pouco masoquista.

"Havia algo especial em você, notei na primeira vez que te vi no escritório. Sua aura era diferente, mais forte. Como se você estivesse lá por um motivo específico..."

Ela acenou com a mão para ele.

"Está tudo bem, você não tem que ser educado e fingir que não acha que eu sou louca. Tudo ao nosso redor é composto de energia, e quem falou isso foi Einstein, não eu. No entanto, nós, no Ocidente, ainda temos uma dificuldade terrível em aceitar o fato de que as nossas energias nos afetam. E como nós mesmos afetamos as pessoas ao nosso redor. Eu estou muito acostumada com isso agora, então que tal pularmos a conversa fiada e irmos direto ao assunto? Se você quiser, pode simplesmente fingir que eu fiquei encantada com o seu sorriso e decidi confiar em você..."

Ela tomou um gole de seu chá e deu a ele alguns segundos para se recompor.

"Agora, eu gostaria de saber por que você está aqui... Magnus."

Ele respirou fundo. Assim como ele havia suspeitado, a mulher era meio miolo mole.

Energias e feng shui, tudo bem... Mas porra, ela nem sabia qual era seu nome verdadeiro!

Mas ir direto ao assunto lhe convinha bem.

"Eu quero saber o que está por trás da sua treta... Quero dizer, da sua antipatia pelo Philip. O que aconteceu entre ele e Anna. E qual é esse grande negócio que está acontecendo com a empresa?"

Ela pegou seu chapéu e as luvas, então puxou sua jaqueta com tanta força que o cabide caiu no chão.

Então o filho da puta queria guerra, não é? Ok, é o que ele vai ter!

Um telefonema rápido para o departamento pessoal e ela conseguiu um endereço e um número de telefone do sargento de polícia Peter Gladh, codinome valentão da internet e merda de primeira ordem MayBey.

```
Não é sobre o que você sabe, Regina. É sobre o que
você pode provar!
```

Ela amarrou as botas, depois parou na porta por alguns instantes. Em seguida, voltou para dentro e, da gaveta de baixo do armário da sala, tirou um objeto longo e cilíndrico que colocou no bolso da jaqueta. Gladh parecia ser um personagem bastante incomum, para dizer o mínimo, um pouco de segurança não faria mal...

"Você já ouviu falar da expressão 'uma relação de amor e ódio'?"

Ele balançou a cabeça e bebeu o chá amargo.

"Era exatamente assim com Philip e Anna. Eles sabiam como apertar os botões um do outro, jogando todo o tipo de jogos estranhos..."

Ela balançou a cabeça lentamente.

"Anna sempre foi muito incomum. Ela amava tudo que fosse competitivo, mesmo quando éramos pequenas adorava me desafiar de toda maneira que podia, mesmo em coisas que não poderia ganhar. Era como se o próprio elemento competitivo, a competição em si, fosse o que a atraía, em vez de ganhar."

Ela tomou outro gole cuidadoso de sua xícara.

"Não importava se Anna ganhasse ou perdesse, ela sempre parecia decepcionada quando tudo acabava. Ela jogou todos os tipos de esportes diferentes, tirou notas brilhantes no ensino médio e na Faculdade de Economia. Mas ela ainda não parecia realmente satisfeita. Quando ela conheceu Philip, era como se tivesse encontrado um adversário digno. Alguém que a pudesse desafiar constantemente, você entende o que eu quero dizer?"

Ele fez que sim com a cabeça.

"O único problema era que a batalha constante deles pelo controle, que sem dúvida tinha sido muito inspiradora no início, gradualmente se transformou em algo muito mais desagradável..."

"Ele costumava bater nela?"

Monika fez uma careta.

"Bem... não era tão simples assim..."

Ela respirou fundo.

"A luta deles pelo poder acontecia em vários níveis diferentes, não apenas no físico. Conforme o tempo passava, ela subiu até que, finalmente, nenhum deles estava preparado para recuar, nem um centímetro, e sobre nada. Nunca! E ficou pior, especialmente quando as coisas começaram a correr bem para a empresa. Eu trabalhei lá por cerca de um ano, mas no final o cabo de guerra deles ficou muito doloroso de assistir. Quem estivesse mais determinado a vencer tinha que usar qualquer tática que pudesse, sem tabus, sabe?"

Ela lhe deu um longo olhar e ele balançou a cabeça mais uma vez.

"Mas eles acabaram se divorciando. Isso não melhorou as coisas?"

"Sim e não... Eles continuaram trabalhando juntos, e Anna às vezes ficava no apartamento da empresa. É logo ao lado do de Philip, e acho que ela às vezes levava outros homens para lá..."

"Ah..."

HP teve um flashback repentino da cama de casal em Östermalm.

"No final, eu acho que ela simplesmente foi longe demais. Algo aconteceu entre eles, algo terrível, porque, de repente, ela estava aterrorizada com ele, e Anna não era do tipo que se assustava facilmente. Eu não tenho certeza, mas acho que os outros estavam envolvidos de alguma forma. Kristoffer, Rilke, Dejan..."

"Sophie e Elroy...?", ele perguntou.

"Não, os dois sempre foram os fiéis capangas de Philip. Ele os trouxe do exército, mas você provavelmente sabe disso. Talvez você até saiba o que eles fazem no último andar?"

Ele disse que não com a cabeça.

"Eles têm algum tipo de documentação de qualquer um que possa de alguma forma ser considerado um adversário dos clientes da empresa. Um mapeamento completo, até o mais ínfimo detalhe. Fotos, opiniões, círculo social, tudo o que você possa imaginar.

"A maior parte vem do Facebook e de outros fóruns sociais, mas eles também usam todos os tipos de bancos de dados oficiais para encontrar informações..."

Ela colocou a xícara de chá na mesa com um pouco de força demais.

"Eu estudei Direito, e a ideia era que eu iria cuidar de questões jurídicas para a empresa. Mas quando confrontei Philip e disse a ele que aquela documentação era ilegal, e pedi que ele explicasse para o que ela servia, ele se tornou quase ameaçador. Disse que o que Sophie e Elroy estavam fazendo estava fora da minha área de responsabilidade e que eu deveria cuidar da minha vida. Alguns dias depois eu pedi demissão, de jeito nenhum eu poderia estar envolvida nesse tipo de coisa..."

HP balançou a cabeça lentamente.

Seu detector de conflitos evidentemente estava certo.

"Você disse que os chefes de seção estavam envolvidos de alguma forma...?"

"Desculpe, eu mudei um pouco de assunto, não foi?"

Ela os serviu de mais chá.

"Todos os chefes de seção, fora Kristoffer, foram escolhidos por Anna, antes de Philip entrar em cena. Pode-se dizer que eles eram seus protegidos, e ela era muito ligada a eles. Mas de alguma forma Philip conseguiu colocá-los contra ela."

"As ações...? Philip e Anna eram donos de metade cada um, mas deram algumas para os chefes de seção..."

Ela lhe deu um longo olhar, sem confirmar ou negar o que ele tinha acabado de dizer.

"Mas Anna ainda detinha a maioria do capital?"

"Bem, isso depende um pouco de como você conta... A redistribuição foi ideia de Philip, mas Anna na verdade apoiou. Ela viu isso como uma maneira de deixar os chefes de seção mais próximos da empresa, uma forma de reter a experiência e habilidades deles. Após a distribuição, Anna manteve quarenta por cento das ações, Philip, vinte, e os quatro chefes de seção, dez por cento cada. Isso foi, sem dúvida, por que ela concordou com isso. Como Philip era quem estava abrindo mão da maior parte, ela provavelmente viu isso como uma vitória. Porque para votar contra ela, ele precisaria ter todos os chefes de seção ao seu lado, e ela não podia imaginar que algum dia eles a deixassem na mão, pelo menos não todos eles..."

"Mas foi isso o que aconteceu...?"

Ela confirmou com a cabeça.

"De alguma forma, ele conseguiu trazer todos para o seu lado, não me pergunte como, então na última reunião de acionistas todos eles votaram a favor da proposta de Philip..."

"Flutuação no mercado de ações...?"

"Não, não, absolutamente não!", ela riu. "Flutuação no mercado de ações significaria ter de prestar contas de suas atividades, contar a um monte de estranhos com quem a empresa estava realmente fazendo negócios, e isso era a última coisa que Philip queria. Não, o que eles realmente forçaram foi uma venda..."

Ela ficou parada na parte de trás do prédio por um tempo. Esperando o pior de sua raiva diminuir, e para dar-se uma chance de considerar se esta era realmente uma ótima ideia.

Mas agora ela estava esperando no frio por um bom tempo, e ainda estava tão furiosa quanto tinha estado quando saiu de seu apartamento, quase uma hora antes. Peter Gladh morava no segundo andar de um prédio que tinha quatro apartamentos separados, mas ele provavelmente tinha uma sublocação, já que seu nome não estava na lista do interfone da entrada.

A casa ficava no alto, com o fundo virado para um pequeno pedaço de floresta, e ela teve de abandonar o carro alugado e subir por entre as árvores para encontrar um ponto de vista decente.

Havia luzes em duas janelas, e em um momento ela pensou ter visto uma silhueta passar. Então ele estava em casa. Agora ela só precisava entrar, porque esse era o seu plano, não era? Tocar a campainha e confrontá-lo?

Ela realmente não sabia. Ela poderia muito bem encontrar uma pedra grande e jogá-la através de sua janela. Olho por olho, por assim dizer... Afinal, esse era o tipo de coisa que ele gostava...

Ela tinha acabado de começar a procurar um projétil adequado quando apareceu um pequeno cão farejando pela neve entre as árvores. O vento devia estar na direção errada, porque o animal não a notou até que estivesse quase em cima dela. Então, de repente, ele se virou para trás e começou a latir loucamente.

"Tarzan? Tarzan!", ela ouviu alguém gritando do caminho iluminado a algumas centenas de metros à sua direita. Então ela viu duas silhuetas se aproximando rapidamente por entre as árvores.

Merda, ela não queria ter que explicar o que estava fazendo escondida no mato a dois passeadores de cachorro.

Os vultos foram se aproximando rapidamente, dois homens, ela adivinhou. O maior deles carregava uma lanterna, e um muito menor estava correndo à frente. Ela esperou eles a alcançarem enquanto Tarzan continuava latindo histericamente.

"Shhhh", ela tentou. "Quietinho, Tarzan, bom menino."

Ela deu alguns passos em direção ao cachorrinho, se agachando na tentativa de acalmá-lo um pouco. Mas o cão apenas se lançou furiosamente contra suas pernas e ela se levantou rapidamente.

Maldito!

"Aí está você, Tarzan...!"

O mais baixo dos homens pegou o cachorrinho e o levantou, quase como uma criança. O cão ficou em silêncio na hora e começou a lamber o rosto do homem.

"Desculpe", disse ele. "O Tarzan não está acostumado a encontrar alguém quando ele corre por aqui à noite. Sinto muito se ele te assustou..."

"Não tem problema", ela murmurou. "Acho que provavelmente ele estava mais assustado."

O outro homem os alcançou. Sua lanterna apontava para o chão coberto de neve. Mas a luz ainda era forte o suficiente para ela reconhecê-lo da academia da delegacia. Era Peter Gladh.

Miragem 33

"Você já ouviu falar do grupo PayTag?"

O nome parecia vagamente familiar, mas ele não conseguia lembrar de onde.

"É uma consultoria global especializada em segurança on-line, entre outras coisas. De alguma forma, Philip conseguiu negociar que eles dessem um alto lance na participação majoritária da ArgosEye. Philip e os outros ficam ricos, enquanto a empresa ganha uma musculatura considerável, para falar em termos puramente de negócios..."

HP reclinou-se no sofá. Então foi por isso que Beens estava dando aquele showzinho no bar? Com uma empresa global por trás e milhões de dólares fresquinhos nos bolsos, eles poderiam expandir, desenvolver ferramentas melhores. E ter ainda mais controle...

Mas aparentemente Anna havia sido contra a proposta. Como Monika, ela era cada vez mais crítica à direção que a empresa estava seguindo.

Ela mesma havia sido uma das primeiras empreendedoras de TI e literalmente construiu sua carreira com o desenvolvimento da internet. E agora ela iria ajudar a limitá-la, calando pessoas e escondendo verdades desconfortáveis através da exploração dos próprios mecanismos da rede.

Sim, ele conseguia entender porque Anna se opunha ao acordo. E, segundo Monika, ela ainda tinha um trunfo. Mesmo que o conselho tribal votasse contra, ela evidentemente havia encontrado uma nova forma de enfiar uma chave inglesa nas engrenagens. E foder completamente com todo o acordo bem sob o nariz daqueles escrotos gananciosos...

"De alguma forma, Philip ficou sabendo disso e a confrontou...", disse Monika quando voltou da cozinha com um bule de chá quente.

"Eu não tenho a menor ideia do que aconteceu, tudo que sei é que Anna estava apavorada, completamente se cagando de medo, se perdoa meu linguajar..."

Ela tomou um gole de chá.

"Foi por isso que ela deixou o país?"

Monika confirmou.

"Anna me ligou de Londres e disse que ficaria fora algumas semanas, sem dar a menor explicação. Mas dava pra perceber pelo tom de voz dela...

Um tempo depois ela me ligou de Dubai e me contou um pouco mais. Foi depois que eu entendi – foi naquela noite que ela..."

Monika ficou em silêncio.

"Então a história que o Philip contou pra todo mundo, do ano sabático..."

"Completamente inventada, como toda a história de sua morte ter sido um acidente. A polícia de lá tem certeza de que Anna foi assassinada. Eles até soltaram uma ordem de prisão pelo principal suspeito."

Ele se contorceu, desconfortável, mas ela pareceu não ter percebido.

"Mas Philip foi bem firme nesse ponto. Nada poderia acontecer que pudesse por em risco o acordo, sob quaisquer circunstâncias. Depois do que aconteceu com Anna, não ousei discordar. E assim fico dependente da boa vontade dele..."

"Como assim?"

HP inclinou-se para frente de forma sutil.

"Eu sou a parente mais próxima de Anna, nossos pais morreram, o que significa que eu herdo as ações dela na empresa."

Ele franziu as sobrancelhas.

"Como isso é um problema? Quer dizer, você vai ganhar muito dinheiro pra eles, uma vez que o acordo esteja fechado."

Ela bufou.

"Anna não queria o dinheiro deles. Não importa o que acontecesse, ela planejava manter suas ações e impedir a PayTag de engolir o trabalho de sua vida, ao menos pelo quanto ela pudesse..."

Monika levantou do sofá e começou a tirar as xícaras que ainda estavam cheias. E então ela parou de repente e virou-se para ele.

"Você teria algo contra ir comigo até a varanda? Sinto que preciso de um cigarro..."

"Mas você está sangrando!", disse o homem com o cachorro.

Gladh mirou a lanterna para a perna dela. Uma pequena mancha vermelha já dava para ser vista através de sua calça jeans, em uma de suas panturrilhas, logo acima de sua bota. Ela ergueu sua perna, tirou a luva e tocou com o dedo.

Ele tinha razão.

"Tarzan mau!", disse o homem para o cachorro, "eu realmente sinto muito..."

Gladh moveu o facho da lanterna um pouco mais para cima.

Quando alcançou o rosto ela percebeu que ele havia ficado tenso.

"Meu nome é Pierre e este é Peter", disse o homem com o cachorro. "Nós moramos ali."

Apontou para a casa atrás deles.

"Venha conosco, nós faremos um curativo e obviamente lhe pagaremos um jeans novo..."

"Não precisa...", ela começou, mas o homem a interrompeu.

"Não, não, eu insisto. É o mínimo que podemos fazer, não é Peter?"

"Bem, se ela não quer...", balbuciou Gladh.

"Que bobagem!", disse o homem cujo nome aparentemente era Pierre. "Venha!"

Ele a segurou pelo braço, nem um pouco aborrecido, como se fossem velhos amigos, e começou a guiá-la pelo caminho. Tarzan protestou levemente contra sua presença, mas Pierre o repreendeu.

"Tarzan mau, não rosne para nossa nova amiga! Como você disse que se chamava?"

"Rebecca", ela murmurou. "Rebecca Normén."

Ela lançou um olhar por sobre seu ombro para Gladh, mas a escuridão a impediu de ver a expressão em seu rosto.

Ela fumava cigarros Blend da caixa azul, mentolados, o que não era uma surpresa para ele. Ele puxou um Marlboro do maço que havia comprado no quiosque no metrô e sentiu em seu bolso o novo isqueiro descartável. Ele sentia falta do velho e confiável Zippo.

"Você disse que dependia da boa vontade de Philip. O que quis dizer com isso?", disse enquanto acendia os cigarros.

Ela tragou profundamente antes de responder.

"Eu não quero nenhum maldito dinheiro da PayTag, não há dúvida sobre isso. Sinto como se fosse uma traição com Anna. Mas ao mesmo tempo não quero ficar com as ações, pois terminaria sendo parte de um monstro que minha irmã queria destruir, então fico nessa posição difícil."

Ela puxou alguns tragos curtos e nervosos e depois apagou o cigarro num vaso de flores emborcado sobre a mesa de plástico perto deles.

"Philip já se ofereceu para comprar essas ações, e mesmo que isso no fim signifique que ele as venderá para a PayTag, pelo menos me parece a opção menos pior..."

"Espera aí, você não poderia vender as ações para outra pessoa? Outra pessoa de fora?"

Ela fez um gesto conformado.

"Pra quem? A empresa não está listada na bolsa de valores e eu não tenho uma fila de especuladores à espera... Quer dizer, a ArgosEye nem dá lucro..."

HP tragou profundamente e depois arremessou com os dedos a guimba na grama coberta de neve.

"Eu posso ter uma sugestão", ele disse sorrindo.

Tudo era muito surreal.

O homem do cachorro, Pierre, a trouxe para dentro de seu apartamento, a acomodou em seu sofá e rapidamente tirou o cappuccino mais perfeito que ela já tinha provado na vida.

E agora ela estava sentada ali com Gladh no divã à frente, enquanto Pierre procurava pela maleta de primeiros socorros na cozinha. Por alguns momentos os dois apenas se observaram.

Ele parecia bem durão, isso ela não podia negar. Um rosto quadrado, olhos escuros e uma postura que sugeria que ele era mais do que capaz de se cuidar em uma briga. Por um instante, ela lamentou ter deixado seu bastão retrátil no bolso da jaqueta. Mas será que ele não iria tentar nada com ela, na frente de uma testemunha?

"Você sabe quem eu sou, não sabe?", ela começou.

Ele concordou.

"Sim, nós nos esbarramos algumas vezes na academia. Mas isso é um tanto..."

"Inesperado", ela interrompeu. "Acho que você não esperaria que eu viesse aqui?"

"Não", ele disse com o olhar fixo nela.

"Bem, aqui estou. A questão agora é o que vamos fazer em seguida..."

Ele apertou os olhos e lançou o olhar para a cozinha, onde parecia que o Pierre ainda vasculhava ao redor.

"Eu gostaria que você pudesse manter isso entre nós..."

Ele inclinou-se em sua direção.

"Eu não queria que isso vazasse no trabalho..."

"Claro, eu entendo isso", ela disse, cínica, e o viu vacilar.

"Peter, você viu a caixa de curativos? Tenho quase certeza de que estava no banheiro...", gritou Pierre.

"Não vi", Peter gritou de volta, sem tirar os olhos dela. "Mas acho que não iremos precisar. Rebecca está quase indo..."

"Não, não estou", ela chiou.

O trem chacoalhava pela escuridão do inverno, atravessando a cidade. Ele havia conseguido pegar o último trem da noite e além do condutor e de um cara usando fones de ouvido uns dois assentos à sua frente, os vagões estavam vazios.

Ele realmente não conseguia entender porque Philip havia reagido daquele jeito. Tinha algo seriamente pesado acontecendo, e não era só financeiro.

O grupo PayTag. Ele tinha certeza que já tinha ouvido o nome antes e estava tentando lembrar-se de onde, desesperadamente. Mas quanto mais pensava naquilo, mais distante parecia estar da resposta.

Uma coisa, no entanto, havia ficado clara. Ele finalmente estava entendendo por que Anna Argos havia sido assassinada. Como ele havia pensado, ela tinha sido pega pelo Jogo, mas não como um simples Jogador. Ela – e, acima de tudo, sua empresa – tinham um papel significativamente mais importante do que aquilo.

A ArgosEye protegia o Jogo e ao mesmo tempo provavelmente se beneficiava de seus serviços únicos. Se a empresa fosse comprada e eles tivessem acesso a sérias quantias de dinheiro, poderiam usar o Jogo numa base mais regular e explorar todo seu potencial. Fazendo-o desenterrar segredos, equívocos e merdas em geral que as pessoas ficam desesperadas para manter escondidas.

E então quando o Jogo já tivesse feito o que faz, suas vítimas poderiam escolher – torne-se um cliente da ArgosEye e garantimos que seus segredos estarão a salvo. A boa e velha taxa de segurança – Cosa Nostra no ciberespaço, basicamente. Seus negócios iriam crescer exponencialmente, e a PayTag choraria lágrimas de alegria por sua nova aquisição lucrativa.

Um aumento de receita significaria que o Jogo poderia continuar a crescer, recrutando mais Formigas e Jogadores, e assim aumentando tanto seu poder como sua base de clientes. E um Jogo em crescimento iria exigir um esforço ainda maior para manter-se escondido, tudo isso gerido pela enorme e poderosa ArgosEye, e então todo mundo estaria à sua disposição.

O círculo se fechava, as peças do quebra-cabeças se encaixavam e a lógica se sustentava.

Mas como em todas as teorias da conspiração, você tem que se perguntar: quem se beneficiaria com isso?

E nesse caso a resposta era simples:

Todo mundo!

Mas aí Anna Argos decidiu se fazer de difícil.

Uma forma de pará-los, disse Monika.

Anna era uma pessoa competitiva e certamente ia preferir destruir o trabalho de sua vida a ver Philip e os traiçoeiros chefes de departamento assumirem o poder.

Talvez ela tivesse tentado e não conseguido.

Será que foi por isso que ela saiu do país?

Mas havia muito em jogo para deixar que ela escapasse. Enquanto ela estivesse por aí, constituiria um risco sério.

E riscos devem ser eliminados, sempre que possível.

Eis que: Vincent, o Matador de Senhoras!

Putamerda, que história!

Só havia uma peça faltando...

Henrik HP Pettersson.

Como ele se encaixava nisso tudo?

Sua raiva havia voltado, de uma vez só. Por algumas semanas ela imaginara como MayBey seria, sentada ali, em frente ao seu monitor. Ela chegou inclusive a pensar nele como um monstro numa capa preta e com rosto deformado. Em vez disso, MayBey era um bronzeado de academia de ginástica com um pequeno cavanhaque, sentado em um divã turco numa sala que parecia ter saído das *Mil e Uma Noites*...

Sua surpresa fingida não iria funcionar com ela...

“Você é um escroto atrevido, Peter! Juntando toda a merda que seu tio Sixten e seu pobre e solitário chefe despejaram sobre você. Então você me transforma em seu alvo e passa semanas jogando todo o tipo de merda pra cima de mim, só pra ganhar alguma atenção praquele seu sitezinho nojento de fofocas. E agora você quer que a gente haja como se nada disso tivesse acontecido, pra não deixarmos isso vazar no trabalho...? Você claramente não é tão valente na vida real quanto na frente de seu teclado, MayBey?”

Gladh olhou fixamente para ela por vários segundos. Então tomou um longo fôlego e abriu a boca.

Naquele momento Pierre entrou na sala. Ele balançava uma pequena caixinha com uma cruz vermelha por cima.

“Aqui está. Desculpe-me Rebecca, mas *alguém* a colocou de volta no armário do banheiro, em vez de guardá-la no lugar certo”

Ele sentou-se no sofá perto de Rebecca e começou a tirar o que precisava com habilidade.

“Desculpe se interrompi. Do que vocês estavam falando?”

Gladh inclinou-se em sua direção.

“É, eu estava pensando exatamente nisso... De que diabos você está falando, Normén?”

Cortar, juntar e remover 34

Ele teve uma rápida sensação de que alguém o estava observando.

Olhou ansiosamente pelo vagão, mas fora o homem com fones de ouvido a sua frente, o trem estava vazio.

Nada para se preocupar.

Fechou os olhos, respirou fundo pelo nariz, depois deixou o ar sair lentamente pela boca. O redemoinho de pensamentos na sua cabeça foi gradualmente diminuindo.

Anna, Vincent, Philip, Monika, Rilke e todos os outros. E, finalmente, ele. Que história do caralho...

O trem parou na AGA, mas nenhum passageiro entrou, até onde ele podia dizer.

Seu disfarce tinha se mantido intacto até a noite depois do enterro de Anna, por isso, tudo o que ele havia descoberto até aquele momento devia ser verdade. Então alguma coisa aconteceu. Algum evento externo que mudou o jogo. Stoffe. Não poderia ser mais ninguém, realmente. Agora que ele tinha tido tempo para se acalmar um pouco, a ideia de que Rilke tinha descoberto seu disfarce ou que ele tinha deixado escapar de alguma forma, já não parecia terrivelmente provável.

Não, Stoffe foi o único fator novo adicionado à equação, a única diferença em relação ao cenário anterior. Com a possível exceção de sua irmã... Mas esse pensamento o preocupava mais do que ele estava disposto a admitir.

"Boa noite, Henrik!", uma voz suave falou de repente atrás de seu ombro, e HP congelou.

Philip Argos.

"Peter, um blogueiro-fantasma? Você está brincando..."

Pierre explodiu em uma risada que em circunstâncias normais seria provavelmente muito contagiosa. Mas ela definitivamente não estava com humor para risadas. E Gladh não parecia estar se divertindo tanto quanto seu companheiro.

"Isso é realmente verdade, no máximo eu consigo enviar e-mails e olhar os sites de notícias."

"Mas...", disse ela. "Tobbe disse que..."

Ela fez uma pausa, tentando pensar em um jeito de continuar.

"Ok, eu acho que estou começando a entender agora. Então, foi Tobbe Lundh que falou de mim para você...?"

Ele olhou para Pierre, que parou de rir na hora.

"Ok, é assim, Normén", suspirou Gladh. "Eu sempre permaneci em silêncio sobre a minha sexualidade. A polícia pode ter ficado muito melhor oficialmente, mas se você está na unidade de resposta rápida e compete no PMR, você não se encaixa caso você também seja..."

"Um veado!", Pierre disse, rápido como um flash. "Peter e eu não concordamos inteiramente sobre isso, mas mesmo que eu ache que ele está errado, respeito sua decisão..."

Gladh deu a Pierre um olhar agradecido.

"Até uns dois meses atrás, tudo ia muito bem", continuou ele. "Vários outros policiais deviam saber, ou pelo menos suspeitavam, mas ninguém realmente parecia se importar."

"Mas então alguma coisa aconteceu...?" Rebecca ainda estava tentando organizar seus pensamentos, e acrescentou: "Alguma coisa a ver com Tobbe Lundh?"

Gladh confirmou com a cabeça.

"Ele cruzou comigo e Pierre em uma festa particular. Sua filha estava trabalhando como garçonete, e, por ser um pai um pouco superprotetor, ele a buscou um pouco antes do final..."

"Uma festa gay", disse Pierre. "Uma festa perfeitamente normal, sem drag queens ou boás de penas, nenhum tema da Eurovision, mas ainda era bastante óbvio. Você pode imaginar o resto..."

Ela podia. Tobbe era um homofóbico fanático, o que era apenas uma das muitas características que tinha realmente passado a irritá-la quando a atração física começou a perder força.

"Então, ele começou a espalhar merda sobre você...?"

"Bem", Gladh murmurou, "ele é provavelmente um pouco inteligente demais para isso, quero dizer, ele está no comando, e nós costumávamos ser amigos. Alguma merda teria caído em cima dele se ele começasse a espalhar, então ele evitou isso... Mas ele passou a me tratar de forma diferente no trabalho, o que no fim era praticamente a mesma coisa. Em um grupo próximo como o nosso, todo mundo percebe imediatamente se há algo de errado, e, de repente, ele estava usando toda oportunidade que tinha para me deixar de lado. Me mantinha longe, me mandava como substituto para outras unidades que estavam com falta de pessoal. Não demorou muito para o resto deles se juntar. Entendi o toque e imediatamente solicitei uma transferência, antes que a fofoca tivesse tempo para realmente se desenvolver. Nas últimas três semanas, estou trabalhando na Unidade de Jovens, em Roslagen."

"E o seu tio, Sixten...?"

Ela tinha praticamente encontrado sozinha a resposta. Aqueles comentários sobre a falta de moral na polícia de repente assumiram um significado totalmente novo.

"Tio Sixten? Ele é tão homofóbico quanto Tobbe Lundh, se não for pior. Não nos falamos há anos... O que ele tem a ver com isso?"

Seu primeiro instinto foi correr, correr para salvar sua vida. Mas enquanto ele tentava se levantar, sentiu um braço pesado em seus ombros.

"Vai com calma, rapaz", Elroy murmurou em seu ouvido enquanto o empurrava de volta para o seu lugar.

"Você esteve bem ocupado esta noite, Henrik."

Philip sentou-se a sua frente. Seus joelhos estavam tão perto que eles quase se tocavam.

"Então, que histórias emocionantes minha ex-cunhada contou a você? Deixe-me adivinhar! Eu atormentei a irmã mais nova dela, forcei ela a deixar a sua própria empresa, e agora estou planejando vender tudo para o diabo. Certo até agora?"

HP fez que sim com a cabeça, em silêncio. De repente ele se sentiu enjoado. Ele tinha certeza de que não tinha sido seguido. Até deixou a casa pela porta do terraço, atravessando a cerca para a floresta.

Então como diabos eles o tinham encontrado?

Alguém deve ter contado.

Mas quem?

Ele olhou rapidamente para a frente do vagão. O homem com os fones de ouvido ainda estava lá. Enquanto houvesse um estranho no trem com eles, eles provavelmente não se atreveriam a machucá-lo.

Pelo menos ele esperava que não...

Philip sorriu amigavelmente.

"Nosso último encontro foi bastante infeliz, Henrik, e eu assumo total responsabilidade por isso."

Ele pôs a mão no bolso do casaco e HP ficou duro.

"Pastilha de garganta?"

Philip estendeu uma caixinha vermelha, e por algum motivo HP obedientemente pegou uma.

"*Faz as pessoas falarem*", disse Philip rindo, imitando o comercial. HP ouviu Elroy se juntar a eles, atrás de seu pescoço. Ele não conseguia parar de sorrir de nervoso. Seu estômago embrulhou novamente e ele engoliu em seco algumas vezes para controlá-lo.

"Como você deve ter notado, minha cunhada é uma pessoa bastante incomum", continuou Philip. "O foco da Monika é mais no plano sobrenatural, o que significa que ela às vezes tem dificuldade em aceitar a realidade da maneira como realmente é. A trágica morte de Anna não parece ter ajudado..."

Ele fez uma cara triste.

"Como em todo relacionamento desfeito, a culpa é compartilhada por ambas as partes... Mas, em relação a ArgosEye, tudo o que fiz foi seguindo exatamente as regras, posso te assegurar isso. Bem, chega disso..."

Ele lançou um olhar para Elroy, depois olhou por cima do ombro, em direção ao homem alguns lugares mais à frente.

"Pensei que poderíamos continuar a nossa conversa em um ambiente mais privado, Henrik. Ainda estamos muito interessados em saber quem enviou você até nós e que instruções foram dadas. Além disso, temos muito mais o que discutir..." Ele ergueu a mão para impedir HP de dizer qualquer coisa.

"Não, não. Não há necessidade de dizer qualquer coisa agora. Nós vamos tratar de tudo isso quando pudermos conversar sem medo de sermos incomodados... Sophie está esperando com o carro em Ropsten, por isso o meu conselho a você seria aproveitar a oportunidade para considerar a direção que você gostaria que nossa conversa iminente tomasse."

"Fácil ou difícil, pequeno Henke, você decide", Elroy sussurrou em seu ouvido. "É tudo a mesma coisa para mim!"

O trem fez uma última parada antes da ponte, mas antes que HP tivesse a chance de pensar em tentar fugir, Elroy tinha mais uma vez colocado a mão em seu ombro. O jovem com os fones de ouvido se levantou e passou por eles. HP tentou chamar sua atenção, mas o cara nem olhou em sua direção. Então o trem partiu novamente e começou o longo caminho em direção à ponte Lidingö.

Philip tirou o celular do suporte em seu cinto e o colocou na orelha.

"Alô?"

HP não tinha ouvido o aparelho tocar.

"Sim, oi. A situação está sob controle... Vamos seguir conforme o planejado."

HP olhou para fora da janela. Eles estavam em cima da ponte agora, água escura lá embaixo, em ambos os lados.

"Bom", Philip disse ao telefone. "Você tem permissão para prosseguir. Vamos começar a fase três à meia-noite..."

Talvez ele conseguisse. Se ficasse de pé, pulasse no Philip e subisse em cima dele...

Não, mesmo no improvável caso de conseguir manter seu corpo machucado longe de Philip e Elroy, ele não tinha a menor vontade de mergulhar vinte metros na água gelada. Era um longo caminho até a praia, longe demais, e ele não sobreviveria a um mergulho assim de jeito nenhum, certamente não em seu estado atual...

Philip parecia ter terminado a ligação. Ele se sentou com o telefone na mão por alguns segundos e, em seguida, apertou um botão em um dos lados antes de levá-lo à boca.

"Sophie?" Ele soltou o botão.

"Estou aqui!", a voz dela estalou no pequeno alto-falante.

"Estamos na ponte, chegaremos em uns dois minutos. Você pode ir agora, câmbio."

"Entendido!"

O fim da ponte foi ficando cada vez mais perto, e HP sentiu o trem começar a desacelerar.

"Bem, Henrik, parece que chegamos ao fim da linha..."

A cabeça dela ainda estava girando enquanto caminhava lentamente de volta para onde havia deixado o carro alugado.

Peter Gladh não era MayBey, a menos que ele e seu companheiro fossem atores extremamente bons. Mas ela duvidava disso. Ambos tinham parecido falar a verdade, e toda aquela história sobre Tobbe parecia vir do coração.

Tobbe...

Era bastante óbvio que ele tentou enganá-la.

Ele provavelmente não fazia ideia de quem MayBey era, e só deu o nome de Gladh para tirá-la da quadra de tênis antes que o pequeno Jonathan pudesse captar o clima.

Mas ela não conseguia afastar a sensação de que Tobbe estava envolvido, de uma forma ou de outra.

Não apenas porque MayBey parecia saber que eles usavam o apartamento de Henke, ou porque vários dos acontecimentos que haviam sido descritos combinavam com o tipo de coisa que Tobbe tinha lhe dito. A situação também havia piorado quase ao mesmo tempo em que ela terminou com ele. Mas Tobbe não era MayBey, ela tinha definido isso logo no início. Ele simplesmente não era bom o suficiente em se expressar, longe disso. Além disso, ele não tinha as habilidades de TI necessárias para manter MayBey anônimo.

Mas ainda havia algo no tom das mensagens. Parecia tão pessoal. Como se MayBey soubesse exatamente quem ela era, e realmente não gostasse dela – odiasse, até.

Ele estava apavorado.

Eles o estavam observando de alguma forma, deixando ele solto por um tempo para ver o que faria. Qualquer um mais esperto que ele teria, obviamente, fugido. Arrumado a mala e picado a maldita mula, fazendo-os acreditar que ele estava fora do Jogo e não era mais nenhuma ameaça para eles.

Mas não ele. Ah, não... Em vez disso, ele tinha apenas demonstrado que não tinha nenhuma intenção de desistir. Que ele ainda era uma ameaça. A pergunta que ele tinha feito a si mesmo no apartamento ainda estava à espera de uma resposta. Será que eles conseguiram enxergar além de Henrik Pettersson e perceber que ele também era o Jogador 128? Será que eles sequer sabiam que tinha sido ele quem Vincent tinha incriminado pela morte de Anna?

O trem parou na plataforma rangendo bastante, balançou algumas vezes e, em seguida, parou abruptamente.

"Hora de sair", Elroy murmurou no ouvido de HP enquanto o agarrava pelo braço. "E só para você saber..."

Com a mão livre, ele abriu o paletó para revelar um objeto metálico preto em sua cintura.

"Modelo 88, 9 milímetros, 19 balas no cartucho", ele sorriu.

HP engoliu em seco algumas vezes, então fez que sim com a cabeça lentamente. Seu pulso estava batendo em seus ouvidos.

Eles caminharam pela plataforma quase vazia em direção à bilheteria. Philip caminhava alguns passos à frente, seguido por HP, com Elroy colado ao seu braço esquerdo. Ele já sabia para onde estavam indo.

O mesmo lance de escadas íngreme que descia até o nível da rua, aquele que ele tinha tentado subir correndo poucas horas antes. Eles iriam levá-lo para algum lugar isolado, uma pedreira ou alguma clareira na floresta. Desta vez ele estava muito mais assustado. Assim como Anna, ele era uma ameaça, um fator de risco que precisava ser cuidado. Se ele entrasse naquele carro, não voltaria até que algum catador de frutas tailandês encontrasse seu crânio roído pelas raposas daqui a trinta ou quarenta anos, ele tinha certeza disso.

Ele tinha que fazer alguma coisa!

Enquanto saía do outro lado da ponte Lidingö, ela tentou ligar o rádio. Um pouco de música, era isso o que ela precisava. Algo para abafar o turbilhão em sua cabeça.

Mas em vez disso, ela ouviu a notícia.

"A Polícia de Segurança ainda se recusa a comentar sobre o fracassado ataque a bomba no centro de Estocolmo. O autor, de 28 anos, não tinha condenações anteriores e não era conhecido da polícia,

mas a mensagem que o homem deixou no Facebook sugere que suas ações estão ligadas ao terrorismo internacional..."

Ela mudou de rádio, zapeando um pouco até encontrar uma música do Babyshambles que ela gostava.

In the morning there's a buzz of flies
Between the pillows and the skies
That beg into your eyes
Through the looking glass
And between your thighs
And it's written no small surprise
Let's straight down the rabbit hole
There we go...1

Apenas mais dez metros até a bilheteria, depois mais alguns até o lance de escadas. A mão de Elroy o segurava como um vício e ele podia sentir os olhos do homem perfurando a parte de trás do seu pescoço.

Mas ele teve uma ideia. Ele começou a andar um pouco mais devagar, apenas o suficiente para seu ex-chefe ficar mais ou menos um metro à frente deles.

As portas de correr se abriram para deixar Philip entrar no saguão, e naquele momento HP parou.

"Não pare", murmurou Elroy.

HP obedeceu e deu um passo para a frente, de modo que eles ficassem no meio da porta. Elroy apertou seu braço com mais força e murmurou irritado. *"Vamos, vamos, vamos!!!"*

As portas se fecharam sem aviso prévio.

A porta do lado esquerdo atingiu o braço de Elroy, obrigando-o instintivamente a dar meio passo para trás. Ao mesmo tempo, HP deu um passo rápido para o saguão e virou de lado. A porta da direita não acertou suas costas por pouco e uma fração de segundo depois bateu no mesmo braço de Elroy novamente.

Ele ouviu Elroy gritar, sentiu o aperto afrouxar e empurrou seu corpo rapidamente.

Ele estava livre!

Hora de fazer o que ele fazia melhor: correr para salvar sua vida!

1 *De manhã há um zumbido de moscas/ Entre os travesseiros e os céus/ Que imploram em seus olhos/ Através do espelho/ E entre suas coxas/ E está escrito sem surpresa/ Vamos descer direto no buraco do coelho/ Lá vamos nós...*

Philip tinha, evidentemente, ouvido o grito. Ele se virou e esticou os braços. Mas HP já havia pego velocidade. Ele fintou para a esquerda, depois desviou pelo lado direito de Philip.

Ele seguiu para a escada rolante que levava até a plataforma subterrânea, descendo de dois em dois degraus como sempre fazia, mas ele podia sentir seu corpo reclamar. Quando chegou ao final, olhou rapidamente por cima do ombro, apenas para descobrir que tanto Philip como Elroy já estavam no seu encalço.

Porra!

Ele voou até a plataforma, escolhendo o lado direito, que estava completamente deserto.

Seu corpo se sentia fraco e ele tinha que fazer um esforço enorme para não tropeçar nos próprios pés.

Um punhado de passageiros estava esperando no lado esquerdo da plataforma, mas, obviamente, nenhum deles iria ajudá-lo. Em vez disso, ele mirou no final da plataforma, o longo túnel que levava a Hjorthagen.

Outra olhada por cima do ombro fez sua frequência cardíaca trocar de marcha para o modo de pânico. Seus perseguidores estavam quase em cima dele, já perto o suficiente para que ele visse as expressões raivosas em seus rostos. Suas bocas e narizes bufavam.

Que merda!

Geralmente conseguia ganhar de qualquer um na corrida, mas ele ainda estava machucado, e esses caras pareciam ser corredores fenomenais.

Ele podia esquecer o túnel, eles o alcançariam antes mesmo de ele chegar à entrada, e mesmo se por algum milagre ele conseguisse, uma subida de duzentos metros era a última coisa que ele precisava no momento.

Por um segundo ele pensou em cruzar os trilhos vazios e pular a cerca em direção a Värtavägen, mas o viaduto em que a plataforma foi construída devia ter uns bons quinze metros de altura, e ele não sobreviveria a uma queda como essa de jeito nenhum.

Ele precisava de um novo plano, e rápido pra caralho!

Outra olhada por cima do ombro, eles estavam ainda mais perto agora.

Seus músculos doíam, seus pulmões e a garganta queimavam e ele podia claramente sentir seus movimentos ficando mais lentos. Eles iam pegá-lo, ele percebeu. Então viu o aviso anunciando um trem que se aproximava acender do lado esquerdo da plataforma, e sentiu a familiar rajada de ar.

Uma chance...

Uma chancezinha minúscula e perigosa pra caralho. Mas ele não tinha exatamente muita escolha...

Ele desviou bruscamente para a esquerda, mudou de plataforma e passou entre um casal de passageiros letárgicos.

Ele ouviu seus gritos irados quando seus perseguidores os atingiram.

Desviou para a direita e continuou pela nova plataforma. Então viu as luzes do trem emergindo do túnel, indo direto na direção dele. Seus perseguidores quase o tinham alcançado. Ele podia sentir as mãos deles tentando agarrar sua jaqueta e apostou suas últimas reservas de energia em uma última e violenta explosão de velocidade. Os freios do trem guinchavam enquanto ele o via se aproximando. Mãos tocaram suas costas novamente.

Seus pulmões pareciam que estavam prestes a estourar, as pernas estavam a ponto de desistir, mas ele as forçou até a borda da plataforma. Sentiu um milésimo de segundo de leveza enquanto ficou parado no ar na frente do trem.

Então ouviu alguém gritar, um longo e arrastado grito que se fundiu com os guinchos dos freios.

Então chão, asfalto, metal e, por fim: escuridão...

35 O buraco do coelho

Fórum dos Pilares da Sociedade
Publicado em: 23 de dezembro, 22:49
Por: **MayBey**

Talvez você esteja certa, Regina...
Talvez eu seja um fantasma.
Mas ouse me ignorar.
Ouse*!*

Este post tem 96 comentários

O recuo sob a plataforma não era propriamente grande. Tinha uns setenta centímetros de altura e a metade desta profundidade. Mas era suficiente para que uma pessoa de tamanho médio se escondesse ali.

As rodas do trem ainda estavam girando a alguns centímetros de distância e o guincho dos freios tornava quase impossível pensar.

Ele verificou rapidamente. Seu corpo doía, tanto pela corrida, pela chegada e pelo mergulho naquele buraco cúbico e seu coração batia como o baixo num show de death metal. Mas para seu imenso alívio, ele não encontrou nenhum cotoco amputado esguichando cascatas de sangue. Todos os seus membros pareciam estar intactos, mesmo que completamente doídos. Ele encolheu os braços sobre o próprio corpo e tentou escorregar-se para a frente.

Não era fácil...

Seu amigo Vesa uma vez havia lhe dito sobre o duto de segurança há um tempo. O cara claramente tinha um fetiche por trens, mas você não sabe que existe esse tipo de coisa quando se tem quinze anos. No fim das contas, ele teve um destino trágico, virando carvão em Älvsjö. Ele estava surfando em cima de um vagão mas não percebeu que os fios de eletricidade perto da garagem são mais baixos do que nos trilhos.

Mas eles se divertiram naquela época.

Eles começaram pegando carona entre os vagões e outras coisas desse nível de iniciante. Foram num safári pelos túneis da estação abandonada de Kymlinge. Foi a primeira vez em que HP experimentou o duto de segurança. Um dos trens da linha azul passou rugindo a quase oitenta quilômetros por hora, e por alguns segundos a onda de ar pressurizado e o barulho de rachar os tímpanos quase o fizeram se cagar todo. Depois disso, eles começaram a fazer essa façanha em outros lugares, visto que toda estação tinha seu pequeno duto de segurança. Era mais uma reentrância do que um duto, visto que percorria toda estação. Assim ele conseguiria fugir rastejando até a abertura do túnel enquanto o trem estivesse parado e ninguém estivesse vendo o que ele estava fazendo. Ou pelo menos essa era a teoria.

O trem havia parado e ele conseguia ouvir o ruído das vozes agitadas na plataforma.

"Não, não, pelo amor de Deus, você não pode descer sobre os trilhos...", dizia uma voz masculina autoritária. Ele achou que devia ser o condutor.

"A eletricidade tem que ser desligada para que você possa fazer isso... Nós temos regras de conduta sobre casos assim, há pelo menos um saltador por semana... A polícia e os bombeiros estão vindo, então será que todo mundo não pode se afastar um pouco?!"

As vozes ficavam mais fracas à medida em que ele rastejava para longe delas.

Seu progresso estava sendo mais lento do que gostaria.

As pedras cruas estavam esfolando seus cotovelos e joelhos enquanto seu casaco pesado tornava difícil movimentar-se. Ele podia ouvir as sirenes se aproximando à distância. Precisaria estar bem dentro do túnel antes que os bombeiros desligassem a energia e descessem para os trilhos.

Ele parou por alguns segundos e então livrou-se de sua jaqueta com dificuldade. Ia ficar frio sem ela, mas ele não tinha muitas outras chances.

Uma checagem rápida nos bolsos para ver se não havia esquecido nada.

Carteira, chaves, cigarro.

Tudo ali, certinho, que ele pegou e pôs nos bolsos de sua calça jeans. Só faltava o isqueiro e ele teve que passar a mão por toda a jaqueta até encontrá-lo em um dos muitos bolsos laterais.

Ele estava tão preso no bolso que parecia que tinha entrado no forro e por um instante cogitou abandoná-lo. Mas ele lembrou que a caminhada pelo túnel até a outra estação em Gärdet seria bem longa sem um cigarro e tentou de novo.

Dessa vez ele rasgou o forro com os dedos.

Era mais fácil assim!

Mas o pequeno objeto retangular não era um isqueiro...

Elite GPS 311 dizia em pequenas letras um dos lados do pequeno retângulo achatado. Bem, isso explicava muita coisa. Eles o grampearam com um localizador, rastreando-o como se fosse uma porra de uma foca marinha. Então era assim que conseguiram localizá-lo sem que ele os percebesse...

Era o lugar certo para colocar, a jaqueta era grossa e tinha um número enorme de zíperes e bolsos com velcro pra que ele percebesse até mesmo um pequeno e duro trequinho daqueles.

Mas havia algo que ele não conseguia entender. Como é que eles conseguiram grampear aquilo?

A jaqueta era novinha, ele pegou da sacola de compras de Becca um pouco antes de sair. O que por sua vez queria dizer que... O que, hein, Einstein?

Um novo fator na equação...

Porra.

Porra.

PORRA!

Ele precisava entrar em contato com ela, descobrir com quem ela havia entrado em contato recentemente. Tentar impedir que ela se envolvesse ainda mais do que já estava envolvida.

Mas antes ele tinha primeiro que sair dali...

Tobias Lundh obviamente tinha sido um equívoco, um erro de julgamento de sua parte, e um que ela estava pagando o preço de mais de uma maneira. Embora nunca tivesse se envolvido com colegas, diferentemente de várias outras oficiais de polícia, ela de repente havia se envolvido com um velho conhecido Don Juan como Tobbe. Que era também o melhor amigo de seu chefe, além de seu vizinho...

No que diabos ela estava pensando?

Mas claro que esse não era todo o problema. Como John, ela não pensou em nada, apenas seguiu o primeiro impulso que apareceu em sua cabeça. Depois de tudo que aconteceu no ano passado com Henke, do ataque que ela conseguiu impedir no último minuto e, não menos importante, do pacote com os parafusos, ela havia prometido a si mesma que iria relaxar um pouco mais. Baixar um pouco seus parâmetros e dar uma chance a ela mesma para ser mais humana...

Bem, aquilo tinha se resolvido bem.

Ela claramente deveria ter corrigido o erro Tobbe Lundh há muito tempo, e assim teria fugido de seu ciúme patético e mensagens de texto constantes. Ela já tinha um namorado. Que era bom e atencioso, que talvez não fosse tão emocionante, mas pelo menos não havia causado esse tipo de confusão. Então por que havia enganado Micke, o traindo por sexo casual com um cara que ela nem gostava? Ela não tinha nenhuma boa resposta para aquilo. Ou talvez tivesse respostas demais...

Fora do buraco e ladeira abaixo 36

Local: Hotel Desesperança
Data e hora: Dia de Natal, 13:48
Traje: Casual, que no caso era camisa e cueca
Status: Espancado e monitorado

Narcolepsia.

Ou pelo menos era assim que o Discovery se referia àquele fenômeno. Dormir em qualquer situação, até quando se caminha. Mas aquilo não era bem dormir. Não era a palavra certa. Ele estava numa espécie de transe, acordado o suficiente para que suas pernas conseguissem seguir caminhando para frente, mas seu cérebro completamente sintonizado no mundo da imaginação.

O túnel não era propriamente longo, talvez pouco mais de um quilômetro. Mas visto que ele formava uma ampla curva sob Hjorthagen, não levou mais do que dez metros para a luz no fim do túnel em Ropsten desaparecer. A escuridão impenetrável certamente contribuía para a experiência.

Ele tinha visto coisas, coisas terríveis como as dos livros de H.P. Lovecraft, que faziam os pelos de seus braços e da nuca ficarem em pé. Ratos, morcegos e criaturas ainda maiores e sem forma se escondendo nos cantos e laterais do túnel. Coisas que silvavam para ele logo depois que ele passava, cutucando suas costas com patas nojentas com jeito de garras.

E as vozes. Pai, Dag, aquele pobre sujeito incinerado, Erman. Todos falavam com ele no escuro. Exigindo respostas.

Você quer jogar um jogo, Henrik Pettersson?
Você quer?
Tem absoluta certeza?
Sim ou não?

Seu almoço havia acabado de chegar, um Quarteirão com Queijo que lhe custou o dobro do que o costume, já que o Burger King mais próximo ficava a umas duas quadras a mais de caminhada para o recepcionista. Mas valeu a pena. O molho pingava pelos seus dedos e ele lambia com vontade cada gota gordurosa.

Ele havia saído cambaleante do túnel fantasma em Gärdet e teve que andar mais outras centenas de metros até perceber que a luz e o ar fresco não eram alucinações e sim reais.

Depois ele conseguiu pegar um táxi perto do prédio da TV4, e mesmo que o taxista tivesse lhe olhado de forma engraçada, ainda assim concordou em levar seu corpo sujo e abatido para Södermalm.

Ele havia dormido por quase 24 horas e então arrastou-se para o chuveiro, onde também se barbeou. Depois de comer, ele ligou o computador.

Ele tinha de achar uma forma de falar com Becca. Explicar para ela porque não havia voltado. Ela provavelmente iria ficar tanto puta de raiva como preocupada. Mas ele não ousava ligar para sua casa ou tentar o celular. Se eles podiam instalar um GPS em sua roupa, certamente conseguiriam grampear seus telefones. Seus adversários não eram qualquer um.

Tudo era muito maior do que ele havia pensado, percebia agora, e um pouco de tempo googlando reforçou rapidamente a ideia que ele começou a pensar ainda em Lindingö.

Ele tinha que achar uma forma de contatá-la. De mantê-la a salvo.

O Natal fazia tudo ficar duplamente depressivo.

Ela quase tinha tanta raiva de si mesma quanto de Henke. Primeiro ele literalmente caiu do céu, pelado e espancado, com uma história ridícula. Então alguns dias depois de se recuperar enquanto sua irmã mais velha cuidava dele e o alimentava, ele desaparece de repente sem dar a menor explicação.

E ela pegou ingredientes para preparar uma ceia de Natal e até tirou alguns elementos de decoração do porão – e ele não apareceu. Naturalmente ela tentou ligar para seu celular e o encontrou enfiado no cabide de chapéus.

Era tão típico de Henke e tão típico dela não ter percebido.

E assim ela passou o Natal sozinha.

Micke ligou duas vezes, mas ela não estava à vontade para conversar com ele. Ela se desculpava dizendo que estava passando o Natal com seu irmão e falava o mínimo possível durante as ligações. Tinha quase certeza de que por agora ele já sabia de seu caso com Tobbe. Sem contar todas as fofocas que ele havia lido no Fórum dos Pilares da Sociedade. Nem seu advogado ajudou a deixar as coisas mais tranquilas. Aparentemente o procurador estava pensando em mover um processo contra ela no início de janeiro. Péssima conduta do cargo, o que significaria sua demissão caso fosse julgada culpada. *Fantástico pra caralho*, diria Henke...

Ela cuidadosamente empacotou seu equipamento de ginástica e deixou o apartamento. Uma das grandes redes de academia tinha uma unidade em

Fridhemsplan, e ela estava pensando em pegar um pacote de dez aulas enquanto passasse o tempo lá.

Quando saiu à rua, olhou com cuidado ao redor antes de ir em direção ao ponto de ônibus. A um quarteirão de distância, um carro foi ligado, mas o som do motor quase foi engolido pelo das escavadeiras de neve, e ela não percebeu.

Foi a foto do suicida fracassado que o colocou em evidência. Uma foto terrível, com a qual os tabloides estavam se esbaldando, obviamente.

A foto foi tirada diretamente de cima – alguém deve ter se inclinado na janela para olhar para baixo. O corpo sem vida, as manchas escuras na neve, os restos e os pedaços de vidro espalhados, tudo muito claramente visível.

O que chamou a atenção de HP foi um pequeno detalhe no cantinho daquele caos. Bem no alto da foto, sozinho da neve, havia um pequeno objeto retangular que o paralisou. Os cabelos na sua nuca se ergueram como havia acontecido no túnel H.P. Lovecraft. Ele nem precisava ampliar a foto para entender o que era.

Um celular! Brilhante como aquele que estava em seu guarda-roupa.

Uma vez que seu cérebro havia feito a conexão, não foi difícil concluir o resto do quebra-cabeças. Primeiro algumas googladas na mídia tradicional.

> *"O segundo ataque terrorista na Suécia nos últimos dois anos..."*
> *"Está claro que o terrorismo internacional chegou para ficar."*
> *"Especialistas em terrorismo dizem que deve haver pelo menos três centenas de terroristas na Suécia..."*
> *"Os partidos de oposição, que inicialmente haviam sido contra o aumento da vigilância, agora decidiram apoiar essas medidas..."*
> *"Uma pesquisa entre nossos leitores indica que a grande maioria dos suecos apoia o reforço de..."*

Foi a última frase que fez ele mudar o foco e mirar em seus velhos campos de caça. Levou poucos minutos para que ele chegasse ao lugar certo. Alguns trolls haviam mudado de nome, mas ele reconhecia a forma com eles se expressavam.

"M0Oreon", "M1crosrf" e "JabRue" eram criações suas. Mas ainda tinha velhos conhecidos como "VAO", "Bosse Baldersson", "Ljugo Luli" e "Lasse Danielsson". Ele testou todos os nomes de trolls que conseguia lembrar e os resultados excediam suas expectativas.

Desde o dia seguinte ao bombardeio, todos – o bando todo, *tutti* – sem uma porra de exceção, haviam publicado comentários que de uma forma ou de outra estavam relacionados ao ataque terrorista. Quando ele começou a procurar nos blogs, o resultado era praticamente o mesmo. Até os blogs mais superficiais tinham algo pra falar sobre o tema, mesmo que fossem apenas clichês como *"Que horror"* ou *"O melhor amigo da minha irmã esteve a segundos de ser explodido..."*

A conclusão era cristalina!

A ArgosEye estava soprando as chamas o máximo que podia, e todo o maquinário de formatação de opiniões começou a funcionar exatamente doze horas depois do atentado suicida fracassado.

Coincidência?

Bem, claro que podia ser.

Mas considerando o que ele já tinha visto...

Nem a pau!!!!!

Ela carregava uma pesada sacola de compras em cada uma de suas mãos e sua bolsa de ginástica nas costas. Estava a apenas dez metros de distância do ônibus quando as portas se fecharam e ele saiu de perto da calçada com um chiado.

Ela xingou sozinha em voz alta, pensou em esperar pelo próximo, mas então decidiu ir a pé os dois quilômetros de Fridhemsplan até em casa.

Quando estava na metade do caminho já tinha lamentado sua decisão algumas vezes.

Mesmo com as luvas, as sacolas estavam cortando suas mãos e a fazendo parar cada vez mais para permitir que o sangue voltasse a seus dedos. E as calçadas não haviam sido limpas, e ela quase escorregou outras tantas vezes.

Ela havia acabado de passar o parque próximo à faculdade de pedagogia quando o carro preto chegou perto dela. À sua direita, no outro lado da cerca alta, carros saíam do túnel Fredhäll e tanto o barulho como o movimento do trânsito pela E4 foram o que provavelmente não a fizeram reagir até que o carro parasse e um homem largo aparecesse em seu caminho.

"Entre", ele disse abruptamente enquanto abria a porta.

"Quê?"

Do outro lado do carro, a porta do motorista se abriu e de lá saiu uma mulher de cabelos vermelhos, quase da sua idade, que deu a volta no carro.

"Entre!", o homem repetiu. "Tem alguém que quer falar com você..."

Ela inclinou-se e olhou para dentro do carro, que achava ser uma Mercedes.

John estava sentado lá dentro.

"Por favor, Rebecca, entre", ele disse gentilmente.

Ela olhou rapidamente para a esquerda. A mulher estava na calçada atrás dela.

Como o homem a seu lado, a mulher tinha seu paletó aberto de uma forma que Rebecca reconhecia, com uma das mãos sobre o cinto, por dentro da abertura do paletó.

Ela deu um passo para trás, em direção à cerca.

De repente ela reconheceu o homem ao seu lado.

"Você estava no ônibus", ela disse de forma seca, "mas você foi bem mais bonzinho lá..."

"Você vai entrar ou não?", ele respondeu.

"O que acontece seu eu disser não?"

O homem deu um passo para a frente e a mulher fez o mesmo ao lado dela.

"Vamos resolver isso de forma tranquila e calma", John disse ainda sentado no banco de trás do carro. "Desculpe-me pelo nosso mal-entendido no outro dia, eu realmente sinto muito, Rebecca... Eu estava cansado, tinha bebido muito e por causa disso interpretei tudo errado. Espero que possa aceitar minhas desculpas e posso lhe certificar que não tenho nenhuma intenção de vingança."

Ele apontou o curativo no nariz.

"Se você puder entrar, nós podemos levá-la até sua casa. É apenas alguns metros adiante, mas essas sacolas parecem tão pesadas."

Logo que ele terminou sua frase, o homenzarrão ergueu as mãos para carregar suas sacolas, repetindo o gesto do ônibus. Ela hesitou. O homem e a mulher estavam quase que imperceptivelmente chegando mais perto dela. Ela lentamente pôs as sacolas no chão e deu alguns passos para trás.

Levou alguns dias até que a ficha caísse. A ACME Serviços de Telecomunicação Ltda. – a empresa que respondia pelo bunker-escritório que ele e Rehyman, o Menino-Prodígio, conseguiram invadir sem serem percebidos, o lugar que eles acabaram descobrindo como sendo o local de onde o Jogo era controlado. Até que eles explodiram tudo...

Então, ACME Serviços de Telecomunicação.

Orgulhosa integrante do grupo PayTag, dizia em seu site.

Se ele tinha alguma dúvida sobre a missão anteriormente, agora todas as ressalvas caíram por terra.

O PayTag era dono da ACME, e a ACME controlava o Jogo.

Qual sua conclusão, Sherlock?

PayTag *era* o Jogo!

De repente a calçada foi iluminada pelas luzes de outro carro, muito claras, apesar do carro ser bem mais acabado.

O veículo parou no meio da rua por uns poucos segundos e então voltou de ré sagazmente para estacionar atrás da Mercedes. Um sujeito magricela de jaqueta de couro, botas de caubói e óculos de aviador saiu do lado do carona.

"O que é que está acontecendo aqui?", ele disse, dando alguns passos autoritários na direção deles.

O homem e a mulher em cada lado de Rebecca trocaram olhares.

"Como assim?", disse o homem, abaixando as mãos que estavam indo em direção a Rebecca.

"Renko, segurança", disse o homem de óculos escuros, mostrando uma pequena carteira preta. "Aqui é proibido parar e isso também vale para os Mercedes, tá bom...?"

"Nós estávamos apenas oferecendo uma carona para esta senhora..."

"Podem ir, eu e meu parceiro podemos levar Normén pra casa."

O homem de óculos escuros gesticulou com o polegar sobre seu ombro, apontando para o carro caindo aos pedaços. A porta do motorista se abriu. Um homem usando uma jaqueta verde do exército saiu com alguma dificuldade e se endireitou para ficar completamente de pé. Rebecca viu a mulher à sua esquerda inconscientemente dar meio passo para trás, e estava ela mesma quase fazendo isso.

O homem era imenso, devia ter uns 2,10 metros de altura e quase um metro de largura.

Seu cabelo comprido escorria pelos dois lados de sua cabeça, e com isso e o chapéu de pele, a maior parte de seu rosto estava oculta. Não que você quisesse vê-la.

"Tudo bem, podem ir, ao menos que queiram uma multa A...", o homem de óculos escuros continuou falando, acenando com uma mão. "Normén, suba no banco de trás, a patrulha de resgate está quase de partida."

Ele puxou seus óculos até a ponta do nariz e deu uma piscadela para ela.

Rebecca deu alguns passos em direção ao carro. A mulher ainda bloqueava sua passagem.

Por alguns segundos as duas se olharam.

E então a mulher de cabelos vermelhos deu um passo para o lado.

Alguns minutos depois Rebecca estava sentada no carro de patrulha. Estava cheio de lixo e cheirava mal, como se algo tivesse morrido ali. O banco do motorista estava tão puxado para trás que o homem enorme no volante poderia estar sentado ao seu lado no banco traseiro. O rádio do carro estava tocando uma música antiga, que ela vagamente reconhecia.

A Mercedes fez um retorno feroz e passou correndo em direção à Ponte Oeste.

"Tá bom!", ela disse depois de tomar um profundo fôlego. "Primeiro: se vocês dois palhaços forem se fingir de polícia de novo aprendam que é multa O, não multa A... E segundo: cadê o idiota do meu irmão e o que diabos ele está aprontando?"

ANDERS DE LA MOTTE THE GAME

Jogos de culpa 37

Fórum dos Pilares da Sociedade
Data de publicação: 28 de dezembro, 18:06
Por: **MayBey**

Então o que vai ser?
Vocês querem que eu pegue ele?
Polegares para cima, ou para baixo?
Hora de votar...

Este post tem 231 comentários

Quanto mais ele pensava, mais sentido tudo fazia. A aquisição da empresa e o assassinato de Anna tinham sido apenas o preâmbulo. O jogo real tinha apenas começado com a bomba que falhou.

O cara estava carregado com vários explosivos e outros horrores, e tinha passado a apenas cinquenta metros de uma das áreas mais movimentadas de Estocolmo. Ainda assim, de alguma forma ele tinha conseguido foder com tudo.

Apesar de que ele deve ter andado por toda Drottninggatan, e, presumivelmente, passado por centenas de pessoas fazendo compras de Natal embriagadas de vinho quente, a bomba tinha explodido em um lugar onde, basicamente, ninguém, a não ser ele próprio, tinha sido ferido.

Obviamente, pode ter sido um milagre, ou o pobre coitado pode ter entrado em pânico. Mudou de ideia ou simplesmente fora um pouco exagerado com seus explosivos caseiros que aprendeu a fazer pela internet.

Mas havia também uma outra possibilidade.

Que alguém tivesse detonado a bomba remotamente, para que isso chamasse o máximo de atenção mas causasse o mínimo de estragos. Muito parecido com a pequena aventura do Jogador 128 com os cavalos da guarda em Kista. Ele tinha pensado muito sobre o motivo de o Jogo ter feito o telefonema que detonaria os explosivos tanto tempo antes da hora programada para o cortejo com a secretária de Estado norte-americana chegar lá.

Se ele não tivesse sido inteligente o suficiente para ver além do papo-furado do Mestre do Jogo, provavelmente teria sido a única vítima da explosão, assim como o homem-bomba no centro da cidade.

Então era tudo uma questão de mudar o foco das pessoas. Criar um acontecimento que fosse ao mesmo tempo espetacular e simultaneamente levantava questões suficientes para a imprensa e todos os chamados especialistas poderem discutir em todos os canais de notícias disponíveis.

E, enquanto isso, outras coisas desapareciam do radar. Na verdade, a coisa toda era apenas uma variação do que a turma fazia na ArgosEye. Encher o quadro de avisos com seus próprios cartazes para que não houvesse espaço para mais nada.

Durante as próximas semanas, absolutamente tudo seria sobre a explosão e todos os pontos de interrogação em torno dela, e a ArgosEye iria se certificar de que a mudança de foco durasse o suficiente.

A única pergunta era: o que eles estavam tentando esconder?

Tinha que ser algo grande, pelo menos isso era óbvio.

Então, que porra ele ia fazer agora?

Claro que poderia falar com a imprensa, mas que provas ele tinha? Ele, um criminoso condenado que tinha acabado de ser deportado de um país árabe, fazendo várias acusações vagas contra um empresário sueco bem estabelecido. Não só isso, mas uma maravilhosa combinação de denúncias, envolvendo teorias da conspiração globais, várias agências de inteligência e sociedades secretas. Deus, ele podia muito bem pintar uma placa à mão e se juntar aos outros malucos protestando do lado de fora do Parlamento.

Não, ele realmente só tinha duas opções.

Um: fazer as malas e partir em direção ao pôr do sol como um pobre caubói solitário.

Ou dois: muito mais fácil! Ele descobriria o que eles estavam planejando e colocaria um ponto final na coisa toda!

Yippikayee, filhosdaputa!

O cara com os óculos escuros de aviador e seu amigo estranho estacionaram em fila dupla em frente à porta dela e a acompanharam até seu apartamento. Eles até carregaram as suas sacolas, e depois, educadamente, recusaram a oferta de uma xícara de café como agradecimento por sua ajuda.

"Aqui", disse o óculos escuros, tirando algo do bolso da jaqueta. Durante o trajeto, ele se apresentara como Nox. "Seu irmão queria que você ficasse com isso."

Ele entregou a ela um telefone celular e um carregador.

"É pré-pago. Deixe ligado, ele vai ligar logo."

Ele fez um estranho gesto de tamborilar na lateral de seu nariz.

"Não se preocupe, mocinha, Nox vai cuidar de você!"

Ele viu o estagiário aparecer em sua scooter e estacionar bem em frente à porta. Parecia o mesmo cara que ele tinha conhecido várias semanas antes, mas todos esses moleques pareciam iguais. Cabelo longo, ensebado, o rosto todo coberto de manchas. Coloque um jeans desbotado, olhos vermelhos de Counterstrike e uma camiseta amassada e você praticamente cobre todos os discípulos de Manga.

Uma pequena dificuldade com a chave na fechadura, depois alguns minutos de espera para deixar o cara desligar o alarme e ligar as coisas antes de atravessar a rua.

Ele abriu a porta, mas, para sua surpresa, não foi recebido pelo barulho habitual da campainha.

Talvez Wally, o Estagiário, tivesse se cansado dele, ou simplesmente não compartilhava a fascinação de Manga por *Star Wars*?

Tampouco o cara estava parado no balcão com uma xícara de café amargo e uma edição amassada do *Metro*, do jeito que seu mestre sempre fazia. Em vez disso, HP o encontrou mais no fundo da loja, na frente de um dos maiores computadores.

Ele provavelmente estava vendo pornografia, jogando bilhar on-line, ou verificando as últimas novidades da internet. *Annie safada e a boceta molhada*, *Donkey-Rola IV*, ou outras obras-primas cinematográficas orgulhosamente apresentadas pela world wide web...

"Será que o seu chefe sabe que você está fazendo?" HP gritou, fazendo com que o jovem quase caísse da cadeira.

"O quê!?"

O cara estava olhando para ele em choque.

"Calma, cara, eu não sou tão perigoso."

HP sorriu e apontou para o próprio peito.

"Eu venho em paz. Leve-me ao seu líder!"

Ele balançou a cabeça com benevolência para o garoto, que ainda parecia completamente perdido.

"Ah, que se foda..." HP riu quando a piada pareceu passar batida. "Eu preciso falar com o Manga, ou Farook, ou qualquer que seja a merda de nome que esteja usando esta semana. Ele ainda está fora? O e-mail antigo e o Messenger parecem não estar funcionando."

"Er. . .?!"

Finalmente, algo semelhante a um sinal de vida...

"Bem... o chefe está na Arábia ou em algum lugar assim... Ele tem um novo Hotmail. Você quer...?"

"Bingo!"

O jovem sorriu com alívio e um minuto depois conseguiu achar um pedaço de papel e uma caneta.

"Você é o HP, né?", ele continuou com uma voz um pouco menos trêmula.

"Hmmm", HP murmurou do canto da boca, enquanto ele anotava os dados de contato do Manga.

"Manga falou muito sobre você... Você parece um cara muito legal. Fez um monte de coisas, quero dizer."

"Você acha mesmo?", disse HP, olhando para cima. "Obviamente, não posso confirmar nem negar qualquer rumor...", acrescentou com um sorriso.

Afinal, você tinha que dar uma chance às crianças...

```
Para: becca.normen@hotmail.com
De: t.sammer@gmail.com

Querida Rebecca,
Tenho notícias encorajadoras de Darfur.
Parece que existe uma sequência de um filme
que mostra o incidente.
Alguém que estava no local disse ter gravado
tudo com a câmera de seu celular, e agora
estamos fazendo o possível para pegar a gravação.
Espero conseguirmos ela em alguns dias.

Enquanto escrevo, gostaria de saber se posso
pedir a sua ajuda?
Gostaria muito de entrar em contato com o seu irmão.
Já faz um longo tempo que espero por uma
oportunidade de falar com ele pessoalmente,
para contar a ele um pouco mais sobre seu pai.
Talvez eu até conseguisse reabilitar Erland
um pouco, aos olhos de Henrik. Infelizmente
Henrik não é uma pessoa muito fácil de se
encontrar, e como eu mesmo estou sempre viajando,
ainda não consegui marcar um encontro.
Eu devo partir de novo em breve, provavelmente
para uma longa viagem, e gostaria muito se você
pudesse me responder onde eu posso encontrá-lo.

Com os melhores votos,
Tage Sammer
```

Ela havia acabado de ler o e-mail quando o telefone tocou.

"Alô?"

"Oi, sou eu!"

"Sim, tô ouvindo..."
"Provavelmente a gente precisa conversar..."
"Você acha...?"
"Para com isso, Becca, não é hora de ficar toda nervosa. Você conhece Philip Argos, Nox disse que parece que você conhece sim."
"Quem?"
"Philip Argos, também conhecido como Philip John Marttinsson. Meu ex-chefe e um filho da puta do caralho..."
Ela suspirou.
"É complicado..."

Tá bom, então a situação era na verdade bem pior do que ele havia imaginado.
Nox havia feito seu trabalho impecavelmente, o que não era realmente muito estranho. Afinal, ele havia garantido o aluguel de um apartamento por seis meses para o Chefe e conseguido dez maços de cigarros nas mesma leva, e agora os dois malucos eram vizinhos no piso térreo.
Mas o que ele havia descoberto nos dias anteriores era consideravelmente mais perturbador.
Ela havia mentido pra ele!
Ela nunca tinha explicado o que estava fazendo em Östermalm naquela manhã e ele, como sempre, estava muito focado em si mesmo para perguntar.
O que mais lhe incomodava é que ele realmente acreditava que tudo aquilo tinha sido uma puta coincidência. Que o karma havia feito ela aparecer ali como uma espécie de anjo da salvação...
Quando, na verdade, ela estava mais para uma vagabunda que havia acabado de desabar da cama de Philip depois de uma noite de paixão...
Sua vida tinha sido basicamente uma merda, mas ele sempre pôde contar com Becca. Era ela quem o ajudava a manter sua cabeça para fora da água. Mas agora ela o havia desapontado, por várias vezes. Primeiro ela pulou na cama de seu pior inimigo e depois mentiu sobre isso – ou pelo menos não contou a verdade.
Não foi Stoffe quem abriu o bico sobre ele – foi sua própria irmã.
Porra!
Porra!
PORRA!!!
Ele precisou sair um pouco do computador, andou uns quatro metros até a porta e voltou, até se acalmar um pouco.
Tudo parecia um flashback maligno da época em que Dag a mantinha sob sua guarda.
No começo ele admirava Dag e o via como uma espécie de irmão mais velho. Quando Dag e Becca estavam namorando, ele realmente não queria

ver os sinais, porque Dag era um cara legal, o tipo de sujeito que dava para sair com ele, dar uns tapinhas nas costas. Foi Manga quem lhe acordou de seu sonho de admiração e o fez perceber quem Dag realmente era, e o que estava realmente acontecendo. E então ele começou a odiar Dag quase o mesmo tanto que odiava seu pai.

Quase o mesmo tanto que odiava Philip Argos. Em algum nível, HP ainda conseguia entender porque seu chefe agia daquele jeito. Porque, no fim das contas, ele havia traído a confiança de Philip e colocado todo seu plano em risco. Causa e efeito, por assim dizer. Mas agora tudo havia mudado.

Agora era pessoal, porra!

A situação na verdade era bem pior do que ela havia imaginado.

A última vez tinha sido com o naufrágio do *Estonia* e o assassinato de Palme, mas isso...

Quando ela finalmente conseguiu que ele falasse, ele não parou. As palavras jorravam dele como uma torrente, especialmente depois que ela foi honesta e pelo menos tentou se explicar sobre o desastroso encontro com John, também conhecido como Philip Argos.

Ela havia tentado ao máximo acreditar nele, realmente havia tentado muito. Mas aquilo não fazia sentido. Empresas limpando reputações pela internet, direcionando blogs e fóruns de discussão enquanto colaboravam simultaneamente com outras forças que executavam ataques terroristas falsos para desviar o foco da mídia das coisas que queriam esconder...

Sério?

E como se isso ainda não fosse o bastante, ele ainda tinha mais para contar – assassinos de aluguel, algoritmos secretos do Google, senhoras clarividentes de Lidingö, apenas para terminar onde tudo havia começado.

Naquele maldito Jogo...

Jogos on-line 38

Fórum dos Pilares da Sociedade
Data de publicação: 29 de dezembro, 18:41
Por: **MayBey**

O jovem Henrik está enfurnado em um pequeno albergue para solteiros caindo aos pedaços em Södermalm. Ele provavelmente pensa que está seguro. Mas nós sabemos que não, não é?

Este post tem 29 comentários

Goodboy.821 diz: Você tá aí?
Farook diz: Que bom falar com você irmão. Faz tempo... ;)
Goodboy.821 diz: Muito tempo velho amigo - culpa minha...
Farook diz: Vc tava com saudade?? ☺
Goodboy.821 diz: Vai se foder Manga!1!1 ☺
Goodboy.821 diz: Você recebeu meu e-mail?
Farook diz: Sim, mas demorou um pouco para descriptografar. Você tá mais paranoico com a rede do que eu ultimamente.
Goodboy.821 diz: Com motivo, como você pode ver...
Farook diz: Sim, eu entendo. Eu li tudo.
Goodboy.821 diz: E?
Farook diz: Concordo plenamente com você, irmão. O que a Argos está fazendo é errado em mais níveis do que eu posso imaginar. Isso vai contra toda a ideia da internet. Eu conheço um monte de gente que adoraria arrastar esses trolls para a luz. O cavalo de troia não é nenhum problema, eu posso criar um em uns dois dias, mesmo daqui... A única questão é como colocá-lo no sistema...
Farook diz: Mas deve ser possível hackear. Conheço algumas pessoas que provavelmente

poderiam fazer isso, mas pode demorar uns meses. E você nunca sabe o quão eficaz vai ser, há uma boa chance de que o ataque seja descoberto e aí o efeito seria limitado. A mesma coisa se você tentar enviar o cavalo de troia por e-mail como um arquivo oculto...

Goodboy.821 diz: Ok, não era realmente a resposta que eu estava esperando... ☹

Farook diz: Eu posso imaginar...

Goodboy.821 diz: Outras ideias?

Farook diz: Bem, se você não pode enviá-lo de fora, a única outra opção é introduzi-lo manualmente.

Goodboy.821 diz: Continua!

Farook diz: Ok, pensando em voz alta aqui, mas se você for por esse caminho, vai precisar de um computador com acesso total. Uma estação de trabalho normal não vai adiantar. Você mesmo disse que eles desabilitaram as portas USB nas plataformas comuns, então você precisa encontrar a máquina certa, tá entendendo?

Goodboy.821 diz: Tô!

Farook diz: Mas, obviamente, isso é muito mais perigoso, você entende isso também?

Goodboy.821 diz: Só crie o cavalo de troia e deixe o resto comigo...

Ela decorou o vídeo de trás para a frente.

Imagens embaçadas, presumivelmente feitas com a câmera de um celular, mas não era difícil ver o que elas mostravam. A terra vermelha, pessoas com roupas esfarrapadas, e no meio delas os carros pretos. Então você ouvia disparos, a câmera balançava descontroladamente mostrando o chão e o céu. Toda a cena parecia irreal. Como se ela tivesse sonhado a mesma coisa repetidamente, mas desta vez o sonho estava sendo projetado em uma tela, em vez de dentro de sua cabeça.

Então o veículo dando ré chegou tão perto que o câmera teve que pular para fora do caminho. Um pequeno relance de uma mulher de cabelos escuros pendurada na porta. Então, de repente, ele estava lá.

Bem na frente do carro, e mesmo que a câmera só o pegasse por um segundo, isso era mais do que suficiente. Se você pausasse o filme, conseguia ver vários detalhes. Suas roupas, muito arrumadas e limpas para se misturar perfeitamente, depois um relance de algo como uma bota de exército preta bem polida debaixo de uma perna da calça. O saco plástico amarelo pendurado em sua mão livre.

Então, finalmente, o enorme revólver preto apontando diretamente para o carro.

"Enviado de um e-mail anônimo para o procurador ontem", seu advogado contou.

O vídeo tinha sido enviado para análise, mas se fosse verdadeiro ela podia se preparar para voltar ao trabalho após o feriado de Ano Novo.

Em outras palavras, o tio Tage manteve sua promessa.

O mínimo que ela podia fazer em troca era fazer o que ele pediu.

Ela pegou o celular pré-pago e apertou o botão de ligar.

"Oi." Sua voz soou fria quando ele respondeu.

O barulho do trânsito no fundo indicava que ele estava na rua.

"Monumento", disse ela secamente.

"O quê?!"

"O Hotel Monumento, é lá que você está hospedado, não é?"

Houve um silêncio na linha.

"Você ainda está aí?"

"Claro. Então, quem te disse?"

Ele estava tentando parecer relaxado, mas ela não teve dificuldade para perceber como ele estava preocupado.

"Você já ouviu falar de alguém que se autodenomina MayBey?"

"MayBey, você quer dizer aquele policial falso?"

"O que quer dizer com falso...? Você conhece ele?"

"Mais ou menos, eu mexi no seu computador naquela noite enquanto você estava fora. Vi que você criou um documento com frases, então dei uma olhada no fórum. Esse era o tipo de coisa que eu fazia quando trabalhava para o Philip..."

Então uma buzina de carro, e o som foi cortado por um momento, e por alguns segundos ela pensou que a ligação tivesse caído.

Mas ela ouviu seus passos. Parecia que ele estava correndo.

"Fazia o quê, Henke?", ela disse, irritada. "Olha, eu não estou a fim de jogar seus joguinhos bobos agora..."

"Trollava."

"Como se eu..."

"Entrava em diferentes fóruns de forma anônima e fodia toda a discussão, ou tentava levá-la para a direção *certa*, por assim dizer. Você não estava prestando atenção quando eu contei tudo isso da última vez que a gente conversou?"

Ela suspirou.

"Você falou um monte de coisas, Henke, e a maior parte não foi muito legal..."

"Foda-se", ele interrompeu. "De qualquer forma, este MayBey mostra todos os sintomas da doença troll."

"Que são...?"

"Ele pega palavras e jargões de outras pessoas no fórum. Faz com que seja aceito. Aí começa a acender pequenos fogos de artifício, e logo a atenção de todos está focada nele.

"Ele não parece ser um troll de ataque, se não estaria xingando o tempo todo e causando várias confusões, por isso suponho que ele tenha algum tipo de objetivo."

"Mas como você pode ter tanta certeza de que ele não é um policial?"

"Tá, então o jargão policial parece certo. Mas um policial de verdade dificilmente precisaria falar um monte de frases de filmes."

"O quê?!"

Ela quase podia ouvi-lo sorrindo.

"Então você não percebeu? Bem, eu não verifiquei a fundo, mas havia citações do De Niro e do Clint, eu tenho certeza disso. Aquela frase sobre a *chuva lavando o lixo na calçada* é do *Taxi Driver*..."

Ele fez uma pausa, mas ela ainda podia ouvir seus passos rápidos.

"Além disso, tem o nome dele", ele continuou. "No mundo dos fóruns, nomes sempre significam alguma coisa, até mesmo os dos trolls... Para mostrar o quão inteligentes eles são, eles balançam a isca na frente do nariz das pessoas sem que ninguém perceba."

"Então, MayBey?"

"Bem, para começar, há a óbvia ligação com Maybe. E esse é o nome do arqui-inimigo do Juiz Dredd. Um assassino em série que adora jogar diferentes jogos com a polícia... Mas se isso não bastasse, tem ainda toda a coisa do anagrama. Os malandros da internet adoram anagramas. MayBey – Abyme?"

Ele fez uma pausa dramática e ela não teve escolha a não ser cair na armadilha.

"E?"

"*Mise en Abyme* é um termo de cinema para olhar para um abismo. Eu aprendi isso na Escola para Adultos..."

Por um momento a voz dele pareceu tensa e ele limpou a garganta.

"Como quando você coloca dois espelhos um na frente do outro, mais ou menos. Uma cópia de uma cópia, *ad infinitum*. Duplamente irreal, né? Como um sonho dentro de um..."

"Sonho...", ela concluiu.

Merda, eles estavam atrás dele!

Ele deveria simplesmente esquecer o hotel, esquecer suas coisas e encontrar outro esconderijo de uma vez. Mas ele não podia deixar o telefone lá. Era a sua única ligação com o Jogo, e enquanto ele tivesse isso, teria pelo menos algum tipo de prova física de que eles realmente existiam.

Ele cautelosamente colocou a cabeça acima do muro atrás do hotel.

Nenhum perigo óbvio.

O pedaço de madeira que ele tinha colocado na porta da saída de emergência, no topo da escada de incêndio, ainda estava lá, então ele não teve dificuldade para chegar ao andar certo. O corredor estava vazio, mas para se certificar ele esperou cerca de um minuto antes de rastejar até sua porta.

Ele encostou o ouvido e tentou ouvir.

Nem um som.

Ele não tinha muito tempo.

Se Becca estivesse certa e alguém estivesse postando informações na internet sobre onde ele estava, não demoraria muito para que aparecessem por aqui. Mas por que aquele troll policial publicaria alguma coisa sobre ele? E como ele o tinha encontrado?

Ele teria que cuidar disso assim que encontrasse um lugar mais seguro para se esconder.

Ele colocou o cartão-chave na fechadura e abriu a porta. O quarto estava escuro. Deu um passo cauteloso para dentro, mas não acendeu a luz. Seus olhos rapidamente se ajustaram. O quarto estava vazio, assim como o banheiro. Ele pegou sua mochila e rapidamente juntou suas coisas.

O telefone foi a primeiro coisa. Ele não tinha encostado nele desde que o tinha pego de volta com Nox. Para falar a verdade, ele tinha tanta coisa para pensar que quase tinha se esquecido dele.

Mas, agora, parecia que sua vida dependia daquilo.

Pronto – feito!

Ele fechou a mochila e deu alguns passos em direção à porta. Mas em vez de abri-la e sair em direção à escada de incêndio no final do corredor, ele parou. Não sabia de onde vinha a sensação, mas algo não estava certo. Ele inclinou-se para mais perto da porta e olhou atentamente pelo olho mágico. No começo, ele só podia ver parte do corredor. Então, viu um movimento perto do elevador. Duas figuras com balaclavas e roupas escuras iam direto em direção a ele.

Num piscar de olhos ele colocou a corrente de segurança, então pegou a pequena cadeira da escrivaninha e a prendeu sob a maçaneta da porta.

Depois ele abriu a janela o máximo permitido pela trava de segurança e subiu no parapeito.

Assim que ouviu um barulho na fechadura atrás dele, ele deu um chute forte no batente da janela e quebrou a trava.

Ele jogou a mochila no chão e então mirou no monte de neve poucos metros abaixo.

A cadeira escorregou para o chão e a porta abriu alguns centímetros antes da corrente de segurança travá-la.

"Ali!", uma voz gritou.

Então ele pulou.

39 Batalha por controle

Fórum dos Pilares da Sociedade
Publicado em: 30 de dezembro, 16:37
Por: **MayBey**

Os votos foram contados - vocês decidiram. Agora Henrik deverá encarar as consequências da decisão de vocês.

Este post tem 149 comentários

Parecia que MayBey tinha perdido a mão, mas, estranhamente, Rebecca parecia ser a única pessoa a perceber aquilo. A maior parte de seus leitores pareciam achar que tudo aquilo era meio legal, escrevendo comentários encorajadores, incentivando-o a seguir com seu plano de matar o irmão dela. Como se fosse uma espécie de jogo.

Como uma pobre menininha que avisa que vai se matar no Facebook, como um último grito por ajuda, apenas para receber comentários que a ridicularizam, de seus ditos amigos.

"Você não tem coragem"
"Vai! Vai!"

Tudo aquilo era doentio!

Ele havia construído uma pequena toca com caixas vazias de forma que quem abrisse a porta da loja não conseguiria ver aquele pequeno ninho. Um saco de dormir e uma garrafa de Coca-Cola cortada no meio para enventuais emergências. O laptop, para que ele conseguisse continuar em contato com o mundo exterior. Parecia ok, o único problema era que ele tinha que se levantar a cada dez minutos para apertar o botão vermelho do timer se quisesse ficar com a luz acesa.

Tudo bem, ele poderia ter tentado achar um outro hotel, mas não tinha tempo para isso. Além disso, o Jogo tentaria encontrá-lo em qualquer lugar da cidade, agora que sabiam que ele havia voltado.

O depósito no porão da loja de computadores teria de funcionar. Mas pelo menos ele havia ganhado seu pequeno escravo particular nessa barganha. Bem, dois na verdade, Wedge e Marky, mas para ser honesto ele ainda se confundia ao tentar discernir os dois pequenos acólitos de Manga.

Ele havia recebido as coisas que pediu pela internet mais rápido do que ousara esperar. A lista estava mais ou menos completa, só faltava uma coisa...

Ele acabava de usar "emprestado" o chuveiro e a sauna do prédio, e vestiu as roupas novas que Wedge e Marky bondosamente conseguiram para ele. Só para ter certeza, foi até o prédio dela usando o velho disfarce, com o chapéu e os óculos escuros.

Ele se recompôs enquanto estava na porta da frente, verificou seu hálito e apertou a gola para que parasse de ficar grudando em seu pescoço. Ele tinha de admitir, estava nervoso.

Ele havia pensado nela mais do que o normal nos últimos dias. Ela tinha todo o direito de estar brava com ele, até mesmo desapontada. Afinal de contas, ele havia mentido na cara dela. Mas sem a ajuda dela, ele não iria conseguir. Além disso, sentia saudades...

Puta merda, era tudo tão fudido!

Ele tomou um longo fôlego e tocou a campainha. Então, fez uma concha com as mãos sobre o olho mágico viu a luz de dentro tremendo enquanto ela se aproximava.

Deu um passo rápido para o lado, para ficar o mais distante possível do olho mágico.

E se ela não abrisse a porta?

Tinha que abrir, todo o plano dependia disso.

Sua boca estava seca e ele engoliu duas vezes na tentativa de umidecê-la.

Uma gota de suor desceu por suas costas, seguida de outra.

Vamos!

A trava fez barulho e então abriu-se uma fresta. Com a corrente. Garota esperta.

Ele começou:

"Oi, *baby*", e então deu seu melhor sorriso enquanto erguia as flores que havia comprado numa loja de conveniência.

"Que diabos você quer?!", gritou Rilke, e por um instante ela pensou em bater a porta em sua cara.

"Calma, quero me desculpar. Aqui!"

Ele acenou com as flores, ela não se moveu para abrir a porta e as pegou.

"Você tem muita coragem, Magnus, ou Farook, ou qualquer que seja o seu nome verdadeiro..."

"Henrik", ele interrompeu. "Meu nome é Henrik Pettersson, mas meus amigos me chamam de HP."

"Como se eu me importasse", ela rosnou. "Philip me contou tudo sobre você. Traidor, espião, mandado para..."

"Você está coberta de razão!", ele disse. "Eu sou tudo isso e talvez um pouco mais..."

Ela abriu a boca, mas ele rapidamente continuou:

"Mas tenho uma proposta pra você, muito lucrativa. É sobre a empresa..."

Ele disparou seu melhor sorriso Valentino e cruzou os dedos. Ela permaneceu ali, sem falar nada por alguns segundos.

"Me dá um bom motivo para que eu deixe você entrar!", ela disse finalmente.

"Eu te dou quarenta! É a porcentagem da ArgosEye que possuo desde anteontem..."

Eram oito pessoas em sua lista. Cinco oficiais na unidade de resposta rápida de Tobbe, Nina Brandt e outros dois nomes que ela relutantemente acrescentou depois de conversar com Henke.

MayBey tinha alguma conexão com Tobbe, o problema é que ela não sabia que tipo de conexão era. Dos cinco colegas dele, ela reconhecia dois dos nomes. Um esteve na mesma turma que ela na Academia de Polícia e o outro havia trabalhado com ela quando ainda trajava uniforme, uns cinco ou seis anos atrás. Mas ela honestamente não conseguia ver qualquer motivo para eles a atacarem.

Nina Brandt e Tobbe saíram juntos por um tempo, quando estavam estudando, e ela sabia que os dois ainda eram bons amigos. Parecia um tanto forçado, mas ela não conseguia deixar de lembrar do fato de que Nina foi quem deu a dica para ela checar o Fórum dos Pilares da Sociedade.

Então havia Håkan Berglund, o cara que ela havia descartado bruscamente.

Toda aquela história das flores tinha ficado bem esquisita, então Håkan ainda poderia ser suspeito, especialmente porque Henke parecia pensar que MayBey não era de fato um policial.

O último nome na lista lhe deixava um pouco mal.

Micke...

Diferentemente dos outros na lista, ele tinha tanto habilidade como os contatos certos para conseguir cuidar do lado técnico de MayBey, além de ter muitos motivos para lhe causar tristeza. Mas, como acontecia com Nina Brandt, ela tinha dificuldades em pensar em Micke como um suspeito de fato. Ele talvez tivesse todo o direito do mundo de estar bravo com ela, mais do que qualquer um na lista, na verdade. Mas mesmo assim...

De qualquer forma, foi ele quem a ajudou a rastrear MayBey.

Ele havia a ajudado, não?

Ela não acreditou nele a princípio, não até ele mostrar a ela seu contrato com Monika e o documento impresso do Escritório de Patentes e Registros. Depois disso, seu tom tornou-se um pouco mais conciliatório. Não que ela o tenha convidado para entrar em seu apartamento logo em seguida, mas pelo menos concordou em ir pegar um copo de água para ele.

Haviam algumas caixas de mudança no corredor de entrada, então presumivelmente ela havia comprado o apartamento que eles tinham visto. Será que os conspiradores já haviam recebido um adiantamento da PayTag?

Havia várias jaquetas penduradas num cabideiro, e algumas bolsas de grife. Logo abaixo, havia uma extensa fila de sapatos.

Ele percorreu seus dedos pelo couro de uma das bolsas. Marrom-claro e suave, quase da cor creme. Como sua pele. Por um instante ele sentiu um aperto em seu peito, e quando ela repareceu com o copo de água logo em seguida, ele foi surpreendido com um impulso de tocá-la. Mas resistiu.

"Então, qual é a sua proposta... Henrik?"

Seu tom era cauteloso, mas bem menos hostil.

"É bem simples..."

Ele bebeu alguns goles de água enquanto a observava. Deus, como ela era linda, mesmo usando calça de corrida e camiseta, ela era claramente nota 10. Engraçado pensar que ele já teve uma relação propriamente dita com ela.

Bem, quase...

Ele baixou o copo e olhou para ela.

"Eu tenho quarenta por cento, você tem dez. Juntos controlamos a metade da empresa. Se você conseguir pensar em qualquer um que possa nos apoiar..."

Ele tomou mais fôlego.

"...então nós poderíamos assumir o controle da ArgosEye, nos livrar de Philip como diretor-executivo e tocar os negócios como quisermos."

Ele ficou em silêncio e olhou para ela. Por alguns segundos tudo quase tinha voltado ao normal, e mais uma vez ele teve que lutar contra a vontade de erguer sua mão e tocá-la.

"Você é doido", ela disse, chacoalhando sua cabeça lentamente.

"Talvez. Livrar-se de Philip não vai ser fácil, mas podemos conseguir juntos. Você e eu, *baby*! O que acha?"

Ele tentou forçar seu sorriso mais entusiasmado.

"Não foi isso que eu quis dizer...", ela disse baixinho.

"Ahn?"

"O que eu quis dizer é que você deve ser louco de achar que eu trairia Philip. Após tudo que ele fez pela empresa, por nós, por mim pessoalmente. Você realmente acha que eu arriscaria isso por alguém... como você?"

Sua raiva estava de volta, mas havia algo a mais em sua voz, algo que ele não gostava.

"Parabéns, Henrik, se é que esse é o seu nome. Você conseguiu enganar Monika para que ela vendesse suas ações e agora detém quarenta por cento das ações de uma empresa onde cem por cento dos funcionários te odeiam!"

Ela deu um passo em sua direção.

"Meu conselho é que você procure Philip e venda suas ações para ele. Se você tiver sorte, irá faturar uma grana e pode voltar para baixo da pedra em que você saiu, com um tanto de dinheiro a mais no bolso. Porque você pode ter certeza sobre uma coisa..."

Ela o cutucou no peito com seu dedo indicador, e mesmo que HP fosse uma cabeça mais alto do que ela, ele ainda assim deu um passo para trás.

"...Philip não deixaria ninguém mais assumir o controle da ArgosEye, de jeito nenhum. Ele mataria qualquer um que ousasse tentar!"

Ela percebeu que havia algo de errado quando ouviu o barulho na caixa de correspondência. O correio já devia ter passado há muito tempo, e o cara que entrega panfletos de propaganda não ignorava o adesivo de "Sem propaganda" grudado em sua porta.

Ela foi rapidamente para a sala e viu o envelope marrom perto da porta. Ela o pegou e sentiu um pequeno objeto duro dentro do papel.

Uma chave, daquelas de abrir cadeado. Mas qual? Quem a passou pela entrada de correspondência?

Ela calçou os sapatos e correu pelas escadas. Ouviu a porta da rua batendo dois andares abaixo, mas não viu ninguém quando chegou à rua escura.

Tá certo, agora ele estava oficialmente de coração partido.

Era provavelmente a primeira vez desde o primário.

Rilke o desprezou; para ela, ele fazia parte da base da cadeia alimentar, um inseto nojento que devia ser esmagado por um sapato. Na verdade doía mais do que ele podia imaginar.

Normalmente ele estava pouco se fodendo sobre o que as pessoas achavam sobre ele. Mas com ela era diferente. Mesmo que tivesse percebido que a maré não estava a seu favor, em algum nível ele ainda não conseguia parar de querer que ela talvez pudesse apoiá-lo naquele seu pequeno golpe palaciano.

Vira a casaca, por favor – do jeito que as mulheres fazem nos filmes de James Bond.

Em vez disso, ela provavelmente pulou para o telefone na hora em que a porta bateu em seu coração despedaçado de merda. E agora Philip devia saber que a ArgosEye tinha um novo sócio, o que significava que a busca por ele iria subir para um novo patamar...

Mas ele ainda podia ficar tranquilo em relação ao fato de que seu plano iria funcionar.

Amanhã era noite de Ano Novo e o escritório estaria funcionando à mínima. E graças ao crachá que ele havia roubado da bolsa de Rilke em sua sala, ele não teria nenhum problema em entrar.

"Escuta, HP, tem algo que venho pensando." Discípulo número 1, o que se chamava Wedge.

Os caras tinham fechado a loja e as persianas assim que ele passou pela porta.

"Manda."

HP deu um belo trago no baseado e então o passou para sua direita, enquanto começou a olhar fixamente para a mancha de umidade no teto, a mesma que havia absorvido a atenção deles pelos últimos minutos.

"Toda essa história sobre a ArgosEye, a bomba e tudo mais..."

"Hm."

Marky, que estava deitado no chão ao seu lado, deu um trago e depois tossiu com força.

"Você tá com muita pressa, M. Precisa ousar e segurar um pouco mais a fumaça, sentir o gosto do Marrocos, sabe?"

Marky sentou-se e tentou concordar enquanto tossia. Wedge esperou o barulho acabar e Marky voltar a deitar-se antes de continuar.

"Bem... Eu e Marky ficamos pensando sobre algo que você disse. Que eles armaram a bomba para tentar esconder algo. Estávamos fazendo um projeto, que observa o fluxo de informação na internet, então resolvemos dar uma chance. Espera só pra você ver o que a gente descobriu."

Ele levantou-se e tropeçou até um dos computadores no meio daquela semi-escuridão. A tela deu sinal de vida.

"Tá bom, saca só isso. Procuramos nos principais sites de notícia e achamos os assuntos que estavam entre os mais lidos ou linkados durante os dias que seguiram-se ao atentado à bomba. Como este, por exemplo..."

Ele moveu o cursor do mouse sobre um cabeçalho e clicou. Apareceu uma linha do tempo, com um traço vermelho mostrando o tráfego relacionado àquele tema.

"Este é o debate sobre tropas suecas no Afeganistão que teriam ajudado uma unidade de extermínio dos Estados Unidos. O assunto estava pegando fogo por dois dias e figurava como um dos principais assuntos em vários fóruns, até que a bomba explodiu, e aí..."

A linha que estava subindo cada vez mais de repente caiu de uma vez só, até a base da tela.

"Porra", murmurou HP.

"E olha isso", Wedge continuou.

Ele voltou para a lista de assuntos nas notícias, pegou outro cabeçalho e surgiu uma linha do tempo azul.

"Parece que alguém grande da Volvo vai ser culpado por exportar armas ilegalmente para o Iraque. Os jornais começaram a dar essa história, que esteve bem quente durante um dia inteiro e, de repente, JÁ ERA..."

A linha mal conseguiu subir antes de afundar rumo à base da tela.

"Você pode escolher qualquer assunto que quiser. Nos últimos dez dias o debate e as especulações sobre a bomba dominaram todas as mídias. Todas as outras matérias morreram, especialmente se fossem um pouco mais complexas. Sua teoria se encaixa perfeitamente até aqui."

HP concordou.

"Mas vocês conseguiram descobrir qual era a enorme história que eles estavam querendo ocultar? O peixão?"

"Não propriamente", disse Wedge. "Mas tivemos uma outra ideia."

Ele olhou para Marky e depois se aproximou de HP.

"E se não tivesse uma grande história?", ele sussurrou.

"Quê?"

HP sentou-se.

"Tá bom, pensa o seguinte", disse Marky. "E se eles não estivessem apenas tentando mudar o foco..."

"...mas?"

"...porque *este* é o debate que eles queriam de verdade."

HP balançou a cabeça.

"Mas quem se beneficiaria disso? Quer dizer, que interesses velados queriam pagar para promover leis antiterroristas mais duras num país minúsculo como a Suécia?"

Mackan e Kilen trocaram olhares satisfeitos.

"Isso depende sobre qual lei você está falando. Já ouviu falar sobre a Diretriz de Retenção de Dados, HP?"

Que comecem os jogos 40

```
Fórum dos Pilares da Sociedade
Data de publicação: 31 de dezembro, 22:03
Por: MayBey

Para realmente ter certeza,
você tem que saber tudo...

Este post tem 221 comentários
```

Certo, hora de repassar a lista.

Crachá - ok.

Pen drive - ok.

Plantas - ok.

Frasco de gelatina balística - ok.

Dois cúmplices imbecis - ok também, infelizmente.

Ele estava sentado no carro em uma das ruas estreitas na esquina do escritório. O aromatizador de ar velho pendurado no espelho retrovisor não tinha nenhuma chance contra o cecê do chefe - mas neste momento cheiros de corpos era o menor dos problemas de HP.

Para que tudo funcionasse, ele teria que bancar o Clooney em mais de um sentido, mas ao contrário dele e de Francis Albert, ele não tinha dez cúmplices afiados para ajudá-lo. Em vez disso, sua equipe era composta por um guru tecnológico exilado e convertido ao islamismo, um ladrãozinho imitador de Elvis, e, por último mas não menos importante, o monstro do pântano da lagoa fedorenta...

Ele tinha tanta chance de sobreviver intacto quanto uma garota de peitos grandes em um filme de terror, mas ele ainda tinha que dar o seu melhor. Porque esses filhos da puta não podiam se safar dessa.

De jeito nenhum, porra!

Quem teria pensado que seriam precisos dois moleques obcecados com a mídia para resolver tudo. A Diretriz de Retenção de Dados - é claro!

A grande irmã UE queria obrigar todos os provedores de internet a guardar todo o tráfego de dados de cada usuário. Todas as páginas que você visitou, cada link que clicou, todo fórum em que você postou. Tudo seria salvo e armazenado durante pelo menos um ano, mesmo se não houvesse nenhuma suspeita de qualquer delito.

Até hoje a Suécia havia se oposto, mas agora o assunto era motivo de debate no parlamento novamente.

"No caso de as autoridades de combate ao crime precisarem da informação", era aparentemente a justificativa, e nos últimos dias eles que tinham acrescentado *"para a luta contra o terrorismo."*

No rescaldo da explosão em Drottninggatan, a oposição deveria diminuir. Mas armazenar todo o tráfego de dados de todos os usuários não era uma forma eficaz de prevenir o terrorismo, o próprio Philip Argos tinha explicado isso a ele. Mas era a maneira perfeita de mapear os padrões de consumo, o comportamento na internet e as redes sociais dos usuários, até o menor detalhe e durante um longo período de tempo. O sonho molhado da Stasi, com apenas vinte anos de atraso!

Grandes empresas iriam babar por esse tipo de informação, e estariam dispostas a fazer quase qualquer coisa para se apossar dela. Só o futuro mostraria de que lado da lei eles ficariam.

O primeiro passo era conseguir que a diretriz fosse aprovada. E com a ajuda da ArgosEye e do homem-bomba fracassado, eles estavam no caminho certo.

A menos que alguém os impedisse...

Ele cruzou pelas ruas estreitas, olhando por cima do ombro de vez em quando. Tudo parecia bem, faltavam algumas horas até a meia-noite e a maioria dos suecos comuns estavam ocupados com sua ceia de Ano Novo.

Ele chegou à entrada principal e olhou em volta uma última vez antes de abrir sua mochila e retirar o crachá.

Porra, mesmo numa fotografia do tamanho de um selo Rilke ainda era maravilhosa. Em relação ao dinheiro, Monika Gregerson tinha ficado absolutamente satisfeita com sua proposta, e ainda bem por isso. Agora ela tinha um monte de dinheiro e a chance se vingar, como uma despedida de Philip. Mas quarenta por cento não era o suficiente para impedir os planos de Philip de entrar para o grupo PayTag. Anna sabia disso e tinha tentado encontrar uma outra maneira.

E, muito provavelmente, isso tinha custado a vida dela.

Mas agora era a vez dele de tentar...

Lentamente levou o crachá até o leitor, e percebeu que estava segurando a respiração. E se Rilke tivesse notado, e se ela tivesse verificado sua bolsa e percebido que seu crachá não estava lá? E se ela tivesse ligado para os gêmeos para bloqueá-lo...?

Nesse caso, ele estaria...

O leitor fez um barulho e acendeu a luz verde, então a trava começou a fazer um zumbido.

Alguma coisa estava acontecendo, ela tinha certeza disso. Aquela chave não era uma coincidência. MayBey tinha colocado o seu plano em ação, mas tudo o que ela podia fazer era esperar. Com o tempo, iria acabar descobrindo o que esperavam dela. Até lá, poderia trabalhar em seus próprios planos.

Ela tinha conseguido verificar uma teoria que tinha começado a borbulhar em sua cabeça, e até agora não tinha encontrado nada que a contradissesse. Muito pelo contrário, na verdade.

O Facebook era inegavelmente uma ferramenta fantástica para você se tornar visível.

Mas incluir todos os detalhes da sua vida também tinha seus riscos...

Ela mudou de janela e clicou no ícone para atualizar a página, mas a tela não se alterou.

Nenhuma mensagem nova de MayBey.

Ainda não. Mas ela tinha certeza de que não demoraria.

Foi até a cozinha e serviu-se de um copo de água.

Ele subiu pelo elevador.

O décimo oitavo andar de possíveis dezenove. A recepção estava obviamente fechada, mas o crachá de Rilke funcionou perfeitamente.

Ele passou cuidadosamente pela sala de reuniões, puxou o gorro sobre seu rosto e ficou perto da parede, na tentativa de evitar a câmera no teto da melhor maneira possível. Mas, assim como tantos outros sistemas de vigilância com os quais tinha se deparado, ele duvidava que alguém estivesse realmente sentado assistindo às imagens ao vivo, especialmente não na véspera do Ano Novo. Amanhã de manhã iriam verificar as gravações e perceber que havia um intruso não autorizado, mas aí já seria tarde demais.

Parou na recepção e inclinou-se para o telefone. Ele o pegou e abriu o menu de opções. Digitou um número, depois clicou em Salvar.

Em seguida, tentou o número de discagem rápida.

"Alô?"

"Sou eu, Nox. Estou dentro – tá tudo certo."

"Ok, chefe, entendido. Cuidado!"

Quando ela voltou para o computador, o novo post já tinha um minuto.

```
Eu estou com seu irmão, Regina. Venha buscá-lo
se tiver coragem!
```

Ela tinha razão. O movimento de abertura havia sido feito. O jogo havia começado.

Hora de sua resposta. Ela pegou o celular e apertou a opção de discagem rápida.

"Sou eu", disse ela quando a pessoa do outro lado respondeu.

Por enquanto, tudo bem!

Ele enfiou a cabeça na área aberta atrás da recepção. Estava completamente deserta, mas as luzes de algumas telas de computador piscavam na parte envidraçada do escritório. O turno da noite no Filtro, talvez duas ou três pessoas, mas ele não estava muito preocupado com eles.

Mesmo que cruzasse com qualquer um deles, provavelmente não iriam reconhecê-lo e só iriam cumprimentar ou possivelmente olhar para o crachá que ele tinha prendido no cinto. Eles não conseguiriam ver que a foto não correspondia à pessoa.

Mas o líder da equipe era um outro problema. Rilke não estaria trabalhando durante o Ano Novo, ele se lembrava de quando ainda estavam juntos, o que significava que Beens, Dejan, Stoffe ou Frank estava trabalhando naquela noite. Ele não tinha a menor vontade de encontrar qualquer um deles.

Ele virou à esquerda, para o corredor escuro que levava para os outros três departamentos. Assim que estava se aproximando da Mina dos Trolls, viu a porta se abrir. Rápido como um raio, ele correu para trás de um dos armários que revestiam um lado do corredor.

"...tá, volto daqui a pouco, eu só vou pegar alguma coisa para comer", ouviu Frank dizer a alguém lá dentro.

Merda!

Ele tinha acabado de passar pela porta da sala de pernoite, o que significava que Frank teria que passar por ele.

HP deslizou para o chão e apertou-se contra a lateral do armário. Ele ouviu passos vindo em sua direção e tentou parecer o menor possível. De repente, as luzes se acenderam e alguém assobiou.

"Certo, vamos dizer isso, então."

Ela terminou a ligação e deixou o celular na mesa da cozinha.

Em seguida, saiu para o corredor e começou a colocar as roupas de frio.

Desta vez, ela deixou o cassetete extensível no coldre, e prendeu tudo no cinto pequeno, na parte baixa das costas. Ela estava pronta para o próximo passo de MayBey.

Se suas suspeitas estivessem corretas, e se ele fosse o homem que ela pensava que era, não demoraria muito.

"Frank!"

"Sim, o que foi?", ele ouviu Frank dizer, provavelmente a não mais de um metro de distância dele.

"O banco de dados acabou de me excluir, você pode desbloqueá-lo...?"

"Claro", ele ouviu Frank suspirar.

Em seguida, passos se afastando.

A porta da Mina dos Trolls fechou, então tudo ficou tranquilo.

HP cuidadosamente colocou a cabeça no corredor. Vazio. Ele soltou um suspiro de alívio.

Essa tinha sido por pouco, pouco pra caralho, mesmo...

Mas agora ele tinha um problema.

Ele contava com a possibilidade de sair pela escada de incêndio da saída de emergência da Mina dos Trolls, mas agora esse caminho estava bloqueado. Aquelas escadas eram sua maior esperança de subir até o escritório de Philip e à sala do servidor, mas agora ele teria que encontrar outra forma de chegar até lá.

Ele correu de volta para a recepção, abaixou-se atrás da mesa e tirou a planta que havia roubado do armário de incêndio no térreo.

A escada de incêndio era a saída de emergência de todos os dezenove andares, e descia até o porão. Era uma porrada de degraus para subir, mas ele não tinha muita escolha.

Teria que tentar a rota através do porão.

O celular dela tocou. Número bloqueado, e por algum motivo ela hesitou por alguns segundos antes de atender.

"Alô, Rebecca Normén", disse ela com toda a calma que podia.

Havia uma voz de homem no outro lado.

Era assustador pra caralho lá embaixo.

A garagem começava bem em frente aos elevadores, e porque era feriado, e noite também, apenas cerca de uma em cada quatro luzes estava acesa. Devia ser algum esquema ecológico estúpido para economizar energia. Mas pelo menos a iluminação fraca era suficiente para ele ver aonde estava indo.

Ele deslizou entre os poucos carros estacionados ali e verificou novamente na planta se estava seguindo no caminho certo.

Um barulho repentino o fez pular de susto. Deu alguns passos rápidos e se abaixou entre dois carros, depois levantou a cabeça lentamente e tentou ver através das janelas dos carros. Nada, nem o menor movimento na escuridão. Talvez um ventilador ou alguma outra máquina de serviço ligando? Só para ter certeza, ele esperou mais um minuto mais ou menos.

Mas tudo estava quieto.

Ele se levantou e continuou para o canto onde a escada deveria estar, mas não deixou de olhar por cima do ombro algumas vezes.

Encontrou a porta quase exatamente onde esperava que estivesse. Infelizmente estava trancada. Provavelmente só poderia ser aberta pelo outro lado, o que era perfeitamente lógico, considerando-se que só deveria ser usada por pessoas indo em uma direção. Mas havia um leitor de crachás ao lado da porta. Uma caixa prateada com um teclado, como o da porta principal no andar de cima. Ele tentou passar o crachá de Rilke, e ouviu um apito duplo em resposta. A luzinha ficou piscando verde e vermelho, e ele levou alguns segundos para perceber. O crachá funcionava, mas o leitor estava esperando que ele digitasse algum tipo de código.

Porra!

A porta principal nunca tinha pedido qualquer merda de código, o crachá sozinho era suficiente.

Ele tentou quatro zeros, mas recebeu uma luz vermelha firme como resposta.

Vamos lá – pense!

Era o crachá da Rilke e, presumivelmente, todos eles tinham escolhido a sua própria senha. Quatro dígitos, o mais provável. Então, o que ela teria escolhido?

Seu aniversário, a Batalha de Lützen,[1] a Revolução Francesa?

Ele tentou todos os três, sem sucesso.

Mas e se não fosse assim que o leitor funcionasse? Talvez houvesse apenas uma senha para essa caixa especial, e você poderia entrar desde que tivesse um crachá do prédio e o código compartilhado?

Nesse caso havia uma chance de...

De repente, tudo ficou escuro como o breu.

Por alguns momentos de pânico ele teve que lutar contra a vontade de largar tudo e correr de volta para os elevadores. Mas, em vez disso, procurou uma lanterna em sua mochila.

Ele ouviu um murmurinho fraco em algum lugar à sua direita e o barulho fez o cabelo da sua nuca levantar. Poderia ter sido um rato...

A menos que fosse outra coisa, uma figura escura e disforme subindo em cima dele, avançando com suas garras e...

1 Batalha decisiva travada em 1632 durante a Guerra dos Trinta Anos (1618-1648) – motivada por rivalidades religiosas, dinásticas, territoriais e comerciais –, colocou em confronto tropas protestantes (a maioria suecos) e católicas (sobretudo romano-germânicos). Os protestantes venceram, mas ambos os lados sofreram pesadas perdas e os dois líderes dos exércitos foram mortos, um deles, Gustavo II Adolfo da Suécia.

Seus dedos tocaram algo cilíndrico e ele puxou a lanterna para fora com tanta força que várias outras coisas saíram voando com ela. Seus dedos suados procuravam o botão que ligava a lanterna, e então...

O feixe de luz pôs fim à sua imaginação, e vasculhou por todos os lados só para ter certeza. Não havia nada lá, nada além de carros estacionados e as coisas que ele tinha acabado de derrubar no chão.

Ele se abaixou e colocou tudo, exceto uma latinha de spray, na mochila. Havia o frasco com a gelatina balística, que ele planejava usar para enganar o leitor de impressões digitais, assim como Rainman Rehyman o tinha ensinado em Kista; o pequeno pé de cabra para abrir a porta da sala do servidor; e os protetores de ouvido que possibilitariam aguentar o barulho do alarme de intrusão.

Ele deu uma olhada rápida nas horas.

Faltava quase uma hora para a meia-noite, quando as ruas estariam cheias de bêbados assistindo aos fogos de artifício, o que deixaria bem complicada a vida dos guardas de segurança e dos policiais que tentassem chegar a um endereço central como este.

Tempo suficiente, em outras palavras...

Ele apertou o spray sobre o teclado do leitor de crachás, esperou um momento, então apertou o botão da lanterna. A luz mudou de branco para violeta e quando ele iluminou o teclado, grandes manchas brancas apareceram em quatro dos botões. 1350.

Ele passou o crachá de novo, depois apertou as teclas na ordem numérica.

Luz vermelha.

Ele parou para pensar por um momento. Em seguida, tentou o mais simétrico 0135. Uma luz verde acendeu e ele ouviu a trava zumbir.

BOA!

No momento em que tocou a maçaneta, uma explosão de dor atravessou seu corpo, e por alguns segundos seus membros tremeram incontrolavelmente. Então, tudo escureceu.

41 Capture a bandeira

"Sim, oi, será que você pode me dizer de quem é esse número?", perguntou o homem do outro lado da linha.

"Da Rebecca Normén..."

"Da administração do Palácio ou...", o homem parecia hesitante.

"Perdão... Não entendo. Com quem estou falando?"

"Meu nome é Sandberg, capitão Sandberg, da Guarda Real. Estou responsável pela guarda do palácio hoje à noite e estamos em frente a uma porta que encontramos de repente e não conseguimos abri-la. Se você mudar o segredo da combinação, conforme requer o procedimento normal..."

"Espere um minuto", ela o interrompeu. "De onde você pegou o número do meu celular?"

"Tem um adesivo no cadeado. Que... Você não trabalha na administração do Palácio? Achei que..."

"Espere aí capitão, estou a caminho!"

Ela correu escada abaixo com o telefone ainda grudado em sua orelha.

"Para onde essa porta vai?"

"Quê?"

"A porta trancada...", ela se fez clara enquanto calçava suas botas. "Para onde ela vai?"

Alguém o estava carregando.

Mais de uma pessoa, certamente. Um braço debaixo de cada braço seu, suas mãos amarradas às suas costas e um capuz por sobre sua cabeça.

Déjà vu!

Ele pensou rapidamente que aquilo poderia ser só um sonho. Que ele ainda estava na garagem em Dubai e os orcs estavam lhe carregando para um buraco tipo Guantánamo.

Suas pernas se moviam mais ou menos, mas o resto de seu corpo parecia anestesiado. Os últimos poucos minutos tinham sido picotados em pequenos fragmentos de memória. Ele tinha uma sensação de que havia sido levado para algum lugar em alguma espécie de veículo. Mas aquilo era mais uma sensação do que um fato. Como se o mundo ao seu redor tivesse se movido enquanto ele estava deitado.

Eles o estavam carregando por uma espécie de escada. Ele ouviu uma porta abrir. Ar seco e frio, mas ainda não estavam numa área externa. Era como se fosse um sótão enorme.

Ela freou com força no pátio externo do Palácio, e o carro escorregou meio metro pelas pedras do calçamento.

"Alto", disse o adolescente que estava na cabine de sentinela, erguendo uma mão.

"O oficial no comando da guarda", ela disse rapidamente, enquanto lhe mostrava sua identidade policial. "Capitão Sandberg, onde posso encontrá-lo?"

Mais um lance estreito de escadas para cima e a pessoa à sua frente estava quase o arrastando.

O ar frio da noite e os sons da cidade à distância revelavam que agora eles estavam definitivamente do lado de fora. Passos que tropeçavam por uma superfície escorregadia e lamacenta. Então mãos o empurraram para que ele ficasse sentado com suas pernas por cima de alguma espécie de saliência. De repente, seus pés estavam livremente pendurados e uma lufada de ar frio soprou pelas pernas de suas calças.

Como muitas vezes, seu estômago foi mais rápido que seu cérebro. Era um telhado! Ele estava em alguma espécie de telhado.

Três armas ao todo, dois rifles automáticos e a arma do oficial ainda no coldre. Por alguma razão elas a deixaram pouco confortável. A Guarda poderia ser primordialmente cerimonial, mas ela não tinha como parar de pensar naquilo.

Perigoso ou não perigoso?

Ela apostou na primeira opção...

Eles estavam correndo enquanto subiam o que parecia, de uma forma estranha, uma escada perfeitamente comum. O capitão Sandberg ia à frente dela e dois soldados em uniformes camuflados vinham logo atrás. Havia portas de apartamentos nos lances da escada e um cheiro de cozinha à distância. Ela nunca poderia ter imaginado que pessoas realmente moravam no Palácio, atrás de portas comuns com caixas de correio e nomes na porta, exatamente como qualquer outro endereço na cidade.

Mas, por outro lado, era a ala oeste, bem distante dos apartamentos reais, da igreja do Palácio, dos museus e toda aquela coisa.

Eles pararam em frente a uma porta de metal bem no topo da escada.

"É isso", disse Sandberg, apontando para uma barra por sobre a porta com um cadeado que estava pendurado nela. "Nós só percebemos que havia algo errado quando nossa chave não encaixou."

No cadeado havia um pequeno papel com um número de telefone. Em uma fração de segundo ela indentificou-o como sendo o dela.

"Você tem certeza de que não precisamos chamar a polícia... Digo, a polícia uniformizada?", ele corrigiu-se.

"Ainda não", ela respondeu brevemente.

Ela pegou a chave em seu jeans e percebeu na hora que era do tamanho certo.

Ela a colocou no cadeado e tentou girar. O cadeado clicou e abriu no mesmo instante, e um dos soldados tirou a barra para abrir a porta. Ela sentiu um cheiro frio de poeira e madeira.

"Para onde vai isso...?"

Ela apontou em direção ao escuro.

"O sótão? Ele percorre toda a extensão do Palácio, nós o usamos para chegar à bandeira..."

"Bandeira?"

"É, a bandeira de três pontas, que fica hasteada no topo do Palácio quando o rei está no país."

O que diabos tinha acontecido de verdade?

Seu cérebro lentamente começava a voltar à realidade.

Ele havia segurado na maçaneta e estava prestes a abrir a porta para a escada quando foi... bem, atacado? Como?

Será que a maçaneta tinha algum dispositivo de segurança?

Mas se isso tivesse acontecido, sua mão agora deveria ter virado churrasco. Mas fora o fio de plástico que machucava seus pulsos, suas mãos pareciam boas.

Ele moveu seu corpo lentamente e, depois de alguns instantes, achou ter identificado o ponto na base de sua coluna de onde parecia que uma dor lancinante estava sendo irradiada.

Ele podia ouvir vozes sussurrando a uma pequena distância de si.

E então uma voz familiar o acordou.

Um caminho estreito entre duas placas os guiava no meio da escuridão. O cheiro de madeira com piche aumentava e ficava mais forte à medida em que avançavam.

O teto ficava a alguns metros de suas cabeças e com a luz das lanternas, ela ocasionalmente podia ver pedaços reluzantes da placa verde de cobre.

"Cuidado", disse Sandberg, mais uma vez apontando sua lanterna para um dos grossos feixes que interrompiam o caminho.

E então o caminho virou de uma vez para a direita, rumo a uma outra parte do Palácio, e ela percebeu que deveriam estar na parte norte agora, de frente ao prédio do Parlamento. À frente deles, na escuridão, uma porta bateu. Sandberg parou e apontou a lanterna para sua frente. Vinte metros adiante, surgiu o contorno de outra escada.

"Este lugar é de importância nacional", disse silenciosamente Sandberg. "Ninguém deveria estar aqui, muito menos lá em cima."

Eles chegaram às escadas e apontaram as lanternas para o alto. Outra porta de metal, desta vez fechada com uma barra horizontal.

Um barulho de bip veio do bolso da calça dela. Ela pegou o celular e leu a mensagem.

Era de Micke.

MayBey mora perto da E18, a maior parte de suas informações vem de um ponto no Näsby Park.

Ela tinha razão!

MayBey não era a pessoa que ele fingia ser.

A menos que isso fosse precisamente o que ele...

Uma imitação, uma cópia completa de alguém.

Ela virou-se para Sandberg.

"Espere aqui!", disse bruscamente.

E então ela começou a subir os degraus sozinha.

ANDERS DE LA MOTTE THE GAME

42 Cabeça a cabeça

"Bem-vinda, Rebecca", disse o homem com a balaclava.

A plataforma em que eles estavam era pequena, talvez nada menos que sete ou oito metros quadrados. À sua esquerda havia um balaustrada de pedra ornamentada, que protegia de uma queda rumo às rampas de Lejonbacken, e à sua direita uma parede baixa, antes do teto inclinado de cobre que dava para um pátio interno.

Ela conferiu as horas: 23:51.

O som de fogos de artifício ao longe.

"Estávamos esperando você."

Ele gesticulou com sua cabeça e viu que havia uma pessoa encolhida na balaustrada, com as costas viradas para ela. Por um instante ela gelou. Seus braços estavam amarrados pelas costas e ele tinha um capuz preto sobre a cabeça.

Abaixo de seus pés, o prédio terminava, uma queda de uns vinte metros até as rampas Lejonbacken.

Ela olhou de volta para o homem com a balaclava. Mesmo que sua jaqueta preta e a máscara parecessem torná-lo grande, ele era, na verdade, menor do que ela imaginava.

"Obviamente você vê a justiça poética aqui...", ele disse.

Ela concordou brevemente enquanto seguia seus movimentos com os olhos. Sua voz soava estranha, como se ele estivesse se esforçando ao máximo para disfarçá-la.

"Seu irmão matou seu namorado ao empurrá-lo de um prédio..."

Seus olhos correram para a figura encurvada e depois voltaram para a pequena plataforma.

Havia uma sacola preta na parede baixa de pedra, a um metro dela. Ela concordou mais uma vez.

"É, eu entendi. Suas leis se aplicam aqui, olho por olho..."

"Exato...", ele disse, mas algo em sua voz revelou que ela não havia reagido da forma como ele esperava.

O som dos fogos de Ano Novo começavam a aumentar, e através deles ouvia-se o som das sirenes estridentes se aproximando do Palácio. A paciência de Sandberg havia finalmente se esgotado.

Balaclava virou-se e seus olhos rapidamente se viraram em direção à borda.

"Eles estão vindo", ela disse de forma seca.

"Bom, assim você poderá descer novamente..."

Ela deu meio passo em direção à porta, mas parou.

"Quer saber, MayBey...? Acho que vou ficar por aqui, na verdade..."

Ele ia começar, como se tivesse algo para dizer. Mas em vez disso, deu um passo em direção à figura sentada.

"Você obviamente não entendeu...", ele sussurrou.

"Ah, entendi, sim." E olhou para a bolsa.

As sirenes agora estavam mais perto, eram pelo menos três ou quatro veículos.

O som dos fogos ainda estava crescendo.

"Entendi tudo, na verdade. Você está planejando empurrar meu irmão..."

Ela apontou para a figura sentada.

"...lá pra baixo, como você prometeu para seus fãs. Se estiver tudo bem pra você, acho que posso ficar aqui observando você fazer isso."

"Q-quê?"

Sua voz falhou e por um momento quase pareceu ficar esganiçada.

"Eu disse que você pode ir lá e empurrar Henke da beirada. Você está falando nisso há semanas, então acho que está na hora de você dar cabo disso."

Ele pareceu considerar a hipótese por um instante e então deu outro passo em direção à balaustrada. Ela viu a figura sentada contorcer-se com ansiedade.

As sirenes haviam parado, o que significava que a polícia já estava a caminho escada acima. Em mais um minuto eles chegariam ao sótão e logo depois ao último lance de escadas.

Ela lentamente escondeu sua mão no casaco.

"Você parece que não entende, Rebecca...", ele disse, erguendo um dos pés como se fosse usá-lo para chutar.

"Não", ela disse calmamente enquanto seus dedos se fechavam ao redor do objeto que estava em seu cinto às suas costas. "Você é que parece que não entendeu..."

Ela atirou-se pela plataforma em dois passou largos, estendendo sua mão para fora. O bastão esticou-se em todo seu comprimento e acertou MayBey atrás de uma de suas coxas.

O golpe foi tão forte que ela sentiu o osso quebrando com a força do metal.

Ele caiu para trás, mas ela não pulou sobre ele. Em vez disso, pôs o próprio pé nas costas da figura que estava sentada.

Ele conseguia ouvir vozes, duas, para ser preciso. A de um homem e a de uma mulher. As duas soavam familiares, ele sabia disso, mas sua cabeça ainda estava muito grogue para que conseguisse identificá-las.

Então ouviu o que soou como movimentos rápidos logo atrás dele.

Depois alguém colocou o pé em suas costas. HP HP HP?

"Vamos lá, MayBey, deixa que eu te ajudo", ela gritou por sobre o som dos fogos.

Ela empurrou seu pé.

"Nããããão!!"

Os dois gritos de pânico se juntaram num mesmo som frágil.

Matando de medo quem quer que fosse, ela conseguiu segurar o homem sentado, puxou-o da balaustrada e arrastou-o para a plataforma, perto de MayBey. E então ela puxou suas algemas do bolso de trás.

Sob as grossas luvas e a jaqueta toda acolchoada, os pulsos de MayBey eram finos, e ela não teve problemas para algemá-lo.

"Hora de mostrar a cara, senhores."

Ela tirou a balaclava de MayBey e olhou friamente para seu rosto.

E então ela tirou o capuz do outro homem.

"Jonathan Lundh e eu já nos conhecemos..."

Ela confirmou com a cabeça enquanto olhava para MayBey, que ainda fazia caretas de dor.

"Mas quem é você?"

"M-Marky", fungou o jovem que deveria ser seu irmão. "Marcus Lillhage."

"E como é que você conheceu o Júnior aqui? Seu pai por acaso é policial?"

"N-não", ele soluçou. "Wedge e eu frequentamos a mesmo escola..."

Ela concordou com a cabeça lentamente e virou-se para a sacola preta.

"Tem uma câmera ali, não tem?"

O jovem chamado Marky concordou.

Ela apontou seu bastão para o peito de Jonathan Lundh.

"Então, o que você quer – ou deveria – me dizer, Marcus?"

Ele estava agarrando sua coxa machucada com as duas mãos e tentava não olhar para ela.

"Vamos lá, Marcus, fale."

Ela pousou o bastão em seu ombro.

"Era um projeto... para a escola!"

"Continue."

"Bem, nós tínhamos que fazer um projeto para estudos de mídia sobre o fluxo de informação. Queríamos ver se era possível se safar mesmo criando um personagem fictício em um site. O pai do Wedge visitava aquele site de policiais e foi daí que tivemos a ideia."

Ela olhou para Jonathan Lundh, que ainda não estava falando.

"E então uma noite o pai dele sentou-se em seu celular e sem querer ligou pra casa. Wedge ouviu o jeito que eles falavam na van..."

"...sobre mim", ela completou e viu Jonathan erguer o olhar.

"Você estava dando pro meu pai...", ele rosnou. "Mesmo sabendo que ele tinha uma família..." Ela concordou lentamente com a cabeça.

"Você tem razão, Jonathan", ela disse, "e não é algo que eu tenha orgulho, se isso serve de consolo. Foi por isso então que você me escolheu?"

"O-o projeto não era pra ser tão grande. Pensamos em fingir ser um policial que resolveria fugir da conduta e terminaria blogando sobre querer cometer suicídio. Queríamos ver se seus colegas tentariam ajudá-lo", Marcus continuou.

"Quero dizer, tudo era uma questão de criar um perfil e se tornar um nome. Como aquela garota na escola de arte que fingia ser psicótica e tornou-se bem famosa..."

"Cala essa boca, Marky!", Jonathan gritou. "Não temos mais nada a dizer para você, sua puta..."

Ela o chutou no joelho e ele se encolheu todo.

"Você deveria pensar um pouco no que diz, Jonathan. Pense no que eles dizem sobre as minhas condições mentais naquele site... Um rapaz esperto como você pode me dizer o que aconteceria se eu quebrasse aquela câmera e depois dissesse que fui forçada a atirar vocês dois da beirada como defesa pessoal?"

Ela viu seus olhos se arregalarem enquanto ele buscava qualquer sinal de que ela pudesse estar brincando. Em vez disso, ela o segurou pela jaqueta e arrastou-o até a beirada.

Lá embaixo já havia uma multidão formada.

"Você tem me aterrorizado por semanas... ", ela continuou, com a boca perto de sua orelha. "Você encorajou pessoas a jogar todo o tipo de merda em cima de mim, você quase me atropelou e você ameaçou a vida do meu irmão..."

Ela o empurrou para mais perto da borda. Em vez dos silvos e estouros dos fogos de Ano Novo, ela podia ouvi-lo engasgar-se em busca de ar.

"Não é isso? Aquele carro fora da minha casa era você não era?"

"Era! E-era, puta que o pariu!", ele gritou. "Nós só queríamos vê-la. Mas aí você veio correndo..."

"...e você entrou em pânico?"

Ele concordou desesperadamente, sem conseguir desviar o olhar do calçamento lá embaixo.

"E o meu irmão, como é que ele se encaixa nisso tudo?"

"Coincidência. Um dia ele entrou na loja... Então tudo se encaixou..."

Ela puxou Jonathan Lundh de volta para a plataforma e deixou-o perto do amigo.

"E isso aqui?" Ela apontou em direção ao teto do Palácio. "De quem foi a ideia disso?"

"Meu irmão é um oficial na Guarda", Marcus balbuciou. "Ele me trouxe aqui quando estavam baixando a bandeira, no verão passado."

"Então a ideia era que eu pensasse que era o Henke sentado ali na beira? E eu imploraria e suplicaria por sua vida enquanto você filmava tudo – beleza, isso eu entendo. Mas como você acha que iria conseguir escapar?"

Os dois se entreolharam, mas nenhum deles respondeu. Rebecca pensou por uns instantes.

"Entendi", ela finalmente disse. "Ser levado algemado na frente das câmeras da TV e dos jornais deveria ser o clímax perfeito para seu projetinho." Ela balançou a cabeça. "E como você não tinha propriamente um refém aqui, você provavelmente iria acabar levando uma multa ou uma pena de suspensão por alguma ofensa menor idiota. Eu levaria toda a culpa e você ficaria famoso. Ora, veja só, não é tarde pra isso!"

Ela pegou-os pelos pés, desatou o nó da bandeira e antes que pudessem entender o que ela estava fazendo, ela a passou pelas algemas nas costas deles. E então amarrou a corda no mastro com um nó direito e empurrou os dois em direção à balaustrada com tanta força que ambos ficaram pendurados sobre ela.

Um grito duplo, aterrorizado – a corda da bandeira ficou presa com o puxão, deixando os dois pendurados no ar com os joelhos na balaustrada.

Ela podia ver os flashes dos celulares no meio da multidão.

"Sorriam e acenem, garotos", ela disse. "Vocês serão famosos."

Ela foi em direção à bolsa, pescou a câmera e, depois de fuçar um pouco, tirou o cartão de memória.

No caminho pela escada abaixo, ela encontrou um negociador de reféns e, logo depois, um grupo fortemente armado, de uniformes pretos.

"Está tudo bem", ela disse, mostrando sua identificação policial.

Ela apontou para o celular na mão do homem.

"Mas você pode ligar para Tobbe Lundh, da unidade de resposta rápida, e dizer para ele vir pegar o filho dele. E diga para ele trazer dois pares de calças limpas..."

ANDERS DE LA MOTTE THE GAME

Todas as suas bases pertencem a nós 43

No momento em que tiraram o capuz dele, o mundo explodiu em cores, apitos e explosões. Ele demorou um pouco para perceber que era meia-noite, e depois mais um pouco para perceber onde estava.

Setenta metros acima do centro da cidade, com o asfalto molhado de sal da Sveavägen muito abaixo de seus pés pendurados, e apenas a estreita faixa da borda de concreto sob suas nádegas para impedi-lo de cair.

O pé nas suas costas o empurrou, diminuindo a largura da faixa pela metade e revirando seu estômago até formar um nó de pânico.

Ele tentou voltar e manter seu centro de equilíbrio no lado certo da borda. Mas o pé o impedia, cutucando-o inexoravelmente para a frente.

"Você está gostando da vista, gatão?", Sophie sussurrou em seu ouvido enquanto o céu de Estocolmo explodia ao redor de sua cabeça.

"No bolso do lado direito da minha calça tem um pen drive!", ele gritou, tentando se fazer ouvir por cima dos fogos de artifício.

"Não me deixe cair, pelo amor de Deus!"

Suas nádegas estavam lentamente deslizando pela borda enquanto Elroy continuava a empurrá-lo.

Dezenove andares abaixo, a rua estava cheia de foliões de Ano Novo.

"E o que você ia fazer com ele, querido Henrik?", Sophie novamente, ao lado de sua orelha.

"Conectá-lo ao servidor e fazer o upload de um cavalo de troia", ele fungou. "Por favor, por favor, não me deixe..."

De repente, suas costas perderam o contato com o concreto e ele deslizou sobre a borda.

Mas assim que ele começou a gritar de terror, Elroy o pegou e arrastou-o de volta para o telhado. Eles o deixaram deitado enquanto o revistavam.

O pen drive foi a primeira coisa que eles pegaram.

Ela tinha acertado a maior parte.

MayBey e Tobbe estavam ligados.

Mas em vez de um policial musculoso em um uniforme escuro, seu inimigo da internet era dois jovens espinhentos de dezoito anos que tinham assistido muita televisão. Foram as citações de filmes que a tinham colocado no caminho certo.

Juiz Dredd, Clint, *Taxi Driver*. Tudo parecia uma fantasia no quarto de algum adolescente. Assim que o nome de Jonathan Lundh ocorreu a ela, ela só precisou olhar o perfil dele no Facebook, e obviamente todos os filmes estavam lá, listados ordenadamente na sua página de informações pessoais, além do fato de que ele frequentava uma escola de ensino médio especializada em TI. Na internet você pode fingir ser quem você quiser, ela pensou. Mas a verdade também está lá fora, se você souber onde procurar.

Falando em procurar...

Ela pegou o celular e discou um número.

"Onde você está?", ela perguntou, quando o homem no outro lado atendeu.

Os dois pastoreavam HP entre eles como uma ovelha.

Elroy segurava seu braço, mas não havia nenhuma necessidade disso. Apesar de eles terem cortado a algema de plástico de seus pulsos, ele estava acabado. Ainda sentia os efeitos do arma de choque com que eles o eletrocutaram, tornando seus movimentos lentos e todo o pesadelo lá no telhado o tinha basicamente quebrado.

Ele esfregou o nariz com a parte de baixo de um braço para se livrar das lágrimas que insistiam em cair.

Quando chegaram à sala ampla e aberta, conseguiam ouvir vozes do escritório de Philip. Ele viu silhuetas através das paredes de vidro fosco. O tilintar de copos, depois o riso borbulhante que ele reconhecia tão bem...

Sem aviso prévio, suas pernas de repente arregaram e ele teve um colapso. Sua cabeça bateu na borda da mesa de Sophie e ele sentiu a pele de sua testa abrir.

Eles não tentaram levantá-lo, apenas o deixaram rastejando no chão por alguns momentos.

Sorrindo enquanto ele se atrapalhava com as mãos sob a escrivaninha.

Então ele agarrou a cadeira e a usou para, com bastante trabalho, se erguer até ficar de pé. Ele sentiu um pingo de sangue quente escorrendo lentamente através de sua sobrancelha.

"Aqui", murmurou Elroy, colocando um lenço de papel na mão de HP enquanto o empurrava para a frente.

Um instante depois, a porta se abriu e eles estavam lá dentro.

Seis pessoas na sala, todos os chefes de seção, todos segurando taças de champanhe.

"Bem-vindo, Henrik, estávamos esperando por você", disse Philip Argos alegremente.

Ao seu lado, um pouco perto demais, Rilke estava sorrindo seu sorriso mais bonito.

"Aqui."

Elroy colocou o pequeno pen drive na mesa de Philip.

"Dejan, você poderia...?" Philip balançou a cabeça.

Dejan atravessou a sala, pegou o pen drive e o plugou a um laptop em cima da mesa.

"Rede workless desligada QUÊ..." ele riu com crueldade, disparando uma rápida olhada para HP. "Afinal de contas, nós não queremos correr o risco de qualquer infecção..."

Os outros líderes de equipe, com exceção de Rilke, se reuniram em volta da tela. HP não pôde deixar de olhar para ela. Mas ela não estava nem olhando para ele.

Ele apertou o lenço com mais força no corte em sua cabeça, mas o sangue não parava.

"Ooh, olha isso!", disse Beens, espiando por cima do ombro de Dejan. "Não é ruim!"

Dejan clicou no mouse, depois digitou alguns comandos rápidos.

"Sim, tenho que concordar com Beens. Quem criou esse programa de espionagem sabia o que estava fazendo."

Ele digitou mais alguns comandos, depois se levantou e tirou o pen drive.

"Se o cavalo de troia tivesse chegado ao servidor a gente teria tido problemas... Parece que ele teria começado a enviar informações confidenciais para um agente externo. Informações de clientes, IDs de usuários, pseudônimos de blogs, tudo. Só Deus sabe o que poderia ter acontecido se ele tivesse conseguido."

Ele mostrou o pen drive para HP.

"Você realmente tentou nos afundar, cara...", ele disse com uma voz que soava quase surpresa.

De repente, todos na sala pareciam estar olhando para ele.

Ele praticamente podia sentir o ódio em seus olhos.

Frank deu um passo à frente, com os punhos cerrados, mas HP ficou perfeitamente imóvel. O golpe não foi particularmente forte, um soco no estômago que ele mais ou menos conseguiu desviar antes que o atingisse. Joelhos no tapete, um suspiro enquanto o ar saía dele. O cara não tinha coragem nem de dar um soco no seu rosto...

"Chega, Frank", disse Philip secamente enquanto Sophie e seu irmão levantavam HP. "Eu acho que Henrik já percebeu a seriedade de sua posição – não é?"

HP fez que sim com a cabeça, em silêncio.

"Você, um criminoso condenado, entrou aqui com um crachá roubado com a intenção de roubar informações confidenciais da empresa."

Ele pegou o pen drive de Dejan e balançou na cara de HP.

"Roubo qualificado, ou espionagem industrial, provavelmente um ou dois anos na prisão, eu acho. E eu não acredito que isso vá ajudar a carreira da sua irmã no futuro..."

HP pulou.

"Não envolva minha irmã nisso!", ele murmurou.

Philip sorriu.

"Então quer dizer que existe uma coisa com que você se preocupa, afinal, Henrik. Em outras palavras, você não é completamente imoral..."

Frank, Dejan e os outros sorriram, mas ele não se importou.

"Vá direto ao assunto, Philip", ele suspirou. "Eu tenho algo que você quer, não tenho? Caso contrário, a polícia estaria ocupada me raspando da calçada agora. Afinal de contas, você não parece muito preocupado em ter que passar por cima de alguns cadáveres..."

Ele levantou a cabeça e olhou a todos nos olhos pela primeira vez. Desta vez foi a vez deles desviarem o olhar.

Todos, exceto Philip. Ele fez um gesto em direção a Elroy.

"Ele está...?"

"Completamente limpo, sem microfones ou transmissores."

"Que bom!"

Ele se virou para HP novamente.

"Você está certo, Henrik. Quero suas ações, você pode vendê-las para mim por um preço de mercado aceitável, de modo que ninguém possa reclamar depois que você foi colocado sob pressão indevida. Então, eu estou preparado para lhe oferecer o dobro do que você conseguiu juntar para pagar a Monika."

Ele deu um sinal para Stoffe, que pegou uma pasta de plástico e começou a colocar vários documentos sobre a escrivaninha.

"E tem várias testemunhas aqui que podem atestar que a compra ocorreu de forma perfeitamente legal."

HP concordou com a cabeça, cansado.

"Tá, eu entendo..."

Ele respirou fundo, para dar a si mesmo tempo para pensar.

"Mas eu quero acrescentar uma condição."

"Você não está em posição de fazer exigências, Henrik, mas vamos ouvi-lo..."

"Eu assino seus documentos e vou embora em direção ao pôr do sol, desde que você concorde em não chamar a polícia. Eu não tenho exatamente vontade de cumprir uma pena outra vez."

Philip concordou.

"Parece que vale a pena considerar, não é?"

Ele se virou para os outros, mas nenhum deles fez qualquer comentário.

"Então como vamos fazer com o dinheiro?", disse HP.

"Abrimos uma conta no Western Union para você, o dinheiro será transferido no momento em que você assinar os documentos."

"Não é preciso, eu tenho uma conta que podemos usar."

Philip cruzou seu olhar por alguns segundos. Então ele sorriu.

"Você se planejou para esta eventualidade, não é?"

HP balançou os ombros.

"Nesse caso, parece que eu não o julguei completamente mal, Henrik. Nenhum plano é tão bom que não precise de um plano B."

Ele balançou a cabeça.

"Você poderia ter ido muito longe com a gente, Henrik, mais do que você jamais poderia imaginar..."

"Bem...", HP respondeu. "Nós nunca saberemos, não é?"

Philip olhou-o friamente.

"Então, Henrik, já que você estava preparado para isso, ouso dizer que você tem um preço em mente? Quanto você conseguiu juntar para persuadir a Monika a vender? Eu ofereci um milhão a ela, mas imagino que ela tenha lhe dado um bom desconto. Então, quanto foi - cinquenta, cem?"

"Cinco!"

Philip sorriu.

"Então você conseguiu convencer a minha cunhada a vender as ações dela para você por míseros cinco mil. Ou você é um brilhante negociador ou ela realmente deve me odiar... Ah, enfim, vamos transferir dez mil para sua conta."

HP balançou a cabeça lentamente.

"Não cinco mil..."

Ele fez uma pausa dramática. Depois sorriu.

"Cinco *milhões*...!"

ANDERS DE LA MOTTE THE GAME

44 O jogo acabou

Nas ruas lá fora, a calma havia chegado, e apenas alguns fogos de artifício remanescentes disparavam esporadicamente no céu noturno. Deixaram ele esperando por um tempo, antes de ser levado ao banheiro para se ajeitar. O corte acima do olho não parava de sangrar e ele pediu um rolo de fita para tentar fechá-lo. Assim que ele terminou, a porta do escritório se abriu.

"Você pode voltar agora, Henrik..."

O clima de festa parecia ter diminuído um tanto. Ele não tinha sido capaz de evitar ouvir partes da acalorada discussão enquanto estava esperando.

"Nós verificamos o que você disse", Philip começou, "e parece que de alguma maneira você conseguiu juntar cinco milhões, como você falou. Obviamente, estamos muito interessados em saber como isso aconteceu..."

"Ganhei na loteria", HP disse, interrompendo-o.

Ele viu eles se olhando um para o outro.

"Nesse caso, temos uma proposta", disse Philip, secamente. "Seis milhões, que é o máximo que conseguimos arrumar em tão pouco tempo. "

"Sete!", HP respondeu rapidamente.

Philip respirou fundo, e do canto do olho HP viu Elroy mexer os pés.

"Tá bom, seis, então!", disse ele. "Desde que a gente consiga acabar logo com isso. Mas lembre-se, sem polícia!"

"Bom", disse Philip. "Dejan já está com a transferência na tela."

Ele balançou a cabeça para Dejan, que tinha ligado um novo laptop para substituir o infectado.

"Ele vai transferir o dinheiro assim que todos os documentos estiverem assinados, em seguida, você pode se logar na sua conta e verificar novamente."

HP concordou.

Stoffe colocou os papéis a sua frente na mesa, e ele os assinou, um após o outro.

Então Philip fez o mesmo, antes que Stoffe e Frank assinassem também, como testemunhas.

"Tudo bem, você pode transferir o dinheiro agora", ordenou Philip, assim que eles terminaram.

Dejan digitou em seu teclado, depois supervisionou HP enquanto ele conferia a transação. A conta corrente da ArgosEye devia estar vazia.

Comprar ações com dinheiro da própria empresa, isso não era ilegal? Mas, obviamente, isso pressupunha que alguém se importasse.

"Feliz?"

HP fez que sim com a cabeça.

"Que bom. Então é hora dos nossos caminhos se separarem", Philip sorriu. "Você pode ser um homem rico, mas vai demorar um pouco até que possa desfrutar do seu dinheiro. E, obviamente, vamos apresentar um pedido sério de indenização. Eu imagino que o montante deva chegar a algo como seis milhões. O que vocês acham?"

Os outros riram com desdém, e de repente todo mundo parecia muito mais feliz.

"Elroy, você poderia fazer a gentileza de telefonar e providenciar um transporte para o Henrik?"

"É claro", Elroy sorriu e se dirigiu para o telefone na mesa. "Um, um, dois é fácil de ligar..."

HP olhou para o chão. Obviamente, os filhos da puta gananciosos iam denunciá-lo. Você não ganharia muito dinheiro se apostasse na chance disso acontecer. Mas, como ele era um cara de sorte, ainda tinha um ás na manga...

"Alô, polícia? Acabamos de pegar um ladrão em flagrante. Parece que ele estava tentando roubar informações confidenciais de negócios..."

"Espere!", disse Philip, levantando uma mão. "Alguma coisa não parece certa..."

Ele deu um longo olhar a HP.

"Para alguém que acabou de perder o jogo, você parece calmo demais."

HP tentou evitar olhar para ele.

Merda!

"O que você realmente estava fazendo na recepção lá embaixo?"

"Nada", HP murmurou.

Philip parecia intrigado. Então fez um gesto para que Elroy entregasse o telefone a ele.

"Alô, com quem eu falo? Sargento Renko...?"

Philip começou a sorrir.

"E em que departamento você trabalha, sargento, se você não se importa que eu pergunte?... Fiscalização? Sinto muito, mas a resposta certa era controle central."

Ele colocou o fone no gancho e, em seguida, ligou para outros números no telefone.

"Você nunca para de me surpreender, Henrik!", ele continuou em um tom de voz maravilhado. "Você sabia que iríamos chamar a polícia, e você mudou o número de discagem rápida para um de sua preferência. Deixe-me adivinhar, você tem dois amigos esperando em um carro em algum lugar, prontos para passar por aqui e te buscar? Muito *Onze Homens e Um Segredo*, não?"

HP respirou fundo.

"*Doze*", ele murmurou. "Os policiais falsos resgatam eles em *Doze Homens e Outro Segredo*."

Mas ninguém parecia estar ouvindo.

Philip virou-se para os outros.

"Que esta seja uma lição útil para todos nós. Nunca subestime um adversário, mesmo quando ele parece estar derrotado..."

Philip sinalizou para Elroy, que pegou seu celular.

"Alô, é da polícia?"

Ela finalizou a ligação, depois procurou outro número em sua agenda.

"Boa noite, minha querida", disse a voz suave.

"Boa noite, tio Tage", ela respondeu, e notou que seu coração começou a bater um pouco mais rápido. "Eu sei onde Henrik está..."

"Excelente, minha querida, eu sou muito grato a você. Onde posso encontrá-lo?"

Ela respirou fundo e segurou o ar por alguns segundos antes de responder.

Então, o jogo tinha acabado.

Philip e companhia tinham comprado as suas ações, e deve-se admitir que por um pouco mais do que eles tinham imaginado, mas ainda assim. Finalmente eles tinham controle total sobre a empresa.

O champanhe estava, sem dúvida, fluindo pelo escritório, enquanto ele e os gêmeos esperavam, como crianças comportadas na recepção, os policiais aparecerem.

Os policiais de verdade...

Merda!

Ele esperava conseguir escapar, que seu blefe com os telefones iria funcionar e que Nox e o Governador apareceriam e o salvariam. Depois iriam para Arlanda com um monte de dinheiro novo em sua conta.

Mas em vez disso ele ia ser preso de verdade.

Uma pena de prisão era realmente o menor de seus problemas. O que o preocupava mais era que, no momento em que seus dados pessoais fossem digitados no sistema da polícia, as luzes de aviso iriam começar a piscar e mostrariam ao Mestre do Jogo onde ele estava.

Ele estava, na verdade, um pouco surpreso que eles ainda não o tivessem encontrado.

Que Philip e sua turma já não tivessem dado a dica sobre ele. Mas eles ainda não pareciam ter descoberto quem ele era. Ah, mas eles logo descobririam...

Uma batida forte interrompeu seus pensamentos.

"Vocês foram rápidos", disse Elroy para os dois policiais à paisana quando abriu a porta.

"Nós estávamos na esquina", disse um deles.

"Eu gostaria de ver alguma identificação", disse Elroy.

Os homens balançaram o ombro, depois mostraram seus distintivos policiais.

"Estou com todas as informações aqui...", Elroy disse, entregando uma pasta de plástico para um dos policiais.

"Horário, lugar, detalhes pessoais, vocês vão encontrar tudo aqui, bem como um pen drive com o programa que ele estava tentando implantar em nosso servidor."

Ele apontou para HP.

"Nossos advogados vão entrar em contato após o feriado com nosso pedido de indenização."

Um dos policiais folheou a papelada, então balançou a cabeça para seu colega.

"Vire-se", disse ele, e HP fez o que lhe foi pedido.

Ouviu-se um clique metálico quando as algemas foram colocadas.

"Ok, vamos lá." E em seguida, para Elroy: "A equipe de investigação vai entrar em contato amanhã de manhã se eles tiverem qualquer pergunta..."

Os dois policiais o levaram em direção ao elevador.

"Esperem", gritou Elroy. "Para qual delegacia ele vai, caso haja alguma coisa que a gente queira acrescentar?"

"Norrmalm", disse o mais alto dos dois policiais.

"É aquela atrás da Estação Central?", perguntou Elroy.

"Não, Kungsholmsgatan 37, estamos lá já faz um bom tempo."

Elroy sorriu feliz.

"Só queria checar..."

Eles desceram pelo elevador. Nenhum dos policiais disse uma palavra. O carro estava estacionado em frente, um carro comum da polícia, câmbio automático e um espelho interno extra.

O mais alto, que parecia ser o chefe, sentou-se atrás com HP. O carro ligou, e enquanto eles se afastavam, ele pegou um telefone celular.

"Pegamos ele, e estamos a caminho", ele disse laconicamente para a pessoa na outra ponta.

"Nós não estamos indo para Kungsholmen, estamos...?", murmurou HP.

Mas o homem não respondeu.

ANDERS DE LA MOTTE THE GAME

45 Eu falei!

"Bem, meus amigos", disse Philip Argos. "E assim esse pequeno aborrecimento sai de nossas vidas. Às vezes eu não vejo saída melhor do que comprar nossa liberdade, mesmo que o preço seja mais alto do que o que tínhamos antecipado... Mas ao menos foi a solução que implicava o menor risco a longo prazo. Vamos pôr nossos advogados para trabalhar para recuperarmos nossos danos. Deve ser relativamente simples uma vez que temos o número da conta. De qualquer forma, todos nós vamos ganhar mais dinheiro do que jamais sonhamos..."

Ele ergueu sua taça.

"Ao futuro!"

Um celular começou a tocar.

"Com licença", disse Frank.

Ele pegou o telefone que estava preso no cinto e saiu da sala.

"E para quem você acha que ele estava trabalhando? Digo, o Henrik...?", perguntou Beens.

Philip balançou sua cabeça.

"Não sei. Posso ter umas suspeitas, mas nunca saberemos de verdade..."

"Você está pensando em Anna?"

Philip deu de ombros.

"Todas as informações que conseguimos reunir diziam que Henrik basicamente trabalhava por conta própria. Certamente não conseguimos traçar nenhum vínculo entre ele e nossos concorrentes. Pode ser que Anna já o tivesse contratado anteriormente..."

Ele gesticulou com a mão.

"...ou, mais provável, que sua irmã tenha o contratado, considerando tudo isso que aconteceu com as ações. Mas pelo menos nos livramos dele, as ações são nossas, e de uma forma inteiramente correta e dentro da lei, por isso não há mais nada nem ninguém que possa ameaçar nossos planos."

Frank voltou à sala. Ele ainda segurava o telefone em suas mãos, com tanta força que seus dedos estavam brancos.

"Temos um problema...", ele disse, quase sussurrando. "Era o Gitte lá embaixo, no Filtro. Metade da merda da blogosfera está falando sobre a gente. Sobre a gente, sobre como trabalhamos, os trolls, os registros, tudo... Parece que tudo está na rua."

Ele engoliu em seco e apontou em direção à porta.

"E há dois policiais uniformizados na recepção perguntando pelo nosso assaltante."

Philip olhou para Dejan.

"Não é possível." Dejan ergueu as mãos como se estivesse se defendendo. "O laptop não estava conectado à internet e estava basicamente vazio. O cavalo de troia não foi para lugar nenhum."

"Isso não é bom...", Rilke choramingou.

"Calem-se!", gritou Philip.

Ele virou-se para Elroy.

"O que ele fez quando você o estava esperando aí fora? Você deixou que ele chegasse perto de algum computador?"

Elroy e Sophie balançaram suas cabeças em conjunto.

"Ele foi ao banheiro, só isso", disse Sophie. "Ele tinha de fazer algo em relação ao corte que fez quando..."

Ela parou e olhou ansiosamente para o irmão.

"Quando o quê?", rosnou Philip.

"...ele bateu com a cabeça na minha mesa", ela concluiu com uma voz sem vida.

Eles dirigiram pela Strandvägen, depois pela Diplomadstaden e mais adiante rumo à Gärdet – a direção oposta ao Quartel-General da Polícia.

As luzes da Torre Kaknäs estavam piscando através da bruma à esquerda deles, e por alguns instantes ele achou que era para lá que estavam indo.

Mas eles passaram pela torre e saíram num pequeno caminho de cascalho que parecia ter aparecido no meio do nada. Não tinha um campo de tiro por ali em algum lugar...?

"Vocês são policiais de verdade?", ele perguntou.

O homem ao seu lado deu de ombros.

"Isso importa?"

"Há quanto tempo vocês estão me observando?"

"Por algum tempo..."

"Como vocês sabiam... Digo... Quem colocou vocês atrás de mim...?"

"Quem você acha, Henrik? Quer dizer, se é que você pensou nisso..."

Algo no tom de voz daquele cara fez seu coração desabar feito uma pedra.

Philip escancarou a porta do escritório e, seguido de perto pelos outros, correu até a mesa de Sophie. O computador estava no chão, mas as entradas USB da frente estavam vazias.

"Alarme falso", disse Beens, aliviado. "Se ele não conseguiu plantar o cavalo de troia em algum lugar daqui de dentro, então tudo que há aí fora é boataria. Ele pode ter contado para seus amigos e arranjado para que eles espalhassem a história em alguma determinada hora, independentemente do cavalo de troia estar lhes enviando informação ou não. Sem provas, essa história morrerá completamente em alguns dias..."

"Espere!"

Dejan se agachou e pegou um dos pequenos adaptadores de cartões de memória que estava logo acima das entradas USB.

No minuto seguinte ele puxou um pequenino cartão de memória, quase do tamanho de um selo dos correios.

Alguém havia escrito sobre ele: *Ykay A FDP!*

As luzes dos prédios mais próximos estavam ficando cada vez mais distantes. O carro parecia estar flutuando acima do chão coberto de neve, desviando-se lentamente quando passavam por poças ou buracos. Por alguns segundos parecia que ele estava de volta ao deserto. Mas era outro déjà vu estranho, nos quais sua vida parecia ter se tornado.

Quando finalmente pararam, estavam próximos à entrada da floresta. Ele conseguia ver pequenos pontos de luz trêmula entre as árvores e demorou até que percebesse o que eram.

Velas de cemitério..

Eles haviam chegado ao velho cemitério de animais.

Os homens saíram do carro e, com as portas abertas, o ar frio da noite pôde entrar. Obviamente ele deveria ter tentado fugir. Sair correndo rumo às luzes das ruas, no lado distante do campo. Mas ele não tinha mais energia para isso. Deu.

"Onde isso vai dar?", ele perguntou aos homens, mas nenhum deles disse nada. "Com certeza não vai doer em vocês caso me contem algo, né?"

"Achei que você já tivesse percebido", disse um dos homens enquanto destravava suas algemas.

HP concordou.

"Sim, mas ainda assim queria te ver falando."

O homem não respondeu. Em vez disso, ele puxou sua jaqueta para cima e afivelou as algemas em seu cinto, perto de sua arma.

"Pode ir andando", o outro disse.

Ele ficou parado por um instante, olhando para os dois, mas era impossível discernir seus rostos no escuro.

Então ele começou a andar. As velas tremiam de dentro da floresta, não mais do que a vinte metros de distância.

Estava quase silêncio total. Só um ronco distante e o céu rosa atrás deles deixava-os saber que a cidade estava por perto, ao redor.

De repente, ele ouviu um pássaro cantar à distância. Um som seco que ele reconhecia. Ele não conseguiu não tremer. Faltavam dez metros para chegar à floresta. A neve era triturada sob seus pés. Ele esticou os dois braços para o lado e esperou.

Cinco metros.

Seu coração estava batendo tão forte que ele conseguia ouvi-lo.

Quatro.

Três.

Dois.

Um...

ANDERS DE LA MOTTE THE GAME

46 Não diga!

De repente ele estava entre as árvores.

Surpreso, ele voltou-se para os homens. Eles estavam encostados no carro e pareciam estar conversando.

Ele não estava entendendo.

"Continue!", um deles gritou ao ver que HP havia parado.

Ele virou-se e tentou ver por entre as árvores. As velas do cemitério projetavam sombras trêmulas e fantasmagóricas entre os troncos. E então ele ouviu portas de carro se abrindo e fechando, e um motor sendo ligado em seguida.

Deu alguns passos vacilantes rumo à floresta, tropeçou sobre uma pequena pedra coberta de neve e caiu direto no chão. Ele levantou-se e tirou o pior da neve de suas roupas.

O carro já estava na metade do caminho rumo a Kaknäsvägen.

Eles estavam deixando-o ir embora?

Assim?

De repente ele sentiu uma dor forte no joelho e quando pôs a mão para ver, sentiu a perna de sua calça molhada de sangue. Não dava pra medir a extensão do machucado na escuridão, por isso ele seguiu rumo à vela que estava queimando mais forte.

Foi só quando ele chegou perto que percebeu que havia alguém próximo ao túmulo.

"Bem-vindo, Henrik", disse o homem. "Estamos procurando por você por um bom tempo. Você não é alguém fácil de encontrar..."

HP abriu a boca, mas não conseguiu falar.

"Posso lhe oferecer um café?"

O homem ergueu sua bengala e apontou para uma lápide, que na verdade era um enorme bloco de pedra horizontal. Em cima dele, próximo à grande vela, havia um cantil xadrez e dois copos. O homem passou um deles para HP, que o pegou sem falar nada. O café era forte e estava pegando fogo. Eles beberam em silêncio.

"E agora, o que acontece?", ele finalmente conseguiu dizer.

"Depende de você."

"C-como?"

"Tenho uma tarefa para você, Henrik", disse o homem lentamente. "Você terá muito tempo para completá-la, um ano inteiro, para ser preciso."

Ele pôs sua mão dentro do casaco e por um instante HP travou.

Mas em vez de uma arma, o homem puxou um envelope comprido e deu para HP.

"Lugar interessante, aqui", ele disse enquanto HP abria o envelope e desdobrava uma folha de papel.

"Você conhece a história daqui, Henrik?"

HP balançou sua cabeça, ele estava completamente absorto pela leitura.

"Este cemitério começou no meio do século XIX, quando o escritor August Blanche[1] enterrou seu cachorro aqui. Outros cidadãos de Estocolmo obedientemente seguiram seu exemplo. Lealdade é uma qualidade maravilhosa, não acha Henrik?"

"Hm", ele respondeu à distância.

Ele estava na metade do texto, mas já havia entendido como tudo iria acabar.

Seu cérebro estava girando à toda velocidade, seu coração martelando em seu peito. Isso era incrível! Completamente maluco!

"O que me diz, Henrik? Você está preparado para assumir a tarefa?", sorriu o homem. "Sim ou não?"

HP abriu a boca.

"Sim ou não o quê?"

"Rebecca!", o homem ergueu sua mão livre. "Que bom que você pôde se juntar a nós!"

Rebecca saiu da escuridão e andou lentamente em direção à lápide.

HP escondeu o papel na hora. Que porra Becca estava fazendo aqui? Agora? Eles se conheciam?

"Sim ou não pra quê, Henke?", ela repetiu, parando ao seu lado.

"Oh, acabei de pedir ajuda a seu irmão para uma coisa. Está relacionado com algo que conversamos antes...", disse o homem com um sorriso.

"Sobre papai?"

"Dá para dizer que sim. A propósito, fico muito grato com sua ajuda em arranjar este pequeno encontro. Seus colegas agiram de maneira exemplar."

Ela concordou brevemente.

O cérebro de HP parecia que ia explodir.

Arranjar?

Colegas?

Que porra estava acontecendo pelo amor de deus?

1 Também um conhecido dramaturgo, jornalista e político sueco, Blanche viveu entre 1811 e 1868.

"Você chegou bem na hora, Rebecca. Henrik e eu acabamos de terminar nossa pequena conversa."

O homem tirou o resto do café dos dois copos e depois guardou-os junto com a garrafa térmica numa pequena caixa de acampamento que mantinha escondida nas sombras da lápide.

"Meu carro está ali", ele apontou para a escuridão com sua bengala.

"Bem, foi muito bom encontrá-los novamente", disse erguendo seu chapéu ao despedir-se. "Adeus, meus amigos!"

"Você manterá contato, tio Tag?"

"Não se preocupe, Rebecca", ele respondeu num tom de voz quase divertido. "Você ouvirá notícias minhas. Prometo."

Poucos instantes depois, ele foi engolido pela escuridão.

"Explique!", disse HP enquanto eles caminhavam pela neve. "Rápido, antes que eu fique completamente maluco!"

Ela não conseguiu parar de sorrir.

"Tio Tag me ajudou com algo muito, muito importante. Em troca, prometi ajudá-lo a arranjar um encontro entre vocês dois. Fiquei meio preocupada com você, por isso nos últimos dias coloquei dois amigos meus para ficar de olho em você. Foram eles que te pegaram em Hötorget. Tenho mantido contato com Málmen, o mais alto, de vez em quando. E você não o reconheceu?"

"Er, quem?"

"Tio Tag, ficamos no chalé dele em Rättvik quando éramos pequenos."

Ela enfiou sua mão sob o braço dele.

"Os tamancos azuis com seu nome, não se lembra? Você nunca queria tirá-los..."

Ele sacudiu a cabeça.

"Então, o que ele queria que você fizesse?", ela perguntou.

"Nada demais", ele disse. "Nada demais mesmo..."

Resultado final 47

Ele tinha quase chegado ao controle de passaporte, e tinha acabado de colocar a mão no bolso interno do casaco, quando os homens o alcançaram.

"Sr. Argos?", o primeiro homem disse, um oficial de uniforme completo de algum tipo.

"Quem quer saber?"

"Meu nome é major Erdogan", respondeu o oficial, sem apresentar os dois homens de terno atrás dele.

"Posso ver seu passaporte, por favor?"

Ele entregou seu passaporte e o oficial o inspecionou cuidadosamente.

"Excelente", disse ele, entregando o passaporte para um dos homens atrás dele. "Infelizmente o senhor não receberá autorização para entrar na Turquia, porque o senhor é suspeito de ter cometido um crime em outro país. Estes dois senhores irão garantir que o senhor pegue o voo certo..."

"Que besteira! A Turquia não tem tratado de extradição com a Suécia. Você não tem o direito de fazer isso!"

O oficial sorriu e trocou um olhar com os dois homens de terno.

"Quem falou alguma coisa sobre a Suécia?", ele continuou. "Você é procurado por incitação ao assassinato nos Emirados Árabes Unidos. Dubai, para ser mais preciso, e estes dois senhores estão aqui para buscá-lo."

Os homens de terno se aproximaram dele e o menor, um homem baixo de aparência afável com óculos e bigode, estendeu a mão.

"Meu nome é coronel Aziz", disse ele em um tom de voz amigável. "E este é o meu colega, o sargento Moussad."

Ele apontou o polegar para o outro homem, que era atarracado e cujo rosto, de traços rudes e barba por fazer, estava coberto por uma massa de pequenas cicatrizes.

"O senhor vai ter que desculpar o sargento, infelizmente ele não fala inglês", Aziz continuou, com o esboço de um sorriso.

"É um prazer conhecê-lo finalmente, sr. Argos. Nós estamos esperando há muito tempo pela oportunidade de falar com o senhor."

"Não precisa se levantar", disse ela, marchando em direção ao escritório dele.

"Ah, como é bom ver você", murmurou Runeberg, e lentamente baixou os pés da borda da mesa. "Então, o que você está fazendo aqui, Normén? Você só deveria voltar na semana que vem."

"Eu só queria deixar isso."

Ela colocou uma pequena pilha de papéis na frente dele.

"E acho que você também vai querer isso assim que tiver lido tudo."

Ela enfiou a mão no bolso e depois lentamente entregou seu distintivo da polícia.

"Que diabos é isso, Normén?"

Ele endireitou-se na cadeira.

"Você foi inocentada de todas as acusações. Parece que todo o incidente em Darfur foi planejado, algum tipo de armadilha. E suas ações provavelmente salvaram a vida de todos os envolvidos, mas você já sabe disso. Então, por que você quer..."

"Uma licença?", ela interrompeu. "Porque preciso ficar longe daqui por um tempo."

"Isso tem alguma coisa a ver com... você sabe..."

"O site, você quer dizer? Sim e não. A maior parte tem a ver comigo."

Ela respirou fundo.

"Eu preciso ficar um tempo fora de circulação para deixar as coisas se acalmarem, na minha própria vida e no meu trabalho. Recebi uma oferta para ajudar a montar o departamento de segurança pessoal de uma empresa de segurança de TI... É onde meu companheiro trabalha, eles foram comprados recentemente por uma empresa maior, que quer expandir suas operações. Eu vou ter total liberdade e muitos recursos..."

Ele ficou em silêncio por alguns segundos, depois balançou a cabeça.

"Entendo. Isso parece o tipo de oferta que você não pode recusar. Mas você está me colocando em uma posição muito difícil aqui... Já estamos com poucas pessoas hoje. A equipe..."

"Minha sugestão seria deixar David Malmén no comando da equipe."

Ele deu um longo olhar para ela.

"Algo me diz que você e Malmén já conversaram sobre isso."

Ela não respondeu.

"Tá, Becca, não vou dificultar. Mas quero que você me prometa uma coisa..."

"O que, Ludvig?"

Ela se permitiu um sorrisinho, que ele devolveu rapidamente.

"Que você vai se cuidar bem."

"Eu prometo", ela sorriu.

Ele pegou uma caneta, assinou os papéis, e depois entregou uma cópia a ela.

"Aqui, você está oficialmente de licença por um ano. Bem, então eu provavelmente só posso te desejar boa sorte...?"

"Obrigada."

Ela pegou a folha de papel, dobrou-a e a colocou em sua mochila.

"Só uma pergunta", ele gritou quando ela estava saindo pela porta. "Qual é o nome da empresa que você vai trabalhar?"

"PayTag", ela respondeu, acenando em despedida.

"O seu telefone, madame", disse o pequeno homem uniformizado, entregando a ela o aparelho. "Eu disse que a senhora estava descansando, mas a pessoa insistiu que eu a acordasse."

"Está tudo bem, Sridhar", respondeu ela. "Eu estava esperando esta ligação."

Ela respirou fundo, recostou-se na espreguiçadeira e tentou juntar seus pensamentos.

Bem acima dela, dois pássaros pairavam.

Corvos do deserto, assim como em seu sonho.

"Alô?"

"Boa noite, minha querida, ou ainda é tarde aí?"

Ela levantou a mão e apertou os olhos contra o sol.

"Final da tarde, na verdade. Mas você não está ligando para perguntar que horas são, não é?"

"Não, você está certa. Eu tenho algumas boas notícias. Muito boas notícias..."

Por alguns segundos ela achou difícil dizer qualquer coisa, seu coração estava batendo tão forte contra o peito que ela imaginou que quase conseguia ver o tecido de seu biquíni se mexendo.

"Foi tudo...", ela começou.

"Exatamente como nós esperávamos, mesmo que alguns acontecimentos ocasionalmente tenham ido por um caminho que não fomos capazes de prever. Mas é claro que isso é uma das alegrias do que fazemos. Você terá um relatório completo dentro dos próximos dias. Até lá, permita-me desejar-lhe uma ótima continuação das férias."

"Tá, obrigada..."

"Não, nós é que devemos agradecer você, minha querida. Obrigado por escolher trabalhar com a gente. Bem, até logo e se cuide, sra. Argos."

FIM DA SEGUNDA FASE

Os meus sinceros agradecimentos a todas as
Formigas por aí. Sem seus conselhos e conquistas,
o Jogo nunca teria se tornado realidade.

O Autor

Anders de la Motte (1971) foi oficial de polícia e diretor de segurança de uma das maiores companhias de TI do planeta. Atualmente, trabalha como consultor de segurança internacional. E, assim como fez Stieg Larsson com sua trilogia Millenium, está trazendo de volta a atenção do mundo para a tradicional literatura da Suécia, que agora ganha status de referência em suspense. (Deve ser a Aquavit.) De La Motte escreve em ritmo acelerado, misturando humor, suspense e comentários sobre informática e mídias sociais. Seu texto é selvagem e repleto de referências à cultura pop. *Ruído* é o Volume 2 da *Trilogia The Game*, sua estreia na ficção.

ANDERS
DE LA
MOTTE

THE GAME ②

"Mas este **Jogo** em particular
acabou por se tornar mais **real**
do que eu tinha **imaginado**..."

Permaneceremos conectados na primavera.

DARKSIDEBOOKS.COM